한용운의 『님의 沈默』, 전편 다시 읽기

푸른사상 학술총서 18

# 한용운의 『님의 沈黙』, 전편 다시 읽기

정효구

푸른사상
PRUNSASANG

한용운과 『님의 침묵』은 내가 시 연구자르서 가장 먼저 만난 시인이자 시집이면서, 가장 늦게서야 깊은 대화를 나눌 수 있었던 시인이자 시집이기도 하다. 나는 그동안 1983년도에 취득한 석사학위 논문의 한 부분으로 썼다가 나중에 발표한 「만해 시의 구조 고찰」(『정신문화연구』 19, 1983)과, 비교적 최근에 쓴 「『님의 침묵』과 『달마의 침묵』에 나타난 선(禪)의 세계」(『한국문학논총』 50, 2008)라는 두 편의 글을 제외하고는 한용운이나 『님의 침묵』에 대하여 글을 쓰지 않았다. 그것은 다른 이유에서가 아니라, 내가 한용운과 『님의 침묵』에 대하여 자신 있는 '인터뷰'를 할 수 없었기 때문이었다. 시를 연구한다는 것이 시인과 대등한, 혹은 그보다 더 높은 자리에서 훌륭한 '인터뷰어'가 되는 일이라면, 그동안 나는 한용운과 그의 시를 장악하고 그와의 만남을 주도할 만한 인터뷰어가 되지 못하였던 것이다. 우리 근·현대시사를 연구하면서 한용운과 그의 시를 주변에서만 바라보고 있어야 한다는 것은 무엇보다 스스로에게 답답한 일이었다. 그러나 그와 그의 시는 쉽게 접근하기가 어려웠다.

나는 본래 종교적인 성향이 강하다. 나의 책 『맑은 행복을 위한 345장의 불교적 명상』(푸른사상사, 2010)의 서문에서도 말했듯이 고등학교 시절 처음으로 기독교와 만난 이후 참다운 날줄[經]을 알고 싶은 열망으로 인하여 나는 여러 가지 방식으로 다양한 종교 및 경전들을 찾아다니며 탐구의 끈을 놓지 않았다. 그런 길고 긴 여정 속에서 나는 결국 나를 가장 밝고 편안하게 안착시킬 수 있도록 만든 두 가지 세계를 만나게 되었다. 그 하나는 음양오행론 혹은 역(易)사상이고, 다른 하나는 불교 혹은 불법이었다. 나는 이 두 세계를 음미하고 신뢰하며 그 속에 담긴 지혜를 체득해 나아가는 동안 내 개인적인 삶의 자유와 평화를 얻음과 더불어 자연스럽게 한용운과 그의 시에 다가갈 수 있는 '인터뷰어'로서의 실력을 얼마간 갖추게 되었다. 제대로 말을 걸 수 없었던 한용운과 그의 시를 향해 능동적으로 이야기를 건넬 수 있는 '인터뷰어'가 된 것이다. 이렇게 되자 나는 그간 막혔던 체증이 뚫리는 듯한 후련함을 느끼는 한편 참다운 날줄의 세계를 놓고 한용운과 그의 시와 더불어 '법담(法談)'을 나누는 기쁨에 적잖이 행복하였다.

　나는 시 연구자로서 한용운의 다양한 저작과 활동 가운데 무엇보다 시집 『님의 침묵』을 연구하는 일에 주력하였다. 그러는 동안 『님의 침묵』은 수행서이자 교화서이고, 지혜서이자 시경(詩經)의 성격을 지니는 책으로서, 우리 근·현대시사 속의 다른 수많은 시집들과 구별되는 특수한 시집이라는 결론에 도달하였다. 또한 한용운의 모든 행위는 불교 승려이자 수행자라는 자리에서 이루어진 방편행의 일환이라는 판단하에, 그를 '불교 승려이며 독립운동가이며 시인이며 소설가'라고 나열식으로 부르는 것은 옳지 않다는 생각을 하게 되었다. 그러니까 그는 불교 승려이자 수행자로서 독립운동도 하고 문학행위도 하였으며 그 이외의 일도 하였던 것이다. 이와 같은 자리에서 쓰여진 한용운의 시집 『님의 침묵』을 제대로 읽기 위해서는 네 가지 자질이 요구된다는 생각을 나는 하게 되었다. 그 네 가지 자질이란 불교적 지식과 불심(佛心)의 수행력, 시에 대한 지식과 시심(詩心)의 간절함을 가리킨다.

　시 연구의 처음이자 마지막은 시작품 한 편 한 편을 자세하게 분석·해석·평가·감상해가는 데 있다. 한용운의 시집 『님의 침묵』이 지닌 전체적인 성격과 구체적인 면모를 드러내는 데에도 이보다 더 효과적인 방법이 없다고 판단되었다. 이런 판단에 따라서 나는 시집의 서문 격인 「군말」부터 시작하여 본문에 해당되는 88편의 시, 그리고 후기에 해당되는 「독자에게」까지를 한 편도 건너뜀이 없이 차례대로 분석·해석·평가·감상해 나아갔다. 이 90편의 글은 하나하나가 아름다운 구슬이며 전체로서는 잘 꿰어진 염주와 같았다. 나는 이러한 작업을 하면서 그것의 의미를 좀 더 분명하게 드러내기 위해 이 책의 앞부분에 수록된, 한편으로는 예비적이며 한편으로는 결론적인 성격을 지니는 글들을 동시에 써 나갔다. 이 책을 통하여 지금까지 시집 『님의 침묵』과 관련하여 존재해왔던, 특히 시 읽기에서 존재해왔던 우리 시학계와 문학 교육 현장에서의 모호함, 경직성, 작위성, 피상성 등이 얼마간이라도 개선될 수 있기를 바라는 마음이다.

　한용운은 말할 것도 없고 그의 시집 『님의 침묵』과 불교, 그리고 역(易)사상은 근본적이며 미래적인 가르침을 담고 있다. 이른바 'wisdom'이 부재하는 오늘의 현실과 우리 시단에, 건강한 '날줄[經]'이 부재하는 혼란스러운 수평적 씨줄 사회에, 이제 한계점에 도달한 포스트모더니즘 이후를 열어가야 하는 과제를 안고 있는 이 시대에 한용운과 그의 시집 『님의 침묵』 그리고 광범한 동양적 지혜서들은 많은 시사점을 제공해줄 것으로 믿는다.

한용운의 시집 『님의 침묵』과 그 시집에 대한 나의 글을 읽고 난 다음에
는 한용운이 「군말」에서 그토록 간절히 말했던 '님'과 '사랑'과 '자유'와 '집
[本心]'과 '길[正道]'을 보아야 한다. 이때에는 한용운 시와의 만남도, 내가 쓴
글과의 만남도 '늦은 봄의 꽃수풀에 앉아서 마른 국화를 비벼서 코에 대는
것'(「독자에게」의 일부)과 같은 일이 될 것이다. 한용운은 시집과 이름을 남기
기를 원한 사람이 아니라 그의 시집과 글을 통해 우리가 '치유'되기를 바
랐던 사람이다. 그의 시집과 글들은 『십현담주해』에 나오는 말을 빌리면
'우는 아기 달래는 종잇돈'이거나 '약방문'과 같은 것이다. 그러니 남은 것
은 울음을 그치는 것이요, 약을 지어 먹고 몸이 낫는 일이다.

사는 일도, 글을 쓰는 일도 온통 '감사'할 항목을 더해가는 일이다. 무엇
보다 스님으로서의 만해 한용운 선사이자 시인에게 감사의 마음을 드린
다. 그리고 내가 시학자로서 살아갈 수 있게끔 가르쳐주시고 보살펴주신
은사 김용직 선생님과 김재홍 선생님께 감사의 말씀을 올린다. 그리고 불
법을 인류에게 알려준 석가모니 부처님께 한없는 감사의 마음을 바친다.
또한 삶과 학문의 도반으로 이 책의 집필을 지켜보아준 남편 이동하 교수
에게 감사의 마음을 전한다. 말할 것도 없이 이 책을 출간해주신 푸른사상
사 한봉숙 사장님께 깊은 감사의 마음을 드린다.

2013년 6월
정 효 구

## 제2부 『님의 沈默』 전편 읽기

# 제1부

# 『님의 沈黙』 전편 읽기를 위한 세 편의 글

# 제1장 『님의 침묵』의 창작원리와 그 의미

## 1. 문제제기

한용운의 시집 『님의 침묵』을 지금에 와서 다시 꺼내들고 논의하겠다고 하는 일은, 어찌 보면 조금 생경스럽게 느껴질지도 모르겠다. 이미 한용운과 그의 시집 『님의 침묵』에 대한 연구는 엄청난 양을 자랑하고 있으며, 한용운의 시적 특성과 시사적 위치에 대해서는 전문가는 물론 보통 사람들까지도 일가견이 있는 것처럼 스스로 '생각하고' 있는 것이 현실이다. 더욱이 최근에는 이른바 '만해축전(萬海祝典)'까지 대규모 행사로 기획되어 성황리에 연륜을 더해가고 있는 마당이기에, 한용운과 그의 시는 사람들로 하여금 이제 더 이상 논의해야 할 대상이 아니라 홍보되고 원용되어야 할 그 무엇처럼 여겨지는 착각을 갖게 하기도 한다.

그러나 정직하게, 그리고 냉정하게 살펴보면, 한용운은 물론, 이 글에서 다루고자 하는 『님의 침묵』이 지닌 본질은 아직도 제대로 밝혀지지 않고 있다는 게 필자의 판단이다. 시학자로서 지내온 꽤 긴 학문의 여정 속에서, 필자에게도 한용운과 그의 시집 『님의 침묵』을 읽는 일은 오랫동안 미해결의 난제로 남아 있었다. 분명 그의 시는 접근 가능한 영역을 폭넓게 열어두고 있는 것 같았지만, 접근할 수 없는 영역을 텍스트 깊숙한 곳에 남기고 있었다. 지금에 와서 그 까닭을 이해하고 보니 한용운의 시집 『님의 침묵』은 근대시의 독법으로 읽히지 않는[1] 특수한 시집이었던 것이다. 그렇다면 이 시집이 '특수한 시집'이라는 말은 어떤 의미를 갖고 있는 것일까. 그것은 한용운이 이 시집을 쓰면서 가졌던, 혹은 이 시집을 통하여 드러내고자 하였던 세계관, 인생관, 가치관, 시작관(詩作觀) 등이 불교적 세계관, 불교적 인생관, 불교적 가치관, 불심(佛心)의 시작관에 근거해 있다는 것이다. 달리 말하면 이 시집은 예술가로서의 단순한 예술행위의 결과물이라기보다 불교 수행자로서의 폭넓은 수도 및 수행과정의 한 부분이고, 개인중심주의와 인간중심주의에 바탕을 둔 세속인의 자기표현행위라기보다 견성(見性)한 자의 성불(成佛)을 위한 한 원력(願力)의 결과물이라는 것이다. 이와 같은 한용운의 시집 『님의 침묵』의 본질에 도달하기 위해서는 시에 대한 전문적인 지식과 시심(詩心)의 탁월함은 물론 불교에 대한 차원 높은 지식과 불심의 고도한 수행력이 요구된다. 이들 네 가지 요건 가운데 어느 한 가지라도 갖추어지지 않으면 연구자들이나 독자들의 『님의 침묵』 읽기는 일정한 한계 내에서 이루어질 수밖에 없다.

위에서 언급한 네 가지 요건 가운데서 불교적 지식과 불심의 수행력은

---

1 이 점에 대해서는 김윤식이 만해상을 수상한 것을 계기로 하여 마련된 서영채와의 대담에서도 부분적으로 지적된 바 있다. 김윤식·서영채 대담, 「만해상 수상자 대담 : 김윤식 문학평론가와의 대담」, 『만해학보』 8호(2004. 12), 70~71면 참조.

다른 시집들의 경우와 다르게 이 시집에서 특수하게 요구되는 사항일 뿐만 아니라 일반 독자들은 물론 웬만한 전문 연구자들까지도 그 요건을 충족시키기가 그리 쉽지 않은 점이다. 그럼에도 불구하고 이런 말을 듣고 어떤 혹은 많은 사람들은 불심의 수행력을 갖추는 것은 몰라도 불교에 대해서는 상당히 잘 알고 있다고 '생각'하거나 필자의 이런 말에 불편한 심정을 드러낼지 모른다. 그러나 근대교육을 받고 근대적 삶을 산 현시대의 사람들 가운데 이 불교의 본질과 핵심에 제대로 도달한 사람은 극히 소수에 지나지 않는다는 것이 필자의 생각이자 경험이다. 더욱이 불교가 가르치는 바를 몸으로 체득하는 불심의 수행력을 갖춘 사람은 참으로 적은 수에 지나지 않는다고 본다. 방금 말했듯 이런 현상은 우리가 살아온 근대와 근대적 삶이 개아(個我) 및 인간을 중심으로 하여 제도화되고 계몽되고 교육된 시대이자 삶이기 때문이다. 그러나 이 두 가지 요건이 구비되고 충족되지 않으면, 한용운의 시집 『님의 침묵』은 앞서 말했듯이 근대시 독법으로 접근할 때, 아쉽게도 그중 일정 부분만을 분석하고 탐구할 수 있을 뿐 시집의 중심으로 들어가는 일이 쉽지 않다.

한용운의 시집 『님의 침묵』은 그 읽기의 전제 조건으로서 위와 같은 네 가지 요건을 필요로 하는 만큼 그 속엔 독자적인 창작원리가 내재해 있다. 그것은 일반적인 근대시의 시작관이나 그 창작방법론과는 아주 다른 원리이다. 이 원리가 한용운의 시집 『님의 침묵』을 지배하고 주도하고 있거니와, 이 점을 바르게 포착할 때 『님의 침묵』 읽기는 주변성과 모호성을 벗어나 중심으로의 상당한 질적 도약을 이룰 수 있다고 생각한다.

지금까지 한용운의 시집 『님의 침묵』을 두고 논자들은 주로 '님'의 상징성을 밝히는 데 열성을 기울였다. 그러나 그런 열성에도 불구하고 사실 '님'이 누구인가를 밝히는 문제는 아직 흡족한 성과를 이루어내지 못했다고 판단되거니와, 필자는 『님의 침묵』 속의 「군말」만을 단독 대상으로 삼아 작성한 논문을 통하여 이 '님'의 제반 문제에 대해 자세하게 논의하면서, 사실상 『님의 침묵』에서는 '님'이 누구냐 혹은 무엇이냐 하는 문제보다 더 중요한 것이 어떤 마음을 냈을 때(用心) 비로소 한 존재가 우리에게 '님'이 될 수 있느냐, 그리고 우리가 진정 님을 갖고 살아가느냐 하는 문제라는 견해를 밝혔다.[2]

이뿐만 아니라 한용운의 시집 『님의 침묵』을 구성하는 본문이라고 할 수 있는 88편의 시작품을 읽어내는 작업도 거기에 바쳐진 연구의 양이나 열의에 비해 충분한 성과를 거두지 못하고 있는 것으로 판단된다. 이것 역시 『님의 침묵』을 근대시 독법으로만 읽어내려 한 데 큰 원인이 있으며 한용운이 『님의 침묵』을 쓰게 된 동기와 그 창작원리를 근본적인 차원에서 파악하고 있지 못한 데 그 원인의 상당 부분이 있다고 생각된다.

다시 한 번 언급하건대, 한용운의 시집 『님의 침묵』은 근대적인 예술 개

---

2 이 문제에 대한 이해를 좀 더 진전시키려면 한용운의 시집 『님의 침묵』과 관련하여 '님'의 문제를 다음과 같은 측면에서 심층적으로 다루어야 한다: ① 우리는 참다운 님을 갖고 사는가 ② 님은 우리가 어떤 마음을 쓸 때 참다운 님이 될 수 있는가 ③ 우리는 왜 참다운 님을 가져야 하는가 ④ 우리가 참다운 님을 가지면 어떤 상태에 도달하게 되는가 ⑤ 한용운의 님은 누구인가 ⑥ 우리들 각각의 님은 누구인가 혹은 무엇인가 ⑦ 한용운은 왜 님을 위하여 시를 썼는가 ⑧ 한용운은 님을 위하여 어떤 방식으로 시를 썼는가 ⑨ 한용운은 왜 님을 화두로 삼아 시를 썼는가 ⑩ 「군말」 속에서 언급되고 있는 한용운의 님('어린 양')과 『님의 침묵』 속의 님은 어떤 관계인가(같은가, 다른가 등) ⑪ 님이 침묵한다는 것은 무슨 뜻인가 등등. 이에 대해서는 따로 논문을 쓸 필요가 있다.

념으로서의 시작품이기 이전에 불교적 깨침을 얻은 자가 수행의 한 방식으로 보여준 보살행과 원력의 일종이다. 거기엔 불교적 세계관과 지식 그리고 불심의 수행력이 시를 창조한 원천으로 작용하고 있으며, 시공을 초월한다고 생각되는 불교적 진리에 대한 시인의 믿음과 그것을 구현하고자 하는 절실한 소망이 깃들어 있다.

이 글에서는 한용운의 이와 같은 시집 『님의 침묵』을 형성하는 기본 구조로서의 창작원리를 네 가지로 나누어 살펴보고자 한다. 이 네 가지 창작원리가 밝혀질 때, 『님의 침묵』 전체에 대한 이해는 물론 그 속에 들어 있는 88편의 시작품 한 편 한 편을 읽는 일도 훨씬 원활해질 수 있을 것이라 생각한다. 그리고 이 글은 필자의 『님의 침묵』 속의 「군말」에 대한 논문에[3] 이어지는 것이면서 궁극적으로는 『님의 침묵』 속에 수록된 88편의 시작품 한 편 한 편을 읽어보고자 하는 구상의 예비작업이자 기초작업으로서의 의미를 갖는 것임을 밝히고자 한다.


## 2. 『님의 침묵』의 창작원리

### 1) 중생제도(衆生濟度)로서의 시쓰기

한용운의 시집 『님의 침묵』이 중생제도의 원력 속에서 창작되었다는 것은 『님의 침묵』 속의 「군말」을 보면 명료하게 드러난다. 「군말」 속에서 한

---

3 정효구, 「한용운 시집 『님의 침묵』 속의 「군말」 재고」, 『한국시학연구』 35집(2012. 12. 30).

용운은 "나는 해저문벌판에서 도러가는길을일코 헤매는 어린羊이 긔루어서 이詩를쓴다"고 그의 창작동기를 분명하게 밝혔다. 이 말이 뜻하는 바를 해석해보면, 그의 시쓰기는 다름 아니라 불교 승려로서의 중생제도의 한 방편이자 보살행으로 이루어졌다는 것을 알 수 있다.

일반적으로 시인들이 시를 쓰는 목적은 다양하다. 그러나 그 다양한 목적 속에서도 대체로 공통되는 특징이 있으니 그것은 시쓰기의 중심을 '개아(個我)' 및 자아의 욕구와 만족, 그리고 그 시선 속에 놓고 있다는 것이다. 거칠게 말하면 '자아감각' 내지 '자아의식'의 연장선상에서 시쓰기가 이루어지고 있다는 것이다. 이런 시에서 시인은 세계의 중심이고, 시인은 아상(我相)을 통한 담론의 창출자이다. 불교식으로 말한다면 '시비'와 '분별' 속에서 만들어진 아상, 그러니까 아애(我愛), 아만(我慢), 아견(我見), 아치(我痴) 등과 같은 모습으로 시가 창작되고 있는 것이다. 이와 같은 시들은 얼마간 각각의 개성을 발휘할 수 있으나 그것은 각자가 지닌 카르마의 다양성과 다름에서 오는 것일 뿐, 진리에의 각성과 인지에 의한 것이라 하기 어렵다. 불교 유식론(唯識論)의 용어를 가지고 말한다면 '식(識)'으로서의 시를 쓰는 것일 뿐 '지(智)'로서의 시를 쓰는 것이 아니다. 근대시 일반은 여기서 방금 말한 '지', 곧 'wisdom'의 결핍 현상을 전반적으로 보여주고 있다.[4]

---

4 이어령이 「G20시대의 지혜의 문학」이라는 글에서 지혜(wisdom)의 문학, 그 가운데서도 동양의 지혜에 근거한 문학의 미래성을 강조한 것은 시사적이다. 그는 여기서 지(知)의 종류를 데이터, 정보, 지식, 지혜로 구분하고 점차 데이터와 정보가 주를 이루어가고 있는 우리의 삶에서 지혜의 회복이 무엇보다 중요하다고 시종 밝히고 있다. 이어령, 「G20시대의 지혜의 문학」, 『비교문학』 55호(2010), 5~26면.

한용운이 그의 시집 『님의 침묵』 속의 「군말」에서 중생제도의 원력을 밝힌 "나는 해저문벌판에서 도러가는길을일코 헤매는 어린羊이 긔루어서 이詩를쓴다"고 한 말은 다음과 같이 해석될 수 있다. 한용운이 '긔루어하는' '어린 羊'은 지금 시간적으로는 해가 저무는 막다른 지점에서, 공간적으로는 벌판이라는 황량한 지점에서 '집[家]'과 '길[正道]'을 잃은 채 헤매고 있다. 여기서 '집'과 '길'을 잃은 채 헤매고 있는 자인 '어린 羊'은, 그런 의미에서 중생이라고 할 수 있다. 불교의 핵심은 이 '집'과 '길' 찾기에 있다. 집이란 불교에서 세속의 집이나 가정 및 가족과 구별되는 본가(本家), 진여(眞如), 불성, 법, 진공(眞空), 본심(本心), 본지풍광(本地風光), 성품(性品), 고향, 본향(本鄕), 지혜 등과 같은 말로 표현되는 '우주적 실상(實相)'인 진리이다. 그리고 길이란 그것에 도달하거나 그것을 향하여 가는 여러 가지 바른 길[正道]을 말한다. 바른 길로서의 정도는 일종의 방편으로 불교에선 삼학(三學), 육바라밀, 팔정도가 대표적이다.

위에서 살펴본 바처럼 한용운은 그의 시집 『님의 침묵』을 중생제도, 달리 말하면 하화중생(下化衆生)의 차원에서 출간하였다. 이것은 일반적인 시집의 출간과 그 양상을 아주 달리 하는 것이다. 특히 근대시인들의 시작행위의 목적과 비교할 때 그 지점은 너무나도 다른 곳에 가 있는 것이다. 이것을 가리켜 발원이자 원력으로서의 시쓰기라 한다면 이런 발원과 원력은 견성한 자, 깨친 자, 득도한 자이거나, 적어도 그런 세계를 추구하며 정진해 나아가는 자가 할 수 있고 세울 수 있는 목표이다. 한용운은 그의 나이 39세 되던 1917년에 「오도송(悟道頌)」을 불렀고, 이후 불교지식과 선수행의 상당한 경지를 체득한 교학자이자 선승으로 성장하였으며, 이 시집이 쓰여진 1926년엔 이미 48세의 장년이 되어 그의 사상과 종교적 삶이 대단히 깊게 무르익은 상태에 있었다.

그렇다면 중생제도란 무엇인가. 많은 사람들이 이 말을 쓰곤 하지만 그 뜻을 분명하게 아는 일이 새삼 요구된다. 중생제도란 한 마디로 말하여 위에서 말한 불교적 의미의 '집'과 '길'을 발견하고 체득할 수 있도록 중생들을 돕고 이끄는 일이다. 불교적 관점에서 보면 한 인간은 집과 길을 발견하고 증득하였을 때 비로소 불교의 궁극적 세계인 열반과 해탈에 도달할 수 있다. 여기서 열반이란 참다운 무아(無我)의 행복이고, 해탈이란 참다운 무상(無常)의 자유를 가리킨다.

그런데 여기서 유의할 일이 있다. 집과 길을 먼저 발견하고 증득한, 이른바 깨친 자가 '일체개고(一切皆苦)' 속에 빠져 있는 중생들에게 중생제도라는 구원의 마음을 내는 것은, 성철 스님이 그토록 역설하였듯이 그가 먼저 깨친 자로서 우월한 지위에 있기 때문이 아니라 모든 인간과 중생 그리고 우주만유가 자신과 동일한 불성을 갖고 있으며 '동근일체(同根一體)'의 존재임을 사무치게 깨치고 절감했기 때문이라는 점이다.[5] 더 쉽게 말하면 본질적으로 중생이란 불성을 가진 부처이고 나와 한 몸이라는 것을 통찰하고 체득했기 때문이다. 이렇게 될 때 깨친 자가 중생을 구원하는 일은 곧바로 자기 자신을 구원하는 일이 되고, 중생의 구원이 없이는 자신의 구원도 불가능해진다. 왜냐하면 동근동체인 우주 전체가 자신의 '참나'이자 중생의 '참나'이기 때문이다.

---

5 퇴옹 성철, 『백일법문(百日法門) 상 · 하』(합천 : 장경각, 1992) 참조.

에고와 유아(有我)에 중심을 두고 살아온 세상 사람들이나 일반 독자들의 경우, 이런 중생제도의 마음을 이해하기도, 거기에 공감하기도 쉽지 않다. 부연한다면 중생제도의 마음은 범부중생의 마음길과 인생길을 보살의 그 것으로 전변시키는 일이며, 앞서 말했듯 '식(識)'의 세계를 뛰어넘어 '지(智)' 의 세계를 현실 속에 구현하는 일이고, 우주적 실체와 우주적 실상을 관(觀) 하여 우주적 실용을 구사하는 일이기에 대중적 이해를 구하기가 어려운 것이다.

그렇다면 한용운은 『님의 침묵』 속의 「군말」과 더불어 본문 격에 해당되는 88편의 시를 통하여 중생제도의 어떤 모습을 보여준 것일까? 그때 제일 먼저 거론할 수 있는 것은 이 시집이 세속적 사랑과 구별되는 '깨친 자의 사랑'이 어떤 것인가를 보여줌으로써 중생구제의 길을 시사하며 제시하고 있다는 것이다,

필자는 방금 '깨친 자의 사랑'이라는 말을 썼다. 이것은 매우 중요한 함의를 갖는다. 왜냐하면 이는 범부의 본능적 사랑이나 소아적 사랑을 넘어서는 '불교적 지혜 위의 사랑'이기 때문이다. 한용운은 이 사랑의 문제를 그의 산문 「내가 믿는 불교」에서 '博愛와 互濟'라는 말로 대신하였다. 실제로 불교에서 이 사랑은 대자대비의 다른 말이다. 그러나 한용운은 그의 시집 『님의 침묵』에서 대자대비라는 말 대신 '사랑'이라는 말을 시종 사용하였다. 참고로 밝히면 한용운은 그의 산문 「내가 믿는 불교」에서 자신이 불교를 믿는 까닭에 대하여 다음과 같이 말하고 있다: 첫째 불교는 그 신앙에 있어서 자신적(自信的)이요, 둘째 그 사상에 있어서는 평등이요, 셋째 그 학설로 볼 때는 물심(物心)을 초절(超絶)한 유심론(唯心論)이요, 넷째 사업으로

는 박애(博愛)·호제(互濟)이기 때문이다. 한용운은 여기서 이런 불교를 가리켜 현대는 물론 미래까지 아우를 수 있는 최후의 그 무엇이 되기에 족하다고 역설하였다.[6]

사랑이든, 박애와 호제이든, 아니면 대자대비이든 이들은 불교가 도달할 수 있는 마지막 지점이면서 불교에 도달할 수 있는 최선의 길이다. 한용운은 바로 이와 같은 '사랑'의 문제를 시집 『님의 침묵』 속에서 보여주고 탐구함으로써 중생제도의 길을 열어 나가고자 한다.

한용운의 시집 『님의 침묵』 속에서 이 '사랑'의 문제를 온전히 이해하게 되면 이 시집의 핵심영역에 도달하는 일이 된다. 논자들은 시집 『님의 침묵』 속의 이 사랑의 문제를 주목하면서 이 시집이야말로 '사랑의 증도가(證道歌)'라고 규정하기도 하였고,[7] '사랑의 시화(詩話)'와 같은 시집이라고[8] 언급한 바도 있다. '사랑의 증도가'란 규정은 송욱이 한 것인데 그는 직관에 의하여 사랑을 '증도'의 문제와 연결시키는 소중한 언급을 하였음에도 불구하고 구체적인 시작품의 해석에 있어서는 많은 한계를 보이고 있다. 그리고 '사랑의 시화'라는 해석을 한 것은 윤재근인데 그 역시 『님의 침묵』의 연속

---

6 한용운, 「내가 믿는 불교」, 『개벽』 45호(1924.3.1.). 한용운이 불교의 사업으로 밝힌 박애와 호제에 대해 보다 자세히 언급한 부분을 참조하면 좋을 것이다: "그러면 불교의 사업은 무엇인가. 가론 博愛요, 互濟입니다. 有情無情, 萬有를 모두 동등으로 博愛, 互濟하자는 것입니다. 유독 사람에게 한할 것이 아니라 일체의 물을 통해서 하는 것입니다. 이 말이 제국주의니 민족주의니 하는 것이 실세력을 갖고 있는 오늘에 있어서 이러한 博愛, 이러한 互濟를 말하는 것은 너무 迂遠한 말이라 할지 모르나 이 진리는 진리이외다. 진리인 이상 이것은 반드시 사실로 顯現될 것이외다." 『한용운전집 2』(서울 : 신구문화사, 1973), 288~289면 참조.
7 송욱, 『님의 침묵 전편해설』(서울 : 일조각, 1974).
8 윤재근, 『만해시 『님의 침묵』 연구』(서울 : 민족문화사, 1984).

적 주제이자 중심적 주제가 '사랑'이라는 사실을 포착하였음에도 불구하고 그 사랑의 개념이나 역할을 밝혀내는 데 있어서는 한계를 보이고 있다.

불교에 대해서도 그렇지만 사랑에 다해서도 오해가 크다. 많은 사람들은 불교에 대해서 그러한 것처럼 사랑이 무엇인지를 스스로 안다고 '생각한다'. 그러나 실제로 사람들이 안다고 생각하는 사랑은 심층적 정신분석을 동원하지 않더라도 유아중심적이고 자기탐닉적인 세속적, 소아적 사랑의 다양한 변주 형태들이다. 그러므로 한용운이 『님의 침묵』에서 말하는 '지혜 위의 대아적(大我的) 사랑', '깨친 자의 보살적 사랑', '실상(實相) 위에서의 평등심의 사랑' 등과 같은 세계는 쉽사리 전달되지 않는 어려움을 안고 있다.

그러나 중생제도는 이와 같은 사랑이 아니면 성취되기 어렵다. 중생들이 '집'과 '길'을 발견하고 증득하게 하는 데도. 그들이 집과 길을 발견하고 참다운 삶을 살아가게 하는 데도 이런 사랑은 다른 것으로 대체하기 어려운 정도(正道)이자 나침반의 역할을 한다.

한용운은 그의 시집 『님의 침묵』에서 다음과 같이 '사랑담론'을 들려주고 있다. 이 점을 간단하게 살펴보는 일은 그의 사랑이 어떤 것인지를 알게 하는 데 도움이 됨과 더불어 사랑을 통한 중생제도의 원력이 『님의 침묵』의 창작원리로 작용하고 있음을 인지하게 하는 데도 기여할 것이다.


  ① 사랑의 束縛이 꿈이라면
　　　 出世의 解脫도 꿈입니다
　　　 우슴과눈물이 꿈이라면
　　　 無心의 光明도 꿈입니다
　　　 一切萬法이 꿈이라면

사랑의꿈에서 不滅을엇것슴니다

— 「꿈이라면」의 전문[9]

② 눈물의구슬이어 한숨의봄바람이어 사랑의聖殿을莊嚴하는 無等等의寶物이어
아아 언제나 空間과時間을 눈물로채워서 사랑의世界를 完成할ㅅ가요

— 「눈물」의 부분[10]

위의 인용시 ①은 한용운의 사랑에 대한 생각을 가장 명확하게 보여주는 부분이다. 그는 여기서 '一切萬法'이 꿈(환(幻), 가설(假設)된 것, 상(相), 현상)이라면 사랑이라는 꿈을 통하여 '不滅'을 얻겠다고 자신의 사랑담론을 피력한다. 알다시피 일체만법이란 불교의 용어이자 개념으로서 이 우주 속에 나타난 모든 가시적, 불가시적 현상 전체를 가리킨다. 불교에서는 이 일체만법이 연기(緣起)의 공성(空性)에 의한 것으로 파악한다. 따라서 제법(諸法)은 무아이고 그 제법의 행(行)은 무상이다. 삼법인(三法印)에서 말하는 이른바 제법무아(諸法無我)와 제행무상(諸行無常)이 그것이다. 한용운은 그가 중시하는 사랑조차도 이러한 '꿈', 곧 연기공성의 한 현상임을 안다. 이것은 매우 높은 인식의 세계이다. 그럼에도 불구하고 이 사랑만 한 것이 이 법계에 더 이상 없다고 그는 생각한 것이다. 따라서 그는 이 사랑으로 '不滅'을 얻겠다고 한 것이다. 여기서 잠시 그가 얻겠다고 한 '不滅'에 대해 살펴볼 필요가 있다. 한용운은 그의 산문 「나는 왜 중이 되었나」에서 자신의 승려생활

---

9 한용운, 『님의 침묵』(경성 : 회동서관, 1926), 105면.
10 위의 책, 120면.

30년에서 얻은 것은 '永生'이었다고 한마디로 요약하여 밝힌 바 있다.[11] 여기서 영생과 불멸은 같은 말이다. 그리고 이 두 말은 불교에서 궁극적 깨침의 도달점으로 생각하는 '집' 또는 '본향'에의 도달을 의미한다. 불교경전의 하나인 「반야심경」에서 우주적 진리의 속성을 불생불멸, 불구부정(不垢不淨), 부증불감(不增不減)이란 말로 드러낸 것을 상기하면 이 영생과 불멸의 속뜻은 보다 심층적으로 전달된다.

요컨대 한용운은 '사랑'을 '집'과 '길'을 발견하는 최고의 '꿈'이자 최선의 방편으로 생각한 것이다. 그리고 그 '사랑의 완성'을 위하여 자신의 생 전체를 영위해간 것은 물론 『님의 침묵』도 창작한 것이다. 그러니까 그는 그의 시 「「사랑」을사랑하야요」[12]의 일부분처럼 '사랑'을 사랑한 것이다. 위의 인용시 ②에는 이 점이 친절하게 기술돼 있다. 사랑하는 님이 주는 눈물은 다른 눈물과 달리 '眞珠눈물'이자 '無等等의 보물'인데, 이 눈물로 이 우주적 시공간을 온전히 채워 사랑의 세계를 완성하는 것이 그의 꿈이라는 것이다.

본절에서 논의한 한용운의 중생제도로서의 시쓰기에서 '사랑'은 이토록 중요한 테마이자 과제이다. 그 '사랑'의 문제를 보다 깊이 이해할 때 한용운의 중생제도 문제는 물론 『님의 침묵』에 대한 전체적이며 구체적인 접근이 한층 깊이를 더해갈 것이다. 이 '사랑'의 문제를 아래의 절에서 좀 더 상세하고 심도 있게 다루고자 한다. 이 문제는 다른 창작원리와도 연관되는

---

11 한용운, 「나는 왜 중이 되었나」, 『삼천리』 6호(1930.5.) : 권영민 편, 『한용운문학전집 6』(서울 : 태학사, 2011), 390~395면.

12 한용운, 『님의 침묵』, 137~138면.

『님의 침묵』 속의 지배소이자 중심축과 같은 것이기 때문이다.

## 2) 화작(化作)으로서의 시쓰기

한용운의 시집 『님의 침묵』의 중요한 창작원리로 제시해야 할 또 하나의 것은 이 시집의 근저를 이루는 '화작'으로서의 창작방법이다. 화작이란 불교의 보살행의 최고단계로서 보살이 인연 따라 무한의 화신으로 나타나는 것을 뜻한다. 이때 보살행은 사사무애(事事無碍)의 단계에 진입한 것으로서 '지금, 이곳'의 현실을 있는 그대로 수용하고 살아내며 승화시키는 일이다.

사무애(四無碍)는 널리 알려진 불교의 수도 및 수행의 특성이자 단계를 알려준다. 사무애(事無碍), 이무애(理無碍), 이사무애(理事無碍), 사사무애가 그것이거니와 초기 단계의 사무애와 이무애도 속인으로는 참으로 성취하기 어려운 단계이자 세계이지만, 이사무애와 사사무애의 단계는 더욱더 도달하기 어려운 경지이자 세계이다. 특히 후자의 두 가지 경지이자 세계 가운데 사사무애의 단계는 가장 성취하기 어려운 보살행의 궁극인 바, 이 사사무애의 단계에서 나오는 것이 '화작'의 마음이자 행동과 삶이다.[13]

앞서 말했듯 화작이란 보살이 인연 따라 무한의 화신으로 나타나 그 인연을 수행과 교화의 장으로 삼는 것이다. 외형으로만 본다면 화작의 삶은 세속의 그것과 하나도 다름없다. 그러나 이것이 세속의 그것과 다른 것은

---

[13] 화작에 대해서는 법륜 스님의 설명이 어느 것보다 친절하고 실감 있다. 위 설명은 그를 참조하였다: 법륜, 『깨달음』(서울 : 정토출판, 2012), 124~143면.

존재의 평등성, 제법(諸法)의 연기성(緣起性), 제행(諸行)의 무상성(無常性), 만법(萬法)의 일체성(一體性), 실상(實相)의 일원성(一圓性) 등을 사무치게 체득하였을 때, 비로소 가능하다는 점이다. 숭산 스님의 수행 지표 모형에 따르면 이것은 0도에서 시작되는 중생적 소아(小我)의 삶이 카르마의 삶(90도), 진공(眞空)의 삶(180도), 묘유(妙有)의 삶(270도)을 거쳐 마침내 360도이자 새로운 0도가 되는 곳에서 거듭나는 대아적(大我的) 보살의 삶을 사는 일이다.[14]

여기에선 성속(聖俗)이 따로 없다. 높고 낮음도 달리 없다. 그리고 깨끗함과 더러움도 무화된다. 일체가 그대로 현실이자 실제이다. 이것은 「반야심경」이 진공의 속성으로 전해주는 세 가지—불생불멸, 불구부정, 부증불감—가운데 불구부정의 세계와 가장 가깝다. 이와 같이 있는 그대로의 현실을 수용하고 승화시키는 자리에서 세계는 무사(無事)하다.

한용운의 시집 『님의 침묵』이 쉽게 접근 가능한 시집 같은 느낌을 주면서도 난해성과 모호성을 말끔히 거둬낼 수 없게 하는 중요한 까닭 가운데 하나는 바로 이 화작의 원리가 내재되어 있기 때문이라 할 수 있다. 이런 화작의 원리로 인하여 사람들은 『님의 침묵』을 두고 아주 세속적인 해석을 하는 경우가 있는가 하면, 시집 속의 님과 화자 사이의 세속적 표현과 감정 그리고 언어 앞에서 당혹스러움을 감추지 못하는 경우도 있다. 전자의 경우 『님의 침묵』의 저자가 승려라는 사실을 괄호 안에 넣고 그 작품을 일반적 예술가의 시집이나 보통의 시작품으로 취급한 결과이며, 후자의 경

---

**14** 현각 엮음, 『선의 나침반 1, 2 : 숭산 대선사의 가르침』, 허문명 옮김(서울 : 열림원, 2001) 참조.

우는 『님의 침묵』의 저자가 승려라는 사실과 이 시집 속에 등장하는 세속성을 연관시켜 파악하기 어려운 데서 나오는 결과이다.

그렇다면 한용운은 『님의 침묵』에서 왜 화작의 방법을 동원하였을까. 그리고 그 화작의 방법은 구체적으로 어떻게 구현돼 있는 것일까.

한용운의 시집 『님의 침묵』에서 화작의 방법이 사용된 것은 그가 앞장에서 논의한 중생제도의 원력 속에서 이 시집을 창작한 것과 특별히 관련된다. 그리고 승려라는 특수한 신분으로 시를 쓰는 예술행위가 일반 독자들에게 조금도 낯선 것이 되지 않도록 하기 위한 그의 배려와 연관된다고 생각된다. 여기서 한용운은 예술가로서의 세속의 훌륭한 시인이 되기 위해 시를 쓴 것이라기보다 수행자로서의 보살행을 실천하느라고 세속의 시라는 장르를 원용한 것이라는 점을 다시 한 번 상기해야 한다. 그리고 그의 이와 같은 시작의 동기이자 원인이 세속의 중생과 중생계의 현실을 수용하며 넘어서는, 이른바 포월(包越)의 마음과 닿아 있음을 기억해야 한다.

한용운의 시집 『님의 침묵』 속에 내재된 화작의 모습은 다음과 같은 몇 가지 사실로 나타난다. 첫째는 그가 외형적으로 세속사회의 예술가의 얼굴을 하고서 세속 장르이자 근대시 양식의 하나인 '시 장르'를 선택하여 시를 썼다는 점이다. 둘째는 시의 구성을 남녀 간의 연정과 사랑, 이별과 만남이라는 대중적 구도 속에 넣었다는 것이다. 셋째는 당시 유행하였던 자유연애 풍조와 1920년대 시단의 관습적 주제였던 에로스와 에로티시즘의 문제를 그대로 차용하였다는 것이다. 그리고 넷째는 시 속에 드러난 감정이나 언어가 세속의 연인들이나 일반인들에게서 보이는 그것들을 거침없이 수용했다는 점이다.

앞서 말했듯이 한용운은 위와 같은 화작의 형태를 취함으로써 그의 시집 『님의 침묵』이 한편으로는 독자들에게 친숙한 느낌을 갖게 하는 결과를 가져왔으며, 다른 한편으로는 독자들로 하여금 시 이해에 당혹스러움을 느끼고 난처한 심정 혹은 난해하다는 심정을 갖게 하였다.

화작의 원리에 의거해서 쓰여진 한용운의 시집 『님의 침묵』을 두고 그간 벌어진 일련의 혼란스러운 논의들을 제시하면 다음과 같다. 첫째는 『님의 침묵』 속의 '님'이 한용운이 백담사에 머물던 시절 그를 시봉했던 서여연화(徐如蓮花) 보살이라는 것이다. 둘째는 『님의 침묵』을 형이상학적인 종교시나 불교적 구도의 시로 읽지 말고 세속적인 연시의 일종으로 읽어야 한다는 것이다. 셋째는 한용운이 실제로 연애를 했거나 연애감정을 느껴보지 않고서는 『님의 침묵』에서와 같은 묘사와 태도 그리고 목소리가 나올 수 없다는 것이다. 넷째는 이 시를 근대시 독법으로 읽을 수 있다고 생각하며 그런 접근과 그에 의한 판단을 시도하는 일이다. 다섯째는 『님의 침묵』 속에는 종교시와 연시가 공존하고 있다는 것이다.

화작이란 실질적으로 주변의 그 누구도 눈치를 채지 못하게 인연과 하나가 되어 살면서 궁극적으로는 그 인연을 눈뜸의 세계, 깨침의 세계, 각자(覺者)의 세계, 본각(本覺)의 자리로 이끄는 일이다. 법륜 스님의 표현을 빌면 진흙 속에서 연꽃이 되는 것이 아니라 연꽃을 피우기 위해 진흙이 되는 일이다.[15]

한용운의 시집 『님의 침묵』 속의 화작의 세계는 이런 화작의 특성을 알

---

15 법륜, 앞의 책, 124~143면 참조.

고 살펴볼 때, '진흙'이라는 세속적 현실 속에서 피어나는 '연꽃'의 실제를 보게 한다. 그리고 이런 '연꽃'의 실제를 보고 직감함으로써 독자들로 하여금 감동의 시간 속으로 들어가게 한다. 방금 말한 감동이란 시론 일반에서 사용되는 상식적인 차원의 개념일 수도 있지만, 그보다는 앞 단락에서 언급한 눈뜸의 세계, 깨침의 세계, 각자의 세계, 본각의 자리를 만남으로써 갖게 되는 환희심이라 보는 것이 좀 더 정확하다.

　시집의 제목이면서 시집의 대표시이고 또 시집의 맨 앞에 수록된 「님의 침묵」만 보더라도 이 화작의 원리가 절묘하게 구현돼 있음을 볼 수 있다. 님과 나 사이의 사랑과 이별이라는 구도, 님을 향한 슬픔, 추억, 기다림, 그리움 등의 사적 감정의 생성과 표출, 시 속에 사용된 세속적 연인 사이의 언어들, 님과의 이별을 극복하려는 인간적 안간힘과 노력, 이들이 바로 이 시에 나타난 화작의 외형적 모습이다. 그러나 이런 외형적 모습의 이면에는 인연 속에 있는 텍스트 내외의 모든 자들, 그들이 작품 속의 '님'이건 이 작품을 읽는 독자들이건, 실제로 현실에서 애인을 떠나보낸 자들이건 간에 이들이 세속적 감정과 상황을 벗어날 수 있도록 하는 '깨침'의 힘과 이치가 들어 있다. 그것은 첫째로 님에 대한 '무주(無住)의, 무한의 사랑'을 알고 체득하는 것이다. 이 사랑은 소아적 욕망과 갈애의 사랑과 구별된다. 사랑이 '무주'의 것일 때 그것은 자기중심성의 집착과 소유 및 그 증식의 욕구를 넘어선다. 그 사랑이 또한 '무한'일 때 그것은 조건과 시간을 넘어선다. 작품 「님의 침묵」 속에 있는 사랑은 바로 이런 무주의, 무한의, 무아의 사랑이다. 둘째로 그것은 우주의 참된 이치를 체득하게 만드는 사랑이다. 만남과 떠남, 떠남과 만남이 불이(不二)이자 불이(不異)라는 중도(中道)

적 사유와 공성에 의한 화쟁의 사유가 여기에 담겨 있다.

필자는 앞절에서 '사랑'의 문제를 본절을 통해 좀 더 상세하게 다루겠다고 말한 바 있다. 이 점은 위의 「님의 침묵」 속에 들어 있는 화작의 문제를 살펴보는 데서 이미 얼마간 드러났으리라 생각하나, 시집 『님의 침묵』 전체를 염두에 두고 좀 더 부연해 살펴보기로 한다.

『님의 침묵』에서 한용운은 '자비' '대자대비'와 같은 불교 용어나 그가 자신의 산문에서 불교 사업으로 거론한 '박애' '호제' 등과 같은 용어를 쓰지 않고 '사랑'이라는 대중적 용어를 처음부터 끝까지 사용하고 있다. 시집 『님의 침묵』 속에 가장 많이 등장하는 시어는 이 '사랑'이다. 그런데 그가 이처럼 '사랑'이라는 시어를 사용한 것은 화작의 원리를 구현하고자 한 점과 관련된다고 생각된다. 그러면서 그는 이런 그의 화작으로서의 '사랑'이란 말에 대한 독자들의 오해가 염려되어 '군말'이라고 스스로 칭한 『님의 침묵』 속 「군말」에서 소아적 사랑과 대아적 사랑, 본능적 사랑과 불교적 사랑, 대중적 사랑과 초월적 사랑의 차이에 대해 설명한 것이라 생각된다.

요컨대 한용운은 『님의 침묵』에서 사랑이라는 대중적 언어이자 용어를 중심시어로 사용하여 화작의 시편을 창조하였다. 그러나 화작의 원리가 늘 그러하듯이 이 시집의 행간을 차분히 읽어보거나 시집 전체를 다 읽고 나면 그가 사용한 화작의 형식으로서의 사랑이란 말과 세계를 통하여 마침내 대중적, 소아적 사랑의 한계를 벗어나 참된 대아적 사랑에 눈뜨게 되는 신비를 맛보게 된다. 그리고 더 나아가서는 '꺼친 자의 사랑' 혹은 '지혜 위의 사랑'을 통해 불교 승려로서의 한용운처럼 보살의 삶을 살고 싶은 충동을 느끼거나 발심을 하는 데 이르게 되기도 한다.

## 3) 날줄과 씨줄에 의한 시쓰기

모든 시는 다 그 나름의 날줄과 씨줄에 의하여 직조된다. 우주 자체, 지구 자체가 날줄인 경도와 씨줄인 위도에 의하여 시공간을 창조하고 그 운행을 이루어가듯, 시작품 또한 이런 법칙에서 벗어나지 않는다.

그럼에도 불구하고 굳이 한용운의 시집 『님의 침묵』을 논의하는 이곳에서 이 사실을 새삼스럽게 거론하고 강조하는 까닭은 실제로 우리의 근·현대시의 대부분이 자각적인 날줄, 혹은 통합적인 날줄을 제대로 정립하고 그 위에서 씨줄을 직조한 경우가 매우 드물다는 판단 때문이다.

여기엔 좀 더 설명이 필요할 듯하다. 그것은 '날줄'에 대한 이해와 사유가 좀 더 필요하기 때문이다. '날줄'이란 시 전체를 지배하고 창조하는 기본 골격이다. 날줄이 중요한 것은, 척추가 부재하는 신체, 골격이 부재하는 생명, 줄기가 부재하는 식물, 기둥이 부재하는 건축이 우주와 대지에 깊이 뿌리내릴 수 없는 것과 같은 이치에서이다. 앞 단락에서 잠시 언급했듯이 인간의 삶도, 무한의 우주도, 우리가 살고 있는 지구도, 또 그 무엇도, 그야말로 극대에서 극미까지 우주만유는 참다운 '날줄'이 형성되거나 정립되지 않았을 경우 방향성과 지향성, 일관성과 안정성을 상실한 유랑의 길을 가게 된다. 특별히 인간들의 경우와 그 삶을 놓고 볼 때, 날줄 부재의 생은 순간순간 출몰하는 생각, 느낌, 관념, 감정, 의식, 무의식 등의 지배를 받으며 부산하게 움직일 뿐이다. 요컨대 날줄로서의 진정한 우주적 이치 속에서 한 세계를 창조하거나 운영하지 못하는 무반성적 삶이 전개되는 것이다. 이런 점에서 우리가 살고 있는 이 현시대를 날줄이 부재하는 시대라고, 좌충우돌하며 살아가는 수많은 범인의 삶을 '날줄'이 부재하는 삶이라고 말할 수 있다. 더 나아가 '날줄'이라는 존재이자 세계조차 자각하지 못하고 살아가는 충동적, 즉흥적, 분산적, 자기중심적 시대이며 그런 삶이 이루어지고 있는 현실이라고 할 수 있다.

그렇다면 참다운 '날줄'은 어떻게 형성되고 창조되고 정립될 수 있는 것인가. 그것은 한 마디로 말하면, 좀 거칠기는 하나, '전체에 대한 통찰' 위에서 가능하다고 말할 수 있다. 전체에 대한 통찰이란 우주와 우주만유의 실상에 대한 통찰을 의미한다. 이런 통찰을 담은 지혜의 텍스트를 인류는 특별히 '경전'이라 부르며 따로 분류하고 존중한다. 경전에서의 '경'은 '날줄'이다. 그러니까 경전은 날줄을 담은 책자이자 그것을 보여주는 세계이다. 말하자면 삶과 우주의 중심축을 함축하고 제시하는 보고이다.[16] 이와 같은 '경으로서의 날줄'은 지식으로 전달받을 수도 있지만 그보다는 통찰에 의해 체득되어야 한다. 앞의 것이 이해의 차원에서 가능한 '마른 지식[乾慧, dry cognition]'이기 쉽다면 후자의 것은 경험에서 존재 전체로 증득된 살아 있는 지혜이다. 전자를 'knowledge'의 차원이라고 한다면 후자는 'wisdom'의 차원이라고 할 수 있을 것이다.

한용운의 시집 『님의 침묵』은 1920년대 당시로서는 물론 우리 근·현대 시사 전반을 놓고 보더라도 전체성에 바탕을 두고 통찰된 신뢰할 만한 날줄을 그 속에 지니고 있는 몇 안 되는 시집 가운데 하나이다. 그가 불교 승

---

16 경으로서의 날줄 혹은 날줄로서의 지혜를 이해하는 데는 다음의 저서가 도움을 준다 : 우승택, 『날줄 원각경』(서울 : 불광출판사, 2010).

려로서 39세에 득도하고 48세인 1926년에 창작한 이『님의 침묵』 속의 전 작품을 지배하고 후원하며 이끄는 날줄은 예사로운 것이 아니다. 그것은 그가 체득하고 무르익힌 불교의 우주관이자 세계관이고 인생관이며 가치 관이다. 그는 불교가 가리키는 우주적 진리, 불교가 도달하고자 하는 우주 적 참나, 불교가 실천하고자 하는 우주적 자비행을 시 속의 날줄로 들여놓 고 있는 것이다.

이런 시집이기에『님의 침묵』은 처음부터 끝까지 연작시로 읽어도 무방 하고, 한 가지 주제를 가진 시 모음집으로 읽어도 문제가 없으며, 시집 속 의 어느 작품을 먼저 읽고 다른 시를 읽어도 서로 상충되는 모습을 보이지 않는 흥미로운 시집이다.

한용운의 시집『님의 침묵』에서 일단 이 날줄을 파악하고 그것을 이해하 게 되면 그의 시집을 읽는 데 중요한 핵심은 포착된 것이다. 더욱이 그가 날줄로 삼고 있는 불교적 세계관과 우주관 그리고 인생관과 가치관에 공 감하고 그것을 체득하게 된다면 이 시집의 날줄과 이루어지는 대화 및 교 감은 한층 깊어질 것이다. 적지 않은 사람들이 한용운의 시집『님의 침묵』 읽기의 실제에서 그 주변만을 맴돌거나 당혹스러움 속에 빠지는 것은 이 '날줄'의 존재를 제대로 인지하고 포착하지 못하였기 때문이다. 더욱이 그 세계를 체득하지 못하였기 때문이다.

한용운은『님의 침묵』에서 '날줄'의 세계를 어떻게 표현하고 보여주고 있는 것일까. 이 점을 살펴보기로 한다. 필자가 보기에는 시집의 본문에 해당되는 88편의 시는 물론 서문 격인「군말」과 마무리 글인「독자에게」에 이르기까지 그의 시집 전편에는 이 날줄이 직, 간접의 표현을 입고 근저에 내재해 있다.

① 리별은 美의 創造임니다
　　(…중략…)
　　美는 리별의 創造임니다

　　　　　　　　　　　　　　　　　　　—「리별은 美의 創造」의 부분[17]

② 바람도업는공중에 垂直의 波紋을내이며 고요히써러지는 오동닙은 누구의
　　발자최임닛가
　　지리한장마씃헤 서풍에몰녀가는 무서은검은그름의 터진틈으로 언뜻언뜻보
　　이는 푸른하늘은 누구의얼골임닛가
　　（…중략…）
　　타고남은재가 다시기름이됨니다 그칠줄을모르고타는 나의가슴은 누구의밤
　　을지키는 약한등ㅅ불임닛가

　　　　　　　　　　　　　　　　　　　—「알ㅅ수업서요」의 부분[18]

③ 귀태여 이즈랴면
　　이즐수가 업는 것은 아니지만
　　잠과죽엄쑨이기로
　　님두고는 못하야요

　　　　　　　　　　　　　　　　　　　—「나는잇고저」의 부분[19]

　　한용운의 시집 『님의 침묵』 속의 앞부분에 수록된 4작품 가운데 맨 앞의
수록작품 「님의 침묵」을 제외하고 나머지 3작품을 차례대로 인용해본 것

---

17 한용운, 『님의 침묵』, 3면.
18 위의 책, 4~5면.
19 위의 책, 6~7면.

이다. 인용시 ①은 이별을 미의 창조로 해석하고 전변시키는 공, 중도, 무유정법(無有定法)의 신비와 비밀을, 인용시 ②는 진여법성(眞如法性)의 무한하고 아름다우며 경이로운 화현상(化現相)이자 현현상(顯現相)을, 인용시 ③은 대승적 사랑과 자비의 절대성과 무조건성을 말하고 있다. 한용운이 드러내고 있는 이와 같은 세계는 그가 시집『님의 침묵』에 내재시킨 '경'으로서의 '날줄'의 한 양상이다.

앞서 말했듯이 위와 같은 날줄의 심층을 이해하지 못하면 앞에 인용한 3편의 시에 대한 접근은 일정한 한계 내에서 이루어질 수밖에 없다. 그리하여 위 시를 협소하게 연시로만 읽는다든지, 위 시의 중층성 앞에서 당혹스러움을 느끼게 된다든지, 위 시가 형이상의 세계를 다룬 특별한 시임을 짐작하기는 하지만 그 구체성에로의 직입을 못한다든지 하게 된다.

이런 한계를 극복하고 공, 중도, 무유정법, 진여법성, 진여법성의 활동, 대승적 사랑과 자비행 등과 같은 앞 인용시 속의 '날줄'에 대한 이해를 깊게 하면 이들 작품에 대한 탐구는 한층 진전될 수 있다.

그러나 문제는 한 인간이 그가 창작자이든 독자이든 간에 여간해서는 이런 '날줄'을 체득하여 내면화하기가 어렵다는 데 있다. 한용운도 39세에 득도하였다고 앞에서 말한 것을 기억해보자. 결코 이른 나이가 아니다. 그리고 날줄을 찾는 수많은 소위 구도자들이 죽음의 시간 앞에 이르기까지도 소기의 성과를 거두지 못하고 만다는 일반적인 사실을 상기해보자. 수많은 사람들은 그가 창작자이든 독자이든 자아중심적이자 인간중심적으로, 불교식으로 이야기한다면 소아와 카르마의 지배를 받으면서 살아간다. 특히 근대 및 현대에 이르러 자아중심주의와 인간중심주의는 한층 사회적으로, 시대적으로 강화되었으며 인간들의 이와 같은 날줄을 읽어내는 능력은 상당히 퇴화되었다.

한용운의 시집 『님의 침묵』은 이러한 뚜렷한 날줄을 근저로 삼으면서 다양한 씨줄을 교직하고 있다. 여기서 날줄과 씨줄은 대등한 것이 아니며 날줄이 씨줄보다 더 본질적이라고 보아야 한다. 굳이 비유한다면 전자가 도리(道理)이고 후자는 도체(道體)이다. 그러나 일단 날줄을 통과한 씨줄은 날줄과 한 몸이 된다. 여기서 씨줄은 우연에 의하여 또는 기계적으로 날줄과 한 몸이 된 관계가 아니라 방금 말했듯이 날줄을 통과하여 재생된 씨줄의 자격으로 그 날줄과 일체를 이룬 것이다.

① 이세상에는 길도 만키도함니다
　　산에는 돍길이잇슴니다 바다에는 배ㅅ길이잇슴니다 공중에는 달과별의길
　　이잇슴니다
　　강ㅅ가에서 낙시질하는사람은 모래위에 발자취를내임니다 들에서 나물캐
　　는女子는 芳草를밟슴니다
　　악한사람은 죄의길을조처감니다
　　義잇는사람은 올은일을위하야는 칼날을밟슴니다
　　서산에지는 해는 붉은놀을밟슴니다
　　봄아츰의 맑은이슬은 쏫머리에서 밋그름탐니다
　　그러나 나의길은 이세상에 둘밧게업슴니다
　　하나는 님의품에안기는 길임니다
　　그러치아니하면 죽엄의품에안기는 길임니다
　　그것은 만일 님의품에안기지못하면 다른길은 죽엄의길보다 험하고 괴로은
　　까닭임니다
　　아아 나의길은 누가 내엿슴닛가

아아 이세상에는 님이아니고는 나의길을 내일수가 업습니다

그런데 나의길을 님이내엿스면 죽엄의길은 웨내섯슬가요

—「나의 길」의 전문[20]

② 나려오서요 나의마음이 자릿자릿하여요 곳나려오서요

　사랑하는님이어 엇지 그러케놉고간은 나무가지위에서 춤을추서요

　두손으로 나무가지를 단단히붓들고 고히고히나려오서요

　에그 저나무님새가 련꼿봉오리가튼 입설을 슬치것네 어서나려오서요


「네 네 나려가고십흔마음이 잠자거나 죽은것은 아님니다마는 나는 아시는
바와가티 여러사람의님인째문이어요 향긔로은 부르심을 거스르고자하는것
은 아님니다」고 버들가지에걸닌 반달은 해쑥해쑥우스면서 이러케말하는듯
하얏습니다

　나는 적은풀닙만치도 가림이업는 발게버슨 부끄럼을 두손으로 움켜쥐고
쌔른거름으로 잠ㅅ자리에 드러가서 눈을감고누엇습니다

　나려오지안는다든 반달이 삽분삽분거러와서 창밧게숨어서 나의눈을 엿봄
니다

　부끄럽든마음이 갑작히 무서워서 썰녀짐니다

—「錯認」의 전문[21]


　사실 시의 소재와 제재는 씨줄의 다른 이름이다. 그러므로 한용운의 시
집 『님의 침묵』 속에 있는 모든 소재와 제재는 다 날줄과 교직되는 씨줄의
역할을 하고 있는 셈이다. 그럼에도 불구하고 위에 2편의 시를 인용한 것

---

20　위의 책, 13~14면.
21　위의 책, 49~50면.

은 그 실제를 한 번 구체적으로 만나보고 살펴보기 위함이다.

앞의 인용시 ①에서 씨줄은 만유가 가는 수많은 길들이다. 그리고 이 만유 속에서 화자 역시 한 사람의 인간으로 그가 가는 길이 있음을 말하고 있다. 한용운은 이 시에서 수많은 이 길들을 평면적으로 나열하는 듯한 방식으로 씨줄짜기를 한다. 그리고 자신이 간다는 그 길 또한 세속적 사랑의 길인 것처럼 수식하여 씨줄짜기 속에 배치시킨다. 그러나 이 시를 잘 읽어 보면 이런 씨줄짜기의 소재이자 재료인 만유의 길들이 그저 날줄에 결합되고 있는 것이 아니라 그야말로 '날줄'에 의하여 중생(重生)되며 교직되고 있음을 알 수 있다. 또한 시인이 '날줄'의 정립 속에서, 더 나아가 '날줄'을 사람들이 깨치도록 하기 위하여 이 씨줄짜기를 다채롭게 하였다는 해석이 가능하다. 요컨대 앞의 인용시 ①에서 '날줄'은 '진리의 길'이다. 그리고 그 '진리의 길'을 형상화하는 방법으로 수많은 세상과 자연 그리고 삶의 길들을 씨줄로 교직시킨 것이다.

이런 구도는 앞의 인용시 ②에서도 동일하게 드러난다. 인용시 ②의 소재이자 제재는 '반달'이다. 화자는 하늘에 떠 있는 반달을 자신만의 님으로 삼고자 한다. 그러나 반달은 자신이야말로 모든 사람의 님이기에 화자인 당신에게만 배타적으로 가서 님이 될 수가 없다고 말한다. 이런 반달의 말을 듣고 화자는 좁은 소견을 들킨 듯하여 부끄러움 속에 빠진다. 그리고 이내 체념한 듯한 심정으로 잠을 자기 위해 잠자리에 든다. 하지만 반달은 그가 잠든 사이 그의 옆에 님으로 찾아와 그가 수많은 사람의 님으로 동시에 사는 것이 어떤 것인지를 보여준다. 여기서 반달과, 반달을 향한 화자의 태도와 마음은 씨줄이 된다. 그 씨줄을 이 시는 마치 『월인천강지곡』이

의미하는 바와 같은 월인(眞理)의 평등성과 무심성, 그리고 무한성과 편재성(遍在性)을 날줄로 삼아 교직시킨다.

시 속에 타당성과 보편성이 있는 날줄이 있으면 시는 사유의 전환과 인지의 충격을 강하게 일으킨다. 그리고 적절하며 다채로운 씨줄이 사용되면 시는 풍요로움과 읽는 맛을 더하게 된다. 한마디로 말하면 훌륭한 날줄은 좋은 뼈대처럼, 좋은 씨줄은 풍성한 살처럼 기능하고 작용하는 것이다. 한용운의 시집 『님의 침묵』에선 이 두 가지가 공존하며 상생하는 보기 좋은 시적 풍경이 구현되고 있다.

## 4) 중도의 수사학에 의한 시쓰기

한용운의 시집 『님의 침묵』의 기본적인 구성원리이자 수사학은 앞장에서 말한 바와 같은 날줄과 씨줄의 교직에 의해 이루어진다. 그러나 이것은 근본적인 틀일 뿐, 시의 형상화 방식으로서 사용된 구체적인 수사학은 조금 다른 측면에서 고찰될 수 있다. 그것은 바로 본절의 상기 제목에서 이미 드러난 바와 같이 '중도의 수사학'이라고 불러야 할 창작방법이자 수사학적 원리가 이 시집을 지배하고 있다는 것이다. 이 점은 시집 『님의 침묵』의 전체적인 형상화 수준을 고차원으로 들어 올리는 요인이면서 이 시집을 당대의 여러 다른 시집들이나 우리 근·현대시사 속의 수많은 시인들의 여러 시집들과 구별시키는 중요한 요인이다.

지금까지 많은 연구자들은 한용운의 시집 『님의 침묵』에 사용된 핵심적인 수사학의 원리이자 문체론적 특성으로 역설, 아이러니, 모순어법 등을 거론하였다. 이들은 서구 수사학의 개념과 용어로서 얼마간 한용운의 시집 『님의 침묵』이 지닌 수사학적 문제와 문체론적 특성을 밝히는 데 기여하였다. 그러나 한용운의 시집 『님의 침묵』이 지닌 '날줄'의 세계와 한용운이 이 시집을 쓰게 된 동기 및 불교 승려로서의 그의 수행 여정을 살펴볼 때, 이 시집에 사용된 수사학이자 형상화의 방법은 역설, 아이러니, 모순어법 등과 같은 서구 수사학의 개념이나 용어로는 온전히 설명되지 않는 보다 심원한 정신적 배경이자 토대를 갖고 있다. 필자는 이것을 불교의 중심사상인 중도의 정신이 창조한 '중도의 수사학'으로 읽어보고자 하거니와, 이런 중도의 수사학은 수많은 불교 경전들과 선어록 및 선화 속에서 두루 구사되고 있다.

그렇다면 중도란 무엇인가. 중도는 불교 교리와 사상의 핵심으로 이 우주가 무상과 무아에 바탕을 둔 연기의 동근일체(同根一體)임을 통찰하는 지혜이자 그것을 현실 속에서 행하는 지혜이다. 다시 말하면 진공인 우주적 진리를 관하고, 묘유의 삶을 창조하고 사는 일이다. 불교 경전의 대표적 텍스트 가운데 하나인 「반야심경」은 이 진공의 실상을 불생불멸, 불구부정, 부증불감이라는 말로 구체화하여 설명해주고 있다. 그리고 『중론(中論)』의 저자인 용수보살은 불생불멸, 불상부단(不常不斷), 불일불이(不一不二), 불래불거(不來不去)라는, 소위 '팔불(八不)'로 설명하고 있다. 그리고 잘 알려진 바와 같이 성철 스님은 그의 『백일법문』에서 양변을 여읜 쌍차쌍조(雙遮雙照)라는 말로 이 모든 것을 압축하여 함축적으로 드러내고 있다. 요컨대 그것이 어떻게 표현되고 설명되었든지 간에 이들은 궁극적으로는 한 몸인 존재의 연기 속에서 빚어지는 우주의 '무유정법'의 실상을 말해주는 것이다. 불교의 교리에 따르면 무유정법을 아는 순간, 자신을 비롯한 우주만유의 단절되고 분리된 상과 관념은 사라진다. 그리고 무유정법의 자리에서 세계를 볼 때, 세계는 자아중심적이며 인간중심적인 우월적, 차별적 시선을 벗어난다. 있는 그대로의 세계, 양변을 여읜 쌍차쌍조의 세계, 불이(不二)이자 불이(不異)인 세계, 원융한 무이상(無二相)의 세계를 그대로 보게 되는 것이다.

필자는 이와 같은 중도의 세계를 실감 있게 체계적으로 설명해준 대표적인 경우가 「반야심경」의 관자재보살이 오온(五蘊)이 공함을 천명하면서 사리자에게 이 공에 대해 친절한 설명을 덧붙인 것이라 생각한다. 관자재보살은 이 공을 이해시키기 위해 색불이공(色不異空)이요 공불이색(空不異色)이며, 색즉시공(色卽是空)이요 공즉시색(空卽是色)이라는 네 가지 문장으로 설명을 하였다. 여기서 색은 오온, 즉 색수상행식(色受想行識)의 한 가지로서의 색이기도 하고, 이 모든 것을 대표하는 오온의 대명사로서의 색이기도 하다. 바로 이런 설명의 문장 속에는 양변을 여읜 쌍차쌍조의 중도가 포괄하는 네 가지 모습이 들어 있다. 첫째는 이것과 저것이 다르지 않다는 것이며, 그 둘째는 저것과 이것이 다르지 않다는 것이고, 그 셋째는 이것과 저것이 같다는 것이며, 그 넷째는 저것과 이것이 같다는 것이다. 불교에선 이런 네 가지 모습이자 원리를 제법으로부터 한꺼번에 볼 수 있을 때, 세계와 세상을 향한 중도적 지혜가 열렸다고 보는 것이다.

한용운의 『님의 침묵』 속에 있는 수사학은 이 중도의 지혜 위에서 구현되고 있다. 이런 중도의 수사학을 말하기 위하여 지금까지 한용운 시의 연구자들은 주로 역설, 아이러니, 모순어법 등의 수사적 기법이자 개념을 빌려와 설명하곤 하였는데, 이런 기법과 개념들은 중도의 지혜와 수사학 속에서 나올 수 있는 일면에 불과한 것이므로 『님의 침묵』이 지닌 원리이자 특징으로서의 수사학을 온전히 설명하기에 충분하지 않다.

① 우리는 맛날째에 써날것을염녀하는것과가티 써날째에 다시맛날 것을 밋습니다
  아아 님은갓지마는 나는 님을보내지 아니하얏습니다
  제곡조를못이기는 사랑의노래는 님의沈黙을 휩싸고돔니다
  　　　　　　　　　　　　　　　　　　—「님의 沈黙」의 부분[22]


② 리별은 美의創造임니다
  (…중략…)
  님이어 리별이아니면 나는 눈물에서죽엇다가 우슴에서 다시사러날수가 업슴니다 오오 리별이어
  美는 리별의創造임니다
  　　　　　　　　　　　　　　　　　—「리별은美의創造」의 부분[23]


③ 타고남은재가 다시기름이됨니다 그칠줄을모르고타는 나의가슴은 누구의
  밤을지키는 약한등ㅅ불임닛가
  　　　　　　　　　　　　　　　　　　—「알ㅅ수업서요」의 부분[24]


④ 남들은 님을생각한다지만

----

22 위의 책, 1~2면.
23 위의 책, 3면.
24 위의 책, 4~5면.

나는 님을잇고저하야요

잊고저할수록 생각히기로

행여잇칠가하고 생각하야보앗슴니다

—「나는잇고저」의 부분<sup>25</sup>

한용운의 시집『님의 침묵』속에 수록된 작품 중 앞에서부터 차례대로 네 편을 옮겨 본 것이다. 이렇게 한 까닭은 한용운의 대표작인「님의 침묵」이나「알ㅅ수업서요」와 같은 작품뿐만 아니라 굳이 선택하지 않고 어떤 시를 펼치더라도 중도의 수사학이라 일컬을 만한 시적 방법이 내재돼 있음을 드러내기 위해서이다.

앞의 인용시 ①에서 만남과 떠남은 다음과 같은 중도의 원리를 그 안에 담고 있다. 곧 만남은 떠남과 다르지 않으며, 떠남은 만남과 다르지 않고, 만남은 곧 떠남이며, 떠남은 곧 만남이라는 네 가지 관계성이다. 이 네 가지 관계성을 중도, 곧 무유정법의 차원에서 이해할 때 비로소 인용시 ①의 화자의 사랑이 일방적인 편애나 갈애의 연정에서 비롯된 그것이 아니라 불교적 지혜 위의 사랑임을 읽어낼 수 있다. 인용시 ②에서도 이 점은 동일하다. 이별은 미의 창조이고 미는 이별의 창조라는 이 말에는 다음과 같은 중도의 원리가 들어 있다. 곧 이별은 미와 다르지 않으며, 미는 이별과 다르지 않고, 이별은 미이며, 미는 이별이라는 것이 그것이다. 인용시 ③에서도 이런 모습은 동일하게 나타난다. '타고 남은 재가 기름이 된다'는 이 말은 단순히 소멸이 생성으로, 절망이 희망으로 전변된다는 단선적 의

---

<sup>25</sup> 위의 책, 6~7면.

미를 담고 있는 것이 아니라, 재가 기름과 다르지 않고, 기름이 재와 다르지 않으며, 재는 곧 기름이요, 기름은 곧 재라는 중도의 사상을 내재시키고 있는 것이다. 끝으로 인용시 ④에서도 이런 모습은 그대로 발견되는 것을 볼 수 있다. 이 작품에선 생각한다는 것과 잊는다는 것을 두고, 생각하는 것이야말로 잊는다는 것과 다르지 않고, 잊는다는 것이야말로 생각하는 것과 다르지 않으며, 생각하는 것이란 곧 잊는 것이요, 잊는다는 것은 곧 생각하는 것이라는 중도의 원리를 보여주고 있다.

　중도 속에서만이 세상은 소위 '희비와 애증의 윤회'를 넘어선다는 것이 불교의 견해이다. 희비와 애증의 윤회란 자아나 인간이 내가 있다는, 내가 옳다는, 내 것이라는 아상에 의하여 분별을 하고 시비를 다툰 결과물이라고 불교는 말한다. 그리고 그 윤회를 일종의 '고통'으로 본다. 따라서 이런 아상에 의한 시비분별을 없애고 우주적 실상의 세계를 여실하게 보았을 때, 이와 같은 희비와 애증의 윤회는 물러가고 어느 곳에도 집착하지 않는 자유와 행복이 도래한다고 불교는 가르친다. 요컨대 이런 상태에서 그야말로 우주적 진리이자 이치를 볼 수 있으며 그에 걸맞은 용심(用心)과 실용(實用)의 삶이 가능해진다는 것이다. 한용운의 시집 『님의 침묵』 속엔 이런 중도적 지혜와 그에 바탕을 둔 수사학이 앞의 인용시 이외의 수많은 시에서도 거침없이 활달하게 구사되고 있다. 이것은 이 시집의 장점이자 특징이고 이 시집의 수사학적 수준을 한층 높이 끌어올린 원동력이다. 또한 이 시집이 해석의 모호성 속에서도 수많은 사람들로 하여금 알 수 없는 매력을 느끼게 하는 원천이다.

## 3. 결어

지금까지 한용운의 시집 『님의 침묵』을 지배하고 주도하는 창작원리를 네 가지로 나누어 살펴보았다. 그 결과 시집 『님의 침묵』은 일반적인 우리의 근·현대시와 다른 매우 특수한 창작원리에 의하여 쓰였음을 알게 되었다. 그리고 이런 점이야말로 이 시집의 성격과 위상을 규정하는 독자적이며 특수한 요인임을 알게 되었다.

본 논문의 서론에서 밝혔듯이 시집 『님의 침묵』은 근·현대시 독법으로 접근할 때 제한된 성과밖에 거두지 못하게 하는 비근대성을 지니고 있다. 그것은 이 시집이 근대적인 예술작품 그 자체로서보다 불교 승려의 수행과 원력의 한 방식으로 존재한다는 뜻이며, 이 시집을 관통하는 근본적인 사유가 자아중심주의와 인간중심주의에 기반한 세속적 범부의 사유 방식은 물론 근대적 세계관 전체와 배치되는 무아적, 연기적 사유 방식에 기초해 있다는 뜻이다.

따라서 이 시집을 제대로 읽어내기 위해서는 근대시 혹은 시 일반에 대한 지식과 시심의 간절함 이외에도 불교에 대한 차원 높은 지식과 불심의 수행력이 요구된다. 그런데 이 불교에 대한 수준 높은 지식과 불심의 수행력을 갖추는 일이 현실적으로 매우 어렵다는 점이 문제이다. 그것은 이미 우리의 집단적 삶과 사유 방식이 불교의 그것과 너무 다르게 변화되었으며, 불심을 갖는다는 것은 불교의 진리에 근본적으로 공감해야만 가능한 세계관 및 가치관의 문제이기 때문이다.

한용운의 시집 『님의 침묵』은 중생제도의 원력에 의해서, 화작의 원리에 의해서, 날줄과 씨줄의 교직원리에 의해서, 중도의 수사학적 원리에 의해서 창작되었다. 이 네 가지 사실은 그의 시집 읽기를 난해하게 만드는 요인이면서 동시에 그의 시집을 높은 정신적 수준으로 끌어올리는 요인이기도 하다. 또한 이것은 그의 시집을 얼핏 보면 누구나 접근 가능한 시집 같으면서도 실제로는 어떤 누구도 심층으로 접근하기 어려운 시집으로 만든 요인이 되기도 한다.

이 시집을 두고 탈근대성 및 그 세계를 논하는 경우도 있다. 필자는 이 점을 의식하면서 위에서 이 시집의 성격을 '비근대성'이란 말로 표현하였다. 그것은 한용운이 이 시집에서 근대를 의식하며 탈근대를 열어가고자 한 것이 아니라 시공을 초월한 보편적 진리로서의 불교적 세계관과 불교적 삶을 보여줌으로써 근대뿐만 아니라 무명으로 가득한 중생의 삶 전체를 넘어서 보고자 하는 뜻을 담아냈기 때문이다.

이 글은 한용운의 시집 『님의 침묵』 속에 들어 있는 88편의 시 전체를 읽어보고자 하는 작업으로 이어질 것이다. 필자는 그를 위해 시집 『님의 침묵』의 서언이자 선언문 격인 「군말」 읽기를 한 편의 글로 완성한 바 있다. 이 글은 거기에 이어지는 총론이자 예비적인 성격의 글이다. 한용운의 시집 『님의 침묵』을 구성하는 위의 네 가지 창작원리를 인지하고 체득하게 되면 구체적인 시 작품 읽기에서 그간의 시 분석 및 해석들이 미처 파악해내지 못한 점들을 좀 더 심층적이며 포괄적으로 읽어낼 수 있을 것이라 기대한다.

위와 같은 네 가지 창작원리에 의하여 창작된 한용운의 시집 『님의 침묵』은 우리 시사에서나, 우리들의 일상적인 삶의 세계에서나 계몽적이면서 미래적인 가치를 갖고 있다. 이 시집은 진리와 시가 어떻게 만날 것인가 하는 점, 진리와 삶이 어떻게 일체가 될 것인가 하는 점을 부단하게 고민하고 그 해결책을 찾도록 우리를 이끌어주기 때문이다.

# 제2장 『님의 침묵』 속의 '님'과 '사랑'의 의미

## 1. 문제제기

한용운의 시집 『님의 침묵』을 두고 지금까지 논란에 가깝게 활발히 논의 돼온 가장 큰 문제를 손꼽으라면 그것은 '님'과 '사랑'에 관한 것이라고 할 수 있다. 이 중 '님'은 시집 『님의 침묵』의 제목 가운데 일부로 차용된 말이 자 이 시집을 여는 서문 격의 글인 「군말」의 키워드이고, 시집 속의 작품 전체를 이끌고 주도하는 핵심 시어이다. 그리고 '사랑'은 시집 제목엔 등 장하지 않지만 역시 시집 『님의 침묵』 속의 서문에 해당되는 글 「군말」을 주도하고 지배하는 중심 키워드이자 시작품 전체를 수렴하고 확장시키는 핵심 주제이며 테마어이다.

『님의 침묵』에 대한 연구는 현재 우리 시학계에서 논의의 휴지기와 같은 상태에 잠정적으로 놓여 있다. 마찬가지로 이 글에서 다루고 있는 '님'과 '사랑'의 문제에 대한 연구 역시 정체 내지는 소강 상태 속에 놓여 있다. 이 처럼 『님의 침묵』 전반은 물론 '님'과 '사랑'의 문제가 왕성하고 내실 있는 논의를 현실적으로 이끌어내지 못하고 있는 것은 이들 문제를 더 이상 발전적으로 탐구해 나아갈 실질적인 동력이 우리 시학계에 나타나지 못하고 있기 때문이라 생각된다. 그런데 문제는 사정이 이와 같음에도 불구하고 이들에 대한 해석과 교육 및 전달은 마치 모든 문제가 완료된 것처럼, 또는 합의된 진실이 갖추어져 있는 듯이 행해지고 있다는 점이다. 그러나『님의 침묵』연구의 실상과, 그 가운데서도 '님'과 '사랑'의 문제가 처한 우리 시학계의 현실을 잘 아는 사람들에겐 이런 현실적 정황과 미봉의 평화가 그렇게 편하게 여겨질 수만은 없는 내적 과제로 되어 있다. 한마디로『님의 침묵』연구는 새로운 전기를 맞이해야 할 중요한 시점에 놓여 있는 것이다.

이 글은 이와 같은 진단 속에서 특별히『님의 침묵』속의 '님'과 '사랑'의 문제를 근본적인 차원에서 재고함으로써 이들이 지닌 참뜻을 밝혀봄은 물론 이를 토대로『님의 침묵』속에 수록된 88편의 시 전체를 한 편씩 읽어보고자 하는 데 뜻을 두고 있다.

조금 거칠게 말한다면 시집『님의 침묵』에서 이 '님'과 '사랑'의 문제가 제대로 밝혀지지 못하면『님의 침묵』전체에 대한 이해는 물론 그 속의 작품 한 편 한 편에 대한 읽기 역시 애매하고 불완전한 상태에 머무를 수밖에 없다. 그렇다면 좀 더 구체적으로 무엇 때문에 지금까지 이 '님'과 '사랑'의 문제가 제대로 밝혀지지 못한 어설픈 상태에 머무르게 되었을까. 여러 가지 답이 제시될 수 있으나 여기는 문제 제기의 장인 만큼 중요한 몇 가지만 언급하기로 한다.

그 첫째는 시집『님의 침묵』을 불교적 깨침을 얻은 한 승려의 수행과 교화의 방편으로 보지 않고 우리의 근·현대시사 속의 근대적 혹은 현대적 시인의 개념을 가진 한 시인의 시적 성취의 일환으로 파악했다는 점이다. 이것은 불교 승려와 근·현대 예술가 사이의 그 엄청난 시각의 차이를 이해하지 못한 데서 나온 일이다. 그 둘째는 『님의 침묵』 속의 서문 격이라고 말한 「군말」을 읽는 일이 제대로 이루어지지 않았다는 점이다. 한용운의 시집 『님의 침묵』 속의 「군말」은 시집 전체를 이끌고 그 핵심을 알려주는 견인차이자 나침반과 같은 역할을 하고 있는 존재이다. 「군말」 읽기가 미비한 것은 앞의 첫 번째 이유와 더불어 연구자들의 불교와 불심에 대한 이해 및 체득이 부족하기 때문이다. 「군말」은 비록 분량은 짧지만 불교적 지식과 불심이 갖추어지지 않으면 쉽게 읽어낼 수 없는 '불법(佛法) 텍스트'이다.

그 셋째는 「군말」은 물론 『님의 침묵』 전편 속에 등장하는 주된 대상이자 존재로서의 '님'에 대한 탐구의 초점이 정곡을 벗어난 데 있다. 말하자면 이 '님'의 문제에서 가장 중요한 것은 '님'이 누구냐 혹은 무엇이냐 하는 것이 아니라 어떤 마음을 가졌을 때 대상과 존재, 더 나아가 한 세계가 '님'이 될 수 있느냐 하는 것인데 지금까지 이 '님'과 관련된 논의는 대체로 전자의 시각에서 이루어졌던 것이다. 그러다 보니 '님'이 한용운의 세속적 연인이라는 견해에서부터 조국, 불타, 진리 등이라는 주장을 거쳐 '님'은 그 무엇도 될 수 있다는 소위 '개방개념'을 제시하는 입장에 이르기까지 자못 혼란스러운 양상이 계속되어 왔다.

그 넷째는 「군말」 속의 중심 언어 가운데 하나인 '긔루다'에 대한 풀이 및 해석이 제대로 이루어지지 않았기 때문이다. 불심과 보살심에서 비롯된 대아적 사랑과 공심의 다른 이름인 '긔루다'가 연구자들에 의해 개인적이며 세간적인 차원의 그리움이나 사랑이라는 의미에서 이해되고 해석되는 일이 지배적이었던 것이다. 이 '긔룸'의 문제를 제대로 풀지 않고는 '님'의 문제는 물론 '사랑'의 문제도 제대로 파악하고 체득해 나아갈 수가 없다.

그 다섯째는 '긔룸'과 이음동의어라 할 수 있는 '사랑'에 대한 이해와 파악이 제대로 이루어지지 않았기 때문이다. 한용운의 시에서 '사랑'이란 일반적인 사랑이 아니라 '깨친 자' 곧 '견성한 자'의 '성불'의 한 양식으로서의 사랑인 것이다. 그것은 불심의 대승적, 보살적 원력의 산물로서『님의 침묵』을 '회향(廻向)의 텍스트'로 만드는 원동력이다. 그런데 바로 이 점이 제대로 포착되지 못함으로써 많은 혼란이 일어났던 것이다. 더욱이 시집 『님의 침묵』에서는 이 사랑뿐만 아니라 다른 여러 가지 시어들, 표현들, 구성의 방식 등이 이른바 보살행의 최고 단계에서 구사되는 '화작(化作)'의 방식을 취하고 있기 때문에 '사랑'의 이해가 더욱 어려운 일이 되었다. 다들 알다시피 견성성불로서의 사랑은 '깨친 자의 사랑'이자 '지혜 위의 사랑'이고 '원력으로서의 사랑'인 것이다. 그것은 소아 및 유아의 에고를 확장하고 강화하며 만족시키는 일반적인 사랑과 차원 및 성격을 달리한다.

그 여섯째는「군말」속의 '님'과, 시집 속의 88편의 시 한 편 한 편에 등장하는 '님', '당신', '그대', '애인' 등으로 불린 사랑의 대상을 동일시했기 때문이다. 이들은 서로 관련이 있지만 동일하지 않다. 구체적으로「군말」속의 '님'이 우리가 보살심과 원력을 갖게 되었을 때 나타나는 여러 가지 님들과, 한용운 자신이『님의 침묵』을 쓰게 된 동기를 말하면서 언급한 '길을 잃고 헤매는 어린 양'을 가리킨다면,『님의 침묵』속의 실제 작품들은 '님'을 갖고 살지 못하는 '어린 양'과 같은 존재, 그러니까 무명 속에서 방황하는 중생들에게 '님'을 갖고 사는 삶이 어떤 것이며, 어떻게 해야만 '님'을 갖고 살 수 있으며, '님'과 함께 사는 일이 어떤 의미를 갖는 것인지에 대해 알려주는 구성적 실체이다. 따라서 실제의 88편에 해당되는 본문 속의 각 작품들에서 '님'이 누구냐 혹은 무엇이냐를 규정짓는 일은 크게 의미가 없다. 그리고 그렇게 일괄적으로 규정지을 수도 없다.

본론에서 상세하게 논의되겠지만 위와 같은 문제가 인식되고 해결되어야만 『님의 침묵』에서의 '님'과 '사랑'의 문제에 대한 답을 찾는 일이 가능해지며 시집 전체와 시작품 각 편에 대한 분석과 해석도 제대로 이루어질 수 있다. 그리고 시집과 시작품을 일관성 있게, 설득력 있게 읽어내는 일 역시 가능해질 수 있다. 이런 문제의식 위에서 아래의 논의를 진행시켜 나아가보기로 한다.


## 2. '님'의 문제와 그 해결방안

1920년대 우리 시단에서 '님'은 전통적 의미와 서구적 의미를 함께 지닌 채, '시적 관습'의 일종으로 유행처럼 사용된 시어였다. 부연하면, 이 시적 관습의 일종인 '님'은 '허사(虛辭)'와 같은 것으로서 시 속에 꼭 필요한 것도 아니지만 그렇다고 하여 부재하면 시대의 흐름과 소통하기 어려운 상상적, 사회적 언어였던 것이다.

그런 가운데 1920년대는 시대적으로, 문명사적으로 이른바 '연애의 시대'라고 불릴 만큼 '근대적 개인'과 '근대적 자유'의 도입 및 발견에 토대를 둔 사적 연정의 세계가 사적인 시공간을 넘어서 공적 장소이자 세계로 당당히 문을 열고 인정을 받으면서 나온 시대이다. 이런 사적 연정의 공공화

현상은 과거의 고전적인 님보다 개인적인 감정과 취향 및 판단에 훨씬 더 충실한 현대적인 님을 창출하였다. 그 님은 전적으로 단독정부라 할 수 있는 한 개인의 소유권과 같은 '성스러운' 내적 영역에 속한 것이었고 그런 님의 개념 속에는 근대를 구축하고 이끄는 개인중심주의와 인간중심주의의 세계관이 견고하게 후원을 받으며 자리잡고 있었다.

한용운은 『님의 침묵』에서 이와 같은 시대적 유행성을 띤 '님'이라는 시어이자 개념을 도입하면서 다른 한편으로 이를 문제시하고 지적하는 가운데 그의 독자적인 '님'의 개념을 창조하면서 시쓰기를 전개하였다. 그렇다면 이 점을 어떻게 이해해야 할까. 그가 '님'이라는 시대적 언어이자 관습적 시어를 도입한 것은 당시의 시단 및 사회와 자연스럽게 하나로 어울리려는 이른바 '화작'의 의미를 반영한 것이요, 그러면서도 당시의 언어이자 시어인 '님'을 문제 삼은 것은 당대의 유행어인 님의 개념이 지닌 세속성과 범속성 너머의 참다운 님의 의미와 세계를 보여주고 사유케 하고자 한 까닭이다. 이런 한용운의 『님의 침묵』 속의 님은 대중성과 특수성, 범속성과 초월성, 당대성과 보편성이 함께 작용하는 가운데 궁극적으로는 이들이 불심과 보살심의 님으로 승화되고 통합되고 중생하는 길을 저변에서 가리키고 있다.

한용운의 시집 『님의 침묵』에서 '님'이라는 관습적, 시대적 언어의 차용은 일차적으로 위와 같은 의미를 지닌다. 그러나 대중성과 특수성, 범속성과 초월성, 당대성과 보편성 사이의 간극은 매우 넓고, 이들이 불심과 보살심의 님으로 통합되고 승화되고 중생(重生)케 되는 길은 더욱더 어려운 것이어서, 『님의 침묵』 속에 '님'이 차용되고 있다는 사실이 지닌 참뜻을 제대로 이해하는 데는 많은 사유와 공부가 필요하다.

둘째로 「군말」에서 시인이 전하는 '님'의 의미를 사람들이 오독한 결과 한용운의 시집 『님의 침묵』 속의 '님'에 대한 이해와 해석은 지금까지 표피적이고 혼란스러운 상태에 머물러 왔다. 이 점은 앞에서도 말한 바 있지만 여기서 좀 더 밝혀지고 논의될 필요가 있다. 한용운은 그의 시집 『님의 침묵』의 「군말」에서 분명히 다음과 같이 그의 '님'에 대한 생각을 전하였다.

> 「님」만님이아니라 긔룬것은 다님이다 衆生이 釋迦의님이라면 哲學은 칸트의님이다 薔薇花의님이 봄비라면 마시니의님은 伊太利다 님은 내가사랑할뿐아니라 나를사랑하나니라
>
> 戀愛가自由라면 님도自由일것이다 그러나 너희는 이름조은 自由에 알뜰한 拘束을 밧지안너냐 너에게도 님이잇너냐 잇다면 님이아니라 너의그림자니라
>
> —「군말」의 부분

참으로 이상한 일이다. 위 「군말」의 문면을 그대로 무심하게 읽어나아가면 분명히 한용운은 누가 혹은 무엇이 님이냐 하는 점을 중요시한 것이 아니라 어떤 마음을 냈을 때 님이 될 수 있느냐 하는 점을 말하고자 한 것임을 알 수 있는데 지금까지 연구자들은 전자를 따지는 데 지나칠 정도의 엄청난 노력을 바쳤던 것이다. 위의 「군말」에 다르면 우주만유가 다 님이 될 수 있는 가능성을 갖고 있다. 다만 그 우주만유가 님이 되게 하려면 '긔룬마음'을 내야 한다는 것이 전제조건이자 필요충분조건이다. 이것은 용심(用心)의 문제인데 여기엔 '불교적 용심'의 뜻이 내재해 있으므로 해석상의 배려가 필요하다.

한용운은 위와 같은 내용에 이어지는 「군말」의 두 번째 단락에서 님을

가졌다고 생각하거나 자랑하는 수많은 이 시대와 세속의 범부중생들이 실은 그들의 생각이나 말과 달리 참다운 '님'을 갖고 있지 못하다는 말을 하고 있다. 이게 무슨 뜻인가. 그것은 바로 수많은 범부중생들이 그 속을 들여다보면 자기중심적인 욕망을 투사한 존재를 가지고 님이라 생각하거나 그렇게 부르고 있다는 것이다. 한용운은 여기서 님이 참다운 님이냐 그렇지 않으냐를 판단할 수 있는 근거는 그 님으로부터 자유를 얻고 있느냐, 그렇지 않으면 그 님에 의하여 구속을 받고 있느냐 하는 점이라고 그 기준을 밝히고 있다. 불심과 보살심에서 나온 참다운 님은 그 님을 가진 자에게 '자유'를 선사하지만, 범부중생의 욕망의 투사물(그림자)인 님은 그 님을 소유한 자에게 구속감을 안겨준다는 것이다.

한용운이 생각하기에 당대의 수많은 사람들이 유행처럼 님에 대해 시를 쓰고, 님에 대해 말을 하고, 님을 가졌다고 자랑하지만, 실상 그들은 님을 가진 것이 아니라 자기 자신의 그림자인 환영(幻影)을 소유하고 님이라 착각하고 있다는 것이다. 왜일까. 앞의 인용문과 더불어 「군말」 전문을 살펴보면 그 까닭은 다름 아니라 그들이 '긔룬 마음'을 갖지 못하고 있기 때문이다. '긔룬 마음'이란 앞에서도 말했듯이 단순한 소아적 그리움이나 세속적 사모의 감정을 가리키는 것이 아니라 불교적 용심인 불심 혹은 보살심(공심)의 일종이라고 보아야 한다.

이쯤해서 '불교적 용심인 불심 혹은 보살심(공심)의 일종'이라는 말에 대해 설명할 필요가 있다. 이것은 붓다의 가르침인 우주적 진리를 깨친 자가 동체의식에 바탕을 두고 발하는 자비의 마음이라고 할 수 있다. 이와 같은 동체의식은 모든 상(相)을 떠난 자리에서 발견하게 된 불이(不二)의 마음이요, 자비의 마음이란 우주만유에 대한 일심의 대아적 사랑이다. 이 점에 대해서는 '사랑'의 문제를 논의하는 다음 장에서 보다 상세하게 탐구해보기로 한다.

셋째, 한용운은 범속한 의미에서의 세간적 자기실현이나 자아발전을 위하여 이 시를 쓴 것이 아니라 '긔룬 마음'이 원동력이 되어 이 시를 쓰게 된 것인데 그 '긔룸'의 대상이 한용운에겐 「군말」의 세 번째 단락이자 마지막 단락에 나오는 '해저문벌판에서 도러가는길을일코 헤매는 어린羊'이 상징하는 바이다. 한용운은 이 '해저문벌판에서 드러가는길을일코 헤매는 어린羊', 달리 말하면 무명의 범부중생이 『님의 침묵』을 통하여 불교적 가치를 발견하고 그것을 체화하며 님을 가진 사랑의 보살로 살아가는 데 도움이 되기를 바란 것이다.

그런데 여기서 유의해야 할 것이 있다. 그것은 「군말」에서의 한용운의 님이 누구냐 하는 점보다 더 중요한 것이 한용운이 '긔룸의 마음'을 낼 수 있는, 이른바 자아초월의 용심과 그것을 가능케 하는 지혜와 자비심을 지닌 각자이자 보살이라는 것이다. 그리고 이런 마음이야말로 '님'을 갖게 할 수 있는 가장 근원적인 원동력이자 원천이라는 것이다. 여기서 잠시 한용운이 「군말」의 마지막 단락에서 '해저문벌판에서 도러가는길을일코 헤매는 어린羊'이라고 칭한 무명의 범부중생이 지닌 특징에 대해 말해보자. 범부중생이란 한마디로 가리켜 진리로서의 집과 그 집에 이르는 정도로서의 길을 잃은 자들이다. 부연하면 한용운의 「오도송」에 나오는 것처럼 제 집인 본향에 있으면서도 '客愁中'에서 헤매는 자들이다. 이 중생들은 자신들이 님을 가지고 있다고 생각한다. 그러나 한용운이 보기에는 그들의 님이란 자아중심적 욕망의 투사물이자 소유물이지 그가 생각하는 깨친 자의 사랑의 님이 아니다. 한용운은 이런 범부중생을 '님'으로 삼아 그런 '님'에게 '님'의 중요성과 '님'을 갖고 사는 일의 보람과 길을 알려주고자 『님의 침묵』 속의 시들을 쓴 것이다.

넷째, 지금까지의 내용을 요약하면 한용운은 세속적인 님이 지배적인 당대의 현실을 지적하면서, 참다운 님이 어떤 것이며 어떻게 하면 참다운 님을 가질 수 있는가에 대해 말하였다. 그리고 참다운 님을 가진 실례를 제시하면서 독자들의 이해를 도움과 동시에 참다운 님을 가질 때 비로소 찾아오는 것이 자유임을 역설하였다. 아울러 그는 자신이 이 시를 쓰는 것이야말로 자유 속에서 '긔룬 마음'을 낼 대상인 님이 있기 때문인데 그 '긔룬 마음'의 대상인 님은 비유적으로 표현하여 '해저문벌판에서 도러가는 길을일코 헤매는 어린羊'과 같은 모습이라고 하였다. 필자는 이 '해저문벌판에서 도러가는길을일코 헤매는 어린羊'이 진리로서의 집과 그 집에 이르는 정도로서의 길을 잃고 헤매는 중생을 가리킨다고 해석하였거니와 그의 시는 바로 이들을 위한 보살의 원력행이자 회향의 법담이다.

이제는 이 보살의 원력행이자 회향의 법담인 시를 통하여 한용운이 그의 님인 '어린 羊'에게 어떤 사실을 말하고자 한 것인가에 대하여 관심을 가질 순서이다. 한용운이 여기서 하는 행위를 가리켜 중생제도 혹은 하화중생의 행위라고 한다면 그가 이와 같은 뜻과 행위를 통하여 나타낸 『님의 침묵』이라는 텍스트 속의 방편과 내용이 어떤 것이냐 하는 점에 주목할 필요가 있다.

앞에서도 말했듯이, 한용운은 그의 '님'인 '해저문벌판에서 도러가는길을일코 헤매는 어린羊'들에게 시를 통해 진리로서의 돌아가야 할 집과, 그 진리의 집에 이르는 길을 보여주고자 하였다. 그렇게 함으로써 그들이 집을 찾고, 그 집에 도달하여, 님과 더불어 자유와 행복 속에서 살도록 하고자 하였다. 아니 그는 '님'을 갖고 사는 사랑의 마음과 삶을 보여주고 실천하도록 함으로써 그들이 진리 속에서 무한한 자유와 행복을 누릴 수 있도록 하고자 하였다. '님' 없는 삶이란 진리를 모르는 일이며, 그런 삶으로써는 진리에 도달할 수가 없기 때문이다.

다섯째, 「군말」 속 한용운의 님과 『님의 침묵』 속 88편의 작품에 등장하는 님 사이의 관계에 대해 살펴볼 필요가 있다. 한마디로 말한다면 「군말」 속의 님은 한용운의 실제(fact) '님'이고, 작품 속의 님은 화자의 구성적인 (imaginary) 님이다. 이것을 달리 표현하면 전자의 님은 작품 외적 님이고 후자의 님은 작품 내적 님이다. 따라서 전자의 님과 후자의 님은 서로 다르다. 지금까지 『님의 침묵』 읽기가 어려웠던 이유 중의 하나는 이 양자의 님을 일치시켜 보려는 마음 때문이었다. 이들은 분명 서로 관련이 있지만 그것은 앞서 말한 바와 같이 실제로서의 님과 구성된 존재로서의 님, 작품 외적 님과 작품 내적 님, 수행 현실 속의 님과 방편인 예술작품 속의 님으로 분리시켜 이해되어야 한다.

끝으로 한용운의 '님'과 관련하여 그 님이 88편의 작품 속에서 여러 가지 양태로 변주되어 나타난다는 점을 기억해야 한다. 그러니까 『님의 침묵』 본문 격에 해당되는 88편의 시작품 속에서 님은 넋이라고 표현되기도 하고, 당신이라고 표현되기도 하며, 그대라고 표현되기도 하고, 애인이라고 표현되기도 한다. 그리고 다 같이 님, 당신, 그대, 애인 등으로 표현되었다

하더라도 이들은 모두 동일한 님, 당신, 그대, 애인 등이 아니며, 그와 같은 님, 당신, 그대, 애인 등을 '긔루어하는' 화자와 이들 사이의 정황, 관계, 성별, 사연 등도 거의 모든 작품마다 상당히 다르고 다양하다는 점을 기억해야 한다. 특히 시집 『님의 침묵』 속의 화자가 전체적으로 여성 혹은 여성적이라고 규정해온 점은 수정되어야 하며, 작품 속의 님, 당신, 그대, 애인 등에 대한 획일적인 해석도 지양되어야 한다.

　노파심에서 한 가지 더 언급한다면 한용운의 『님의 침묵』 속 '님'은 세속적 유행어를 차용해온 것이지만 그 내포는 세속의 그것과 정반대라 할 만큼 다른 방향을 가리키고 있다는 점이다. 이것은 세간의 삶과 출세간의 삶, 중생의 삶과 각자(覺者)의 삶, 욕망의 삶과 원력의 삶, 개아의 삶과 보살의 삶이란 그만큼 엄청난 거리가 있다는 것을 의미한다. 우리들의 일반적인 세간의 삶은 한용운이 가리키는 진정한 님을 '긔루어하는' 삶과 상반된 곳을 지향하며 영위되고 있다. 그런 점에서 우리들의 범속한 삶, 한용운이 교화하고 제도하고자 한 중생들의 삶이란 한마디로 말하여 '님'이 부재하는 삶이다. 작품 외적 차원에서든, 작품 내적 차원에서든, 실제의 세계에서든 상상의 세계에서든, 진리의 자리에서든 방편의 차원에서든 진정한 님을 갖고 살지 못하는 삶이다. 그렇다면 무엇을 갖고 사는가. 그것은 자기 자신이다. 자기보존, 자기확장, 자기탐닉이 삶의 본능이자 보람인 삶이다. 한용운의 『님의 침묵』을 제대로 읽는 일은 우리가 이런 범속한 삶을 넘어서서 진정한 님을 마음속에 품고 기르며 살아가는 삶으로 전환하게 해준다. 그것이 한용운의 『님의 침묵』이 쓰여진 근본적인 이유라 할 수 있다. 달리 말하면 그런 삶이야말로 한용운이 「군말」에서 지칭한 '해저문벌판에서 도러가는길을일코 헤매는 어린¥'들이 어둠 속에서 벗어나 궁극적으로 자유롭게 살아가기를 바란 밝은 모습인 것이다.

자아중심적인 욕망을 투사하고 그 투사물을 님이라고 착각하며 살아가는 시대, 진정한 님이 무엇인지도 모르고 스스로를 인생의 주인이라 생각하며 사는 시대, 님의 부재가 불행과 부자유의 원인인 줄을 모르고 외부에서 행복과 자유를 찾는 시대, 님의 부재가 유아의 세계관과 인간중심적 가치관에서 오는 줄을 모르는 이 시대에, 한용운이 '님'에 대해 위와 같은 생각을 들려주면서 참다운 님을 갖고 사는 마음을 제시한 것은 커다란 교훈과 가르침을 준다. 그것은 너 나 할 것 없이 님 없이 사는 시대에서 님을 갖고 살 수 있는 삶이 어떤 것인지를 깨우쳐주는 훌륭한 교본이자 안내서이고 지침서이다.


## 3. '사랑'의 문제와 그 재해석의 실제

한용운의 시집 『님의 침묵』에서 '사랑' 역시 당대의 유행어이자 대중적인 주제를 의도적으로 방편 삼아 차용한 것이라 할 수 있다. 님이 그러하듯이 1920년대의 시단에서 '사랑' 또한 전통적 의미와 서구적 의미를 함께 지닌 복합적이며 문명사적인 언어이자 세계이었다. 그렇더라도 굳이 경중을 말하라면 1920년대의 '사랑'은 서구의 개아중심주의와 인간중심주의 위에서 탄생한 현대적 의미를 더 많이 지니고 있는 '신조어'이자 신사조의 감정이었다.

앞서 말했듯이 한용운은 '님'이라는 말과 더불어 이 '사랑'이라는 당대

대중의 풍속적인 언어와 시대적인 관심사를 그의 시집 속에 전면적이라 할 만큼 적극적으로 차용하고 있다. 이를 두고 여러 가지 해석이 가능할 수 있을 터이나 가장 중요한 것은 '님'의 문제를 해석하는 데서도 그러했 듯이 그가 중생제도의 원력 속에서 선택한 '화작'의 방식이라고 볼 수 있 다. 따라서 이 시집은 얼핏 보면 당대의 일반적인 사랑시나 연애시와 크게 다를 바가 없어 보인다. 그리고 수많은 사랑시나 연애시처럼 선남선녀의 사랑과 연정을 그려보이고 있는 듯하다.

그런데 『님의 침묵』이 지닌 이와 같은 사실은 일반적인 독자들까지도 거 부감이나 거리감 없이 이 시집을 향하여 마치 익숙한 세계를 대하는 듯 선뜻 마음을 열게 하는 힘이자 원천이 된다. 『님의 침묵』이 지닌 심오한 세계와 견주어볼 때, 『님의 침묵』에 대하여 독자들이 이와 같이 반응하는 것은 일단 이 시집이 구현한 화작으로서의 시쓰기가 성공한 결과라고 볼 수 있다.

그러나 문제는 시집의 중심으로 깊이 들어가면 그러할수록, 그리고 이 시집의 자세히 읽기에 마음을 두면 그러할수록 이 시집에 담긴 '님'과 '사 랑'의 예사롭지 않은 의미가 인지되면서 위와 같은 일반적인 기대가 어긋 나는 데서 당혹스러움을 느끼기 시작하게 된다는 점이다. 분명 이 시집은 외형상으로는 누구나 다 안다고 생각할 만큼 일반적이고 흔한 '님'과 '사 랑'의 문제를 말하고 있으며 또 그와 같은 언어와 표현을 사용하고 있는 것 같지만 그런 외형과 다르게 그 이면에는 남다른 '님'과 '사랑'의 의미와 세계가 내재돼 있는 것이다.

'님'의 문제는 앞장에서 다루었으므로 여기에서는 '사랑'의 문제만을 떼 어 따로 논의하기로 한다. 한용운의 시집 『님의 침묵』에서 '사랑'의 문제가 외형상의 인상이나 막연한 기대와 달리 예사롭지 않게 다가오는 까닭은 근본적으로 이 시집 속의 '사랑'이 중생심의 사랑과 구별되는 불심의 사랑이자 보살심의 사랑이기 때문이다. 그러나 앞에서도 말했듯이 이 『님의 침묵』의 사랑은 일면 중생심의 사랑과 동일한 외형을 취하고 있다. 뿐만 아니라 그런 사랑의 모습이 시집 전체를 감싸고 있는 것처럼 보인다. 하지만 이것은 '화작'의 원칙에 의하여 만들어진 하나의 선교방편(善巧方便)의 형태일 뿐 이 시집의 사랑은 불심과 보살심의 사랑으로 독자들을 이끌어가려는 시인의 숨은 뜻을 간직하고 있다.

반복하여 말하지만, 중생심의 사랑과 보살심 및 불심의 사랑은 너무나 다른 지점과 방향을 향하고 있다. 그것은 그저 다른 정도가 아니라 정반대이다. 전자가 개인적 욕망으로서의 이기적 사랑이라면 후자는 공심의 원력으로서의 이타적 사랑이고, 전자가 무명의 븐능적인 사랑이라면 후자는 깨친 자의 지혜로운 사랑이며, 전자가 유아(有我)를 주장하는 자기중심적 사랑이라면 후자는 무아(無我)를 구현하는 대아적 사랑이고, 전자가 상대유한의 사랑이라면 후자는 절대무한의 사랑이며, 전자가 집착 및 소유로서의 사랑이라면 후자는 하심(下心) 및 방생(放生)으로서의 사랑이다.

위에서 여러 가지 말로 중생심의 사랑과 보살심 및 불심의 사랑이 지닌 차이를 설명하였지만 그렇더라도 이 둘의 차이가 온전히 밝혀진 것은 아니다. 그리고 이런 방식의 설명은 얼마든지 더 가능하다. 그러나 편의를 위해 이를 한마디로 요약한다면 그것은 중생심의 사랑이 업식(業識)으로서의 사랑인 반면 보살심 및 불심의 사랑은 지혜로서의 사랑이라는 것이다. 업식과 지혜, 이들을 구성하는 각각의 것은 미혹한 자의 소아와 각자(覺者)

의 대아이다. 한용운의 시집 『님의 침묵』 속의 사랑은 중생들에게 익숙한 것을 택하면서도 실제로는 업식을 지혜로 바꾸는 전식득지(轉識得智)의 길을, 소아를 대아로 전변시키는 중생제도의 보살도를 열어 보이고 있는 것이다.

　한용운은 시집 『님의 침묵』 속의 첫 글인 「군말」의 첫 단락 뒷부분에서 '님은 내가 사랑할 뿐만 아니라 나를 사랑한다'고 말하여 '님'의 조건이자 님과 나의 관계형성에 대해 밝혔다. 그것은 사랑을 통해 님이 창조되며, 님과 나는 '사랑'의 관계에 있다는 것이다. 『님의 침묵』 전체 가운데 이런 '사랑'이 가장 먼저 등장하는 곳이 「군말」의 위의 부분인데, 이것은 「군말」 앞부분에 나오는 '님만 님이 아니라 긔룬 것은 다 님이다'라는 표현 속의 '긔룸'과 이음동의어라 할 수 있다. 하지만 지금까지 이 '긔룸'에 대한 이해와 해석이 부족했던 것처럼 이 '사랑'이라는 말에 대해서도 제대로 된 이해와 해석이 갖추어지지 않았다.

　앞서 말했듯, 『님의 침묵』에서 이 '긔룸'과 '사랑'에 대한 이해와 해석이 온전히 이루어지지 않으면 시 읽기의 본질에 도달하기가 어렵다. 부연한다면 이 '긔룸'과 '사랑'의 문제에 대한 참다운 이해가 선행될 때만이 '님'의 문제도, 님을 통한 '자유'의 문제도, 한용운이 『님의 침묵』을 쓰게 된 까닭도, 88편의 시작품 한 편 한 편도 모두 이해되고 해석될 수가 있다.

　그렇다면 한용운의 '긔룸'과 '사랑'은 어떤 의미를 갖고 있는 것일까. 반복한다면 그것은 무아의 동체의식에서 나오는 공심과 불심의 자비심이다. 여기서 이해의 편의를 위해 이 점에 대해 얼마간의 불교적 설명을 덧붙여 보기로 한다.

불교적 보살심과 자비심은 맨 먼저 우주적 진리인 불법을 보는 일로부터 시작된다. 우주적 진리인 불법을 본다는 것은 진여, 진공, 불성, 비로자나불, 본각, 연기(緣起), 법성, 중도, 본성, 진심, 본래면목, 본지풍광(本地風光), 적멸, 적광(寂光) 등으로 불리는 세계를 관(觀)하는 일이다. 이 진리의 세계는 일체(一切, 一體), 무이(無二), 일심, 원융. 부동(不動), 공적영지(空寂靈智), 무명무색(無名無色), 심심미묘(深深微妙), 불생불멸, 불구부정(不垢不淨), 부증불감(不增不減), 일즉다다즉일(一卽多多卽一), 무소득 등의 특성을 갖고 있다. 물론 이것은 하나의 언어적 표현일 뿐이요 그 실제의 성품과 속성은 숭산 스님의 화두처럼 '모를 뿐'이라고 표현하는 것이 적절하다. 불교에선 이런 것을 관하여 체득하고 증득할 우주적 진리인 지혜를 얻었다고 말한다.

그렇다면 이런 오도(悟道)이자 견성의 지혜 체득이 어떻게 '자비' 혹은 '사랑'의 문제와 연관될 수 있는가를 생각해보아야 한다. 달리 말하면 확철대오(廓徹大悟)의 체험이 어떻게 대자대비의 마음으로 이어질 수 있는가를 사유해보아야 한다. 그것은 일체인 연기의 본성을 보고 그 우주적 진리에 따라 살아갈 때만이 우리가 고통으로부터 벗어나 이치에 부합된 해탈과 열반을 누릴 수 있다고 불교는 보고 있기 때문이다. 불교에서 일체인 연기의 본성을 무시한 배제와 단절, 차별과 대립, 아상과 분별상의 나타남은 중생심의 환영일 뿐만 아니라 우주적 진실상과 배치되는 일로 본다. 따라서 우리는 참다운 자유와 행복을 누릴 수 없거니와 이와 같은 생각은 다만 인간들이 단절된 채 영속하는 자아와 법의 실체가 있다고 착각한 데서 비롯된 망념과 망상의 일종이라는 것이다. 이 망념과 망상의 주체인 단절된 소아이자 유아는 모든 것을 자아중심적으로 소유하는 데 목표를 두고 있다. 그러나 이런 인력이 강해지면 그러할수록 망념과 망상은 강화되고 그에 따라 고액(苦厄)의 크기는 증대하기만 한다고 불교는 본다. 일체인 연기 본성의 이치에 어긋나는 삶은 그것이 제아무리 사람들에 의하여 세속적 성공을 성취한 것으로 고평된다 하더라도 고통을 그림자처럼 수반하는 업력의 삶에 불과하다는 것이다.

그렇다면 이런 소아 및 유아중심주의의 고통스러운 중생적 업력의 삶을 극복하는 길은 무엇인가. 불교는 일체인 연기 본성의 마음을 '쓰는' 데 그 길이 있다고 말한다. 즉 우주만유를 일법계인 일심으로 체득하여 그들 전체가 내 몸 자체인 것을 깨닫고 이 모든 존재를 내 몸처럼 아끼며 돌볼 때에 그 길이 열린다는 것이다. 그리고 자신의 구원뿐만 아니라 무명 속에 헤매는 자들에게 중생구제의 원력을 갖고 무량한 자비심을 낼 때 그 일이 가능하다는 것이다. 이렇게 되면 지혜의 사랑과 이음동의어인 자비는 본성품의 자연스러운 구체적 발현이 되며, 무명의 중생들을 본성품의 자리로 돌아가도록 이끄는 현실적 방편이 된다. 한용운의 시집 『님의 침묵』에서 말해지고 있는 '그리움'과 '사랑'은 이런 자비심의 출현상이자 그 마음이다.

그런데 여기서 한 가지 주의해야 할 점이 있다. 누군가 중생제도를 한다는 것은 그 중생들이 깨친 누군가보다 본래 부족한 존재라서 그러한 것이 아니라 그들 또한 망념으로 무명의 상태에 잠시 있을 뿐, 본래 여래의 속성을 지닌 불성의 존재이기 때문이라는 것이다. 그러니까 사랑과 자비는 깨친 자로서의 '부처'가 깨치지 못한 '부처'에 대해 갖는 자연스러운 마음의 발로이지 우월적이고 차별적인 연민과 동정, 시혜와 베풂의 행위가 아니라는 것이다.

한용운의 시집 『님의 침묵』 속의 사랑은 이런 단계에서 이루어진다. 그리고 그가 이 시집을 쓴 것도, 작품 속의 화자와 님이 갖고 있는 마음도 다 이런 차원에 놓여 있다. 누군가는 이런 사랑과 행위를 보고 리얼리티가 부족하다고 말할지 모른다. 세속적 차원에서 보면 분명 그러하다. 그러나 확철대오와 대자대비의 세계를 알고 신뢰하는 사람의 마음으로 보면 이런 사랑과 행위만큼 리얼리티가 탁월한 경우도 달리 없다.

말은 위와 같이 할 수 있지만, 실제로 우리가 중생심을 벗어나는 일은 너무나도 어렵다. 그것은 인간의 본질적인 문제이다. 더욱이 이 중생심에 근거한 근대, 근대시, 근대시 독법에 너무나도 익숙한 우리들에게는 불교가 가르치는 바를 이해하고 깨치는 것이 생각 이상으로 어렵고 낯설다. 따라서 한용운의 시집 『님의 침묵』을 읽는 일은 불교에 대한 일정한 지식과 불심의 작용만 있다면 실제로 그렇게 어려운 일이 아님에도 불구하고, 지금까지 많은 연구자들과 독자들이 시집의 근처만을 맴돌 뿐 시집 속으로 깊이 들어가지 못했던 것이다. 이 시집 속의 '사랑'의 문제에 대해서도 같은 말을 할 수 있다.

나는 이런 사실을 두고 앞의 글에서 한용운의 시집 『님의 침묵』과 그 속의 제반 문제에 깊이 도달하려면 시적 지식과 시심 이외에도 불교적 지식과 불심의 수행력이 요구된다는 말을 하였다. 본래 『님의 침묵』이 시집이면서 시집 이상의 수행서이자 교화서이기에 불교에 대한 근본적인 이해와 불심의 움직임이 요구된다는 점을 말한 것이다.

그런데 한용운은 『님의 침묵』에서 이와 같은 사랑의 문제를 님과 나, 당신과 나, 그대와 나, 애인과 나 같은 '연인관계'의 형태를 빌려 그려보이고

자 하였다. '연인관계'라고 하면 사람들은 금세 중생심의 이성애적 연정 혹은 에로티시즘의 세계를 떠올릴 것이다. 그러면서 남녀가 함께 살아가는 일은 불교적 수행이나 교화와는 동떨어진 것으로 생각하기 쉬울 것이다. 그러나 달리 생각해보면 남녀 간의 사랑이야말로 우리의 가장 가까운 현실에서 그 사랑을 중생적 연정, 이성애적 에로티시즘 이상으로 거듭날 수 있게 할 수 있는 가능성의 지대이다. 연인이 단지 자기중심적 소유욕과 본능적 이성애의 대상이라면 그것은 한용운이 「군말」을 통하여 잘 지적한 대로 '이름 좋은' 님에 불과하다. 그러나 사랑의 연인관계가 '이름 좋은' 님의 단계를 넘어설 때 그들 사이는 서로가 서로에게 깨달음의 친구이자 스승이 되는 '영적 도반'의 관계가 된다.

영적 도반으로 애인이나 연인, 더 나아가 부부가 살아가는 것을 범부들은 쉽게 이해하지 못한다. 그리고 그것을 이해한다 하더라도 그렇게 실천하며 살아가기란 또한 어려운 일이다. 그러나 중요한 것은 영적 도반으로 살아가는 일에 대해 이해하는 것이고, 그것을 꿈꾸며 정진하는 일이다. 다들 알다시피 근대에 이르러 개인의 발견과 자유의 발견은 한 인간으로 하여금 자유로운 사랑을 하도록 승인하였다. 이 사랑은 이전의 전근대적 사랑과 비교하여 한층 발전된 것이나, 이곳에서의 사랑 역시 개인의 권리 주장이라는 차원을 넘어서지 못한다.

이쯤해서 불교적 보살심과 불심에 바탕을 둔 사랑이 어떤 것인지를 생각해보아야 한다. 불교에서 사랑한다는 것이 도대체 무엇을 뜻하는지에 대해 생각해보아야 한다는 말이다. 한용운이 「군말」에서 '님'에 대한 '긔룸'과 '사랑'을 말할 때, 또한 '해저문벌판에서 도러가는길을일코 헤매는 어린羊'이 '긔루어서' 『님의 침묵』을 쓴다고 말할 때, 더욱이 『님의 침묵』 속의 88편의 모든 시가 님과의 '사랑'의 삶을 그려 보일 때, 그 사랑이란 범속한 사랑과 구분되는 보살심과 불심의 사랑이기 때문이다.

먼저 보살심과 불심의 사랑은 상대를 깨달음에 이르도록 이끌어주고자 한다. 깨달음에 이르게 한다는 것은 법보시의 한 양태로서 상대가 견성성불에 이르러 열반과 해탈의 삶을 살도록 돕는 것이다. 둘째로 보살심과 불심의 사랑은 깨친 자의 마음으로 상대를 대하는 일이다. 깨친 자의 마음으로 상대를 대한다는 것은 상대와 내가 모두 브처일 뿐만 아니라 서로가 둘이 아닌 연기의 일체임을 체득하고 무한한 자비의 마음을 내는 일이다. 그리고 셋째로 보살심과 불심의 사랑은 상대를 님으로 '긔루어'할 뿐만 아니라 그가 현실 속에서 '긔룬' '님'을 갖고 살도록 이끌어주는 일이다. 이와 같은 '님'을 갖고 산다는 것이 자기중심성을 넘어서서 무심과 공심이 만들어내는 원력의 삶을 사는 일이라는 것은 수차례 언급한 바이다.

대략 이와 같은 내용을 지니고 있는 보살심과 불심의 사랑은 한용운에게 있어서 이미 『님의 침묵』의 「군말」 속에 그 의미가 모두 담겨 있다. 한용운은 여기서 '긔룬' 마음으로 '님'을 갖고 사는 삶, 님과 더불어 자유를 성취하는 삶, '집'이라는 우주적 진리의 세계를 보는 삶, 그 '집'에 이르는 바른 길[正道]을 알고 실천하는 삶, 이런 삶이 바로 지혜 속에서 사랑할 줄 아는 삶이요, 중생을 제도할 수 있는 원천이라고 말하였다.

한용운의 시집 『님의 침묵』 속엔 이런 사랑이 각각의 작품에서 매우 다양한 모습과 언어로 형상화되어 있다. 88편의 시가 모두 서로 다른 인연의 모습으로 사랑을 이야기하고 있다. 그런 점에서 한용운은 지혜를 볼 수 있는 혜안(慧眼)과 더불어 인연을 읽을 수 있는 법안(法眼)을 갖고 있었던 셈이다.

이와 같은 『님의 침묵』 속의 작품을 다 읽고 난 독자들은, 사랑이 무엇인지를 알고, 그것을 위해 발심을 하고, 그것을 현실에서 실천해 나아갈 때, 한용운이 『님의 침묵』을 통하여 기대하는 바에 부합되는 독자가 되는 셈이다. 이것이 『님의 침묵』에서 우리가 시를 읽는 기쁨 이상의 것을 터득해야 하는 까닭이다. 한 번 더 말하자면 『님의 침묵』은 단순한 예술작품이 아니다. 그것은 수행과 교화의 방편이요, 불교적 삶의 일환으로 나타난 것이다.

앞에서 살펴본 바와 같이, 한용운의 시집 『님의 침묵』에서 사랑은 인간이 도달할 수 있는 최고지점을 가리키며 보여주고 있다. 인간의 자기완성과 자아실현이 이런 사랑의 실천과 완성에 있다면 한용운은 이 시집에서 그런 사랑을 꿈꾸고, 그것을 독자들과 공유하며 뭇 중생들에게 알리고 싶었던 것이다. 『님의 침묵』은 참다운 사랑이 어떤 것인지를 최고의 수준에서 불법과 불심으로 탐구하고 시적으로 구현해 보인, 우리 시사에서 보기 드문 지혜와 사랑의 시집이다.

## 4. 결어

지금까지 한용운의 시집 『님의 침묵』을 이끌어 나아가는 두 개의 시어, 곧 '님'과 '사랑'의 문제에 대해 살펴보았다. 이들과 관련하여 지금까지 무엇이 문제였으며, 그것을 어떻게 해결해 나아가야 할 것인가 하는 점을 여러 가지 항목으로 나누어 살펴본 셈이다. 앞의 논의가 비교적 상세하였기 때문에 굳이 여기서 요약해 보이지 않아도 충분히 내용 전달이 되었으리라 생각한다.

　다만 앞으로 남은 일은 이를 바탕으로 본문에 해당되는 88편의 시를 충실하게 읽어내는 것이다. 그리하여 '님'과 '사랑'의 문제가 구체적인 작품에서 얼마나 심도 있게 형상화되고 있으며, 그 스펙트럼이 얼마나 다양하고 폭이 넓으며, 그 호소력과 감화력이 얼마나 대단한지를 밝혀보는 일이다.

　이 일이 제대로 성취된다면 독자들이 '님'을 갖고 사는 일과 '사랑'을 하며 살아가는 일이 한층 가까워질 것이다. 그럼으로써 굳이 '님'이니, '사랑'이니 하는 문자를 꺼내들지 않아도 사랑으로 님을 만들고, 님으로 사랑을 실천하는 일로 접어들게 될 것이다. 그리고 시란 단순한 미학적 예술의 차원을 넘어선 영혼의 일이자 마음의 일이라는 점을 깨닫게 될 것이다.

## 1. 「군말」을 논의해야 하는 까닭

한용운의 시집 『님의 침묵』(회동서관, 1926)은 다음과 같은 몇 가지 측면에
서 텍스트 내·외적으로 남다른 특징을 보이고 있다.

먼저, 텍스트 내적인 측면에서 살펴보면, 이 시집은 그 형식적 체재가
서문에 해당되는 「군말」, 본문에 해당되는 88편의 시, 그리고 마무리 글에
해당되는 「讀者에게」의 세 부분으로 특이하게 구성돼 있다. 이런 체재는
다른 시집에서 흔히 찾아보기 어려운, 그러면서 시인 한용운의 의도가 뚜
렷하게 내재된 주목할 만한 형식적 특징이다.

『님의 침묵』은 또 다른 측면에서 중요한 텍스트 내적 특성을 보여주고
있다. 그것은 이 시집 전체가 이른바 님과 화자 사이의 '사랑'의 문제를 하
나의 중심 테마이자 과제로 삼아 그것을 영성적(靈性的)이자 종교적인 차원
에 근거하여 탐구하고 있다는 점이다. 이 '사랑'이란 주제는 당시로서는
보편적인 시대적, 문명사적 관심사였을 뿐만 아니라 유행의 성격조차 띤

하나의 시적 관습으로서의 모티프이기도 하였다. 그런데 『님의 침묵』은 한편으로 이런 흔한 시대적 주제와 시적 관습을 차용하고 있으면서도, 다른 한편으로 그 흔한 시대적 주제와 관습을 불교적 세계관과 불심(佛心)의 수행이라는 심오한 차원이자 세계 속에서 수준 높게 탐구하고 펼쳐 보인 특수한 시집이다.

이와 같은 텍스트 내적인 특성과 더불어 『님의 침묵』은 다음과 같은 텍스트 외적인 특성을 보여주고 있다. 『님의 침묵』은 지금까지 학자들이나 연구자들에 의하여 이루어진 연구방법과 그 논의 결과에 있어서 특별히 남다른 측면을 드러내고 있다. 국내의 어떤 시집의 경우도 이 『님의 침묵』의 경우처럼 시집 속에 수록된 모든 작품을 대상으로 각 작품의 시행 하나하나는 물론 시구 하나하나까지 따로 떼어 주목하며 본격적으로 분석/해석/평가/감상한 예를 보여주지 않는다. 주지하다시피 우리 시학계의 비중 있는 현대시 연구자인 송욱과 김용직은 각각 『님의 침묵 전편해설』[1]과 『님의 침묵 총체적 분석연구』[2]라는 역저를 통하여 이와 같은 작업을 수행하였다. 그리고 소장학자 김광원은 『만해의 시와 십현담주해』[3]라는 저서를 통하여 역시 이와 같은 작업을 수행하였으며 윤재근 또한 『님의 침묵』 전편에 주석을 달았다.[4] 이런 사실은 무엇을 뜻하는가. 그것은 단적으로 말해 『님의 침묵』이야말로 누구나 접근 가능한 시집 같지만, 실은 그 외양과 달

---

1 송욱, 『님의 침묵 전편해설』(서울 : 일조각, 1974).
2 김용직, 『님의 침묵 총체적 분석연구』(서울 : 서정시학, 2011).
3 김광원, 『만해의 시와 십현담주해』(서울 : 바보새, 2005).
4 윤재근, 『만해시 『님의 침묵』 연구』(서울 : 민족문화사, 1934).

리 좀처럼 쉬운 접근을 허락하지 않는 난해하고 문제적인 시집이라는 것이다.

그런데 이렇듯 여러 학자들이 시집 속의 전 작품은 물론 각 작품 속의 한 구절 한 구절, 한 행 한 행을 따로 떼어 읽어내는 데까지 심혈을 기울여 『님의 침묵』 읽기에 매진 혹은 정진하였음에도 불구하고, 『님의 침묵』은 여전히 다시 읽기를 기다리고 있다는 생각을 지울 수 없다. 그것은 아직도 『님의 침묵』 읽기가 본질과 핵심에 다가가 있지 못하다는 판단 때문이다. 그렇다면 도대체 어떤 점 때문에 『님의 침묵』은 그 크나큰 노력과 열정에도 불구하고 이런 아쉬운 현실 속에 놓이게 된 것일까. 앞질러 말한다면 그것은 『님의 침묵』이야말로 당대는 물론 우리 근·현대시단의 다른 많은 시집들과 달리 불교적 지식과 불심의 수행력, 시적 지식과 시심(詩心)의 간절함이 두루 갖추어졌을 때에만 온전한 읽기를 허락하는 특수한 시집이라는 점 때문이다. 필자는 방금 『님의 침묵』 읽기의 조건으로 네 가지 점을 제시하였다. 한 번 더 반복하여 말한다면, 불교적 지식과 불심의 수행력, 시적 지식과 시심의 간절함이 그것이다. 방금 제시한 이 네 가지 자질 혹은 능력 가운데 연구자가 어느 한 가지만 갖추고 있다든지, 어느 한 가지라도 구비하고 있지 않다면, 『님의 침묵』은 그 핵심과 전모를 결코 드러내지 않는다. 그러니까 다시 한 번 언급하자면 지금까지 여러 연구자들의 그 대단한 열성과 노력에도 불구하고 『님의 침묵』 읽기가 여전히 한계를 드러낼 수밖에 없었던 주요 원인은 바로 여기에 있는 것이다.

한용운은 그의 나이 39세가 되던 1917년 12월에 득도하고 「오도송」을 불렀다. 그리고 그의 나이 47세가 되던 1925년에 『님의 침묵』을 탈고하여 이듬해인 1926년에 간행하였다. 이런 한용운의 근본적이며 지속적인 자아 정체성은 말할 것도 없이 불교 승려로서의 그것에 있다. 우리는 한용운을 가리켜 독립운동가이며, 불교 승려이고, 문인이자 문필가이고, 시론가(時論家)이자 잡지 출간인이라고 나열하듯 언급하곤 하지만, 실제로 이와 같은 나열식 언급은 그의 정체성을 정확하게 드러낸 것이라고 할 수 없다. 정확하게 말하자면 한용운은 불교 승려이고, 그는 이 불교 승려로서 독립운동을 하고, 문학을 하고, 인생 전반을 운영해간 것이라고 보아야 한다. 한 마디로 말하면 적어도 출가 후 그의 삶 전체는 득도를 위한 길이자 수행 교화의 여정이었던 것이다.

그런 점에서 한용운의 삶과 행위 전반, 그중의 하나인 문학활동, 그리고 그 문학활동 가운데서도 중요한 사건에 속하는 시집 『님의 침묵』의 읽기도 이와 같은 맥락 위에서 이루어져야 한다.

시집 『님의 침묵』의 첫 장을 넘기면 누구나 알다시피 서문격인 글, 「군말」이 등장하여 우리의 주목을 끈다. 『님의 침묵』의 전모를 파악하기 위해서는 물론 시집 본문에 해당되는 88편의 시로 들어가기 위해서도 가장 먼저 만나고 통과해야 할 관문이 바로 이 「군말」이다. 「군말」의 제목인 '군말'은 글자 그대로 풀이할 때 '군더더기의 말'이라는 뜻이 된다. 군더더기는 쓸데없이 덧붙여진 것, 있으나마나 한 것이다. 그러나 실제로 『님의 침묵』에서 이 「군말」은 군더더기로서의 주변적이고 거추장스러운 존재가 아니라 시집의 핵심적이고 종합적이며 서언적이고 선언적인 말이다. 그런 점에서 한용운이 '군말'이라는 말을 서문격의 글에 사용한 것은 일종의 아이러니적 표현이거나 겸양의 표출이고, 더 나아가서 보면 세속적 '지해(知

解'와 '언어'를 초월하고자 사용된 심오한 불교적 언설이자 수사이다.

『님의 침묵』 읽기가 그러하듯이, 이 「군말」을 제대로 읽어내기도 결코 쉽지 않다. 그런데 이것을 읽어내지 못하면 시집 전체는 물론 본문으로도 접어들기가 어렵다. 그러므로 「군말」은 앞서 언급했듯이 『님의 침묵』으로 들어가는 관문이자 『님의 침묵』이 수렴되고 확산되는 중심문장이라 할 수 있다. 그렇다면 왜 「군말」을 읽어내는 일이 그토록 어려운 것일까. 그것은 앞에서 『님의 침묵』에 대한 연구의 현실을 두고 말했던 것처럼, 『님의 침묵』의 서언에 해당하는 종합적이고 압축적인 이 글을 읽는 데에도 또한 차원 높은 불교적 지식과 불심의 수행력, 시적 지식과 시심의 간절함이 요구되기 때문이다.

이 네 가지를 갖춘다는 것은 그리 쉽지 않다. 불교적 지식을 제대로 갖추기도 어렵지만 무엇보다 불심의 수행력을 갖추기란 매우 어렵다. 다른 이유도 많이 있겠지만 불교적 세계관과 불심의 수행력은 범인(凡人)의 인식이나 삶과 다른 방향을 가리키고 있으며 '개인'과 '인간'에 기초한 근대, 근대문학, 근대문학연구, 근대적 삶 등과 뚜렷이 구별되는 자리에 놓여 있기 때문이다. 범인의 삶과, 근대, 근대문학, 근대문학연구, 근대적 삶이란 정도의 차이는 있을지언정 불교에서 그토록 경계하고자 한 '분별'과 '시비'에 바탕을 둔 개아중심주의와 인간중심주의에서 일체를 파악하고 수용하며 주도해 나아간 세계관의 산물이다. 그에 비해 불교와 불심의 수행은 시비분별을 넘어서 있는 인간초월주의와 개아초월주의 속에서 세계를 일심(一心)의 장으로 파악하는 전일적 세계관을 본령으로 삼는다.

여기서 좀 더 과격하게 말하자면 근대적 세계관과 불교적 세계관은 서로 '이질적인' 정도가 아니라 아예 '대척점'에 서 있다고 보아야 한다. 분리된 개인과 인간으로 수렴되는 것이 근대적 세계관이라면 전체와 전일로 무한소급되고 무한확장되는 것이 불교적 세계관이다.[5] 따라서 근대적 세계관과 그에 바탕을 둔 근대문학의 세례를 받은 사람들에겐 한용운의 『님의 침묵』도, 그 속의 「군말」도 원활하게 이해되고 공감되지 않는다. 요컨대 한용운의 『님의 침묵』은 외적으로 근대시의 형식을 취하고 있지만 실은 근대나 근대시 영역 바깥에 그 근본 뿌리를 두고 있는 '진리지향'의 시이자 '진리구현'의 시인 것이다.[6]

이 논문은 「군말」 읽기야말로 『님의 침묵』 읽기의 선행코스이자 필수코스라는 점을 새삼 자각하며 불교적 지식과 불교적 마음, 시적 지식과 시적 마음을 총동원하여 「군말」 읽기에 도전해본 글이다. 필자의 능력 부족으로 여전히 미흡한 점이 많겠지만 이 '도전'이 「군말」 자체는 물론 『님의 침묵』 읽기에 얼마간의 도움을 줄 것이라 기대한다.

---

**5** 범부의 세계관 및 근대적 세계관과 불교의 세계관을 대비시켜 설명하면 다음과 같다: 범부의 세계관과 근대적 세계관은 자아를 우주와 분리된 단절적 개체로 생각하면서 그 자아가 중심이 되고 우월해질 것을 지향하는 세계관이다. 여기서 모든 것은 분리된 개체에 의해 파악되고 평가된다. 이에 반해 불교적 세계관은 자아와 우주가 한 몸이라는 전일적 우주 의식 속에서 자신의 삶이 타존재 및 이 세상에 도움이 되기를 바라며 살고자 하는 세계관이다. 여기에선 모든 것이 전일적 우주의 관점으로부터 이해되고 파악된다.

**6** 한용운 시집 『님의 침묵』의 비근대성(탈근대성이 아님)에 대해서는 김윤식이 만해상을 수상한 것을 계기로 하여 마련된 서영채와의 대담에서 부분적으로 지적되고 있다. 김윤식·서영채 대담, 「만해상 수상자 대담 : 김윤식 문학평론가와의 대담」, 『만해학보』 8호(2004. 12), 70~71면 참조.

## 2. 「군말」의 내용 분석

논의의 편의를 위하여 먼저 한용운의 『님의 침묵』 속에 있는 「군말」의 전문을 인용하면 다음과 같다.

> 「님」만님이아니라 긔룬것은 다님이다 衆生이 釋迦의님이라면 哲學은 칸트 의님이다 薔薇花의님이 봄비라면 마시니의님은 伊太利다 님은 내가사랑할뿐 아니라 나를사랑하나니라
>
> 戀愛가自由라면 님도自由일것이다 그러나 너희는 이름조은 自由에 알쓸한 拘束을 밧지안너냐 너에게도 님이잇너냐 잇다면 님이아니라 너의그림자니라
>
> 나는 해저문벌판에서 도러가는길을일코 헤매는 어린羊이 긔루어서 이詩를 쓴다
>
> 著者[7]

아래에서는 위 「군말」의 전체적이며 구체적인 내용을 파악하기 위하여 편의상 글의 첫 부분부터 필요한 분량만큼씩 자의적으로 단락화해가며 논의를 진행하기로 한다.


### 1) 「님」만님이 아니라 긔룬것은 다님이다

> 「님」만님이아니라

"「님」만님이아니라"는 말 속에는 두 가지 종류의 님이 등장한다. 하나는 낫표를 한 앞부분의 '「님」'이고, 다른 하나는 낫표를 없앤 뒷부분의 '님'이

---

7 한용운, 『님의 침묵』(서울 : 회동서관, 1926).

다. 한용운은 이 두 님 사이의 공통점과 차이점을 의식하며 "「님」만님이아니라"는 말을 전하고 있다.

전자의 '「님」'이 남녀 간의 세속적이고 에로스적인 충동이 만들어낸 중생적 연정에서 비롯된 님이라면, 후자의 '님'은 남녀 간이라는 좁은 한계를 넘어선, 세속적이라는 소아성(小我性)을 넘어선, 에로스적 충동이라는 성애를 넘어선, 무아적 보살의 사랑과 자비의 마음이 작용한 님이다.

또한 앞의 '「님」'이 당대를 풍미한 개인의 자유연애 사조 속에서 나타난 현실적, 시대적 애인이라면, 후자의 '님'은 이런 유행성과 개아성(個我性)을 넘어선, 대아적(大我的)이고 종교적이며 영성적인 본마음의 님이다.

님에 대한 한용운의 이런 인식과 규정에 따라 「군말」에서의 님은 연정의 소아적 님에서 사랑과 자비의 대아적 님으로, 대중적 자기탐닉의 개아적 님에서 자아초월적 영성의 님으로 그 내포가 확대되며 차원 변이를 일으키고 있다. 한마디로 말하자면 님의 개념이 사심(私心)에 의거한 사적 영역에서 공심(公心)이 작용하는 공적 세계로 넓혀지고 드높여지고 있는 것이다.

이런 점에서 「군말」 초두에 나타난 "「님」만님이아니라"라는 한용운의 현실 부정적인 전언은 님에 대한 지금까지의 상식적이면서 진부한 사유에 충격을 가한다. 그리고 당시 보통 사람들이 생각하는 님이 얼마나 협소한 것인지, 그 정신과 함의의 한계가 어떤 것인지를 새삼 되돌아볼 기회를 가져다준다.[8]

---

8  신상철의 저서 『현대시와 '님'의 연구』(서울 : 시문학사, 1989) 속에 제시된 '님'의 개념은 '님'에 대한 협소한 견해를 넘어서게 하는 데 실증적인 도움을 준다. 그러나 정작 신상철이 만해의 시집 『님의 침묵』과 그 속의 「군말」을 통하여 만해의 님을 밝힌 내용은 매우 협소하

### 긔룬것은 다님이다

"「님」만님이아니라"에 이어지는 "긔룬것은 다님이다"라는 말에는 세 가지 의미단위가 들어 있다. 그것은 '긔룬 것', '긔룬 것은 다', '긔룬 것은 다 님이다'라는 세 가지이다.

이 가운데 먼저 '긔룬 것'이라는 의미단위를 살펴보면 이곳엔 '님'이 될 수 있는 기준이자 요건이 제시되어 있다. 그리고 그 기준이자 요건으로 '긔룬 마음'을 갖고 있느냐, 아니냐 하는 점을 들고 있다. 그렇다면 '긔루다'라는 말은 어떤 뜻을 지니고 있는 것일까. 지금까지 연구자들은 이 '긔루다'에 대하여 여러 가지 주석을 단 바 있다.[9] 그러나 여기서 '긔루다'라는 말의 함의는 지금까지의 여러 주석들이 보여준 뜻을 훨씬 초월하고 있다. '긔루다'는 기존의 주석들이 보여주는 바와 같이 단지 자신을 중심으로 삼아 무엇인가를 좋아하고, 그리워하고, 갈망하고, 사모하는 그런 마음에 그치는 것이 아니라, 자아를 넘어서서 그 무엇인가에 공심(公心)을, 대아적 사랑을, 자발적 무아의 마음을 내고 바치는 일이다. 이 '긔루다'라는 말은 달리 표현하여 공심(空心) 혹은 무주(無住)의 정신을 바탕에 깔고 있는 불교적 마음의 이상태이자 불성의 구현태이고, 종교적 영성의 실현상이다.

한용운에 의하면 이런 '긔룸' 속에서 대상은 비로소 '님'이 된다고 한다.

---

고 일방적이며 경직돼 있다.

**9** 송욱은 '그립다'가 변화한 말로 만해의 특유한 말씨라고 하였음: 송욱, 앞의 책, 17면. 김용직은 '그리워하다, 사랑하다, 정을 두다'로 풀이하면서 충청도, 경상도 일부의 방언이라고 하였음: 김용직, 앞의 책, 34면. 이상섭은 '그립다, 기릴 만하다, 안쓰럽다, 기특하다'의 뜻으로 해석하였음: 이상섭, 『님의 침묵』의 어휘와 그 활용 구조』(서울 : 탐구당, 1984). 김광원은 '그립고 소중한 대상을 향하는 애틋한 마음의 작용'이라고 하였음: 김광원, 앞의 책, 225면.

다시 말하면 '너'와 '나'가 시비분별로 나누어지지 않는 주객 너머의 원융한 일체가 된다는 것이다. 그러므로 「군말」에서 중요한 문제는 님이 누구냐 혹은 무엇이냐 하는 것보다 진정한 님이란 어떠한 마음이 작용하였을 때 창조될 수 있느냐 하는 것이다. 지금까지 우리 시학계의 연구자들은 '님'이 무엇이냐 혹은 누구냐 하는 문제에 과도하게 경직된 집착을 보여주었다. 그러나 「군말」의 문면 속을 잘 들여다보면 님이 누구냐 혹은 무엇이냐 하는 점보다 더 중요한 것은 어떤 마음 자리가 작용하였을 때 대상이 비로소 님이 될 수 있느냐 하는 점임을 알 수 있다. 주지하다시피 한용운은 「군말」에서 '긔룬 마음'이 작용하기만 하면 우주만유의 어떤 것도 모두 '님'이 될 수 있다고 말하였다. 그것이 바로 첫 번째에 이어 두 번째 의미단위에 나타난 "긔룬 것은 다"라는 말 속의 '다'가 가리키는 내용이다.

우리는 여기서 이 '다'라는 말과 그것이 가리키는 바를 소홀히 여길 수도 있다. 그러나 이 말과 그 말의 속뜻은 매우 중요하고 심오하다. 우주만유 전체가 불성 그 자체이자 불성의 드러남이라는 불교적 인식이 여기에 들어 있으며 그 인식이 체화되기만 하면 어떤 것드 다 님이 될 수 있다는 가능성을 이것은 말하고 있기 때문이다.

이처럼 한용운에게 긔룬 것은 어떤 것도 다 님이 될 수 있다. 아니 우리 모두의 마음에 이런 '긔룸'이 있다면 그 어떤 것도 님이 될 수 있다고 그는 말한다. 그야말로 중생적 불각(不覺)의 자리에서 바라보던 객(客)으로서의 대상과 세계가, 각자(覺者)의 본심(本心)의 자리로 돌아오게 되면 모든 것이 다 예외 없이 님으로 거듭날 수 있다는 것이다.

그런데 이런 '긔룸', '다', '님' 등의 「군말」 초두의 키워드가 지닌 의미를 온전히 체득하기 위해서는 불교적 세계관과 불심의 간절함이 전제되거나 수반되어야 한다. 배타적 개아중심주의와 인간중심주의에 토대를 둔 세속적 지식과 상식을 초월한 이 세계관과 마음을 지니지 못했을 때 "긔룬 것은 다 님이다"라는 한용운의 말은 표면적이거나 한계 그어진 영역 내에서 좁은 의미와 울림밖에는 줄 수가 없다.

### 2) 衆生이 釋迦의님이라면 哲學은 칸트의님이다 薔薇花의님이 봄비라면 마시니의님은 伊太利다 님은 내가사랑할쑨아니라 나를사랑하나니라

衆生이 釋迦의님이라면 哲學은 칸트의님이다 薔薇花의님이 봄비라면 마시니의님은 伊太利다

한용운은 "「님」만님이 아니라 긔룬것은 다님이다"라는 선언 이후에 그에 따른 실례를 네 가지나 들면서 독자들에게 친절한 설명을 덧붙이고 있다. 여기서 이 네 가지 실례는 그야말로 하나의 범례에 속하는 것일 뿐 그 종류와 숫자는 무한에까지 이를 수 있다는 의미를 담고 있다. 그럼에도 불구하고 한용운이 이런 구체적 예를 든 것은 이른바 '친절한 노파심'에서 독자들로 하여금 본문 88편의 시를 오해 없이 읽어나가게 하기 위한 배려의 결과로 생각된다.

한용운이 "긔룬것은 다님이다"라는 선언의 예로 제일 먼저 제시한 것은 '衆生이 釋迦의 님'이라는 것이다. 사실 이 실례 하나만을 제대로 이해하고, 체득하고, 증득할 수 있다면 그 이후의 모든 예들을 이해하는 것은 너무나 쉽고, 더 나아가 한용운이 말하는 바 진정한 '님'의 의미 자체를 쉽게

이해하고 그에 공감할 수 있다.

그렇다면 '衆生이 釋迦의 님'이라는 이 말은 무슨 뜻을 갖고 있는가. 여기서 우선 주의해야 할 것은 석가모니 부처님이 중생의 님이라고 하지 않고 중생이 석가모니 부처님의 님이라고 한 점이다.[10] 불교를 인격적 신 중심의 종교로 왜곡되게 반성 없이 받아들이는 사람에겐 이 말이 낯설게 들릴 것이다. 그리고 속화되고 대중화된 불교 현실의 외양만을 본 사람들에게도 이 말은 역시 낯설게 들릴 것이다. 왜냐하면 그들에겐 석가모니 부처님이 중생의 님인 것으로 생각되고 있기 대문이다.

그런데 '衆生이 釋迦의 님'이라는 이 말은 다음과 같은 몇 가지 점을 단계적으로 상기할 때 그 뜻이 제대로 밝혀질 수 있다. 첫째, 석가모니 부처님은 그가 깨닫고 보니 일체중생이 다 여래의 속성을 가진 부처임에도 불구하고 그만 무명에 가리어져 중생의 처지에서 벗어나지 못하는 미혹한 삶을 살고 있다고 하였다. 이 점은 석가모니 부처님이 중생을 자신은 물론 여래와 동일한 바탕을 지닌 진여의 존재로 인지한 것을 뜻한다. 둘째, 석가모니 부처님은 이런 중생들에 대하여 한없는 존경과 연민의 마음을 동시에 가졌다. 존경은 중생이 부처임을 인지한 데서 비롯된 것이요, 연민은 그럼에도 불구하고 그들이 중생의 현실에 갇혀 있음을 본 데서 기인한 것이다. 셋째, 석가모니 부처님은 중생을 불각인 무명의 세계에서 이끌어내어 본각인 각자(覺者)의 세계를 보게 함으로써 열반과 해탈로 인도하고

---

10  송욱도 이 점에 주목하였다. 그러나 이 점에 주목한 이후에 그가 구체적으로 보여준 해설은 일관성이 없고 설득력이 약하다. 송욱, 앞의 책, 18면

자 하는 원력으로 백 퍼센트의 공심(公心)을 발휘하였다. 이런 점에서 석가모니 부처님은 사심(私心) 영 퍼센트와 공심 백 퍼센트의 삶을 살다 간 역사상의 성인이다. 넷째, 이런 석가모니 부처님에게 중생은 곧 자신과 동체였다. 중생이 곧 그와 불이(不二)이자 불이(不異)인 존재였다. 여기서 중생과 석가모니 부처님은 동근(同根)의 일체(一切)이자 동체(同體)인 일체(一體)이다. 중생은 이런 석가모니 부처님에게 사랑, 헌신, 자비, 연민의 대상인 '님'이 되었다. 자신을 바침으로써 상대를 살려내고자 하는 무아적 보살정신의 대상이자 하화중생의 대상이 되었던 것이다.

이런 맥락에서 '哲學은 칸트의 님'이라는 말도 이해될 수 있다. 임마누엘 칸트에게 있어서 철학은 세상을 밝게 만들 최고의 진리를 담고 있는 존재이다. 그는 이런 철학에 자신의 삶을 전부 바친다. 그 자발적 헌신과 대아적 사랑은 너무나 순정하여 숭고함과 비장함까지 내포하고 있다. 여기서 철학은 칸트이다. 아니 칸트는 철학이다. 이런 정도가 되었을 때 '철학은 칸트의 님'이 되고 그 님은 한 인간의 생을 온전히 바치게 하는 자발적 '그리움'의 대상이 된다.

앞의 두 가지 예를 논한 것만으로도 한용운이 본절을 통해 전하고자 하는 바가 상당 부분 전달되었을 것이라고 생각한다. 그럼에도 불구하고 노파심에서, 아니 좀 더 완전한 이해를 위하여 나머지 두 가지 실례에 대해서도 살펴보기로 한다. 먼저 '薔薇花의 님이 봄비'라는 말에 대해 살펴본다. 여기서 장미화는 장미꽃이다. 이 장미화의 님이 봄비라는 말은 무심한 우주 법계의 아름다운 교감상을, 진리로 일렁이는 법계의 충만한 삶을, 무상(無償)으로 헌신하는 생명계의 청정한 교호과정을 보여준다. 인간계뿐만 아니라 자연계, 아니 우주계의 모든 것들은 이처럼 서로에게 님이 될 수 있다. 님이란 용어는 본래 인간들의 세계 속에서 생겨난 것이지만, 한용운이 뜻하는 님은 인간계 너머의 모든 곳에도 그대로 적용된다. 왜냐하면 불교는 인간만을 위한 종교가 아니라 우주적 실체와 실상을 보는 데 그 뜻이 있기 때문이다.

다음으로 '마시니의 님은 伊太利다'라는 말에 대해 살펴보기로 하자. 마시니는 이태리의 독립운동가이다. 그는 사심을 넘어선 초아(超我)의 공심으로 독립운동에 헌신하였다. 마시니에게는 이태리가 바로 그 자신이었다. 독립운동이니 민족운동이니 하는 것은 자칫 배타적 아상에 빠질 염려도 있으나, 그것이 공심(空心)인 공심(公心) 위에서 이루어질 때 그런 염려는 일거에 사라진다. 그리고 그것은 '님'에의 사랑을 위해 진정 자신을 헌신하는 숭고한 일이 된다.

앞에서 살펴보았듯 한용운이 「군말」에서 일깨워주고 있는 바에 따르면 우리가 님을 가졌다는 것은, 아니 무엇인가가 혹은 누군가가 그런 님이 되었다는 것은 범부중생의 왜곡된 자아인식이 빚어낸 자아의 감옥을 벗어나는 일이다. 부연하면 불교에서 그토록 경계하고 타파하고자 하는 무명의 분별과 시비를 초월하여 자아의 영역을 무한에 이르도록 넓히고 높이는 일이다. 범부중생의 세속적인 삶의 목표는 이기적 자아의 보존, 그 자아의 확대, 그리고 그 자아에 대한 탐닉에 있다.[11] 불교적 수행은 이런 미망을 벗

---

11 금오(金烏) 김홍경은 그의 저서에서 소아적 삶의 본질을 자아보존, 자아확대, 자아탐닉이라는 세 가지 말로 명료하게 정리해놓았다 : 금오, 『동양의학혁명 총론』(서울 : 신농백초, 1989).

어나 마침내 '우주가 나다'라고 하는 경지까지, 우주만유가 나 아닌 것이 없다는 경지까지 나아가는 일이다. 불교와 불교적 수행이란 얼핏 보기엔 어려운 일 같지만 실은 이런 님의 범위와 그 종류를 넓혀가고 확대해가는 일이라 할 수 있다. 그리하여 우주 전체와 우주만유가 그대로 우리의 님이 될 때까지 공심(空心)과 공심(公心)을 확대시켜 나아가는 일이 바로 불교적 수행인 것이다.

### 님은 내가사랑할쑨아니라 나를사랑하나니라

어떤 대상이 한용운이 말하는 바 님이 되면 그 님은 나와 한 몸이 된다. 이런 님을 가졌다는 것은 그런 점에서 주객(主客)이라는 말조차 사용하지 않는 초월적, 포월적 세계로 그의 삶이 진입하였다는 것을 뜻한다. 우리들이 어떤 존재를 두고 진정 한용운이 말하는 바 그 님이 되었는지 아닌지를 판별해보려면 님과 나 사이에 주객의 이분법과 분별 및 시비의 마음이 가로놓여 있는가 아닌가를 점검해보면 된다. 주객의 이분법과 시비분별의 마음이란 불교가 가르치듯이 존재의 본질을 꿰뚫지 못하고 현상만을 바라본 인간적 사유물이자 그 주관의 산물이기 때문이다.

반복하지만, 한용운이 말하는 바 님이 되고 나면 그 님은 나 자신이다. 그런데 여기서 이것을 자아중심적인 대상의 자아화로 오인해서는 안 된다. 대상의 자아화 혹은 세계의 자아화를 사람들은 분별과 시비에 입각한 아상의 자기중심적 확대로 읽는 데에 익숙해 있는 점을 경계해야 한다.

범인들의 세속적 일상과 일생은 위와 같은 마음작용과 그 문법 위에서 움직인다. 그러나 그것은 본질이 아니라 불각의 자리에서 이루어지는 범부중생의 어리석고 오인된 인식체계의 작용이다. 이런 세속의 인지장애와 협소한 마음을 넘어선 자리에 '님'이 있고 그것을 뒷받침하며 생성케 하는 데 불교적 진실이 있음을 한용운은 말하고 있다. 따라서 님을 갖는다는 것은 자아를 끝없이 방하착(放下着)하고 무화시킴으로써 비로소 자아의 영역을 넓히는 일이다. 그때 우리의 오도된 인식작용은 사라지고 본각의 진여가 그 존재를 드러내며 가동시킨다.

『대승기신론(大乘起信論)』을 보면 '본각의 훈습(薰習)'이라는 말이 나온다. 그것은 우리가 제아무리 불각의 삶을 살고 있다 하더라도 본각은 때때로, 아니 언제나 그 모습을 드러내며 그 실제를 알리고 우리의 삶을 이끌어 나아간다는 것이다. 어느 누구도 이 본각의 훈습으로부터 벗어난 예외적 존재가 아니다. 그가 이 우주 속에 존재하는 한 그는 본각의 훈습 속에 있다. 따라서 표면으로는 제아무리 불각의 협소한 배타성을 드러내어도 사실은 우리 자신도 모르는 사이에 본각인 일심 혹은 대승의 수레바퀴를 향하여 마음을 열고 있다는 것이다. 이 본각이 작동할 때 우리는 이 우주 속에서 '님'을 만나게 된다. 그리고 그 님과 나 사이는 본각의 차원에서 '님은 내가 사랑할 뿐만 아니라 나를 사랑한다'는 본절의 말처럼 서로 '사랑'하는 사이가 되는 것이다.

'님'이 됨으로써, 달리 말하면 '사랑'하는 관계가 됨으로써 세계는 너와 나로 구분된 상대적 유한의 장에서 너와 나가 하나 된 절대적 무한의 세계로 들어 올려진다. 동근이며 동체인 하나 됨의 무루적(無漏的) 진리의 삶이 여기서 생성되고 전개되는 것이다. 한용운은 그의 산문 「선(禪)과 자아(自我)」에서 이런 자아를 가리켜 선을 통해 드러나는 진여법성, 무한아(無限我),

절대아(絶對我)라고 지칭한 바 있다.[12]

필자가 본절을 통하여 말하고자 하는 바는 지금까지의 논의를 통해 충분히 전달되었으리라 생각한다. 그럼에도 불구하고 역시 염려하는 마음에서 한마디 덧붙이고자 한다. 그것은 본절의 "님은 내가사랑할뿐아니라 나를사랑하나니라"에서 '사랑'은 결코 세속의 애욕이나 갈애(渴愛)를 뜻하는, 그런 소아적(小我的) 사랑이 아니라는 것이다. '사랑'은 그 표현상 세속의 그것과 여기서 동일한 언어 형태를 취하고 있지만, 그것은 외형상의 동일함일 뿐 마치 동음이의어처럼 그 내포를 전혀 달리한다. 한용운의 『님의 침묵』 본문에 해당되는 88편의 시의 핵심 문제는 '사랑의 완성'을 탐구하고 보여주는 데 그 본령이 있다. 여기서의 사랑은 세속적 사랑과 구별되는 대아적 사랑이다. 굳이 풀어서 다른 말로 설명해본다면 진리인 지혜 위에서 구현되는 영적 도반으로서의 사랑이다. 그런 의미에서의 사랑을 내가 님에게, 님이 나에게 보내고 있다는 것이 바로 "님은 내가사랑할뿐아니라 나를사랑하나니라"에서 말해지고 있는 사랑의 교호성이다.

### 3) 戀愛가自由라면 님도自由일것이다 그러나 너희는 이름조은 自由에 알쓸한拘束을 밧지안너냐 너에게도 님이잇너냐 잇다면 님이아니라 너의그림자니라

戀愛가自由라면 님도自由일것이다

이제 「군말」의 두 번째 큰 단락이 시작되었다. 그 두 번째 단락의 첫 부

---

12 한용운, 「선과 자아」, 『불교』 6월호(1933): 『한용운전집2』(서울 : 신구문화사, 1973), 319~323면.

분이 바로 "戀愛가自由라면 님도自由일것이다"라는 말이다. 여기에선 연애와 님이 서로 대비되면서, 연애를 하는 것도, 님을 갖는 것도 한 인간의 자유행위에 속하는 것이지만 이 양자 사이의 자유에는 근본적인 차이가 있음을 암시하고 있다.

연애는 'love'의 번역어로서 근대적 용어이자 개념이다. 한 개인이 주체가 되어 자신의 욕망에 따라 다른 주체인 한 사람을 갈애하는 것을 두고 연애라 한다. 성과 연애, 연애와 결혼은 같은 연속선상의 에로스적 계열체들로서 개인의 시대라 할 수 있는 근대에 이르러 그야말로 철저하게 주체라고 인정한 그 개인의 사적 영역에 속하는 일이 되었다. 달리 말하면 프라이버시의 영역에 속하는 것이 되면서 이들은 개인적 욕망이자 권리의 시험장이자 실현장이 되었다.

자유연애라는 말이 알려주듯이, 당시를 풍미했던 연애도 분명 한 인간의 자유에 속한 일이라고 한용운은 「군말」에서 말한다. 그러나 그는 이 개인적 자유연애가 지닌 자유의 세계를 존중하면서도 그것의 한계를 동시에 지적하며 안타까워하고 있다. 자유연애에서의 자유도, 그 자유로 만드는 '님'이라는 이름의 세속적 애인도 한용운이 보기에는 참다운 자유와, 참다운 님이 되기에 역부족이라 생각되는 것이다. 왜 그럴까. 그에 대한 상세한 해설은 본 단락의 뒷부분에 명확하게 나온다. 이 점은 이후의 해당 부분을 논의하는 자리에서 밝혀보기로 한다.

그런데 위와 같은 개인의 사적 연애와 대비되는 공심이 창조한 '님'도 역시 한 개인이 주체적으로 마음을 행사한 자유의 결과물이라는 점에서는 외형상 동일성을 갖는다고 한용운은 말한다. 그러나 전자의 자유가 자아중심적 지배와 소유의 자유라면, 후자의 자유는 자아초월적 방하착과 무소유의 자유라는 점에서 구별된다고 그는 말한다. 조금 더 전문적인 용어를 빌려 말한다면 전자의 자유가 소아(small I)와 업아(業我, karma I)를 넘어서지 못하는 정식(情識)의 자유라면, 후자의 자유는 무아(nothing I)와 묘아(妙我, freedom I)를 아는 자의 대아(big I)적 지혜와 보살심이 낳은 자유라는 것이다.[13]

무명의 중생적 자유와 깨친 자의 보살적 자유는 이토록 다르다. 전자가 욕망으로서의 불각의 자유라면 후자는 원력으로서의 본각의 자유이다. 전자의 자유도 '님'이라고 부를 수 있는 대상을 만들지만 후자의 대자유가 낳은 지혜와 자비, 상구보리 하화중생으로서의 '님'과는 참으로 다르다.

자유는 그것이 중생적 정식의 자유일 경우 언제나 '그림자'를 남긴다. 다시 말하면 한계 지어진 자아가 만들어내는 배타적 구속의 세계를 동반하고 있다. 이것을 불교에선 오염된 자아의 인지장애[所知障] 및 정서장애[煩惱障]가 만들어내는 그림자라고 부른다. 님이라는 애인조차도 실은 이와 같은 자아욕구와 그 만족의 도구로 창조된다면 그곳엔 큰 오염의 그림자가 내재하게 된다. 한용운은 이런 자유연애 속의 자유를 안타까움과 비판의 심정으로 바라다보며 참다운 님의 창조를 가능케 하는 깨친 자의 '신심'과 '원력'으로서의 자유를 역설한다. 그럼으로써 그는 자유와 님의 참뜻을 살려내고자 한다. 그리고 이 신심과 원력의 자유 속에서 비로소 '님'이 얼마나 본질적인 모습으로 드러날 수 있는가를 알려주고 싶어 한다. 이것을 가리켜 님에 대한 사랑이라고 한다면, 그 사랑은 참다운 자유의 산물이다.

---

13 현각 엮음, 『선의 나침반 1, 2』, 허문명 옮김(서울 : 열림원, 2001) 참조.

그리고 이런 관계 속에서 님이 창조된다면 님과 나는 서로 진정한 사랑의 관계 속에 영적 도반으로 맺어질 것이다.

> 그러나 너희는 이름조은 自由에 알쓸한拘束을 밧지안너냐 너에게도 님이잇너냐 잇다면 님이아니라 너의그림자니라

어느 것이 참다운 자유가 낳은 산물인지를 구분하는 중요한 한 가지 기준이 있다면 그것은 그 산물이 주는 구속성 여부를 확인해보는 것이다. 참다운 자유가 아닌, 소아적, 카르마적 자유가 작동하였을 때, 그 산물은 우리에게 해방과 해탈이 아닌 구속과 고통을 가져다준다. 참다운 자유의 실상을 알지 못하는 범인들은 이러한 자유가 진정한 자유라고 오인하기 쉽지만, 그 자유 속에는 표면적 자유와 달리 언제나 구속과 고통스러움이 동반된다. 우주의 이치는 내가 대상을 해방시키지 않는 한 대상도 나를 해방시키지 않고 구속하는 것이다. 따라서 소아적, 카르마적 자유로 선택한 대상은 해방된 존재로서의 님이 아니라 지배와 소유의 대상일 뿐이다. 그리고 그런 대상은 우리의 자유에 대해 회의하게 만든다.

본절의 앞 구절, "그러나 너희는 이름조은 自由에 알쓸한拘束을 밧지안너냐"에서 한용운은 범인들이 생각하고 행사하는 소아적, 카르마적 자유의 이런 한계와 구속성에 대해 지적하고 있다. 겉으로는 그들의 자유가 '이름조은' 얼굴을 하고 있지만 그 속을 직시해보면 '이름조은' 미명과 달리 구속이라는 어두운 얼굴이 그 속에 숨어 있다는 것이다. 한용운은 이런 자유에 유혹되고 그 자유를 소비하면서 동시에 그 자유에 속박되어 살고 있는 범인들을 가리켜 '너희'라고 지칭하며 깨친 자로서의 자신 및 그에

속하는 사람들과 대비시킨다. '너희'가 소아적, 카르마적 자유에 머문 무명의 존재로서 연애를 하고 님을 만든다면 '나'는 깨침을 얻은 진여의 자리에서 사랑을 하고 님을 창조한다는 것이다. 또한 '너희'가 업식의 세계에 머물러서 자유를 행사한다면, 나는 지혜의 세계를 본 자로서 자유를 구가한다는 것이다.

이런 논리를 조금 더 확장해 나아간다면 그것이 어느 것이든지 참다운 자유의 산물이 되었을 때에만 비로소 그것이 '님'이 될 수 있다는 결론에 다다르게 된다.

한용운은 이런 자유의 두 가지 실상을 제시하면서 만약 소아적, 카르마적 자유 속에서 살고 있는 '너희'가 님을 갖고 있다면 그 님은 참다운 님이 아니라 '너희들'의 '그림자'에 불과하다고 일갈한다. 그러니까 소아적 자유와 카르마적 자유가 만들어내는 자기보존, 자기확대, 자기탐닉을 위한 님은 지배와 소유로서의 이름만의 님일 뿐 진정한 님이 될 수 없다는 것이다.

그렇다면 한용운이 여기서 말하는 '그림자'란 구체적으로 어떤 뜻일까. 그것은 앞절에서도 말했듯이 참다운 '님'과 진정한 자유에 대비되는 것으로서 한 인간의 욕망이 만들어낸 업식 및 업력의 투사물을 가리킨다. 욕망에 근거한 업식과 업력은 시비분별을 통한 사대(四大)와 육근(六根)의 조화작용이다. 그것은 '나는 있다'라는 무명(無明)의 자아가 만들어낸 아상으로서의 연기적(緣起的) 환영(幻影)이다. 이런 사실을 인식하기에 불교에서는 늘 '전식득지(轉識得智)'의 경지를 지향한다. 식을 지로 전변시키지 않으면 모든 님이 아상의 투사물로 머물러 있게 되기 때문이다.

한용운은 세상 사람들이 개화된 세계 속의 문명인을 자처하며 자유와 연애를 논하고 그러한 신문명의 사도처럼 큰소리를 치지만, 실제 그들이 말하는 자유는 자신의 '그림자'를 만들어내는 원천에 불과하다는 점을 말하고 있다. 여기서 자유는 세속적으로 왜곡되고 개념적으로 혹사당하고 있는 셈이다. 따라서 그 자유가 만든 '님'이라는 말도 왜곡되고 혹사당하고 있는 것이 된다. 거칠게 말하면 아상에 오염된 자아가 만들어낸 오염물을 님이라고 착각하고 있는 것이다.

요컨대 본절의 전체 구절에서 한용운은 '너희'로 지칭된 범인 혹은 중생들에겐 실은 진정한 자유도, 진정한 님도 부재한다는 것을 역설하고 있다. 앞에서 여러 차례 언급하였지만 한 번 더 반복하자면 오직 우물 안 개구리와 같은 자아의 감옥 속에서 자신들의 욕망과 카르마를 투사하고서는 그 투사행위를 자유라고, 그 투사된 환영을 님이라고 생각하는 사람들과 현실이 있을 뿐이라는 것이다.

한용운이 볼 때 세상에는 너무나도 많은 자유와 님이 존재하는 것 같지만 실제로 이 세상엔 진정한 자유와 님이라고 부를 수 있는 존재가 거의 없다는 것이다. 달리 말해 자유와 님이라는 허울 좋은 이름은 많으나 진정한 자유와 님은 없는 시대, 그런 시대와 세상 속에 우리가 살고 있다는 것이다. 한용운은 이런 참된 자유와 님이 없는 시대와 세상, 그런 시대와 세상을 지적하고 아파하면서 모든 인간들이 참자유와 참된 님을 갖고 살아가기를 희구하고 있다.

## 4) 나는 해저문벌판에서 도러가는길을일코 헤매는 어린羊이 긔루 어서 이詩를쓴다

나는 해저문벌판에서 도러가는길을일코 헤매는 어린羊이 긔루어서

오인된 자유와 님, 소아적 자유와 님, 이름만의 자유와 님, 투사행위로서의 자유와 님, 왜곡된 자유와 님만이 거리에 유행처럼 횡행하는 현실, 달리 말하면 대아적 사랑의 자유와 님, 방생과 방하착의 자유와 님, 본각의 자유와 님, 일심의 자유와 님이 부재하는 현실 속에서, 한용운은 진정한 님과 자유, 그리고 그 자신이 구체적으로 '긔루어하는' 님에 대해 고백하고 있다. 본절, 그러니까 「군말」의 마지막 단락인 "나는 해저문벌판에서 도러가는길을일코 헤매는 어린 羊이 긔루어서 이詩를쓴다"는 말을 통하여 그는 개인적으로 자신의 진정한 님이 누구이며 자신이 왜 이 시를 쓰고 시집을 출간하게 되었는지에 대해 밝히고 있다. 어쩌면 한용운은 이 말을 하기 위하여 앞의 두 단락에 나오는 말들을 예비적으로 한 것이라는 생각도 든다.

어쨌든 본절의 앞부분에 나오는 말을 보면 한용운은 "해저문벌판에서 도러가는길을일코 헤매는 어린羊"을 '긔루어'하고 있다. 그에게 '어린 羊'은 그가 '긔루어하는' 님이다.

그렇다면 비유적으로, 간접적 어법으로 말해진 "해저문벌판에서 도러가는길을일코 헤매는 어린羊"이란 도대체 누구를 가리키는 것이며 어떤 존재를 말하는 것일까. 이 사실을 밝히는 일은 『님의 침묵』의 본문은 물론 시집 전체를 이해하는 데 중요한 나침반이 된다. 물론 여기서 다시 한 번 상기해야 할 것은 '님이 누구냐, 무엇이냐' 하는 것보다 더 중요한 것이 '어떤 마음이 작용하였을 때 그 대상이 님이 될 수 있느냐' 하는 점이라는 것이다.

이런 점을 유의하면서 "해저문벌판에서 도러가는길을일코 헤매는 어린 羊"이 뜻하는 바를 살펴보기로 하자. 그런데 이 말의 뜻을 제대로 파악하기 위해서는 "해저문벌판에서 도러가는길을일코 헤매는 어린羊"이란 말속에서 생략된 부분을 찾아내고 보완해서 읽을 필요가 있다. 즉 '해저문 벌판에서 (집으로) 돌아가는 길을 잃고 헤매는 어린 羊'이라고 보완하여 읽을 필요가 있는 것이다. 글의 안팎과 전후, 표면과 심층을 두루 살펴볼 때, '어린 羊'이 돌아가야 할 곳은 '집'이기 때문이다. 집은 여기서 중요하고 심각한 함의를 갖는다. 불교에서 집이란 본가(本家), 본향(本鄉), 본지풍광(本地風光), 본래면목(本來面目), 불성, 여래장(如來藏), 일심, 진여법성 등과 같은 말로 지칭되는 세계를 의미하기 때문이다. 속가(俗家)에서 생각하는 자아중심적 아상의 집과 구분되는 진리의 집, 우주법계, 다르마의 세계가 곧 불교의 집인 것이다.[14]

이렇게 볼 때 해저문 벌판에서 길을 잃고 헤매는 '어린 羊'이 돌아가야 할 곳은 그와 같은 '진리의 집'이자 '실상(實相)의 집'이다. 그런데 '어린 羊'으로 표상된 존재들은 그런 집을 알고 있지도 못할 뿐만 아니라 그런 집으로 돌아가는 길과 방법도 모르고 있다는 것이 한용운의 생각이다. 여기서 말하는 바 본가로서의 집과 그 집으로 돌아가는 정도(正道)를 아는 자를 가리켜 불교에서 말하는 용어로 상근기(上根機) 인류라 한다면, 집이나 길 가운데 어느 한 가지만 아는 자를 중근기 인류라 할 수 있고, 집도 길도 모르는 자를 하근기 중생이라 부를 수 있다. 이런 분류가 허락된다면 「군말」 속

---

14 이 점은 아래에서 상호텍스트성 분석을 할 때 전거에 의해 상세하게 고찰할 예정이다.

의 집도 길도 모르는 '어린 羊'은 가장 낮은 근기의 하근기 중생이다.

한용운은 이런 '어린 羊'이 지금 '해저문 벌판에' 있는 것을 본다. 여기서 '해저문'은 시간적 상황이고, '벌판에'는 공간적 상황이다. 그러니까 시간적으로도 막다른 지점이며, 공간적으로도 막막한 지점에 '어린 羊'이 서 있는 것이다. 더욱이 그 '어린 羊'은 그 막다른 지점, 막막한 지점에서, 집과 길을 모두 잃고 '헤매는' 처지이자 상황에 놓여 있다. 한용운은 그런 '어린 羊'을 더 이상 그대로 두고 볼 수 없다는 안타까운 심정에 사로잡힌다. 그리하여 그 '어린 羊'들을 향하여 대아적 사랑과 구원의 '긔룬' 마음을 낸다. 그럼으로써 그 '어린 羊'은 한용운의 님이 되고, 한용운은 자발적 헌신의 대아적인 마음속에서 시와 시집(『님의 침묵』)을 통해 그들을 제도하고자 한다. 이런 그의 시작행위는 불교적 세계관이 낳은 불교적 수행의 한 방편이다. 그는 근대적 의미나 세속적 의미의 시인이 되고자 시를 쓴 것이 아니라 수행의 과정이자 여정으로서 시를 쓰고 시집을 출간한 것이다.

'어린 羊'이란 말에서 '어린'은 '어리다'와 '어리석다'의 두 가지 의미로 풀어볼 수 있다. 그러니까 '어린 양'은 신체상으로 나이가 어린 양이면서, 정신적으로 성숙하지 못한 양이다. 본래 양은 기독교 성서에서 많이 나오는 야훼, 예수, 선지자 등의 '자녀'이다. 양 중심의 유목문화가 이런 비유를 가능케 하였다는 것은 널리 알려진 바이다.

그렇다면 한용운은 불교적 사유를 하면서 어떻게 '羊'의 비유를 사용하게 된 것일까. 그 실증적이며 구체적인 자료와 상황을 그대로 밝히기는 어려우나 불교 경전과 불교문화 속에 깃든 몇몇 내용은 참고할 만한 가치가

있다.[15]

결론을 지으면 '어린 羊'은 어리고, 어리석은 사람들이다. 달리 표현하면 힘없고 미혹한 중생이다. 한용운은 이런 중생을 '긔루어'하며 '님'으로 삼고 있다. 그리고 그 님에게 그들이 돌아가야 할 '집'과 그 집으로 돌아가는 '길'을 가리켜주는 일을 원력의 과제로 삼아 『님의 침묵』 속의 시들을 쓴 것이다.

> (나는 해저문벌판에서 도러가는길을일코 헤매는 어린羊이 긔루어서)
> 이詩를쓴다

앞에서 필자는 한용운이 자신의 님인 어리고 어리석은 중생을 위하여 해야만 했던 일이 '집'과 그 집으로 돌아가는 '길'을 알려주는 것이라고 말한 바 있다. 여기서 집이 목적지라면 길은 방법이다. 목적지도 방법도 다 중요하다. 그 둘을 함께 알게 될 때 우리는 미망으로부터 벗어나 지혜의 세계로 들어간다고 불교는 말한다.

일반적으로 불교에선 이런 집으로서의 븐가이자 본심의 자리를 보았을 때를 가리켜 '견성'을 하였다고 말한다. 그리고 그 집으로 돌아가는 방법으로는 삼학, 십바라밀, 팔정도 등을 제시한다. 성품자리를 보는 일과 그 길

---

15 「본생경(本生經)」 제14화와 「잡보장경(雜寶藏經)」 제16화의 어리석음을 경계하기 위해 동원된 양 이야기, 「본생경」 제546화의 지혜롭고 협동심이 강한 양 이야기, 「본생경」 제206화의 양이 부처님의 전생으로 등장한 이야기, '양을 기튼다'는 뜻을 가진 편양선사(鞭羊禪師)의 양을 기르듯 중생을 교화한 이야기, 설법을 듣고 흰 양이 성불을 하였다는 백양사에 얽힌 이야기 등이 대표적이다: 김재경, 「양과 불교」, 『인터넷 불교 뉴스: 주간불교』(2002.12.31) 참조.

로 가는 방법을 알고 실천하는 일, 이것이 그러니까 불교의 핵심내용이다.

앞서 살펴본 바처럼 한용운은 '(돌아갈)집'과 '(가야 할)길'을 알려주기 위해 '이 시를 쓴다'고 말하였다. 여기서 시는 예술 그 자체로서의 창작품이거나, 지적 언어로서의 사회적 담론이라기보다 중생제도로서의 교화방편이라고 보는 편이 옳다. 그러니까 한용운은 불교 수행자로서(깨친 자로서) 시라는 방편을 사용한 것이다.

방편이란 깨달음에 이르는 적절한 방법을 가리킨다. 모든 진실과 진리는 이 방편을 통해 현실화된다. 따라서 방편을 세속적 도구처럼 생각해서는 곤란하다. 그리고 방편에는 수도방편과 교화방편이 있다. 전자가 스스로 깨치기 위한 수행자들의 방편이라면 후자는 중생을 깨우쳐주기 위한 붓다나 보살들의 방편이다. 한용운은 이 두 가지 방편 가운데 교화방편을 쓴 것이다. 그는 시를 통하여 어리고 어리석은 중생들로 하여금 '집'과 '길'을 깨치게 하고자 한 것이다. 일반적으로 불교 수행자들이 중생들에게 해줄 수 있는 최고이자 영속적인 기여는 바로 이 집과 길을 깨치게 해주는 일이다. 그것만 제대로 깨친다면 삶은 무명에서 벗어나 밝음의 길로 나아갈 수 있고, 불각의 중생적 세계에서 벗어나 본각의 부처 세계를 이룰 수 있다고 불교는 보기 때문이다.

한용운의 시쓰기는 바로 위와 같은 의미를 갖는다. 『님의 침묵』 속의 본문에 해당되는 88편의 시는 이런 토대와 이해 위에서 제대로 분석되고 해석되고, 더 나아가 감상될 수 있을 것이다.

# 3. 「군말」의 상호텍스트성 분석

앞의 제2장에서 우리는 「군말」의 내용을 처음부터 끝까지 상세히 분석해 보았다. 그러나 이 「군말」이 지닌 함의를 좀 더 깊고 풍부하게 읽어내기 위해서는 「군말」의 상호텍스트성까지도 함께 고찰해볼 필요가 있다. 「군말」은 다음과 같은 몇 가지 측면에서 그 상호텍스트적 관련성을 갖고 있다.

## 1) '군말'과 『십현담주해(十玄談註解)』와의 관계

한용운은 1925년, 그의 나이 47세가 되던 해의 6월과 8월에, 설악산 오세암에 머물면서 『십현담주해』와 『님의 침묵』을 각각 탈고하였다. 이 두 원고가 같은 해, 같은 장소에서 탈고되었다는 사실은 연구자들로 하여금 이 양자 사이에 남다른 깊은 관계가 있을 것이라는 짐작을 가능하게 하였다. 그리고 실제로 여러 연구자들은 이들 사이의 관계를 여러 가지 측면에서 밝혀내었다. 서준섭과 김광원의 연구가 그 대표적인 예에 속하거니와[16] 이를 통해 『님의 침묵』 연구는 새로운 방향과 영역으로 나아가게 되었다.

그러나 차분하게 살펴보면 『십현담주해』와 『님의 침묵』 사이에는 얼마간의 간접적인 연관성이 있기는 하지만 특별히 직접적인 관련성을 크게 지닌다고 보기 어렵다는 것이 필자의 판단이다. 『십현담주해』를 쓴 것도,

---

[16]  서준섭, 「선(禪)에서 『님의 침묵』으로: 한용운의 '문학'에서 『십현담주해』의 위치와, 『님의 침묵』과의 상호텍스트성 해석을 위한 노트」, 서준섭 편역, 『한용운 작품선집』(춘천 : 강원대학교출판부, 2001), 295~327면. 김광원, 앞의 책.

『님의 침묵』을 쓴 것도 불교 승려이자 수행자로서의 한용운이 출가 이후 당시까지 수도방편이자 교화방편으로 행한 수많은 일들과 행위들 가운데 한 경우일 뿐, 이들만이 따로 구분되어 서로간의 특별한 직접적 관련성을 보여주는 예외적 경우라고 하기는 어렵다.

한용운은 출가 이후 1925년까지, 그러니까 그의 나이 47세가 되던 해까지 잡지 간행으로, 시사적인 글을 쓰는 일로, 『불교대전』 등의 불교서적 출간으로, 강연으로, 여행으로, 불교적인 글을 쓰는 일로, 독립운동으로 다양한 수행활동을 해왔다. 이런 굵직굵직한 일들은 물론 그간의 크고 작은 모든 일상적 삶은 그에게 기본적으로 불교 수행자로서의 길을 가는 만행의 일종이었다고 보아야 한다. 그리고 이런 만행의 길에서 한용운은 그가 이전부터 해왔던 것과 마찬가지로 1925년에 『십현담주해』와 『님의 침묵』을 탈고했을 뿐인 것이다. 불교적 진리는 시공을 초월하여 변하지 않거니와, 한용운의 만행이자 수행은 그것이 어떤 외형을 취하고 있든 간에 이런 불교적 진리를 근간으로 삼고 있는 것이다.

따라서 『님의 침묵』이 갖고 있는 전반적인 상호텍스트적 관계를 말하려면 그것은 『십현담주해』는 물론이거니와 한용운이 그 이전에 보여주고 행한 불교 승려와 수행자로서의 일들과 행위, 그리고 삶 전체를 거론하고 관련지어 보아야 할 것이다.

이런 점을 기억하는 가운데, 같은 해에 탈고된 『님의 침묵』과 『십현담주해』를 관련지어 보면 몇몇 곳에서 부분적으로 가까운 연관성을 가진 흔적이 보인다. 우선 『님의 침묵』 속의 서문격인 글을 '군말'이라고 붙인 것과의 연관성을 찾아볼 수 있다. 그렇다 해도 이것이 의도성을 띤, 계획적인 연관성이라고 보기는 어렵다. 그렇게 보기에는 '군말'이라는 이 용어이자 표현에 담긴 언어관이 지나치게 불교 일반의 보편적 성격을 띤다.

주지하다시피 '군말'이란 문자 그대로 해석할 때 '군더더기 말'이다. 반드시 말할 필요가 없거나 아예 말하지 않아도 좋은 부록 혹은 첨언 같은 언사이다. 그러면 한용운은 이런 군더더기 말을 무엇하러 시집의 맨 앞에 서문 격으로, 그것도 중요한 의미를 담아 배치해놓은 것일까. 대략 두 가지로 생각해볼 수 있다. 앞장에서도 언급한 바 있지만 그 하나는 시집 본문에 대한 오해가 있을까 하는 염려에서 독자들을 향한 의사 전달 혹은 그들과의 소통을 위해 덧붙여 놓았다는 것이고, 다른 하나는 당시에 널리 퍼져 있던 '님'에 대한 좁은 소견이나 범인들의 자유에 대한 오해를 시정하고 자신이 시를 쓰는 구체적 이유를 알리고 싶은 절실성 때문이었으리라는 것이다.

'군말'이라는 이 용어와 그 '군말'이라는 말을 서문 격의 글 제목으로 삼으면서 쓰여진 「군말」과의 연관성이 논의될 수 있는 곳을 『십현담주해』에서 찾아보면 다음과 같은 몇 군데가 주목을 끈다.[17]

① 〈原文〉 心印
　　〈批〉 畵蛇已失 添足何爲
　　〈註〉 心本無體 離相絕跡 心是假名 更用印爲 然萬法以是爲準 諸佛以是爲證
　　故名之曰心印 本體假名 兩不相病 心印之旨明矣

---

**17** 아래 인용문과 그 번역은 신구문화사에서 출간된 『한용운전집 3』 속의 『십현담주해』와 서준섭이 편역한 『한용운 작품선집』 속의 『십현담주해』를 참조하였다: 『한용운전집 3』(서울 : 신구문화사, 1973). 서준섭 편역, 『한용운 작품선집』(춘천 : 강원대학교출판부, 2001).

② 〈原文〉演敎

　　〈批〉無數黃葉葉 盡作止啼錢

　　如來爲衆生 故無言說處 更生言說


③ 〈原文〉演敎 ― 三乘次第演金言

　　〈比〉不辨牛馬秋水至 莫道滄海有幾多

　　〈註〉如來 爲聲聞 說四諦 爲緣覺 說十二因緣 爲菩薩 說六婆羅密 故云次第

　　隨機說法 從緣度生 老婆心切


　　위 인용 부분의 ①은 동안(東安) 상찰(常察) 선사가 지은 「십현담(十玄談)」의 첫째 담화 제목인 '심인(心印)'을 두고, 한용운이 그 자신의 '비(批)'와 '주(註)'를 단 것이다. '심인'이란 불교적인 용어로 진리(本心, 眞如)의 인장이란 뜻이다. 한용운은 이를 두고 '심'이라는 말부터가 어쩔 수 없이 사용하는 '가명(假名)'인데 거기다 '인'이라는 글자를 다시 덧붙였으니 그것이야말로 얼마나 부질없는 짓이냐고 말하고 있다. 그런 그에게 진리를 표현하는 말은 그것이 어떤 것이든지 간에 "畫蛇添足"과 같은 것이라고 한다. 그리고 실은 발을 덧붙이기 이전의 뱀조차도 그림으로 그려 보인 가상(假相)에 지나지 않는다고 말한다. 이런 그의 말을 한 마디로 줄인다면 진리를 가리키는 일체의 언어는 실상 '군말'과 같은 것이라는 이야기가 된다.

　　한용운이 『님의 침묵』 서문 격의 글을 두고 '군말'이라고 칭한 데는 그의 이와 같은 진리관, 언어관이 깃들어 있다고 볼 수 있다. '화사첨족'과 같이, 『님의 침묵』 본문조차도 실은 방편으로서의 언어행위에 지나지 않는데 거기에 다시 서문 격의 뱀다리를 붙인 것과 마찬가지인 것이 바로 『님의 침묵』 속의 「군말」이라는 것이다.

이 「군말」의 '군말'과 관련하여 같은 「십현담」 제5담화의 제목 '연교(演教)'와 그 '연교' 속의 제1행에 해당되는 첫 구절을 두고 한용운이 '비'와 '주'를 단 것도 함께 살펴볼 만하다.

한용운은 '연교'에 대하여 위 인용 부분 ②와 같은 내용의 '비'와 '주'를 달았다. 요약하여 해설해보면 부처님은 깨친 후 49년 동안 설법을 펴셨는데 실은 그 모든 설법이 누런 나뭇잎을 가지고 이것이 다 돈이라고 하면서 아이들의 울음을 달랜 것과 마찬가지라는 것이다. 그리고 이것은 부처님이 중생을 위하여 아무것도 말할 것이 없는 곳에서 말할 것을 만든 것과 같다는 것이다.

그런데 그는 다시 '연교'의 제1행을 두고 위 인용 부분 ③과 같은 '비'와 '주'를 제시하였다. 역시 요약하여 설명하면 벌써 가을이 될 만큼 시간이 많이 흘렀는데도 자신은 소와 말을 분별하지 못할 정도로 공부가 덜 되어 있으며 부처님이 그토록 많이 행한 설법은 실은 그렇게 많은 설법이라고 말할 수 없다는 것이다. 그리고 부처님은 언제나 대기설법을 하며 인연 따라 중생제도를 하였는데 그것은 그가 중성에 대해 가진 간절한 '노파심' 때문이었다는 것이다.

위의 누런 나뭇잎, 부처님이 말할 것이 없는 것에서 말을 만든 것, 부처님의 노파심 등은 『님의 침묵』 속의 '군말'을 한용운이 달게 된 심정과 상통한다고 볼 수 있다. 「군말」은 누런 나뭇잎과 같은 것이지만 독자들을 이끄는 방편이고, 또한 그것은 말할 것을 일부러 만든 것에 불과하지만 중생 교화에 필요한 것이고, 그것은 더 나아가 노파심 같은 것이지만 그야말로 독자와 중생을 사랑하는 마음의 발로라는 것이다.

진리와 언어에 대한 위와 같은 한용운의 생각은 불교 전반에 유통되는 것이다. 따라서 한용운이나 『십현담주해』에서만의 특별한 생각이라고 하기 어려우나, 『님의 침묵』 속의 「군말」과 제목으로서의 '군말'이라는 표현을 이해하는 데는 한용운이 「십현담」에 '비'와 '주'의 형식을 덧붙인 『십현담주해』의 위 언술이 도움을 준다.

## 2) '님'과 「심(心)」의 상호관계

한용운은 1917년 9월, 월간 불교 잡지 『유심(惟心)』을 창간하여 총 3호까지 간행했다. 주지하다시피 그는 이 『유심』 잡지 제1호에 그의 첫 시 「심(心)」을 발표하였다. 그런데 이 잡지의 이름은 불교에서 일반적으로 널리 사용하고 있는 '유심(唯心)'이 아니라 '유심(惟心)'이다. '유심(惟心)'이란 우주적 진리인 '심'을 '생각한다'는 뜻인데 이 '심'의 문제야말로 불교의 핵심 문제이다. 한용운은 그런 '심'의 문제를 권두시 형식을 빌려 『유심』 창간호에서 본격적으로 탐구하고 있는 것이다.

시작품 「심」의 전문은 다음과 같다.

心은心이니라
心만心이아니라非心도心이니心外에는何物도無ᄒ니라
生도心이오死도心이니라
無窮花도心이오薔薇花도心이니라
好漢도心이오賤丈夫도心이니라
蜃樓도心이오空華도心이니라

物質界도心이오無形界도心이니라

空間도心이오時間도心이니라

心이生ㅎ면萬有가起ㅎ고心이息ㅎ면一空도無ㅎ니라

心은無의實在오有의眞空이니라

心은人에게淚도與ㅎ고笑도與ㅎㄴ니라

心의墟에ㄴ天堂의棟樑도有ㅎ고地獄의基礎도有ㅎ니라

心의野에ㄴ成功의頌德碑도立ㅎ고退敗의紀念品도陳列ㅎㄴ니라

心은自然戰爭의總司令官이며講和使니라

金剛山의上峰에ㄴ魚鰕의化石이有ㅎ고大西洋의海底에ㄴ噴火口가有ㅎ니라

心은何時라도何事何物에라도心自體쑨이니라

心은絕對며自由며萬能이니라

—「心」의 전문[18]

위 작품 「심」의 내용이 「군말」의 '님'과 직접적 관련이 있는 것은 아니다. 그러나 불교의 핵심인 진리 혹은 우주적 이성으로서의 '심'에 대한 위 시 속의 생각과 담론은 '님'이 '심'의 묘용(妙用)이자 '심'을 내재한 것으로서의 '님'이라는 생각을 가능케 한다. 일반적으로 불교에서는 '심'을 체득하면 우주적 실상이자 본질에 도달한 것이다. 이런 '심'은 불교의 처음이자 마지막이다. 한용운이 '님'을 말할 때 그것은 '심'에의 도달과 그 깨침을 염두에 두고 있는 것이고, 그 어떤 것도 다 님이 될 수 있다는 「군말」 속의 우주적 만유의 호명은 '심'이 지닌 '만능(萬能)'을 말하는 부분이다.

이 '심'을 터득하였을 때, 한용운의 입장에서 보견 우리가 어떤 '님'을

---

18 한용운, 「심」, 『유심』 제1호(경성 : 유심사, 1917. 9).

선택하고 '긔루어' 하든 그 님의 선택과 '긔루는' 행위 속에는 참다운 자유가 깃든다. 한용운은 이런 '심'을 또한 『유심』 잡지 창간호의 「처음에씀」이라는 머리말에서 우주의 신비요, 만유의 묘음이라 부르며 특별히 강조하고 있다.

앞장에서 여러 차례 언급했듯이 한용운은 그의 '님'을 세속적 이성애의 자기중심적인 소아적 님과 구별하려고 애를 썼다. 오직 정(情)과 식(識), 상(相)과 업(業) 속에서 만들어지는 세속적 이성애의 님은 '환(幻)'의 구성물에 지나지 않는다는 판단 때문이다. 그것은 앞의 인용시 「심」과 관련지어 말한다면 '심'의 경지를 모르는 자가 만들어낸 욕망의 님이다. 그런 님은 한용운이 비판과 안타까움 속에서 지적했듯이 자유 대신 구속을 주는 존재이다.

한용운의 '님'에 대한 이해는 바로 위와 같은 '심'의 문제를 이해하고 체득할 때 그 함의가 제대로 들어올 수 있다. 그리고 그것을 작품 「심」과 관련지어 살펴볼 때 보다 구체적인 실감 속에서 이해되고 감득될 수 있다. 한용운의 「군말」 속의 '님'은 바로 이런 「심」 속의 '심'이 가리키고 작동하는 가운데 깃들여 있는 님이다.


## 3) '自由'와 「자아(自我)를 해탈(解脫)하라」와의 상호관계

해탈로서의 자유, 열반으로서의 행복은 불교가 도달하고자 하는 궁극적 이상이다. 한용운은 「군말」의 '님'에 대한 문제를 언급하면서 바로 이 불교적 이상인 자유와 행복의 문제를 염두에 두고 있다.

'님'이 진정한 님이라면 우리는 그 님으로부터 구속이 아닌 자유를 얻게 된다는 것, 범인들이 님을 통해 자유를 얻지 못하는 것은 자신들의 그림자를 투사하고 님이라 주장하고 있기 때문이라는 것, 님은 내가 사랑할 뿐만 아니라 나를 사랑한다는 것, 이런 내용이 한용운의 「군말」을 통해 나타난 불교적 이상으로서의 자유와 행복이다.

한용운의 많은 글 가운데서 산문 「자아를 해탈하라」[19]는 우리의 삶이 해탈과 자유에서 벗어나 얼마나 엄청난 '계박(繫縛)' 속에 놓여 있는가를 역설한 글이다. 한용운은 이 글에서 그 수천 겁의 계박으로부터 벗어나기 위해서는 우리가 '一念'으로부터조차도 벗어나야 한다는 것, 자아(에고)의 감옥으로부터 벗어나야 한다는 것을 간곡히 알려주고 있다. 이 글은 한용운이 득도하여 오도송을 부른 1917년으로부터 1년 정도가 지난 후에 쓰여진 글인데 여기엔 그가 보는 해탈 및 자유의 핵심 문제가 고스란히 담겨 있다. 그런데 이 글은 『님의 침묵』 속의 「군말」에서 한용운이 그토록 중시했던 '구속(계박)'과 '자유'의 문제를 생각하기에 더할 나의 없이 좋은 텍스트이다.

한용운은 「군말」 속에서 '님'과 '연애'에 대해 말하면서 불각의 '너희'들은 진정한 님을 갖고 있지 못하며, '이름 좋은' 자유에 알뜰한 구속을 받고 있지 않느냐고, '너희'들로 지칭된 중생들을 향하여 그들의 한계 지어진 님과 왜곡된 자유에 대하여 지적하며 안타까워하고 있다.

앞서 말했듯이 불교적 이상이 해탈과 열반에 있느니만큼 한용운의 어떤 다른 글도 이 점을 직·간접적으로 바탕에 두고 있다. 따라서 「자아를 해탈하라」라는 이 글만이 「군말」과 상호텍스트적 관계 속에 있다고 말하기

---

**19** 한용운, 「자아를 해탈하라」, 『유심』 제3호(경성 : 유심사, 1917. 12), 1~5면.

는 어려우나 이 글이 시종일관 초점화하고 있는 '계박'과 '자유'에 대한 문제제기 및 그 해결방안은 특별히 이 글을 「군말」과의 상호관련성 속에서 논의해볼 근거를 제시한다.

　이해와 논의의 편의를 위하여 「자아를 해탈하라」의 일부분을 옮겨보기로 한다.

> 人은온갖事物에게繫縛되기易ᄒ者ㅣ니目으로色을見ᄒ매色에繫縛되기易ᄒ고耳로聲을聞ᄒ매聲에繫縛되기易ᄒ야肉體나精神이나모다一切事物에對ᄒ야繫縛되기易ᄒ故로人은繫縛으로生ᄒ야繫縛으로生活ᄒ다가繫縛으로死ᄒ다ᄒ야도辯護홀말이업슬만콤繫縛的이니人은生ᄒ고시퍼셔自由로生ᄒ者ㅣ아니라業識茫茫의中에可히抵抗홀수업는生理作用의驅逐을被ᄒ야生ᄒᄂ者며世에生存ᄒ는동안에能히寒暑를伏ᄒ고飢渴을避ᄒ며苦樂을忘ᄒ고衰病을免ᄒ야得意滿志縱橫自在ᄒ게生活ᄒᄂ者ㅣ아니라萬般의逼迫과無數ᄒ缺陷의中에셔肉體ᄂ捕虜가되고精神은使役이되야不自由沒趣味의生活을做ᄒ다가不知不覺의中에憂苦가相煎ᄒ고衰病이相侵ᄒ야能히回避치못ᄒᄂ最後의死를遂ᄒᄂ니그러고보면人은生도繫縛이오生活도繫縛이오死도繫縛이라生으로브터死에至ᄒ기까지一貫의繫縛的일뿐이아닌가嗚呼라人은萬物의靈長이되야世界萬有의主人이라自稱ᄒ야傲慢自負ᄒ면셔도로여萬般事物의繫縛을免치못ᄒᄆ何等의恥辱인가[20]

　위의 인용 부분에도 보이듯이 위 글의 어느 문장, 어느 단락, 어느 페이지를 펼쳐도 '계박'이라는 말은 끊임없이 등장한다. 여기서 '계박'은 '구속'의 다른 말이다. 그리고 그것은 자유의 동의어인 해탈을 꿈꾸며 사용된 대

---

20　위의 글, 1면.

칭어이다.

사실 자아라는 아상의 감옥에 갇힌 범인들의 삶을 들여다보면 삶 전체가 '계박'과 '구속'의 장이라 해도 과언이 아니다. 일체의 '경계' 앞에서 현상적 표면만을 보는 범인들은 그 경계의 단절과 구속 속에서 참마음을 상실하고 살기 때문이다. 이 계박의 현실과 그것으로부터의 해탈, 이 점이 바로 위의 인용문에서 한용운이 끝도 없이 반복하며 강조하고 해결하고자 한 내용이다.

위 글의 이런 점을 함께 생각하며 읽을 때, 「군말」의 키워드인 '자유'의 문제는 보다 깊이 있게 이해되고 감득될 수 있을 것이다.


### 4) '집'과 「오도송(悟道頌)」, 『십현담주해』, 「심우장설(尋牛莊說)」의 상호관계

'집' 즉 '가(家)'는 불교에서 매우 중요한 상징어이다. 불교 승려가 된 사람을 가리켜 '출가'했다고 말할 때에도 이 '가'를 쓰고, '불가'란 말에서도 이 '가'를 쓰며, 본가, 환가(還家), 귀가, 지가(至家), 구가(無家) 등에서도 이 '가'를 쓴다. '가'는 때로 '향(鄕)'이란 말로 대치되어 쓰이기도 한다. 고향, 본향, 환향, 도향(到鄕) 등과 같은 말에서 이 '향'을 쓴다.

'가'와 '향'은 보통 두 가지 의미를 갖는다. 그 하나는 세속의 집, 가정, 고향, 삶 등을 뜻하고, 다른 하나는 우주적 진리, 우주 그 자체, 진공, 일심, 진여법성, 도, 공적(空寂), 무아의 세계 등과 같은 뜻을 갖는다. 전자가 자아가 만든 현상적 환상의 집이라면, 후자는 우주가 만든 본질적 실상의 집이다. 이 가운데 불교에서 궁극적으로 도달하고자 하는 '가'와 '향'은 말할 것도 없이 후자의 세계이다. 자아중심적인 세속의 집을 나와 출가의 '집 없는 집'에서 영원한 살림살이를 하는 것, 그것이 불교가 도달하고자 하며 머물고자 하는 '가'이자 '향'이다.

시집 『님의 침묵』에 들어 있는 「군말」의 마지막 단락을 보면 한용운은 '해저문 벌판에 돌아가는 길을 잃고 헤매는 어린 羊이 긔루어서 이 시를 쓴다'고 자신의 뜻을 밝히고 있다. 필자는 이 점에 대하여 앞의 제2장에서 상세히 살펴보았거니와, 논의를 위해 한 번 더 반복하자면 이것은 '집'과 '길'을 잃은 자, 그리하여 '어린 羊'처럼 되어버린 중생들을 위하여 자신이 시를 쓰는 것이라는 의미가 된다. 그가 여기서 말한 집과 길은 각각 실상으로서의 우주적 실제와 그에 이르는 바른 길을 말한다.

한용운은 「군말」 이외의 여러 글에서도 집과 길에 대하여 심각하게 언급하곤 하였다. 그 대표적인 글이 그가 득도한 후 부른 「오도송」과 『십현담 주해』 그리고 그의 말년의 거처 '심우장'을 지은 소이를 기록한 「심우장설」이다. 이 중 먼저 「오도송」에 대해 살펴보기로 한다.

男兒到處是故鄕
幾人長在客愁中
一聲喝破三千界
雪裏桃花片片紅

한용운은 1917년 39세 때, 설악산 오세암에서 좌선 중에 깨달음을 얻고 위의 오도송을 지어 불렀다고 한다. 위 오도송의 제1행은 '집찾기'에서부터 시작된다. 남아가 이른 곳, 그곳이 어디든 곧바로 '고향'이라는 것이 그 내용이다. 여기서 남아는 인간의 환유요, 이른 곳이란 '처처(處處)', '보보(步步)'를 뜻하는 것이고, 고향이란 우주적 진리, 법, 다르마 등과 같은 본심자리를 뜻한다. 따라서 남아가 이른 그곳이 바로 고향이라는 이 말은, 깨닫고 보니 이 우주법계 전체가 모두 우리들의 집이요, 이 우주법계에서 어느 한 곳도 우리들 자신의 집이 아닌 곳이 없다는 것이다. 또 달리 말하면 이 우주 전체, 이 법계 전체가 우리 자신의 몸이요, 이 우주 전체, 법계의 주인이 바로 우리 자신이라는 것이다. 동근일체의 세계관에 입각한 '가'의 규정인 셈이다.

한용운은 이것을 깨달은 자와 그렇지 못한 자를 대비시키며 제2행에서 많은 사람들이 그것을 깨닫지 못하고 '客愁中'에 있다고 지적한다. 우주와 자신을 분리시킴으로써 주인이 아닌 객이 되고, 주인이 되지 못한 자의 번뇌 속에서 많은 이들이 소외의 삶을 살고 있다는 것이다. 불교에선 이 우주인 제 집에 있으면서 그것이 제 집인 줄을 모르고 객이 되어 소외와 번뇌에 시달리는 사람들, 그들을 가리켜 무명의 중생이라 하고 그런 삶을 가리켜 객의 삶이라고 말한다.

한용운의 「군말」 속의 '집'인 '가'는 바로 위 「오도송」의 '故鄕'과 같은 것이다. 그리고 집으로 돌아가는 길을 잃고 헤매는 '어린 羊'은 위 「오도송」의 '客愁中'에 있는 사람과 동일한 것이다.

다음은 집과 길의 문제에 또한 상당히 관심을 보인 또 다른 글 『십현담주해』에 대해 살펴보기로 한다. 『십현담주해』의 「십현담」은 심인, 조의(祖意), 현기(玄機), 진이(塵異), 연교, 달본(達本), 파환향(破還鄕), 전위(轉位), 회기(廻

機), 일색(一色)의 10개 항목으로 되어 있다. 이 가운데 특별히 '달본'과 '파환향'의 항목은 '집'과 '길'의 문제를 집중적으로 탐구한 부분이다.


   ＊達本
     〈批〉：踏破雲山無限路 還家依舊離家在
     〈註〉：百千方便 盡是機宜 一念回光 早已達本

   ＊達本：勿於中路事空王
     〈批〉：鄕愁無端惱殺人
     〈註〉：說玄談空 已非本意 隨言生解 又是錯了 空王者 解空之王 卽佛也 不知法之在己 中途彷徨 漫事空王 則虛費日月 後悔何及

   ＊達本：策杖還須達本鄕
     〈批〉：方有事于旋踵
     〈註〉：拘於言語 碍於聲色 紛紛擾擾 盡是中路彷徨 有何所得 但萬念不動 寂然絶塵 本鄕直在眼前

   ＊破還鄕
     〈批〉：何地非故鄕
     〈註〉：末云旣空 本亦非有 達本還鄕 更如昨夢

   ＊破還鄕：返本還源事已差
     〈批〉：金屑雖貴 着眼則病
     〈註〉：棄末而返本 捨流而還源 是有取捨進退也 纔有取捨 便成邪道 豈不差哉

   ＊破還鄕：本來無住不名家
     〈批〉：滿身淸風明月
     〈註〉：佛法不在內外中間 無有定所 旣無定所 何名爲家 無處無家 則還鄕之事錯矣

한용운은 위 인용 부분 중 '달본'에서 본원의 자리로 돌아가는 일에 대해 언급하고 있다. 환가(還家), 달본향(達本鄉) 등과 같은 말이 이들을 알려주는 대표적 표현이다. 그러나 그는 돌아가야 할 본향이란 먼 곳 어디에 따로 있는 것이 아니라 바로 눈앞에 있다고 말한다. 본향은 달리 돌아가야 할 어떤 곳이 아니라 지금, 이곳이라는 것이다. 위 인용 부분의 맨 마지막 구절인 '本鄉直在眼前'을 보면 이 점이 확연해진다.

또한 한용운은 위 인용문 중 '파환향' 부분에서 본래 환향이란 말조차 옳지 않은 것이라고 말한다. 삶이란 무상의, 무주(無住)의 그것이기에 실은 어디에도 집이라고 이름 붙일 만한 곳이, 또 돌아갈 만한 곳이 없다는 것이며, 그런고로 환향이란 말조차도 실은 괜한 사실 오인의 결과물이라는 것이다. 한용운은 이런 우리들의 본질적인 우주적 삶의 실상을 위의 인용문에서 한마디로 '無處無家'의 상태에 있다고 표현한다.

이런 '집'의 실상을 깨닫지 못하는 사람은 사는 동안 늘 '彷徨' 중에 있다고 한용운은 위의 인용문에서 또한 말한다. 여기서 방황이란 '해저문 벌판에 돌아가는 길을 잃고 헤매는 어린 양'의 모습이다. 그리고 이 '방황 중'은 한용운의 「오도송」 제2행의 '客愁中'과 동일한 말이다.

한용운의 다른 글 「심우장설」도 이 '집'과 '길'의 문제를 밝히는 데 큰 도움이 된다. 이 글은 그가 1933년 서울 성북동에 거처를 마련하고 그 당호를 '심우장'이라 붙인 사연을 1937년에 발표한 글이다.[21] 여러 부분이 다 흥

---

21  한용운, 「심우장설」, 『신불교』 제4호(1937.4): 『한용운전집 1』(서울 : 신구문화사, 1973), 228~236면.

미롭지만 이 글에서는 진리의 환유인 ‘소〔牛〕’에 대해 말하는 부분과 그 진리 찾기의 전범인 ‘십우도’와 여러 가지 ‘십우도송〔十牛圖頌〕’을 소개한 후, 이어서 자신이 새로 쓴 「십우도송」을 발표한 점이 특별히 흥미롭다. 주지하다시피 ‘십우도’와 ‘십우도송’에는 기본적으로 ‘기우귀가〔騎牛歸家〕’의 단계가 있다. 여기서 ‘귀가’의 의미는 앞에서 살펴본 ‘환가’ 및 ‘환향’ 등과 같은 뜻이고, ‘십우도’와 ‘십우도송’의 맨 마지막 단계인 ‘입전수수〔入廛垂手〕’의 내용은 다른 곳이 아닌 지금, 이곳이 바로 생생한 ‘파환향’의 집임을 알려주는 것이다.

한용운의 「군말」에서의 ‘집’ 혹은 ‘가’는 ‘길’과 더불어 앞서 살펴본 바와 같은 상호텍스트성 속에 놓여 있다. 그러나 여기서도 잊지 말아야 할 것은 어떤 불교적인 글도 모두 이런 ‘집’과 ‘길’에의 인식을 기본이자 핵심으로 삼고 있다는 점이다. 다만 한용운이 쓴 몇 편의 글을 선택하여 「군말」과의 상호관련성 속에서 살펴본 것은 이 글들을 통하여 보다 직접적이며 구체적으로 ‘집’과 ‘길’의 문제를 인식할 수 있기 때문이다.


## 4. 결어

지금까지 필자는 다음과 같은 몇 가지 문제 의식 속에서 이 글을 전개해왔다. 그 첫째는 한용운의 『님의 침묵』이 아직도 제대로 읽기를 기다리고 있는 미완의 연구 상태에 있다는 점, 그 둘째는 『님의 침묵』 속의 본문은 물론 이 『님의 침묵』의 관문의 역할을 하는 「군말」 읽기가 제대로 이루어져야 한다는 점, 그 셋째는 「군말」을 포함한 『님의 침묵』은 불교적 지식과 불심의 수행력, 시적 지식과 시심의 간절함이 함께 할 때 그 읽기가 가능하다는 점, 그 넷째는 「군말」과 『님의 침묵』 읽기의 조건으로 언급한 앞의 네 가지—불교적 지식과 불심의 수행력, 시적 지식과 시심의 간절함—는 일반적인 근대시 읽기의 조건과 차이가 있다는 점, 그리고 그 다섯째는 「군말」을 포함한 한용운의 시쓰기가 수도방편과 교화방편의 한 행위로 존재한다는 점을 염두에 두고 이 글을 전개해왔다.

그 결과 「군말」에서의 '님'의 문제를 불교적 지식과 불심의 작용 속에서 밝혀보았으며, 님을 선택하고 창조하는 데서 요구되는 '자유'의 문제를 세속적 자유와 무아적 자유의 문제로 풀어보았고, 한용운이 시를 쓰는 근본 이유가 진리로서의 '집'과 정도(正道)로서의 '길'을 알려주는 데 있다는 점을 밝혀보았다. 한용운은 제대로 된 님도, 제대토 된 자유도, 제대로 된 '집'도, 제대로 된 '길'도 갖지(알지) 못한 사람들을 가리켜 '어린 羊'이라 불렀다. 그는 이들에게 '긔루어하는' 공심 및 불심의 마음을 내고 그들을 자신의 님으로 삼았다. 그 '님'을 위하여 한용운이 쓴 시가 바로 『님의 침묵』이고 그 사실을 '노파심'에서 친절하게 알려준 글이 바로 「군말」이다.

이와 더불어 「군말」의 핵심 문제를 폭넓게 살펴보기 위하여 「군말」의 몇몇 키워드와 관련된 텍스트를 불러와 이들을 상호텍스트성 속에서 논의해보았다. 그 결과 한용운의 「군말」은 불교 일반과 그의 불교적 지식 및 수행의 여정 전체와 직간접으로 관계를 맺고 있으나, 특별히 몇몇 텍스트와 관련시켜 집중적으로 살펴보는 것이 「군말」 이해에 효과적임을 알게 되었다.

이 글은 앞서 말한 불교적 지식과 불심의 수행력, 시적 지식과 시심의 간절함이라는 네 가지 조건을 근저에 두고 한용운의 시집 『님의 침묵』이 지닌 기본문법을 새로이 읽어보려는 구상의 일환으로 쓰여진 글이다. 그리고 가능하다면 『님의 침묵』 속에 들어 있는 88편의 시를 한 편씩 구체적으로 다시 읽어보고자 하는 계획 아래 그 첫 발걸음을 내디딘 글이다.

　부족한 점이 여럿 보이나, 좀 더 심화시키고 가다듬어서 계획한 바를 실천하는 데 디딤돌이 되었으면 하는 바람이다. 그리고 『님의 침묵』과 「군말」에 대하여 지금까지 나타났던 오해와 피상적 이해가 이를 계기로 좀 더 정확하면서도 심층적인 이해로 나아가게 되기를 바라는 마음이다. 그리고 한용운이 「군말」은 물론 시집 『님의 침묵』 전체를 통하여 전달하고자 했던 세계가 근대시 이후는 물론 포스트모더니즘 이후를 열어가야 할 과제 앞에서 고민하고 있는 이 시대의 인간들에게 삶의 질적 차원에서의 변이를 가져다줄 수 있는 계기가 되기를 바라는 마음이다.

제2부

# 『님의 沈默』 전편 읽기

# 님의 沈黙

님은갓슴니다 아아 사랑하는나의님은 갓슴니다

푸른산빗을깨치고 단풍나무숩을향하야난 적은길을 거러서 참어썰치고 갓슴니다

黃金의꼿가티 굿고빗나든 옛盟誓는 차듸찬씩끌이되야서 한숨의微風에 나러갓슴니다

날카로은 첫「키쓰」의追憶은 나의運命의指針을 돌너노코 뒤ㅅ거름처서 사라젓슴니다

나는 향긔로은 님의말소리에 귀먹고 꼿다은 님의얼골에 눈머럿슴니다

사랑도 사람의일이라 맛날째에 미리 쩌날것을 염녀하고경계하지 아니한것은아니지만 리별은 쯧밧긔일이되고 놀난가슴은 새로은슯음에 터집니다

그러나 리별을 쓸데업는 눈물의源泉을만들고 마는것은 스스로 사랑을 깨치는것인줄 아는까닭에 것잡을수업는 슯음의힘을 옴겨서 새希望의 정수박이에 드러부엇슴니다

우리는 맛날째에 쩌날것을염녀하는것과가티 쩌날째에 다시맛날 것을 밋슴니다

아아 님은갓지마는 나는 님을보내지 아니하얏슴니다

제곡조를못이기는 사랑의노래는 님의沈黙을 휩싸고돔니다

지금까지 위 시를 읽는 일에서 가장 큰 장애로 작용한 것은 님이 누구냐 혹은 무엇이냐 하는 점을 밝히는 데에 사람들이 과도한 힘을 쏟아온 것이다. 실제로 위 시에서 중요한 것은 님이 누구냐 혹은 무엇이냐 하는 것이 아니라, 어떤 마음을 내었을 때 비로소 우리는 님을 가질 수 있으며, 그 님을 가질 수 있는 사랑의 마음이란 어떤 것이고, 그 님에 대한 사랑의 마음을 갖는다는 것이 어떻게 가능한지를 이해하고 체득해보는 데 있다.

위 시의 핵심은 님과 사랑이다. 화자인 내가 '님'을 가졌기 때문에 이 시가 가능한 것이고, 화자인 내가 누군가를(무엇인가를) '사랑'했기 때문에 그 '님'이 생성된 것이다. 우리는 여기서 님이란 사랑의 산물이며, 누군가를(무엇인가를) 사랑해야만 님이 창조되고 님을 가질 수 있다는 사실을 기억해야 한다.

그러나 그 님과 사랑은 세상의 선남선녀들이 말하는 이른바 세속적 중생심이 빚어낸 님이나 사랑과 동일하지 않음을 알아야 한다. 세속의 중생심이 빚어낸 님과 사랑이 자기중심적인 소아(小我)의 카르마가 낳은 산물이라면, 불교적 보살심이 낳은 님과 사랑은 자아초월적인 대아(大我)의 깨침이 창조한 것이기 때문이다. 위 시는 이런 전제 위에서 진정한 님을 갖는 일과 그 님을 참답게 사랑하는 일이 어떤 것인지를 절절하게 보여주고 있다.

따라서 우리는 위 시로부터 무엇보다 참다운 '님'이란 어떤 존재이며 진정한 사랑이 어떤 것이고, 그런 사랑을 통해서 어떻게 님이 생성되는지를 이해하고 깨달아야 한다. 이런 점들이 선행되지 않는다면 위 시의 온전한 이해와 감상은 실현되기 어렵다.

여러분들은 '님'을 가져보았는가. 그리고 '사랑'을 해보았는가. 그렇다고 답하는 사람도 적지 않겠지만 이 두 가지 말 앞에 '진정한'이라는 한정어를 붙이고 다시 질문을 한다면, 정말로 적은 수의 사람들만이 그렇다는 답을 내놓을 수 있을 것이다. 참다운 님을 갖고, 참다운 사랑을 한다는 것은 그만큼 어려운 일이다. 인간의 심층을 조금만 이해하고 성찰하는 사람이라면 우리가 님이니 사랑이니 하고 부르는 것들이 실은 얼마나 범속한 마음의 바탕 위에서 에고의 조정을 받는 가운데 작동하고 있는지를 알 것이다. 좀 심하게 말한다면 우리들 대부분은 에고를 극복하지 못한 상태에서 진정한 님도 갖지 못하고, 진정한 사랑도 하지 못하며, 진정한 님도 창조하지 못한 가운데 살아가는, 불교적 의미에서의 '중생'이다.

그렇다면 님은 깨친 자만이 가질 수 있고, 사랑은 깨친 자만이 할 수 있는 것인가. 엄격한 기준을 앞에 놓고 말한다면 그렇다고 말할 수밖에 없다. 깨치지 않고는 제대로 말할 수도, 살 수도 없다는 말처럼, 그런 가운데서는 진정한 님을 가질 수도 없고, 진정한 사랑을 할 수도 없는 것이다. 그러나 모든 인간은 비록 그가 중생일지라도 그 안에 불성(佛性)인 여래의 속성을 지니고 사는 까닭에 그들의 공심(公心)과 대아심(大我心)이 작용하는 한 일시적으로 님을 가질 수도 있고, 어느 순간 사랑을 할 수도 있다. 물론 이것은 그도 모르는 사이에 작동하는 '본각(本覺)'의 훈습(薰習)'으로 이루어지는 일이다.

위 시는 이런 우리가 자기 자신을 깊이 돌아보면서 진정한 님과 진정한 사랑을 이해하고 그에 도달하고자 간절한 마음을 가질 때 비로소 숨겨진 비밀을 열어주기 시작한다. 진정한 님은 앞서 말했듯이 깨친 자가 공심과 대아심으로 동체(同體)의 사랑을 느끼는 자아초월적 대상이다. 여기서 님과 나는 주객의 분리 이전의 전일적 상태이자 주객을 초월한 한 몸이다. 그러므로 그런 나에게 님에 대한 사랑은 어떤 일이 있어도 멈추지 않고 계속된다. 그것은 조건이나 의지의 작용이 아니라 깨침의 작용이기 때문이다. 한용운이 「군말」에서 중생이 석가의 님이며, 철학이 칸트의 님이고, 봄비가 장미화의 님이며, 이태리가 마시니의 님이라고 예를 들어 보여준 것은 이런 차원을 염두에 두고 한 일이다. 진정한 님은 자기를 헌신하고자 한 원력의 산물이고 진정한 사랑은 한계와 조건이 없는 보살심의 작용이다. 깨침과 원력의 마음이 만들어내는 이런 님과 사랑은 멈출 수 없는 영원한 것이고, 도구적인 것이 아니라 진리의 구현체이다.

위 시의 화자는 이런 님과 사랑을 갖고 있다. 그런 사랑 위에 있는 님은 누구여도, 무엇이어도 좋다. 그리고 이 점은 그리 중요하지 않다. 그러나 문제가 되는 것은 그 님이 떠나갔다는 것이다. 이런 님과의 이별이 위 시를 탄생시킨 하나의 계기이자 배경이다.

조건으로서의 님, 취향으로서의 님, 의지로서의 님은 누구나 가질 수 있지만, 깨침의 자리에서 생성되는 불심이자 공심의 무아적인 님은 아무나 가질 수가 없다. 그런데 위 시의 화자는 이런 님을 보기 드물게 갖고 있다. 그리하여 그는 떠나간 님에 대해 깨친 자리에서 우러나오는 사랑의 마음을 한껏 전하고 있다.

다시 한 번 말하건대, 중생적인 소유로서의 님은 누구나 가질 수 있지만 깨친 자로서의 보살적인 님은 아무나 갖기 어렵다. 또한 소유로서의 중생적 사랑은 아무나 할 수 있지만 깨친 자로서의 보살적 사랑은 그 누구도

하기 어렵다.

위 시의 화자는 깨침의 자리 위에서 그가 가진 보살적 님이 떠나갔음을 말하는 데서부터 시를 시작하고 있다. 그러나 그 님은 취향이나 의지의 차원에서 소유한 중생적 욕구의 산물이 아니드로 그가 떠났다는 것 자체가 화자의 사랑을 유지하고 전하는 데 장애물이 되지 않는다. 떠났든, 이곳에 있든, 그 님은 언제나 화자에게 사랑하는 님일 뿐인 것이다.

떠남은 고통스러운 것이지만, 이런 경우 오히려 그 님이 떠남으로써 화자의 님에 대한 사랑은 강화되고 성장한다. 화자인 나는 자신의 님이 떠났지만 결코 자신은 그 님을 보내지 아니하였다고, 그 님이 언제 올지를 말하지 않고 침묵의 상태에 있지만 자신의 사랑의 마음은 제 곡조를 못 이기는 노래처럼 걷잡을 수 없이 솟아난다고 고백한다. 여기서 님은 갔지만 자신은 님을 보내지 아니하였다는 화자의 말은, 조건과 상황에 따라 님과의 이별이 가능할 수도 있다는 사실을 염두에 두고 하는 말이 아니라, 어떤 일이 있어도 님과의 이별은 그의 사랑 속에서 불가능하다는 것을 근저에 두고 있는 말이다. 님은 그에게 있어서 세속적 애증의 한 형태로 존재하는 것이 아니라, 세속의 애증을 넘어선 전폭적인 사랑 그 자체의 산물인 것이다. 또한 제 곡조를 못 이기는 사랑의 노래를 부른다는 것 역시 사사로운 주관적 감정의 과잉 노출이 아니라 한 존재를 님으로 받아 안는 대아적 사랑의 사무침이 드러난 것이다.

범속한 우리에겐 이런 님과 사랑이 실감으로 다가오지 않기 쉽다. 진여법성(眞如法性)에 대한 눈뜸과, 진여법성이 지닌 아름다움과 놀라움에 찬탄하고 전율하고 감동하는 깨달음의 증득(證得)이란 그리 쉽게 이루어지는 일이

아니기 때문이다. 그런데 진정한 님은 이런 바탕 위에서만 근본적으로 가능한 존재이다. 또한 진여법성이 지닌 이런 세계에 눈뜨고 그것의 증득이 이루어졌다 하더라도 현실 속에서 원력(願力)으로 구체적인 님을 갖는 일은 쉽지 않다. 현실은 깨달음의 세계와 달리 구체적인 몸을 요구하는 세계인 까닭이다. 그러므로 위 시의 님은 진여법성에의 눈뜸이라는 지혜와 그것의 현실적 구현이라는 자비를 함께 지닌 자가 가질 수 있는 존재이다.

그러나, 그렇다고 하여 위와 같은 님과 사랑이 범속한 우리들에게 전혀 느낌이나 실감으로 다가오지 않는 것은 아니다. 인간은 누구나 근본적으로 여래의 성품을 지닌 불성의 존재이기에 그가 의식하든 그렇지 않든 이 불성의 작용으로 인하여 그런 세계에 접속할 수 있기 때문이다.

이렇게 볼 때 위 시의 님과 사랑에 대한 이해와 감상은 그 진폭이 다양할 수밖에 없다. 완전한 범부중생으로서 님과 사랑을 소아적으로 받아들일 수도 있고, 무의식적인 불성의 감응에 의하여 이들과 보이지 않게 한 몸이 될 수도 있으며, 깨친 자의 맑고 밝은 안목에 의거하여 전적으로 한 몸이 될 수도 있는 것이다.

위 시의 첫 부분은 님이 떠난 사실을 고백하는 것으로부터 시작되고 있다고 앞에서 말하였다. 그러면서 그 님이 일반적인 중생심의 님과 구별된다는 점도 말하였다. 그러니까 위 시는 진정한 님을 가진 자, 그런 자가 님을 떠나보낸 것으로부터 비롯되는 것이다. 위 시의 화자는 이와 같은 자신의 님을 가리켜 '사랑하는 나의 님'이라고 말하였다. 여기서 '사랑'은 높은 수준의 우주적 깨침이라는 함의를 지닌다.

이처럼 사랑하는 님이 떠남으로써, 위 시의 화자가 님과 이별 없이 살고자 했던 기약과 서로간의 굳은 맹세는 깨지고 말았다. 그러나 그 님이 떠난 것을 계기로 하여 화자는 님의 진면목에 대해 다시 한 번 감탄하고 감동한다. 그것은 "나는 향긔로은 님의말소리에 귀먹고 쏫다은 님의얼골에 눈머럿습니다"라는 구절 속에 들어 있다. 이 구절의 내용은 자칫 중생심의 사랑에 의하여 나온 것처럼 오인될 수도 있다. 그러나 이처럼 귀먹고 눈머는 무아지경의 사랑의 상태는 청정심 속에서 님이 지닌 진여법성의 세계에 전율하고 감탄하며 감동할 때만이 가능하다. 그러니까 이것은 님이 내 취향에 맞는 모습을 갖고 있기 때문에 가능한 것이 아니라 그 님의 실상인 진여의 신비를 보고 느껴야만 가능한 것이다.

방금 말했듯이 위 시의, 위 구절의, 이 무아지경의 사랑의 마음은 취향과 욕망에 바탕을 둔 세속적 사랑의 외부지향적 마음과 구별된다. 자기보존과 자기확대 그리고 자기탐닉의 소유욕에 근거한 자아중심적 에고의 사랑의 마음과, 무아의 청정심 위에서 비롯된 자아초월적 사랑의 마음은 너무나도 다르기 때문이다. 그리고 보면 범속한 우리는 존재의 진면목을 보지 못하고 살기에 참다운 사랑도 할 수 없는 셈이다. 우리들의 사랑이란 기껏해야 아상(我相)으로 채색되고 구축된 자업자득의 세계를 붙들고 이루어지는 '환영놀음'과 같은 존재에 불과한 것이다.

위 시에서 "나는 향긔로은 님의말소리에 귀먹그 쏫다은 님의얼골에 눈머럿습니다"에 이어지는 다음 행의 내용은 위 시 전체의 시적 전환을 이루는 매우 중요한 한 부분이다. 여기서 화자는 '사랑도 사람의 일이라'는 표현으로, 깨친 자의 사랑조차도 실은 현실 속에서의 목숨을 지닌 사람들의 일이기에 인간적 흔적이 거기에 묻어날 수밖에 없다는 것을 말하고 있다.

그 인간적 흔적이란 "맛날째에 미리 써날것을 염녀하고경계하지 아니한것
은아니지만 리별은 쯧밧긔일이되고 놀난가슴은 새로은슯음에 터집니다"
라는 내용이다. 그러니까 화자는 님의 떠남 앞에서 그의 깨침에도 불구하
고 어쩌지 못하는 사적 슬픔의 감정을 느낀 것이다.

그러나 그는 바로 다음 행을 통하여, 이와 같은 범속한 사적 슬픔이 '참
다운 사랑'을 깨뜨리는 일에 지나지 않는 것임을 알기에 그 슬픔의 감정을
희망의 세계로 전변시키고자 안간힘을 썼다고 말한다. 범속한 사적 슬픔
이란 자기중심적이고 자아편향적인 마음의 발로이기에 그는 이 나약하고
부정적인 감정의 장애를 의연히 넘어서고자 하였던 것이다. 그런데 이런
그의 감정의 전변과 마음의 극복은 단순한 의지나 노력에 의해서만 이루
어진 것이 아님을 기억해야 한다. 위 시의 화자는 이런 점을 바로 다음 행
에서 보여준다. 그것은 다음과 같은 말이다.

> 우리는 맛날째에 써날것을염녀하는것과가티 써날째에 다시맛날 것을 밋슴
> 니다

이것은 불교가 지닌 중도사상의 표출이다. 중도란 불교에서 바라다보
는 존재의 원리로서 이분법을 이중성으로 화쟁(和諍)시키는 일이다. 이분법
을 이중성으로 화쟁시키기 위해서는 전체를 볼 줄 아는 안목이 있어야 한
다. 이른바 전체성에 대한 통찰이 있어야 하는데 이것은 세계의 모든 것을
연관 지어서 일원상을 통합시켜 볼 줄 아는 안목이다. 성철 스님은 이 화
쟁의 중도를 쌍차쌍조(雙遮雙照)라는 말로 설명하였다. 그러니까 우주 전체,
세계 전체를 일원상으로 볼 수 있는 안목, 그 일원상 속에서 상반되는 것

들을 연속선상에서 볼 줄 아는 안목, 그런 안목이 바로 중도의 눈이다.

따라서 위 시행은 단순히 희망을 말하기 위한 일시적 도구에 해당하는 문장이 아니라 흔들리지 않는 부동심으로 만남과 이별을 바라보기 위한 존재와 세계의 이치를 표현한 문장이다. 따라서 위 시행을 읽으면서 우리는 사적 편애와 편견이 없는 무유정법(無有定法)의 근본자리로 들어가게 된다. 그때의 느낌은 편안함이고 든든함이며 담담함이다.

위 시의 화자는 이 근본자리에서 떠난 님에 대한 사랑의 마음을 한껏 전달한다. "아아 님은갓지마는 나는 님을보내지 아니하얏습니다/제곡조를 못이기는 사랑의노래는 님의 沈默을 휩싸고돕니다"라는 마지막 두 행이 그것이거니와 여기서 사랑은 시간과 공간, 조건과 상황, 기분과 이해관계를 떠난 영속적 사랑으로 구현된다. 이런 사랑은 비록 범속한 우리가 실천하기 어려운 것이라 할지라도 우리의 근본 불성을 건드리며 크나큰 전율과 감동을 가져다준다. 근본자리를 알고, 근본자리에서 나오는 이 절절한 사랑의 마음이야말로 말과 지해(知解)를 떠나 우리의 몸으로 직입(直入)하기 때문이다. 이것을 가리켜 직지인심(直指人心)이라고 말할 수 있다면 위 시는 이 직지인심의 사랑을 느끼도록 하고 있다.

앞에서도 말했듯이 지금까지 위 시를 두고 우리 시학계에서는 님이 누구냐 혹은 무엇이냐 하는 점을 논하느라 괄목할 만한 성과도 없는 가운데 참으로 많은 시간과 노력을 들였다. 그러나 위 시의 문면으로 보아 님이 누군지를 명료하게 알기도 어렵거니와 실제로 중요한 것은 그 님이 누구인가를 아는 것보다 님에 대한 진정한 사랑이 어떻게 가능하며 어떤 것이 진정한 사랑인가 하는 문제임을 드러내고 있는 것이 위 시의 핵심이다.

어찌 보면 님과의 이별은 이 사랑을 말하기 위한 하나의 방법적 장치이다. 그리고 그 사랑을 통하여 시인은 「군말」에서 그가 '긔루어한' '해저문 벌판'에 길을 일코 헤매는 어린 양'들에게 님을 갖고 사는 삶, 참다운 사랑을 하며 사는 삶, 진리인 진여법성을 보는 삶, 그 진리에 도달하는 사랑의 실천이 이루어지는 모습 등을 보여주고자 한 것이라 생각된다.

위 시에서 님은 그 누구도, 그 무엇도 될 수 있다. 다만 그것이 님이 되려면 불심(佛心)의 대아적 보살심과 공심이 작용하는 대상이어야 한다는 점만은 기억될 필요가 있다. 이런 님에 대해 위 시는 '깨친 자의 사랑'의 마음이자 그 노래를 표현한 것이고, 그런 사랑을 통해 일법계(一法界)의 진실이 무엇인가를 우리로 하여금 알도록 이끈 것이다.

잠시 위 시의 미학성에 대해 언급하기로 하자. 위 시는 불교적 세계관과 불심의 수행력이라는 드높은 마음의 세계를 정신적 날줄로 삼고 있지만, 또 한편으로 미학적, 예술적, 시적 표현의 우수성을 한껏 드러내고 있기도 하기 때문이다. 그러나 미학성과 예술성, 시적 표현의 탁월함을 따로 분리하여 논의하기 전에, 이러한 탁월함은 화자의(시인의) 드높은 마음 세계에 의하여 가능했다는 것을 직시할 필요가 있다. 한용운의 시집 『님의 침묵』에 수록된 작품 전부가 다 그러하지만 위 시 또한 시는 기교로 쓰는 것이 아니라 마음으로 쓰는 것이라는 점을 상기하게 한다. 위 시를 비롯한 한용운의 시집 『님의 침묵』 속의 전 작품은 이를테면 시인이 '사랑삼매'에서 배태한 특수한 작품들로 여겨진다. 삼매란 사적 자아가 완전히 사라진 청정한 선정의 상태이다. 위 시는 물론 시집 『님의 침묵』의 모든 작품들 속에 나타나는 사랑은 이런 삼매의 사랑을 느끼도록 한다.

바로 이런 '사랑삼매'라는 마음 상태가 위 시의 탁월한 미학성, 예술성, 시성(詩性)을 불러왔다는 것이다. 따라서 이들의 언어란 연습이 낳은 기교의 산물이 아니라 삼매가 밀어 올린 몰아의 언어이다. 위 시에서 화자가 보여주는 그 절절함과 진실함의 목소리는 말할 것도 없고, "黃金의꽃가티 굿고빗나든 옛盟誓" "한숨의微風에 나러갓습니다" "날카로운 첫「키쓰」의 追憶" "향긔로은 님의말소리에 귀먹고" "꽃다은 님의얼골에 눈머럿습니다" "새希望의 정수박이에 드러부엇습니다" "우리는 맛날째에 써날것을염녀하는것과가티 써날째에 다시맛날 것을 밋습니다" "아아 님은갓지마는 나는 님을보내지 아니하얏습니다" "제곡조를못이기는 사랑의노래는 님의 沈默을 휩싸고돕니다"와 같은 표현들은 진공묘유(眞空妙有)의 언어 세계가 어떤 것인지를 알게 한다.

여기서 보듯 진정한 언어는 입에서 나오는 것도, 성대에서 나오는 것도, 오장육부에서 나오는 것도 아닌, 진공이 된 한 인간의 본성자리에서 묘용(妙用)으로 출현하는 것이라고 생각해볼 수 있다. 위 시의 미학성은 이런 특성과 더불어 수식어의 적절함, 은유의 신선함, 역설의 심오함, 중도적 수사법의 자재함, 반복 언어의 리드미컬함, 존경어미가 빚어내는 어조의 무게감 등이 어우러지면서 한껏 그 자태를 드높이고 있다.

위 시가 지닌 이런 자질은 언어와 마음, 시와 수행, 시인과 수도자가 결국 둘이 아니라 하나로 만날 수 있는 가능성을, 그리고 그런 만남이 이루어질 때 오히려 시도, 삶도 빛날 수 있다는 사실을 일러준다. 근대시의 기교주의와 개아중심주의(個我中心主義)에 길든 사람들에게, 위 시는 그 돌파구가 어디에 있는가를 알려주는 좋은 지표가 될 수 있다.

# 리별은美의創造

리별은 美의創造임니다

리별의美는 아츰의 바탕(質)업는 黃金과 밤의 올(糸)업는 검은비단과

죽엄업는 永遠의生命과 시들지안는 하늘의푸른꼿에도 업슴니다

님이어 리별이아니면 나는 눈물에서죽엇다가 우슴에서 다시사러날수

가 업슴니다 오오 리별이어

美는 리별의創造임니다

한용운의 시집 『님의 침묵』에서 이별은 사랑을 말하기 위한 하나의 방법적 장치이다. 이 말은 이별을 강조하거나 이별 그 자체를 말하는 데『님의 침묵』의 참뜻이 있는 것이 아니라 이런 부재와 결여의 상황을 통해 진정한 사랑이 무엇인지를 말하고자 하는 데 이 시집의 목적이 있다는 것이다.

한용운은 앞의 시 「님의 침묵」에서 화자의 말을 통하여 사랑하는 님이 떠나갔다는 것을 아플 정도로 안타깝게 말하였다. 그 떠난 님 앞에서 시 속의 화자는 결코 사랑을 줄이거나 포기할 수 없는 그의 절절한 마음을 시의 전편을 통하여 드러내었다. 시작품의 마지막 부분에 나오는 '님은 갔지만 나는 님을 보내지 아니하였다'는 말, '제곡조를 못이기는 사랑의 노래는 님의 침묵을 휩싸고 돈다'는 그의 고백은 이 사랑이 모든 조건과 시공을 떠난 영원한 것임을 말해준다.

이처럼 님에 대한 사랑의 마음을 종교적인 차원의 것으로 토로한 화자는 위 시에서 이별에 대한 경험적, 지적, 철학적, 종교적 논의를 펼친다. 이렇게 함으로써 그는 이별이 세속에서는 사랑의 상대적 세계에 불과한 것이지만, 이와 같은 세속적 단견을 넘어설 때에는 바로 그 이별이 얼마나 훌륭한 수행처이자 창조의 산실이 될 수 있는가를 말해주고 있다.

이별은 중도의 자리에서 보면 그 자체로 좋은 것도 아니고 나쁜 것도 아니다. 그저 이별일 뿐이다. 또한 이별은 제법(諸法)이 공(空)한 진리를 터득하고 보게 된다면 그저 연기공(緣起空)의 한 형태일 뿐 그 이상도 그 이하도 아니다. 그러나 자아중심의 자리에서 본다면 이별은 슬픈 것이고 부정적인 것이다. 그리고 가능하면 자신에게 다가오지 말기를 바라게 되는 배척의 세계이다.

그런 이별을 위 시는 중도의 원리와 연기공의 세계관, 그리고 보살의 원력과 대아적 사랑의 마음을 통하여 세속의 것과는 전혀 다른 세계로 들어올린다. 그것은 단순히 희망을 꿈꾸는 의지의 결과물이 아니라 진리의 세계관과 그 깨우침 및 대원(大願)의 보살심을 간직한 데 따른 결실이다.

먼저 첫 행을 보면 화자는 이별을 가리켜 미를 창조하는 원인이자 원천이라고 말한다. 어떻게 이별이 미를 창조하는 원인이자 원천이 될 수 있을까. 화자는 이에 대해 상세한 설명을 하지 않았지만 이 말을 듣는 '귀 있는' 사람들은 이별이 미의 창조가 될 수 있는 이유를 짐작하고 그에 공감할 수 있다. 그래야만 위 시는 풀리기 시작한다. 이별이 미의 창조라는 화자의 말을 이해하고 그에 공감할 수 없다면 위 시를 읽는 일은 첫 행부터 순조롭지가 못하다.

그렇다면 이별은 어떻게 미를 창조하는 원인이자 원천이 될 수 있는가. 여기서 우리는 중도의 원리, 연기공의 세계, 보살심의 원력, 대아적인 마음 등의 개념을 동원하여 이 물음에 답할 수 있다. 이별은 중도의 차원에서 보면 만남과 일원상의 한 몸이다. 그리고 중도의 원리를 체득한 자가 내는 보살적 사랑의 마음에서 보면 이별은 실패나 후퇴가 아니라 더욱 강력한 만남의 원천이다. 또한 이별은 연기공의 차원에서 보면 불생불멸, 불구부정(不垢不淨), 부증불감(不增不減)하는 우주적 총상(總相)의 한 분별상의 나타남일 뿐이다. 이 총상을 관(觀)하고 증득(證得)할 때, 이별이라는 분별상은 그 속에 음중양(陰中陽)처럼 만남을 간직하고 있을 뿐만 아니라 만남과 구별되지 않는 일체이다. 다시 이 이별을 보살심의 원력이라는 문제와 관련시

커 생각해보자. 그렇게 할 때 보살심의 원력이란 지장보살의 원력이나 관세음보살의 원력처럼 시간, 공간, 조건, 상황, 대상의 제한을 받지 않는 무진(無盡)의 마음이고 행위이다. 이런 보살심의 원력에서 이별은 아무런 장애가 되지 않는다. 오히려 그것은 사랑을 증강시키고 사랑을 통하여 아름다움을 창조하는 원천일 뿐이다.

위 시의 화자는 이별은 미의 창조라고 한 첫 행에 이어 이별이 창조하는 미와 같은 것은 이 세상의 어떤 아름답고 선하고 진실된 세계에도 없다고 그에 이어지는 다음 행을 통해 역설하고 있다. "리별의美는 아츰의 바탕(質)업는 黃金과 밤의 올(糸)업는 검은비단과 죽엄업는 永遠의生命과 시들지 안는 하늘의푸른꼿에도 업슴니다"라는 말이 그것이다. 순정의 황금, 순정의 비단, 영생하는 생명, 시들지 않는 천상의 꽃에서도 이 이별이 창조하는 미와 같은 것을 만나볼 수 없다는 것이다. 그러니 이별은 사랑을 사랑이게 하는 원천이요, 그 과정을 통해 아름다움이 어떤 것인지를 보여주는 자원이다.

위 시의 화자는 이어서 그 다음 행을 통해 이별이 자신에게 얼마나 개인적으로 중요한 것인지를 님에게 고백하고 있다. 그것은 "리별이아니면 나는 눈물에서죽엇다가 우슴에서 다시사러날수가 업슴니다"라는 말이다. 눈물에서 죽는 경험도, 웃음에서 다시 살아나는 경험도 삶의 심층적인 경험이자 원리이다. 님을 향한 참다운 눈물에 빠졌을 따(한용운은 이것을 『님의 침묵』 속의 다른 작품 「苦待」에서 '눈물의 삼매에 입정되었다'는 말로 표현한 바 있다) 그 눈물은 무아의 순정한 눈물이다. 떠난 님을 이익되게 하려는 이 눈물은 자신의 욕망이 좌절되어 흘리는 눈물과 다르기 때문이다. 이런 '눈물삼매'에 들어갔을 때, 그 눈물은 '웃음삼매'로 전변된다. 그리고 온전한 웃음, 순정한 웃음, 사랑을 통한 웃음, 님과 함께 하는 웃음이 여기서 가능해진다.

　위 시의 화자는 이런 이별의 경험을 바꿀 수 없는 가치를 지닌 것으로 여긴다. 그러므로 그에게 이별은 저주나 실패가 아니라 축복이자 창조이다. 그는 이별을 연금술사처럼 '미의 창조물'로 승화시키고 전변시킨다. 그럼으로써 이별과 만남이 둘이 아니라는 것, 이별을 통하여 만남이 더욱 견고해질 수 있다는 것, 이별을 넘어설 때 그것은 만남뿐만 아니라 미의 삶을 창조한다는 것을 우리에게 알려주는 것이다. 무아의 사랑이 전제될 때, 이별은 만남이나 사랑에 근본적인 영향을 끼칠 수 없다. 내가 없고, 님이 나이니, 이별도 언제나 만남이요, 만남도 언제나 만남이며, 이별이 만남이 될 때까지 기다릴 뿐인 것이다. 위 시는 이런 공심과 불심의 이별관이자 이별론을 우리로 하여금 만나보게 한다. 그리하여 님의 부재 속에서 미를 창조하는 긍정과 승리의 삶을 살도록 이끈다.

# 알ㅅ수업서요

　　바람도업는공중에 垂直의波紋을내이며 고요히써러지는 오동닙은 누구의발자최임닛가

　　지리한장마꿋헤 서풍에몰녀가는 무서은겸은구름의 터진틈으로 언뜻언뜻보이는 푸른하늘은 누구의얼골임닛가

　　꼿도업는 깁흔나무에 푸른이끼를거처서 옛塔위의 고요한하늘을 슬치는 알ㅅ수업는향긔는 누구의입김임닛가

　　근원은 알지도못할곳에서나서 돍색리를울니고 가늘게흐르는 적은시내는 구븨구븨 누구의 노래임닛가

　　련꼿가튼발쑴치로 갓이업는바다를밟고 옥가튼손으로 꼿업는하늘을 만지면서 써러지는날을 곱게단장하는 저녁놀은 누구의詩임닛가

　　타고남은재가 다시기름이됨니다 그칠줄을모르고타는 나의가슴은 누구의밤을지키는 약한등ㅅ불임닛가

소아(小我)인 나만 나라고 생각하며 자신의 얼굴만 바라보던 사람의 눈에, 네가 보이고, 우리가 보이고, 인류가 보이고, 자연이 보이고, 지구가 보이고, 수많은 별들과 우주가 보이게 되면 그는 성인(成人)이 된 것이다. 더욱이 이 모든 것들이 진여법성이 나툰 일법계의 모습임을 알고, 이들이 하나로 어우러진 우주적 진리의 춤을 보고 느낄 수 있게 되면 그는 성인(聖人)이자 도인(道人)이다. 더욱이 그 춤에서 모든 참여자를 하나같이 절대평등한 우주적 주인공으로 보고 자신 또한 우주적 주인공이 되어 우주만유의 이로움을 지향하며 살아간다면 그는 각자(覺者)이자 보살(菩薩)이다.

위 시는 독자인 우리가 소아인 나만을 바라보던 눈을 크게 떠서 우주법계 전체를 걸림 없이 평등심으로 바라보는 눈이 확연히 열렸을 때 비로소 그 진면목을 알고 느낄 수 있는 작품이다. 좀 어려운 말이 될지 모르겠으나 일승화엄법계(一乘華嚴法界)를 향한 눈이 사심 없이 열렸을 때 비로소 시가 말하는 바에 동참할 수 있는 작품이다. 이와 같은 눈이 열림으로써 우리가 닫힌 자의 작은 살림살이를 거두고 열린 자의 큰 살림살이를 하게 되면, 삶은 자유와 행복, 창조와 평화, 기쁨과 감동의 세계로 나아가게 된다.

위 시의 제목은 "알ㅅ수업서요"이다. '알 수 없다는 것'은 진여법성을, 일승화엄법계의 실상을 무엇이라 이름 붙일 수도 없으며, 그 진공묘유의 흐름과 작용을 무엇으로 스캐닝할 수도 없고, 그 우주적 진리의 춤이 무엇을 뜻하는 것인지도 알 수가 없다는 것이다. 그러나 그렇다고 하여 알 수 없음에 대한 답답함을 표현하는 것은 아니다. 진여법성과 화엄법계는 이름 붙일 수 없고, 스캐닝할 수 없고, 조작할 수 없는 세계이지만, 또한 너무나도 아름답고 놀랍고 신비로운 직입(直入)의 세계라는 것이다.

"알ㅅ수업서요"라는 위 시의 제목이 가리키는 것과 같은 내용을 우리는 '당신은 도대체 누구입니까'라는 중국 양무제의 물음에 '불식(不識)'이라고 답한 달마대사의 말과, 선불교를 서양에 전파하는 데 지대한 공을 세운 숭산 스님의 '모를 뿐'이라는 화두에서 볼 수 있다. 사실 우리는 이 우주의 실상에 대해 모른다. 우리가 인간적 안목으로 해석하고 누적시킨 지식은 불교에서 그토록 버리라고 역설하는 '인간적 지해(知解)'일 뿐이다. 이런 상(相)과 관념 속에서 인간들은 분별하고 시비하며 살아간다. 진리로서의 여래와 실상을 보지 못한 채 인간적이고 주관적인 상과 관념에 의지하여 고단하고 거친 삶을 살아가고 있는 것이다. 『금강경』에서는 이런 인간들의 현실을 보고 '약견제상비상(若見諸相非相)이면 즉견여래(卽見如來)'라고 말하였다. 만약 모든 상이 상이 아님을 알면 그 즉시 여래를 보게 된다는 말이다. 조금 풀어 설명해보면 당신이 보고 있는 세계가 실상의 그것이 아님을 알고 무상의 상태가 된다면 즉시 여래인 진리와 한 몸이 될 수 있다는 것이다.

위 시엔 진여법성의 다양한 화현상(化現相)이 참으로 아름답고 감격스럽게 그려져 있다. "바람도업는공중에 垂直의波紋을내이며 고요히써러지는 오동닙" "지리한장마씃헤 서풍에몰녀가는 무서은검은구름의 터진틈으로 언쯧언쯧보이는 푸른하늘" "솟도업는 깁흔나무에 푸른이끼를거처서 옛塔 위의 고요한하늘을 슬치는 알ㅅ수업는향긔" "근원은 알지도못할곳에서나서 돍색리를울니고 가늘게흐르는 적은시내" "련쏫가튼발꿈치로 갓이업는 바다를밟고 옥가튼손으로 씃업는하늘을만지면서 써러지는날을 곱게단장하는 저녁놀" "타고남은재가 다시기름이" 되는 모습 "그칠줄을모르고타는 나의가슴"이 다 그와 같은 실례들이다. 이런 모습 속엔 어떤 이기적 자아도 개입되어 상을 왜곡시키지 않고 있다. 그야말로 청정한 법신의 나툼을 보이고 있는 것이다. 무념무상을 지표로 삼는 불교에선 그것이 일념이자 일상이라 할지라도 자아의 사심이 개입되는 순간 세계는 오염되고 왜곡되게 마련이라고 한다. 그런데 위 시의 화자가 바라다본 세계에는 이런 자아의 개입이 처음부터 초월되어 있다. 위 시의 화자는 오직 청정심으로 만난 세계를 그려 보이고 있는 것이다. 이와 같이 화자가 지닌 청정한 눈과 마음, 그것은 위 시의 풍경을 놀라운 감탄과 아름다운 감동의 세계로 이끄는 힘이다. 그것은 왜인가. 인간은 본래 청정한 법신이므로 청정한 마음과 청정한 세계 앞에서 저도 모르게 감탄하고 감동하는 것이다. 어떤 사심으로도 오염되지 않은 본심의 자리로 데려다 주는 세계 앞에서 인간들은 사심을 뚫고 올라오는 우주심을 만나게 되는 것이다.

지금까지 위 시의 화자가 지닌 청정심에 대하여 말하였다. 위 시는 청정심에 비친 우주만유의 아름다움을 노래하고 있다. 누구나 볼 수 있을 것 같지만 아무나 볼 수 없는, 누구도 보기 어려운 것 같지만 모든 이가 항상 보고 있는 법신의 현현을 감동적으로 보여주고 있는 것이다. 위 시의 풍경은, 그런 점에서 '상 없는 상'의 세계이다. 그러니까 아상(我相)으로 오염되지 않은 법상(法相)이다. 이것을 「법성게(法性偈)」의 일절을 빌려서 표현해본다면 '진성심심극미묘(眞性甚深極微妙)/불수자성수연성(不守自性隨緣成)'이 될 것이다.

위 시의 이런 묘사는 얼마든지 더 이어질 수 있다. 위 시에 열거된 풍경 이외에도 이 우주는 중중무진의 연기상(緣起相)을 무한으로 연출하는 무상

(無常)의, 동사성(動詞性)의 세계이기 때문이다. 그러니 이 글을 읽는 여러분들도 위 시의 뒷부분에 화자와 같은 청정심의 상태가 되어 우주만유의 움직임을 그려넣어 보라. 그러면 그럴수록 세계가 자아중심으로 돌아가는 도구적 대상이 아니라 평등심으로 움직이는 존재의 장, 무소득의 장임을 실감하게 될 것이다.

위 시를 읽는 데 어려움이 따른다면 그것은 첫 행부터 마지막 행까지 계속하여 등장하는 '누구'를 인간적으로 한정지어 명시해보려는 유혹에서 비롯되었다. 위 시의 '누구'는 진여법성의 의인화된 표현일 뿐, 구체적인 누구를 지칭하는 것이 아니다. 우주적 진리가 그려내는 놀라운 세계를 실감 있게 느끼도록 하기 위해 시인이 '누구'라는 인간적 표현을 썼을 뿐이며, 그 누구는 인간 너머의 진여당체(眞如當體)인 것이다.

다만 마지막 행에서 '누구'에 대한 조금 다른 인간적 해석을 해볼 수 있다. 타고 남은 재가 다시 기름이 되는 우주만유의 신비를 주목하면서 화자가 끝도 없이 타오르는 자신의 가슴이 누구의 밤을 지키는 약한 등불이냐고 물을 때, 그 '누구'는 '님'이라 볼 수 있기 때문이다. 등불처럼 타오르는 그의 가슴도 실은 법성의 작용이지만, 그때의 가슴이 지키고자 하는 밤의 주인공은 '님'인 것이다. 여기서 시는 한결 시인 자신의 문제와 밀착된다. 그가 '사랑'하는 '님'이 이(理)로서의 진여법성과 달리 사(事)로서의 구체성을 지니고 나타나기 때문이다.

실제로 위 시의 마지막 행은 시적 전환을 가져오는 부분이다. 세계를 묘사하고 바라보다가 시선을 자신에게 돌려 구체적인 개인 문제이자 현실 문제를 거론한 이곳에서 시는 절절한 현장성을 띠게 되기 때문이다.

위 시는 탁월한 미학성을 자랑하고 있다. 한용운의 시집 『님의 침묵』에 수록된 모든 작품 가운데서 질적으로 가장 우수한 작품이라고 말해도 과언이 아닐 만큼 표현과 구조가 훌륭하다. 그러나 이 작품 역시 화엄세계라 일컬을 수 있는 정말로 부사의(不思議)한 우주법계에 대한 시인의 통찰과 사랑이 있기 때문에 그와 같은 미학성을 자랑할 수 있었던 것이며, '님'에 대한 공심의 간절함이 있었기 때문에 그처럼 훌륭한 예술성을 구현할 수 있었던 것이라고 말해야 한다. 여기서도 우리는 마음이 시를 쓴다는 시선일체(詩禪一體)의 생각을 해볼 수 있다. 그리고 궁극적으로 좋은 시는 쓰는 것이 아니라 쓰여지는 것이라는 무아의 영감설을 떠올려볼 수 있다.

구체적으로 위 시에서 처음부터 끝까지 계속된 은유법과 그 은유법의 다채로운 변주, 그리고 시의 끝부분에 등장한 중도적 역설의 적절한 구사는 위 시의 미학성을 드높이는 훌륭한 방법적 장치로 사용되고 있다. 모든 방법적 장치는 그 자체로는 하나의 장치에 불과한 것이지만 그것이 적절한 사용처와 문맥을 얻었을 때 본체를 드높이는 훌륭한 수단이 된다. 위 시에서도 방금 언급한 여러 시적 장치들은 이와 같은 역할을 수행하면서 시의 품격을 높여주고 있다.

# 나는잇고저

남들은 님을생각한다지만

나는 님을잇고저하야요

잇고저할수록 생각히기로

행혀잇칠가하고 생각하야보앗슴니다


이즈랴면 생각히고

생각하면 잇치지아니하니

잇도말고 생각도마러볼까요

잇든지 생각든지 내버려두어볼까요

그러나 그리도아니되고

끈임업는 생각생각에 님쑨인데 엇지하야요


귀태여 이즈랴면

이즐수가 업는 것은 아니지만

잠과죽엄쑨이기로

님두고는 못하야요


아아 잇치지안는 생각보다

잇고저하는 그것이 더욱괴롭슴니다

■■■

　위 시는 님을 잊고자 하는 마음과 님이 잊히지 않는 현실 사이의 갈등을 표현하고 있다. 님을 잊고자 하는 마음은 님에 대해 사사로운 감정과 생각을 넘어서고자 하는 것이요, 님이 잊히지 않는 현실은 그와 같은 감정과 생각을 쉽게 떨쳐버릴 수 없음을 말하는 것이다.

　님을 잊고자 할 때, 위 시의 화자는 좀 더 의연한 '큰 나'가 되어 있다. 그것은 님을 포기한 것이 아니라 님과의 만남이나 이별을 공(空)한 것으로 보는 일이다. 제법(諸法)과 모든 인연이 공하다는 사실을 직시할 때 님과의 이별은 담담한 연기(緣起)의 한 형태가 된다. 그리고 그 이별은 단견(斷見)에서의 단절을 의미하는 것이 아니라 단견과 상견(常見)을 넘어선 '미의 창조적 원천'이 된다.

　위 시의 화자는 님과의 이별 앞에서 지나치게 현실적이고 사적인 감정과 생각에 사로잡히는 자기 자신을 지적 거리 속에서 바라본다. 님에 대한 감정과 생각이 자신의 삶 전체를 사로잡고 있다는 것은 그가 님을 사랑한다는 것이라기보다 님이라는 경계에 그가 '끄달려 있다'는 것을 의미하기 때문이다. 이때에 님은 무한과 무변 속에서의 일체가 아니라 조급함과 다급한 마음의 대상이다.

　위 시의 화자는 이런 사실을 너무나도 잘 알고 있기에 님을 잊고자 한다. 그러나 위 시가 시적 감동이자 인간적 감동을 주는 것은 잊고자 함에도 불구하고 도저히 잊을 수 없는 님에 대한 자신의 현실적 상황을 너무나도 정직하게 고백하고 있기 때문이다. 위 시의 화자는 초월한 자의 담대함을 보여주는 것이 아니라 초월과 현실의 양쪽 어디에서도 절박함을 느낄 수밖에 없는 자신의 실상을 보여주고 있는 것이다.

  초월 쪽이 절박할 때 그는 님을 잊고자 수없는 방법을 써본다. 그러나 현실 쪽이 절박할 때 그는 님을 잊는다는 것이야말로 잠과 죽음 같은 세계로 빠져드는 것이라 고백한다. 잊고자 하는 것도 괴로운 일이지만, 잊고서 사는 것도 괴로운 일인 것이다. 그러나 위 시의 화자는 잊고자 한다. 시의 제목이, 시의 마지막 연이 이 점을 분명히 한다. 하지만 잊음이 포기와 단절은 아니다. 잊음은 더 크고 든든한 토대 위에서의 '무사(無事)'한 만남이다. 그럼에도 불구하고 위 시의 화자는 이런 일이 얼마나 어려운 것인지를 거듭하여 절절하게 밝힌다. 그런 그의 태도는 위 시의 화자에 대한 신뢰와 공감을 갖게 하는 원천이 된다. 그리고 위 시를 살리는 원천이 되기도 한다.

# 가지마서요

그것은 어머니의가슴에 머리를숙이고 자긔자긔한사랑을 바드랴고 쎄죽거리는입설로 表情하는 어엽분아기를 싸안으랴는 사랑의날개가 아니라 敵의旗발임니다

그것은 慈悲의白毫光明이아니라 번득거리는 惡魔의눈(眼)빗임니다

그것은 冕旒冠과 黃金의누리와 죽엄과를 본체도아니하고 몸과마음을 돌돌뭉처서 사랑의 바다에 풍당너랴는 사랑의 女神이아니라 칼의우슴임니다

아아 님이어 慰安에목마른 나의님이어 거름을 돌니서요 거긔를가지마서요 나는시려요

大地의音樂은 無窮花그늘에 잠드럿슴니다

光明의꿈은 검은바다에 잠약질함니다

무서은沈黙은 萬像의속살거림에 서슬이푸른敎訓을 나리고 잇슴니다

아아 님이어 새生命의꼿에 醉하랴는 나의님이어 거름을돌니서요 거긔을가지마서요 나는시려요

거룩한天使의洗禮를밧은 純潔한靑春을 쪽짜서 그속에 自己의生命을 너서 그것을사랑의 祭壇에 祭物로드리는 어엽분處女가 어데있서요

달금하고맑은향긔를 쑬벌에게주고 다른쑬벌에게주지안는 이상한百

슘곳이 어데잇서요

　自身의全體를 죽엄의靑山에 장사지내고 흐르는빗(光)으로 밤을 두쪼
각에베히는 반듸ㅅ불이 어데잇서요

　아아 님이어 情에殉死하랴는 나의님이어 거름을 돌니서요 거긔를가
지마서요 나는시려요


　그나라에는 虛空이업슴니다

　그나라에는 그림자업는사람들이 戰爭을하고잇슴니다

　그나라에는 宇宙萬像의 모든生命의쇠ㅅ대를가지고 尺度를超越한 森
嚴한軌律로 進行하는 偉大한時間이 停止되얏슴니다

　아아 님이어 죽엄을 芳香이라고하는 나의님이어 거름을돌니서요 거
긔를가지마서요 나는시려요

■■■

총 4연으로 구성된 위 시는 각 연의 끝이 모두 "거긔를가지마서요 나는 시려요"라는 말로 이루어져 있다. 그렇다면 화자가 그토록 님에게 가지 말라고 하는 그곳은 어디이며 어떤 곳인가? 그리고 그렇게 가지 말라고 하는 이유는 무엇일까? 위 시를 읽는 일은 이 물음에 답하는 데 그 핵심이 있다.

나는 위 시를 읽으며 '눈 밝은 자'가 아니면 보지도 못하고 조언도 할 수 없다는 생각을 해본다. 중생심의 눈, 업식(業識)의 눈, 소아의 눈, 사심의 눈으론 진실과 허상을 구별할 수가 없기 때문이다. 그리고 그런 눈으론 사랑의 이름으로도, 호의의 마음으로도 바른 길을 안내할 수 없기 때문이다.

위 시에서 화자는 '밝은 안목'을 갖고 있다. 그것을 혜안이라 부를 수 있을 것이다. 그는 진실과 허상을 구분할 줄 알며, 참과 거짓을 구별할 줄 알고, 옳고 그른 것을 구별할 줄 안다. 또한 자신이 사랑하는 그 님이 지금 어떤 상태에 놓여 있는지를 여실하게 읽고 파악할 수 있다. 그런 그는 님을 향해 가서는 안 될 곳과 그 이유를 거듭거듭 전하고 있다. 그러면서 당신이 지금 어떤 상태에 있는지를 말하고 있다.

위 시의 제1연을 보면 님은 지금 "慰安에목마른" 상태에 있다. 그리고 제2연에서 보면 "새生命의꽃에 醉하랴는" 상태에, 제3연에서 보면 "情에 殉死하랴는" 상태에, 제4연에서 보면 "죽엄을 芳香이라고하는" 위태로운 상태에 있다. 그런 님을 향하여 그는 가서는 안 될 곳과 가서는 안 될 이유를 설명하고 있는 것이다.

위에서 언급한 님의 위험한 상태를 풀어서 말한다면 어떤 상태일까. 그것은 모두 다 세속의 유혹에 빠지려는 상태이다. 세속이란 속인의 세계이고, 속인의 세계란 아상(我相)으로 이전투구하는 세계이며, 아상의 세계란 나를 위해 모든 것이 존재하기를 갈애(渴愛)하는 세상이고, 갈애의 세상이란 욕망과 유혹이 지배하는 세계이다. 모든 욕망은 무엇인가를 유혹하고 무엇인가에 의해 유혹당한다. 바라고 구하는 바가 있다면 우리는 누구나 이런 유혹의 마장(魔障) 속에서 살아간다. 위 시의 님은 지금 이런 세속의 욕망과 유혹에 빠질 위험 속에 놓여 있다. 시 속의 화자는 이런 님의 위험을 직시하고 그를 바른 세계로 인도하고자 한다.

위 시엔 가야 할 곳과 가지 말아야 할 곳이 대비돼 있다. 가야 할 곳은 불심과 보살심이 살아 넘치는 정토(淨土)이고, 가지 말아야 할 곳은 중생심의 사사로움과 삿됨이 창궐하는 예토(穢土)이다. 더 쉽게 말하면 가야 할 곳은 선남자 선여인의 땅이고, 가지 말아야 할 곳은 마장의 땅이다.

위 시에서 가야 할 곳은 구체적으로 모성과 같은 사랑이 움트는 땅, 자비의 백호광명이 빛나는 곳, 명예와 재물과 목숨을 초개같이 여기고 대아적 사랑에 목숨 거는 땅, 대지의 음악과 광명의 꿈이 빛나는 땅, 침묵하는 우주의 설법이 설해지는 곳, 자신의 가장 소중한 것을 사랑의 제단에 제물로 바치는 곳, 만유의 평등심과 무심이 작용하는 곳, 자신의 몸을 바쳐 어둠을 밝히는 곳, 허공이라는 진리가 살아 있는 곳, 업의 장애를 알고 전쟁을 하지 않는 곳, 우주만상이 무한의 시간 속에서 공성(空性)을 드러내는 곳 등으로 표현돼 있다. 그리고 가지 말아야 할 곳은 이런 삶과 세계가 질식돼 있는 탐진치(貪瞋癡)의 장이다. 위 시는 이런 곳을 적의 깃발, 악마의 눈빛, 칼의 웃음, 무궁화 그늘, 검은 바다, 어여쁜 처녀, 이상한 백합꽃, 자기

보호의 반딧불, 부재하는 허공, 무모한 전쟁광, 시간의 노예 등과 같은 말로써 묘사하고 있다.

이런 점에서 위 시의 화자는 님을 진정으로 사랑하고 있으며, 사랑할 능력이 있다. 이런 그가 자신의 님을 향해 '나쁜 처소'로 가서는 안 된다는 것을 절절하게 설명하고 권유하는 모습은 감동적이다.

당시의 친일을 비롯한 모든 중생적 오욕락(五慾樂)에의 유혹은 이런 '나쁜 처소'로의 이동이다. 그것은 우리의 마음 속에 확철대오(廓徹大悟)하는 참자아의 정립이 이루어지지 않았을 때, 그리고 어느 누구도 눈 밝은 조언자의 목소리를 들을 수 없을 때, 수많은 사람들이 흔들리고 유혹당하기 쉬운 위험한 처소이자 모습이다. 위 시는 밝은 안목과 사랑으로 자신을 지키는 것이 어떤 것인지, 그리고 님을 진정으로 지켜주고 사랑하는 것이 어떤 것인지를 지혜와 제도(濟度)의 차원에서 알려주는 인상적인 시이다.

# 고적한밤

하늘에는 달이업고 짜에는 바람이업슴니다
사람들은 소리가업고 나는 마음이업슴니다


宇宙는 죽엄인가요
人生은 잠인가요


　한가닭은 눈썹에걸치고 한가닭은 적은별에걸첫든 님생각의金실은 살
살것침니다
　한손에는 黃金의칼을들고 한손으로 天國의꽃을꺽든 幻想의女王도 그
림자를 감추엇슴니다
　아아 님생각의金실과 幻想의女王이 두손을마조잡고 눈물의속에서 情
死한줄이야 누가아러요


宇宙는 죽엄인가요
人生은 눈물인가요
人生이 눈물이면
죽엄은 사랑인가요

■■■

위 시의 제목은 '고적한 밤'이다. 시작품 속의 화자는 제목 그대로 '고적한 밤'의 한가운데 놓여 있다. 그러나 그 고적한 밤은 외부의 풍경만이 아니라 그의 내면 풍경이기도 하다. 화자는 이것을 시의 첫 연에서 "하늘에는 달이업고 짜에는 바람이업슴니다/사람들은 소리가업고 나는 마음이업슴니다"라고 묘사하고 있다.

이런 '고적한 밤'은 화자로 하여금 새삼스럽게 생과 우주의 근본적인 문제에 대해 고민하게 만든다. 그것은 자못 심각한 것이어서 화자는 그가 지금까지 가졌던 견해와 앎을 재고하게 된다. 우주란 도대체 무엇인가. 인생이란 또한 무엇이란 말인가. 이런 질문이 고적한 밤 속의 화자를 휩싸고 도는 것이다.

우주가 무엇인지, 인생이 무엇인지, 이 물음에 대하여 의심 없는 답을 할 수 있다면 세계는 물론 삶의 문제는 기본적으로 해결된 것이다. 불교사에 이름을 남기고 있는 여러 고승들도, 그중 한 사람인 한용운도, 또 많은 일반적인 사람들도 이 물음에 답하기 위해 전력을 기울여 온 셈이다. 그러나 결코 쉽사리 그 답을 알 수 없는 것이 이 물음이거니와, 비록 그 답을 알았다 하더라도 현실의 순간순간 속에서 이것을 실천하고 응용하는 일은 여간 어려운 것이 아니다.

위 시의 화자를 한용운의 분신이라고 본다면 그는 이미 우주와 인생에 대해 보편적인 답을 얻은 사람이다. 더욱이 그것이 한용운 자신이라면 확철대오의 경지를 증득한 사람이요, 한용운이 아닌, 시집 『님의 침묵』 속의 이전 작품들을 살펴보면서 우리가 만나온 시 속의 화자라 하더라도, 그는 밝은 견해를 구현하며 살아가는 사람임에 틀림없다. 그런데 위 시의 화자는 그와 같은 지금까지의 견해와 앎을 모두 무화시킨 사람처럼, 처음인 듯, 풀릴 수 없는 문제인 듯, 절박하게 질문을 던지고 있다. 앞서 말했듯이 우주는 무엇인가, 인생은 무엇인가라는 문제 의식을 계속하여 지니고 있는 것이다.

반복되고 지속되는 질문을 던지는 것은 수행자들이 화두를 드는 것과 같은 일이다. 화두를 오래, 깊이, 전력으로 들면 그러할수록 그에 대한 깨달음은 예리하고 풍요로워진다. 위 시의 화자가 질문과 문제 의식 속에 놓여 있는 모습은 이와 같은 과정의 하나인 것으로 이해된다.

화자는 위 시에서 '고적한 밤'에 젖어들어 우주와 인생에 대한 질문을 던졌고, 그에 대해 부정적이며 무의미한 것이 우주이고 인생인 것 같다는 답을 제시하였다. '宇宙는 죽엄과 같은 것'이며, '人生은 잠과 같은 것'이라는 위 시 제2연의 전체적인 내용이 그것이다. 그런데 여기서 '고적한 밤'이라는 시 제목이자 작품을 이끄는 핵심 정서에 대해 잠시 생각해볼 필요가 있다. '고적하다는 것'은 어디서나 볼 수 있는 단순한 인간적 감정의 표출이 아니라 불교의 진여문(眞如門)과 생멸문(生滅門), 본질과 현상, 공과 색, 일체와 분별의 문제를 떠올리게 하기 때문이다. 위 시의 '고적함'은 화자가 잠시 생멸문, 현상, 색, 분별 등이 가리키는 세계만을 절대적인 것인 양 바라봄으로써 이른바 번뇌장(煩惱障)에 붙잡힌 것이다. 그와 같은 번뇌장은 위 시에서 인지장(認知障)을 가져왔고, 그 결과 화자는 일시적으로나마 우주와 인생이 부정적이며 허무하다는 단견(斷見)을 붙들고 고민하게 된 것이다.

우주와 인생, 그것은 참으로 빈번하게 우리들을 단견과 번뇌장에 빠지도록 만든다. 불교에서 말하는 '매순간의 깨어 있음'이 전제되지 않으면 우리는 수도 없이 이 단견과 번뇌장 안에서 고통스러워하게 된다. 마치 우주가 죽음이며 인생이 잠인 것 같다는 위 시의 제2연의 내용처럼, 삶과 세계에 대하여 허무와 우울을 경험하게 되는 것이다.

한용운의 시에서 죽음과 잠은 자주 등장하는 중요한 비유이다. 앞서 감상한 작품 「나는잇고저」에서도 죽음과 잠은 강한 울림을 가진 비유로 나타나거니와, 여기서도 죽음과 잠은 우주와 인생의 등가적 표현으로 제시된다.

단견과 번뇌장 속에서 우주와 인생에 대한 부정적 견해에 빠진 화자는 위 시의 제3연에서 이런 상황이 마침내는 선과 악, 보살심과 중생심, 님과 마장(魔障)조차도 야합시키는 이상한 결과를 가져오고 말았다는 경험적 고백에 이른다. 위 시 제3연의 첫 행에서 화자는 그토록 숭고한 존재로 드높였던 '님'과 님에 대한 생각이 살살 사라져가고 있음을 고백하고 있다. 그리고 제2행에서 화자는 황금의 칼로 표상되는 금권의 유혹과 천국의 꽃으로 표상되는 미의 유혹조차도 경계하지 않게 되었음을 고백하고 있다. 더욱이 마지막 제3행에서 화자는 님에 대한 생각과 세속적 유혹에의 끌림이 두 손을 마주잡고 정사하듯 야합해버렸음을 고백하고 있다. 그야말로 단견과 번뇌장 속에서 밝은 분별과 시비, 영원한 가치와 생명성이 흔들리게 되고 만 것이다.

화자는 이런 상황 속에서 다시 묻고 답한다. 우주는 죽음이냐고, 인생은 눈물이냐고 말이다. 이것은 위 시 제4연의 전반부에 나오는 물음과 대답이다. 그런데 위 시는 동일한 제4연의 후반부에서 시적 전환을 불러일으

킨다. 그것은 인생이 이와 같은 '눈물'이라던 그런 인생을 끝장내는 죽음
이 오히려 '사랑'인가 하는 질문을 제시함으로써이다. 만약 인생이 그토록
나약하고 번뇌 앞에서 쉽게 허물어지는 것에 불과하다면 오히려 죽는 것
이 순정한 사랑을 유지하고 실천하는 것이 아니냐고 화자는 반문하고 있
는 것이다.

위 시는 수도 없이 인간들로 하여금 단견과 번뇌에 빠지게 하는 세속적
현실과 그 현실 속에서 우주와 인생이라는 근본적인 것을 묻고 있는 한 인
간의 고통스러움과 난처한 마음을 여실하게 표현하고 있다. 물음과 씨름
하는 화자의 진지한 모습도, 물음 앞에 정직한 그의 자세도, 고통스러운
현실을 넘어서려는 화자의 치열한 구도심도 모두 인상적인 것이 위 작품
이다. 우리는 위 작품을 통하여 화자가 사로잡힌 우주와 인생이라는 문제
에 대해 때로는 그와 몸을 섞으며, 때로는 우리 자신의 솔직한 내면을 바
라보며 삶의 어려움과 세계인식의 난해함을 생각해볼 수 있다. 그리고 진
정 우주와 인생은 무엇인지에 대한 차원 높은 답을 갈구하며 그리로 나아
가는 시간을 맞이할 수 있다.

# 나의길

　이세상에는 길도 만키도함니다

　산에는 돍길이잇슴니다 바다에는 배ㅅ길이잇슴니다 공중에는 달과별의 길이잇슴니다

　강ㅅ가에서 낙시질하는사람은 모래위에 발자취를내임이다 들에서 나물 캐는女子는 芳草를 밟슴니다

　악한사람은 죄의길을조처감니다

　義잇는사람은 올은일을위하야는 칼날을밟슴니다

　서산에지는 해는 붉은놀을밟슴니다

　봄아츰의 맑은이슬은 꼿머리에서 밋그름탐니다

　그러나 나의길은 이세상에 둘밧게업슴니다

　하나는 님의품에안기는 길임니다

　그러치아니하면 죽엄의품에안기는 길임니다

　그것은 만일 님의품에안기지못하면 다른길은 죽엄의길보다 험하고 괴로은까닭임니다

　아아 나의길은 누가내엿슴닛가

　아아 이세상에는 님이아니고는 나의길을 내일수가 업슴니다

　그런데 나의길을 님이내엿스면 죽엄의길은 웨내섯슬가요

■■■

우주만유는 모두 자기의 길을 간다. 그것이 무위의 길이든 유위의 길이든 모든 존재는 길을 만들며 길을 가고 있는 것이다. 무유정법의 우주적 진실을 따른다면 길은 모든 면에서 무한이고 무상이다. 그러므로 그 누구도 그 낱낱을 열거할 수 없고, 그 정형을 포착할 수 없다. 길은 언제나 열려 있고, 길은 언제나 생성되는 도중에 있는 것이다. 오직 한 가지 불변의 것이 있다면 그것은 극미의 것에서 극대의 것에 이르기까지 낱낱의 모든 존재가 인연 따라 서로 다른 길을 가고 있다는 것뿐이다.

위 시의 화자는 길에 대해 깊고 크게 사유하는 모습을 보여주고 있다. 무정형의, 그러나 유일의 길은 한 존재의 삶 전체를 대변하는 것이기 때문이다. 길을 도(道)라고 심각하게 말하든, 삶이라고 친숙하게 말하든, 길은 존재의 외형을 지배하는 문법이며 그 미래를 가리키는 나침반이다.

위 시의 화자가 길에 대한 사유 속에서 얻은 첫 번째 내용은 시의 제1행에 나오는 것처럼 '이 세상엔 길이 많기도 하다는 것'이다. 그는 이 많은 종류의 길들을 깊고 세심한 눈으로 포착하여 제시한다. 그가 이런 눈길로 제시한 길들은 얼핏 익숙한 것 같으나 하나하나 구체적으로 만날 때마다 새롭기도 하고 놀랍기도 한 존재로 다가온다. 그렇다면 위 시에서 화자는 어떤 길들을 제시한 것일까. 그는 산의 돌길, 바다의 뱃길, 공중의 달과 별들의 길, 모래사장의 낚시꾼의 길, 들녘의 여인들의 나물 캐는 길, 서산의 지는 해의 길, 봄 아침의 맑은 이슬의 길을 보여준다. 그리고 이와 더불어 악한 사람이 가는 죄의 길과, 의로운 사람이 가는 용기와 모험의 길을 보여준다.

　그가 이렇게 길에 대해 사유하고 그 길들을 세심하게 제시한 것은 그 자체로서 의미를 지닌 것이기도 하지만 자신의 길이 어떤 것인지를 말하기 위한 준비과정이기도 하다. 따라서 우리는 위 시로부터 길에 대한 사색, 다양한 길의 실제, 화자가 말하고자 하는 그의 길을 한꺼번에 생각해야 한다.

　화자는 위 시의 후반부에서 자신에겐 두 가지 길밖에 없다고 단정적으로 말한다. 그 하나는 님의 품에 안기는 길이요, 다른 하나는 죽음의 품에 안기는 길이라고 한다. 그리고 그 까닭을 설명한다. 그 이유란 '님의 품에 안기지 못하면 다른 길은 죽음의 길보다 험하고 괴롭기' 때문이라는 것이다. 그러니 그에겐 님의 품에 안기는 삶과 님의 품에 안기지 못하는 삶이 있을 뿐이다. 그리고 후자는 죽음보다 더 괴롭고 고통스러운 일이기 때문에 결코 자신의 삶 속에 들어올 수 없는 길이자 삶이다.

　그렇다면 님의 품에 안긴다는 것은 무슨 뜻일까. 여기서 한두 가지 생각해볼 만한 점이 있다. 첫째, 진정한 님이라 할 수 있는 공심 혹은 불심의 님을 갖고 있지 못하다면 님에게 안길 수도 없다는 것이다. 그러니까 님을 먼저 갖고 있어야만 안길 수 있는 님도 있게 되고 님에게 안길 수도 있게 된다는 것이다. 둘째, 자신을 님 속에 온전히 헌신하여 님의 존재와 하나가 되어야만 님의 품에 안기는 것이 될 수 있다는 점이다. 마치 『님의 침묵』 속 「군말」의, 중생을 님으로 삼고 있는 석가모니 부처님이 중생이라는 님의 자발적인 '종살이'를 하듯이, 철학을 님으로 삼고 있는 칸트가 철학이라는 님의 품에 안기듯이, 봄비를 님으로 삼고 있는 장미화가 봄비에 전 존재를 바치고 흠모하듯이, 이태리를 님으로 삼고 있는 마시니가 이태리라는 님의 품에 자신을 바치듯이, 그렇게 해야만 님의 품에 안길 수 있는 것이다.

위 시의 님은 그런 존재이다. 그리고 화자가 가는 길은 그런 님의 품에 안기는 길이다. 이런 자발적 헌신과 공심의 길은 화자를 살리고 님을 살리고 세상을 살리는 길이다. 대원력(大願力)의 님을 갖고 그 님에게 자신을 일체화시켜 사는 삶이야말로 사랑으로 님과 자신과 세상을 꽃피우는 보살의 길이기 때문이다.

화자는 위 시의 뒷부분에서 이런 자신의 길을 낸 자가 누구인가라는 질문을 제기한다. 그 스스로가 낸 것과 같지 않은 이 원력과 헌신의 길이 지닌 신비와 감동을 잊을 수가 없기 때문이다. 그리고 이런 물음 뒤에 그는, 그 길은 이 세상에서 님이 아니고는 낼 수 없는 길이라고 말한다. 님의 힘은 이처럼 위대하다. 일단 원력의 님이 생기면 그 님은 길을 열어주기 때문이다. 이때 길은 화자인 나의 아상(我相)의 몫이 아니라 전적으로 님의 은혜이다.

위 시의 화자는 다시 이 님과 길의 문제에 대하여 마지막으로 한 가지 더 질문을 던진다. 그것은 위 시의 맨 마지막 행에 나오는 말이다. "그런데 나의길을 님이내엿스면 죽엄의길은 웨내섯슬가요"라는 구절이 그것이다. 우리는 이 물음 앞에서 화자와 더불어 함께 답해볼 필요가 있다. 화자의 님은 왜 님의 품에 안기는 길을 내었으면서 동시에 죽음의 품에 안기는 길도 만들어냈는가. 사실을 말한다면 어디 님이 '의도적으로' 화자가 죽음의 품에 안기는 길을 만들어냈겠는가. 님의 절대적인 매력과 중요성, 그 님을 향한 화자의 대체할 수 없는 대아적(大我的) 사랑과 몰입이 죽음의 품에 안기는 길을 만들어낸 것일 뿐이다. 화자에게 이런 죽음의 품에 안기는 길은 님에 대해 포기하는 것과 동일하다. 또는 님을 갖지 못하는 삶과 동일하다. 그러니 화자가 왜 님은 죽음의 품에 안기는 길도 함께 만들어냈느냐고 말하는 것은 일종의 투정에 불과하다.

우리 자신의 삶의 길이 위 시의 화자의 경우와 같이 확고하고 감동적이라면 그 삶은 진정 성공한 것이다. 님을 내 품에 안지도, 내가 님의 품에 안기지도 못하는 이해타산과 시비분별의 소아적 삶이란 참으로 안타깝고 피로한 것일 뿐이다. 위 시는 이른바 '님 없는 시대'에 깨친 자가 님을 갖고 사는 삶이 어떤 것인지를 감동 속에서 만나게 한다. 그리고 길에 대한 깊은 사유와 더불어 이 우주 속에 존재하는 다양한 길들의 예술적 표현과 묘사로 인하여 깨우침의 기쁨과 언어의 기쁨을 함께 느끼도록 한다.

# 잠꽤고서

님이며는 나를 사랑하련마는 밤마다 문밧게와서 발자최소리만내이고
한번도 드러오지아니하고 도로가니 그것이 사랑인가요
그러나 나는 발자최나마 님의문밧게 가본적이업슴니다
아마 사랑은 님에게만 잇나버요


아아 발자최소리나 아니더면 꿈이나 아니꺼엿스련마는
꿈은 님을차저가려고 구름을탓섯서요

위 시의 화자는 꿈속에서 문밖에 와 있는 님의 발자취 소리를 듣고 그만 꾸던 꿈에서 깨어나고 말았다. 꿈속에서 들은 님의 발자취 소리가 그를 가슴 뛰게 하였고, 그 소리가 현실처럼 들렸기 때문이다. 그런데 흥미로운 것은 꿈속의 그 님이 문밖에 와서 발자취 소리만 낼 뿐, 한 번도 방 안으로 들어오지 않는다는 것이다. 위 시의 화자가 꾼 꿈속의 님은 꼭 여기까지만 다가와 있다.

화자는 이런 님의 행동에 의문을 갖는다. 님이라면 자신을 사랑할 터인데 그런 행동을 사랑이라 할 수 있는지 모르겠다는 것이다. 그러나 그는 곧 이런 의문을 가라앉힌다. 자신은 꿈속에서 발자취 소리로나마 님의 문밖에까지 가본 적이 없다는 것이다. 그러면서 그는 님의 그런 행동을 다시 생각한다. 진정 사랑은 님에게만 있었던 것 같다고 말이다.

그러나 위 시의 핵심은 꿈속에서 님을 흡족하게 만나지 못한 안타까움을 말하는 데 있다. 화자는 현실에서는 어려우니 꿈에서라도 떠난 님을 제대로 만나고 싶은 것인데, 그것이 문밖의 님의 발자취 소리를 듣는 것 정도에서 그쳐버리고 만다는 것이다.

한용운의 시집『님의 침묵』속에는 이런 꿈 모티프가 자주 나온다. 위 시도 그런 꿈 모티프를 끌어들인 경우이다. 꿈이란 현실을 보충하기에 참으로 좋은 공간이다. 그 공간에서 현실의 결핍과 부재는 다양한 방식으로 위로받고 충족된다. 그런데 위 시의 꿈은 님이 문을 열고 방 안으로까지 들어와 완전한 만남을 성취케 하지 않고 아슬아슬하게도 문밖에서 발자취 소리를 내는 것으로 끝나고 만다. 화자는 이런 꿈의 장면에 깊은 아쉬움을 느낀다. 그러나 꿈이 이렇다고 해서 그가 님과의 사랑까지 부정하고 싶은 것은 아니다. 님은 분명 자신을 사랑하고 자신 또한 님을 사랑한다고 믿고 싶은 것이다.

위 시의 두 번째 연을 보면 화자는 님의 발자취 소리 때문에 꿈조차 깨어버린 것을 아쉬워하고 있다. 꿈을 더 꾸다보면 님과의 만남이 이루어질지도 모르고, 꿈속에서 님의 발자취 소리를 듣는 것만으로도 현실의 이별을 위로 받을 수 있는데 그 기회조차 사라져버리고 말았기 때문이다. 님의 이런 발자취 소리는 위 시에서 시의 상황을 드라마틱한 것으로 만드는 중요한 요소이다. 님의 발자취 소리를 통하여 위 시는 절묘한 긴장감을 자아내며 화자와 님과의 사랑의 문제를 역동적으로 만들기 때문이다.

위 시의 화자는 역시 같은 두 번째 연에서 자신이 꿈을 깬 것이 아쉽기는 하나, 자신은 다시 님을 찾아가려고 꿈꾸기를 계속했다고 전해준다. 그는 이처럼 꿈꾸기를 계속함으로써 발자취 소리를 넘어서 님이 그의 방 안으로 다가오는 장면을 기대하고 있는 것이다.

요컨대 꿈에서나마 님을 만나고자 하는 간절한 마음, 그러나 그 꿈조차 님과의 만남을 쉽게 허락하지 않는 꿈속의 현실, 꿈속의 님의 기척조차 너무 놀라워 그만 꿈을 깨버리고 만 순정, 님과의 사랑을 어디서든 지속하고자 하는 간절함, 이런 것들이 위의 시를 감싸고 있다.

이런 위 시는 비교적 단순한 구도 속에서 이른바 꿈 모티프를 적절히 사용하여 님과의 사랑을 다시 한 번 확인하고, 그 님과의 만남을 어디서나 꿈꾸고 기대하는 화자의 한결같은 마음을 여실하게 전달한 인상적인 작품이다.

# 藝術家

나는 서투른 畵家여요

잠아니오는 잠ㅅ자리에 누어서 손ㅅ가락을 가슴에대히고 당신의 코
와 입과 두볼에 새암파지는것까지 그렷습니다

그러나 언제든지 적은우슴이써도는 당신의눈ㅅ자위는 그리다가 백번
이나 지엇습니다


나는 파겁못한 聲樂家여요

이웃사람도 도러가고 버러지소리도 쓴첫는데 당신의가리처주시든 노
래를 부르랴다가 조는 고양이가 부끄러워서 부르지못하얏습니다

그레서 간은바람이 문풍지를슬칠째에 가마니合唱하얏습니다


나는 敍情詩人이되기에는 너머도 素質이업나버요

「질거움」이니 「슯음」이니 「사랑」이니 그런 것은 쓰기시려요

당신의 얼골과 소리와 거름거리와를 그대로쓰고십흠니다

그러고 당신의 집과 寢臺와 꼿밧헤잇는 적은돌도 쓰것습니다

위 시의 화자는 예술가의 얼굴을 하고 있다. 제1연에서는 화가로, 제2연에서는 성악가로, 제3연에서는 시인으로 나타나 있다. 그러나 작품을 잘 읽어보면 위 시의 화자는 전문적인 예술가가 아니라 보고 싶은 님의 모습을 화가처럼 그려본다는 의미에서, 그리운 님의 노래를 홀로 불러본다는 의미에서, 그리고 아름다운 님의 모습을 언어로 표현해보고 싶어 한다는 의미에서 예술가임을 알 수 있다.

그러나 전문가적 수준의 문제와 무관하게 위 시의 화자는 전문적인 예술가 이상의 예술적 간절함을 갖고 있다. 그것은 그가 님에 대해 갖고 있는 사랑의 간절함이거니와 위 시의 화자는 이런 간절함으로 인하여 전문적인 예술가 이상의 예술적 호소력을 가진다. 그리고 자신을 훌륭한 예술가로 설정하거나 과시하지 않고, 스스로의 서툴고 겁이 많으며 서정성이 부족한 점을 고스란히 드러냄으로써 전문 예술가 이상의 진솔한 모습에 독자들이 감동을 받도록 만든다.

첫 연부터 보면, 화자는 자신을 '서투른 화가'라고 밝힌다. 화가인 것도 중요하지만 '서툴다'는 고백도 중요하다. 그가 화가인 것은 사랑하는 님의 모습을 잠자리에서까지 그려보도록 만들지만, 그가 서툴다는 것은 사랑하는 님의 모습을 도저히 그림이라는 도구로는 온전히 표현할 수 없다는 것을 알려주기 때문이다. 화자는 이런 자신의 처지이자 심정을 "잠아니오는 잠ㅅ자리에 누어서 손ㅅ가락을 가슴에대히고 당신의 코와 입과 두볼에 새암파지는것까지 그렷습니다/그러나 언제든지 적은우슴이쪄도는 당신의 눈ㅅ자위는 그리다가 백번이나 지엇습니다"라고 표현하고 있다.

둘째 연을 보면, 화자는 자신을 ‘파겁 못한 성악가’라고 규정한다. 아직도 겁이 많아 자유롭지 못한 성악가, 그것이 파겁 못한 성악가이다. 님에 대한 사랑의 신성함과 소중함이 그로 하여금 함부로 님의 노래를 부를 수 없도록 만드는 것이다. 이런 자신을 그는 “이웃사람도 도러가고 버러지소리도 끈첫는데 당신의가리처주시든 노래를 부르랴다가 조는 고양이가 부쓰러워서 부르지못하얏슴니다”라고 말한다. 그리고 이어서 “간은바람이 문풍지를슬칠째에 가마니슴唱하얏슴니다”라고 말한다. 이런 말은 시적 표현 면에서도 주목할 만하거니와 님에 대한 사랑의 마음을 전하는 데도 전율에 가까운 울림을 발하고 있다.

끝으로 셋째 연을 보기로 한다. 여기서 화자는 자신을 ‘서정시인’으로 생각한다. 그러나 그는 대중적인 감정들과 자신이 어울리지 않는다는 것을 밝힌다. 즐거움, 슬픔, 사랑, 이런 것들은 주관적 감정의 유로에 지나지 않는다는 생각이다. 이것은 불교에서 말하는 바에 따르면 감정적 번뇌들이다. 내가 있다는 아상 때문에 생겨나는 환(幻)의 부산물인 것이다. 화자는 이런 감정을 쓰는 시인이 되고 싶지 않다는 것이다. ‘업식(業識) 놀이’에 빠져들고 싶지 않다는 것이다.

그렇다면 그는 어떤 시인이 되고 싶은 것인가. 셋째 연의 뒷부분에 나와 있듯이 ‘님의 얼굴과 소리와 걸음걸이를 그대로 쓰고 싶고, 님의 집과 침대와 꽃밭의 작은 돌을 쓰는’ 시인이 되고 싶다는 것이다. 주관적 감정으로 흔들리지 않는, 있는 그대로의 님의 아름다운 모습을 써보고자 한다는 것이다.

사랑하는 님은, 앞에서 살펴본 바와 같이 화가와 같은 능력으로도, 성악

가와 같은 솜씨로도, 시인과 같은 자질로도 온전히 표현하기 어려운 대상
이다. 그와 같은 대상으로서의 님이 가진 힘과 그런 님을 예술가적 간절함
으로 마음속에 안고 사는 화자의 모습은 세속의 그것과 너무나도 먼 곳에
있다. 그 먼 곳이 실은 우리가 살아가야 할 곳임을 시사하는 위 시의 님과
화자의 모습은 여러 차례 시를 읽어도 마음을 울린다.

　글을 마치며 위 시의 표현에서 보이는 예술미에 대해 간단히 언급하기
로 한다. 위 시 제2연의 표현은 언어적 표현 그 자체만으로 감탄과 감동을
함께 가져다준다. 언어라는 것이 이토록 '묘용(妙用)'의 상태에 이를 수 있
구나 하는 것을 느끼게 한다. 조는 고양이가 브끄러워 님이 가르쳐준 노래
를 부르지 못하였다는 고백적 표현이나, 그와 같은 부끄러움 때문에 가는
바람이 문풍지를 스칠 때 비로소 문풍지 소리에 묻혀 고요히 합창하듯 님
의 노래를 불렀다는 표현은 참으로 빼어나다. 정신과 언어가, 마음과 표현
이 시 속에서 함께 만개할 수 있는 가능성을 보여주는 한 예이다.

# 리별

아아 사람은 약한것이다 여린것이다 간사한것이다

이세상에는 진정한 사랑의리별은 잇슬수가 업는것이다

죽엄으로 사랑을바꾸는 님과님에게야 무슨리별이 잇스랴

리별의눈물은 물거품의꼿이오 鍍金한金방울이다


칼로베힌 리별의「키쓰」가 어데잇너냐

生命의꼿으로비진 리별의杜鵑酒가 어데잇너냐

피의紅寶石으로만든 리별의紀念반지가 어데잇너냐

리별의눈물은 咀呪의摩尼珠요 거짓의水晶이다


사랑의리별은 리별의反面에 반듯이 리별하는사랑보다 더큰사랑이잇
는것이다

혹은 直接의사랑은 아닐지라도 間接의사랑이라도 잇는 것이다

다시말하면 리별하는愛人보다 自己를더사랑하는것이다

만일 愛人을 自己의生命보다 더사랑하면 無窮을回轉하는 時間의수리
박휘에 이끼가끼도록 사랑의리별은 업는 것이다


아니다아니다 「참」보다도참인 님의사랑엔 죽엄보다도 리별이 훨씬偉
大하다

죽엄이 한방울의찬이슬이라면 리별은 일천줄기의쏫비다

죽엄이 밝은별이라면 리별은 거룩한太陽이다


生命보다사랑하는 愛人을 사랑하기위하야는 죽을수가없는것이다

진정한사랑을위하야는 괴롭게사는것이 죽엄보다 더큰犧性이다

리별은 사랑을위하야 죽지못하는 가장큰 苦痛이오 報恩이다

愛人은 리별보다 愛人의죽엄을 더슯어하는까닭이다

사랑은 붉은초ㅅ불이나 푸른술에만 잇는것이아니라 먼마음을 서로비치는 無形에도 잇는까닭이다

그럼으로 사랑하는愛人을 죽엄에서 잇지못하고 리별에서 생각하는것이다

그럼으로 사랑하는愛人을 죽엄에서 웃지못하고 리별에서 우는것이다

그럼으로 愛人을위하야는 리별의怨恨을 죽엄의愉快로 갑지못하고 슯음의苦痛으로 참는 것이다

그럼으로 사랑은 참어죽지못하고 참어리별하는 사랑보다 더큰사랑은 업는것이다


그러고 진정한사랑은 곳이업다

진정한사랑은 愛人의抱擁만 사랑할쑨아니라 愛人의리별도 사랑하는

것이다

　그러고 진정한사랑은 째가업다
　진정한사랑은 間斷이업서서 리별은 愛人의칙샨이오 사랑은 無窮이다

　아아 진정한愛人을 사랑함에는 죽엄은 칼을주는것이오 리별은 쏫을
주는것이다
　아아 리별의눈물은 眞이요 善이요 美다
　아아 리별의눈물은 釋迦요 모세요 짠다크다

■■■

　위 시는 본격적인 '이별론'으로서 시집 『님의 침묵』의 두 번째 장에 배치된 작품 「리별은 미의 창조」에 직접 닿아 있다. 「리별은 미의 창조」는 앞서 살펴본 바와 같이 '이별론'의 높은 차원을 가리키는 작품이자 시집 내의 문제적인 작품이다. 그것은 이별의 문제를 풀지 않고서는 진정한 님도, 진정한 사랑도 말할 수가 없기 때문이다.

　님과의 사랑에는 여러 차례 말했듯이 소아적 중생심의 그것과 대아적 보살심 및 불심의 그것이 있다. 전자가 자신의 이로움을 위해 존재한다면 후자는 자리이타(自利利他)를 위해 존재한다. 그리고 전자가 욕망의 산물이라면 후자는 대원력의 산물이다. 이 양자에서 외연상으로는 똑같이 님과 사랑이라는 말을 사용하고 있기 때문에 얼핏 보아서는 그 심층의 구별이 쉽지 않다. 이런 가운데 한용운의 시집 『님의 침묵』에서 님과 사랑이라는 말을 차용한 것은 독자들을 고려한 일종의 교화적 방편의 하나이다. 이것을 가리켜 필자는 『님의 침묵』을 전체적으로 논의한 서론 격의 글에서 '화작(化作)의 원리'가 사용된 것이라고 일컬은 바 있다.

　위 시에서 화자는 님이라는 말과 더불어 '애인'이라는 말을 사용하고 있다. 이 시집에서 '애인'이라는 말이 등장한 것은 이편이 처음이다. 그는 이처럼 님의 별칭을 사용하면서 이별에 대한 논의를 장문으로 전개하고 있다. 「리별은 미의 창조」라는 작품이 에피그람 혹은 격언과 같은 성격의 단문으로 이별과 관련된 문제의 핵심을 지적한 글이라면, 위 시는 이와 대조적으로 길고 많은 말들로, 친절하면서도 세세하게 이별의 본질을 전달한 글이다. 이와 같은 이별은 말하자면 한용운의 시집 『님의 침묵』 전편에서 화자가 맞이하는 최대의 '역경계(逆境界)'이다. 그러므로 이 난제를 푸는 일이 시집 한 권을 차지할 정도이다. 하지만 이것은 분명 '대장부'이자 '대자유인'의 기세로 극복해야 할 대상이지만, 그 극복의 과정에서 진선미를 창출할 수도 있고, 석가나 모세나 잔 다르크와 같이 될 수도 있는, '마음공부'의 원천이라는 성격을 갖는다.

위 시의 핵심은 다음과 같은 몇 가지로 정리된다. 첫째, 사람은 약하고, 여리고, 간사한 면을 가졌다. 둘째, 목숨을 바쳐 사랑을 바꿀 만큼 참다운 사랑을 한다면 이별이란 실제로 어떤 조건 속에서도 없는 것이라 보아야 한다. 셋째, 이별을 했다고 눈물을 흘리며 다니는 것은 진정한 사랑을 하지 않은 자의 약하고 여리며 간사한 면에 스스로 포획된 것일 따름이다. 넷째, 현실적인 이별이 견고하다고 해서 쉽게 무책임한 죽음을 선택하거나 포기하는 것은 이별을 현실 속에서 그대로 바라보며 견디고 기다리는 것보다 훨씬 무가치하다. 다섯째, 죽지 않고 영원히 이별을 견디며 애인을 그리워하는 것은 진정한 사랑이 아니면 불가능하다. 여섯째, 진정한 사랑은 이별과 만남을, 시간과 공간을 문제 삼지 않는 전폭적인 것이며 무궁한 것이다. 끝으로 사랑 때문에 어떤 상황에서도 이별을 견디는 포용과 인내와 극기의 눈물은 그 자체로 진이요, 선이요, 미이고, 사람을 석가나 모세나 잔 다르크처럼 만들어주는 원천이 된다.

긴 작품이지만 대강 내용의 정리가 되었으니 이제 첫 연부터 차분하게 살펴보기로 하자. 첫 연에서 화자는 인간이란 종의 부정적인 속성을 지적하며 그러한 인간들은 이별 앞에서 쉽게 포기하고 단념하고 절망할 수 있다는 것을 상정한다. 그러나 이런 인간 일반의 약점에도 불구하고, 진정한 님을 갖고 그 님을 사랑하는 사람에게는 이별이란 말은 영원히 있을 수가 없는 것임을 화자는 말한다. 진정한 사랑이 전제된다면 현실적 조건과 외압으로서의 이별은 결코 마음과 영혼의 이별로까지 이어질 수가 없다는 것이다. 불교적인 예를 든다면, 지장보살이 지옥 중생을 다 건질 때까지 성불하지 않겠다고 한 것과 같은 깨달음과 원력을 가진 사랑 앞에서 이별이란 아예 사전에 올라갈 수가 없는 말이라는 것이다. 이런 이별관을 가진 화자는 여리고, 약하고, 간사한 한계 투성이의 인간들이 이별을 했다고 눈물을 흘리며 다니는 것을 보고 그런 눈물은 "물거품의꽃"이나 "鍍金한金방울"과 같이 허망한 것이라고 일갈한다.

이어서 두 번째 연을 보기로 하자. 화자는 여기서 제1연의 기세를 몰아, 외부적인 강압으로 인한 '이별의 키스'란 있을 수가 없는 것이라고 첫 행을 통해 역정을 내듯 말한다. 즉 모든 것은 내 마음과 본심이 결정하는 것이며 외부의 경계가 본질을 제압할 수는 없다는 것이다. 화자는 다시 제2행과 제3행에서 '생명의 꽃'과 '피의 홍보석'으로 상징되는 자신의 귀중한 목숨을 바쳐서까지 님을 살려내고자 하는 원력이 있다면 이별은 그 어떤 상황에서도 가능하지 않다고 말한다. 그러면서 그는 제1연에서처럼 여리고, 약하고, 간사한 한계 투성이의 인간들이 이별을 했다고 눈물을 흘리며 다니는 모양이야말로 "咀呪의摩尼珠"와 같은 것이요, "거짓의水晶"과 같은 것이라고 힐난한다. 한마디로 그런 것은 진정성이 없다는 말이다.

다음으로 제3연을 보기로 하자. 화자는 여기서 좀 더 구체적으로, 만약 누군가가 사랑을 말하면서 이별을 한다면 그것은 님이나 애인보다 자신을 더 사랑하기 때문이라고 날카롭게 지적한다. 궁극적으로 님이나 애인보다 자기 자신을 더 사랑할 때 그 소아적 자기애가 님이나 애인과의 이별을 허락하고 방기한다는 것이다. 그러면서 제2연에 언급된 경우처럼 값싼 이별의 눈물을 흘리고 다니게 한다는 것이다. 이런 생각을 가진 화자에게는, 진정 자기의 생명보다 님이나 애인을 더 사랑하는 사람에게는 결코 "無窮을回轉하는 時間의수리박휘에 이끼가끼도록 사랑의리별은 업는 것"이라는 확신과 결론이 자리 잡고 있다.

이제 제4연을 보자. 여기서는 시적 전환이 이루어지고 있다. 그것은 소아적 자기애에 기반한 이별의 눈물을 흘리고 다니는 것도 진정하지 못한 것이지만, 이별의 난제 앞에서 값싸고 어리석은 죽음과 포기를 선택하는 것이야말로 이별의 현실을 그대로 견디며 님과 애인에 대한 그리움과 기대를 저버리지 않고 고통스럽게 사는 일에 비해 너무나도 무의미하고 무가치하다는 것이다. 죽음과 포기가 얼마나 금기되어야 할 것인지를 화자는 제4연에 이어 제5연에서도 거듭거듭 다양한 말로 역설하고 있다. 결국은 살아 있어야 한다는 것이다. 죽음과 포기는 아무것도 이룰 수가 없다는 것이다. 그리고 죽음과 포기야말로 자기애의 또 다른 방식이거나 자신도, 세상도, 님도 사랑하지 않는 자포자기의 한 형태라는 것이다. 그러므로 그는 살아서 견디는 '인욕(忍辱)'을 높이 평가한다. 값싼 이별도 쉽고 무책임한 죽음도 쉽지만, 고통 속의 삶과 인욕은 어렵다는 것이다. 그런 면에서 고통 속의 삶과 인욕이란 가장 큰 사랑의 한 형태라는 것이 그의 생각이다.

불교의 육바라밀 가운데 하나인 인욕은 한 인간을 바라밀의 세계로까지 이끄는 덕목이다. 위 시의 제4연과 제5연에서 이런 인욕바라밀의 정신과 그것이 구현되는 양상을 엿보게 된다.

다시 위 시의 제6연과 제7연을 보기로 한다. 여기서 화자는 진정한 사랑에 대한 자신의 생각을 확정 짓는다. 진정한 사랑은 시간과 공간을 넘어선, 무한과 무변의 것이며, 시공이라는 현실적 조건에 지배당하지 않는 영혼과 본심의 일이라는 것이다. 그러므로 진정한 사랑에는 외형으로서의 이별만이 있을 뿐이고, 진정한 사랑은 이별조차도 포용하고 견디는 무적의 것이라는 것이다.

이처럼 어떤 경계도 사랑을 꺾을 수 없을 따, 그 사랑이 무적의 것일 때, 사랑은 이 세상에 진선미를 창조하고, 석가오- 모세 혹은 잔 다르크와 같은 삶을 가능케 한다는 것이다. 우리는 이것을 위 시의 마지막 연인 제8연에서 만나볼 수 있다. 그런데 제8연의 이런 결론 앞에서 다시 한 번 상기할 것은 "리별의눈물"로 표상된 고통과 인욕의 삶을 견딜 때 사랑은 진정한 것이 될 수 있다는 점이다.

위 시에서 화자는 자기애에 기반한 이별과 눈물을, 무책임한 죽음과 자포자기의 단념을 한없이 경계한다. 그것은 결단코 진정하지 않고, 옳지 않다는 것이다. 그렇다면 무엇이 진정하고 옳은 것일까. 고통과 인욕 속에서 살아 이별을 견디며, 사랑의 참됨과 님에의 사랑을 잃지 않는 것이 진정하고 옳은 것이라고 그는 생각한다. 이로써 그의 '이별론'은 확실해진다. 그리고 우리는 그의 이별론이 현실과 초월을, 색과 공을, 속제(俗諦)와 진제(眞諦)를, 현재와 미래를 불이(不二)로 회통한 차원 높은 경지의 것임을 알게 된다. 화자의 이 이별론에 설득된 독자라면 이별로 인해 눈물을 흘릴 수도 있고 눈물을 흘리지 않을 수도 있을 것이며, 죽음과 사랑을 바꿀 수도 있고 죽음과 사랑을 바꾸지 않을 수도 있을 것이며, 이별을 부정하면서 이별을 긍정할 수도 있을 것이다. 이것이야말로 바로 위 시의 이별론이 지닌 불이정신의 중도적 자유자재함이다.

# 길이막혀

당신의얼골은 달도아니언만

산넘고 물건너 나의마음을 비침니다


나의손ㅅ길은 웨그리쩔너서

눈압헤보이는 당신의가슴을 못만지나요


당신이오기로 못올것이 무엇이며

내가가기로 못갈것이 업지마는

산에는 사다리가업고

물에는 배가업서요


뉘라서 사다리를쩨고 배를쌔트렷슴니까

나는 보석으로 사다리노코 진주로 배모아요

오시랴도 길이막혀서 못오시는 당신이 긔루어요

위 시의 핵심은 시의 제목처럼 당신인 님과 화자 사이에 '길이 막혀' 서로 오고 갈 수가 없다는 것이다. 그렇다면 '길이 막혀' 있다는 것은 무엇을 의미할까. 그것은 서로 오고 갈 수 있는 현실적인 방안이 없다는 것이다. 그것을 화자는 위 시에서 "산에는 사다리가업고/물에는 배가업서요"라고 표현하였다. 사다리가 없고 배도 없기에 길을 놓을 수가 없는 것이다. 물론 이들은 서로 오고 갈 수 있는 마음의 일체감과 자신감을 지니고 있다. 그러나 그것은 마음의 일일 뿐 외부의 현실이 그 만남과 교류를 허락하고 있지 않다는 것이다.

화자는 이런 답답하고 안타까운 현실 속에서 오고 감과 만남의 심적 대안으로 홀로 '보석으로 사다리노코 진주로 배모으는' 일을 하고 있다. 보석과 진주를 무엇이라고 해석해야 할지 명료하지는 않으나, 이렇게 사다리를 놓고 배를 모으는 일은 순정한 영혼의 빛남과 진리의 견고한 아름다움으로 길을 만들어 나아가는 일이라는 뜻으로 생각될 수 있다.

위 시의 화자는 그러나 현실 속에서 오고 가려고 해도 그렇게 할 수 없는 현실이 안타깝고, 오고 싶어도 오지 못하는 당신인 님이 그립기만 하다.

그 당신인 님에 대한 그리움은 참으로 대단해서, 위 시의 첫 연을 보면 화자는 님의 얼굴이 하늘의 달처럼 산을 넘고 들을 건너와 자신의 마음을 비춘다고 말한다. 님인 당신의 모습은 화자의 간절함 앞에서 모든 현실적 거리와 장애를 넘어 달빛처럼 안겨오는 것이다.

그런데 화자는 님인 당신이 이렇게 지척까지 와 있는데도 그 님을 만질 수가 없으니 그것은 자신의 손길이 짧기 때문일 것이라고 스스로를 탓한다. 그러나 이것은 모두 마음속의 일이요, 상상의 작용이며, 환상의 세계임을 화자뿐만 아니라 우리들도 잘 안다. 다라서 님인 당신과 화자의 만남을 위해서는 현실적인 길이 만들어져야 할 것이다.

하지만 위 시는 한 편의 작품이다. 현실적인 길이 막혀 있음을 알면서도 그와 같은 현실 앞에서 님을 향한 간절한 그리움을 멈추지 않는 화자의 모습과, 님과의 만남을 기약하며 보석으로 사다리를 놓고 진주로 배를 만든다는 영혼의 창조적 꽃피움은 시적 감등을 자아낸다. 님을 달빛으로 받아 안는 화자의 마음과, 마치 불가(佛家)에서 말하는 '연꽃'과 같은 청정한 세계로 길을 만들고 있겠다는 그의 의지는 참으로 아름다운 것이기 때문이다.

위 시는 소품이지만 현실의 힘과 초월의 힘을 함께 느끼도록 하는 겹구조의 밀도 있는 작품이다.

# 自由貞操

　내가 당신을기다리고잇는것은 기다리고자하는것이아니라 기다려지는것임니다

　말하자면 당신을기다리는것은 貞操보다도 사랑임니다

　남들은 나더러 時代에뒤진 낡은女性이라고 쎼죽거림니다 區區한貞操를지킨다고

　그러나 나는 時代性을 理解하지못하는것도 아님니다

　人生과貞操의 深刻한批判을 하야보기도 한두번이 아님니다

　自由戀愛의神聖(?)을 덥허노코 否定하는것도 아님니다

　大自然을싸러서 超然生活을할생각도 하야보앗슴니다


　그러나 究竟, 萬事가 다 저의조아하는대로 말한것이오 행한것임니다

　나는 님을기다리면서 괴로음을먹고 살이짐니다 어려움을입고 킈가큼니다

　나의貞操는 「自由貞操」임니다

■■■

위 시의 화자는 자신이 님을 기다리고 있는 원천은 '정조'에 있는 것이 아니라 '참다운 사랑'에 있는 것이라고 역설한다. '정조'가 타율적, 의지적, 인위적, 금욕적 속성을 지닌 규범적 사랑의 한 형태라면, '참다운 사랑'은 자율적, 자발적, 자연적, 자유의 속성을 지닌 자아초월적 동체감의 한 모습이다. 또한 전자가 욕망을 관리하고 조절하는 사회적 훈육과 제도의 한 형태라면, 후자는 욕망 너머의 일심(一心)과 자비와 본각(本覺)이 생성하고 후원하는 우주심(宇宙心)의 에너지 활동이다.

위 시의 화자는, 자신의 님을 향한 사랑은 후자와 같은 것이기에 그가 님을 기다리고 있는 것은 기다리고자 하는 것이 아니라 기다려지는 것이라 말한다. 어떤 작위도 여기에 끼이지 않았다는 것이다.

정조와 사랑, 이 양자 사이에는 앞서 말한 바와 같은 차이가 있다. 그런데 위 시는 세속적 정조와 진정한 사랑 사이의 이런 차이를 말하면서도, 진정한 정조와 세속적 사랑이 또한 어떻게 다른가를 알려줌으로써 정조와 사랑에 대한 입체적 조망을 하도록 이끈다. 그리고 화자 자신의 님을 향한 기다림이야말로 '진정한 정조'와 '진정한 사랑'의 결합물로서 세속의 그것과는 너무나 다른 곳에 있음을 사유하게 한다.

한용운은 『님의 침묵』 서문 격의 글인 「군말」에서도 세속의 님과, 세속의 사랑과, 세속의 자유에 대해 지적하고 안타까워하는 마음을 표명하였다. 세속의 사람들이 님이니, 사랑이니, 자유니 하면서 짐짓 수준 높은 근대적 해방의 삶을 사는 것처럼 여기고 있지만, 그 이면을 들여다보면 이 모든 것이 범속한 소아의 욕망이 빚어낸 자기애적 심리의 한 모습에 불과하다는 것이다. 이런 허울 좋은 해방은 실제로는 온전한 해방이 아니라 구속의 그림자를 동반하는 이름만의 해방이라는 것이다.

세속적 사랑과 세속적 님, 그리고 세속적 연애와 세속적 정조는 모두 위 시가 가리키는 '時代性'의 산물이다. 이런 세속적 산물과 가치에 젖어 있는 사람들은 위 시의 화자가 말하는 것처럼 그들과 다른 무분별의 삶과 사랑의 방식에 대해 비판을 가한다. 그러나 화자는 이런 세속적 비판에 흔들리지 않는다. 그가 살 길과 사랑할 길이 분명하기 때문이다.

그런 가운데 위 시의 화자는 자신의 삶의 방식과 사랑의 방식이 경박한 사유의 산물이 아니라 심각하고 진지한 성찰의 산물임을 제2연에서 여러 가지 예를 들어가며 입증하고 있다. 이 실례들을 살펴보는 것은 위 시의 화자뿐만 아니라 한용운의 생각을 그대로 만나볼 수 있는 소중한 계기가 된다.

화자는 위 시의 제2연에서 자신도 인생과 시대성을 비켜 서 있는 자신의 삶에 대해 여러 차례 심각한 진단과 비판을 해보았다고 고백한다. 그리고 당대의 세속적인 자유연애가 가지고 있는 긍정적 측면을 무조건 부정만 하고 있는 것도 아니라고 말한다. 또한 그는 자신도 이 세간을 벗어나 대자연 속에서 소승적인 은거의 생활을 해볼까 생각해본 적도 있다고 말한다. 그러나 그는 아무리 생각해보아도 이런 생각들은 그 심층에 자기욕망과 제 마음대로 하고 싶은 욕구가 가로놓여 있는 것이기에 옳지 않다는 판단이 들었다고 이야기한다.

따라서 화자는 세속의 가치나 시대성과는 동떨어진 삶일지 몰라도 님을 기다리며 세간의 현실적인 '괴로움'과 '어려움'을 그대로 마주하고 극복하는 데로 나아가기로 했음을 밝힌다. "나는 님을기다리면서 괴로움을먹고 살이찝니다 어려움을입고 키가큼니다"라는 위 시의 마지막 연에서 이 점이 감동적으로 전달된다. 이 구절을 보면 화자는 단지 괴로움과 어려움을 견디고 참는 데 그치지 않고 그것을 통해 살이 찌고 키가 큰다는 긍정적 전변과 창조의 지혜를 발하는 것이다.

이런 지혜에 입각하여 화자가 님과의 이별을 탈속적으로 넘어서면서 한 말은, 자신의 '貞操'는 '自由貞操'라는 것이다. 진정한 자유 속에서 만들어진 진정한 사랑의 정조라는 것이다. 시대를 비판하며 자신이 선택한 사랑의 길을 부동의 것으로 확인하고 발전시키는 위 시의 이와 같은 '自由貞操論'은 삶에 대해 새로운 영역을 열어 보인다. 그러면서 우리로 하여금 참마음에 깃든 참사랑이 얼마나 힘있고 신뢰할 만한 것인지를 알게 한다.

위 시에는 처음으로 여성 화자가 명시적으로 등장한다. 한용운의 『님의 침묵』을 두고서 그 화자가 여성이라고 말하는 경우가 많고 또 여성적 목소리가 지배적이라고 말하는 경우가 많지만 실제로 남녀에 대한 고착된 과거적 시선을 버리고 보면 『님의 침묵』의 화자에 대해서는 성별을 확정 짓기가 쉽지 않다. 오히려 한용운이 남성이기 때문에 성별이 명시되지 않은 경우엔 남성 화자로 읽히는 경우가 더 많다. 그런데 흥미로운 것은, 위 시의 경우 여성으로 명시되어 있는 위 시의 화자가 보여주는 사유는 지적인 남성의 수준을 능가하고 있다는 것이다. 시대에 대한 비판의식이나 세간을 떠나 살려는 탈속적 의지, 이 모든 것을 사려깊게 판단할 수 있는 그의 능력은 전통적인 여성상을 넘어선다. 한용운의 『님의 침묵』에 나타난 화자의 문제도 김소월의 『진달래꽃』의 경우처럼 한번 선입견 없이 제대로 살펴볼 필요가 있는데, 마침 위 시가 그런 생각을 진전시키도록 도와준다.

# 하나가되야주서요

님이어 나의마음을 가저가랴거든 마음을가진나한지 가저가서요 그리
하야 나로하야금 님에게서 하나가되게 하서요

그러치아니하거든 나에게 고통만을주지마시고 님의마음을 다주서요
그리고 마음을가진님한지 나에게주서요 그레서 님으로하야금 나에게서
하나가되게 하서요

그러치아니하거든 나의마음을 돌녀보내주서요 그리고 나에게 고통을
주서요

그러면 나는 나의마음을가지고 님의주시는고통을 사랑하것슴니다

우주는 일승(一乘)이고 일체(一體)라 하지만 현실 속에서 너와 나, 대상과 자아가 실감으로 하나가 된다는 것은 너무나도 어려운 일이다. 주객이 분리되지 않은 상태, 주객을 넘어선 상태, 주객이란 말이 아예 부재하는 상태를 체험하는 일이란 결코 쉽지 않다.

'일심동체(一心同體)'는 위의 일승과 일체의 진리를 깨치고 그에 기반한 원력으로 '님'을 가진 경우가 아니라면 이루어지기 어렵다. 무명의 우리는 언제나 자아중심적인 욕망과 안목이 만든 분리, 단절, 파편, 소외 속에서 미혹의 삶을 살아가게 마련이다.

위 시는 깊은 의미에서의 '일심동체'가 되고 싶은 화자의 간절한 소망을 담고 있다. 화자인 나는 님과 온전한 한 몸의 사랑을 하고 싶다는 것이다. 화자는 이런 한 몸 되기의 방안으로 두 가지 경우를 제시한다. 그 하나는 자신으로 하여금 님에게서 하나가 되게 하는 것이고, 다른 하나는 님으로 하여금 자신에게서 하나가 되게 하는 것이다. 그런데 이처럼 어느 쪽에 가서 하나가 되든 거기에는 조건이 있다. 그것은 마음과 더불어 몸까지도 서로 다 가져가거나 주어야 하는 것이다. 위 시는 그것을 "마음을가진나한지", "마음을가진님한지"라는 말로 표현하였다. 그러니까 하나가 되는 것은 서로가 자신의 전 존재를 주고받을 때만이 가능하다는 것이다.

그러나 위 시를 보면 현실은 이것을 쉽사리 가능케 하지 않는 부정적 상황이다. 화자와 님이 무형의 마음은 어떤 장애도 없이 서로 주고받을 수 있으나, 몸만은 시공의 현실적 제한을 받으며 단절된 이별의 상태에 있을 수밖에 없기 때문이다. 위 시의 화자는 이렇듯 마음만으로 하나가 되어 살

수밖에 없는 반쪽의 만남을 아쉬워한다. 마치 작품「길이막혀」에서 님과 내가 서로 마음으로는 오고 가지 못할 것이 무엇이 있겠는가마는, '산에는 사다리가 없고 강에는 배가 없는' 현실적 장애 때문에 님과의 만남이 온전해질 수 없다는 아픔을 고백했던 것과 같다.

이처럼 온전한 만남에 대한 큰 꿈을 가지고 있는 화자는 위 시의 제3행과 제4행에서 몸까지 존재 전체로 주고받을 수 없는 상황이라면 아예 마음도 서로 거두어가자고 어깃장을 놓는다. 현실적 만남이 부재한 마음만의 만남이란 너무나도 힘들고 기약 없는 일이기 때문이다. 그러면 마음까지 거두어가고 났을 때 무엇이 남는가. 위 시의 제4행에선 이 물음에 대해 마음을 자기 안에 품고 님과의 이별이 주는 고통을 그대로 사랑하는 일이 남는다고 말한다. 이것 역시 어깃장이 빚어낸 푸념의 답이다. 마음으로라도 하나 되는 일이 부재한다면 화자와 님 사이의 관계는 더욱더 아프게 되고 현실에 매일 수밖에 없게 되기 때문이다.

위 시의 화자는 이전의 시편들에서 보여주었던, 이별의 현실과 장애에도 불구하고 그 모든 것을 넘어서서 님을 사랑하고 기다릴 수 있다는 자신감이나 의지와 달리, 님과의 온전한 만남이 이루어지기를 다급하게 갈망하는 모습을 보여주고 있다. 위 시의 화자가 지닌 이런 면은 무척이나 인간적이고 호소력이 있다. 현실의 장애 앞에서 좌절하고 떼를 쓰는 그의 모습은 '인간의 사랑'이 어떤 것인지를 느끼게 하기 때문이다.

# 나루ㅅ배와 行人

나는 나루ㅅ배

당신은 行人


당신은 흙발로 나를 짓밟읍니다

나는 당신을안ㅅ고 물을건너갑니다

나는 당신을안으면 깁흐나 엿흐나 급한여울이나 건너갑니다


만일 당신이 아니오시면 나는 바람을쐬고 눈비를마지며 밤에서낫가

지 당신을기다리고 잇슴니다

당신은 물만건느면 나를 도러보지도안코 가심니다 그려


그러나 당신이 언제든지 오실줄만은 아러요

나는 당신을기다리면서 날마다날마다 낡어감니다


나는 나루ㅅ배

당신은 行人

■■■

위 시는 화자 자신을 '나룻배'로, 님인 당신을 '行人'으로 설정하여 전개되는 극적 구조를 지니고 있는 작품이다. 배는 일반적으로 물의 이쪽과 저쪽을 이어주는 길잇기의 한 방식이요, 누군가를 물의 이쪽에서 저쪽으로 데려다주는 이동의 한 방식이며, 그 누군가가 물의 이쪽과 저쪽을 오가는 동안 몸을 맡길 수 있는 집의 한 양태이다. 위 시에서 행인을 태우고, 행인을 기다리고, 행인을 건네어주는 나룻배는 이와 같은 배의 속성을 모두 갖고 있다.

그런데 위 작품이 흥미로운 것은 나룻배로 설정된 화자의 사랑이 무한한 데 비하여 행인으로 설정된 당신인 님은 마치 불교에서 말하는 '무연중생(無緣衆生)'처럼 화자는 물론 사랑에 대해 아무 관심도 갖고 있지 않다는 것이다. 불교에서 말하는 '무연중생'이란 불법을 깨닫지도 듣지도 보지도 받아들이지도 못하는 중생, 달리 말하면 이른바 법연(法緣)이 부재하는 중생이다. 부처님은 이런 중생은 자신도 어찌할 수 없다고 하였다. 그러나 위 시에서 나룻배로 등장하는 화자는 이런 행인을 돕고, 사랑하고, 기다리는 마음으로 가득하다. 이것은 무연중생조차도 구제할 수 있다는 수행자의 대신심(大信心)과 대원력과 대자비가 아니면 불가능한 시도이다.

위 시에서 화자가 보이는 님에 대한 무한한 사랑은 님의 어떤 행동도 괘념치 않고, 님의 어떤 마음도 불편해하지 않으며, 님의 때를 알 수 없는 무소식도 그대로 수용케 한다. 제2연의 "당신은 흙발로 나를 짓밟읍니다/나는 당신을안ㅅ고 물을건너갑니다/나는 당신을안으면 깁흐나 엿흐나 급한 여울이나 건너갑니다"와 같은 표현이나, 제3연의 "만일 당신이 아니오시면 나는 바람을쐬고 눈비를마지며 밤에서낫가지 당신을기다리고 잇슴니다"와 같은 표현, 그리고 제4연의 "그러나 당신이 언제든지 오실줄만은 아러요/나는 당신을기다리면서 날마다날마다 낡어감니다"와 같은 표현은 화자의 무한한 사랑을 깊이 느끼도록 한다.

불교에서 위 시의 나룻배가 상징하는 것과 같은 배의 대표적인 예로는 '반야용선(般若龍船)'이 있다. 반야용선은 차안(此岸)의 무명 중생을 반야의 배에 태워 피안(彼岸)인 깨달음의 세계로 데려다주는 고차원의 교화방편이다. 위 시를 읽으면 이와 같은 반야용선 모티프가 떠오른다. 그리고 이와 더불어 화자의 사랑은 물론 본인의 사랑에도 무지한 행인을 통해서는 한용운의 「오도송(悟道頌)」에 나오는 '객수중(客愁中)'인 인간들과, 그의 시집 『님의 침묵』 속 「군말」에 나오는 '길을 잃고 헤매는 어린 양'들이 떠오른다.

물론 이런 언급은 위 시의 나룻배가 반야용선이고 행인이 중생이라는 단정을 짓기 위한 것이 아니다. 님의 태도나 자세와 무관하게 끝까지 님을 위해 사랑의 헌신을 하며 생을 전심(全心)으로 바치는 나룻배인 화자의 모습이 위와 같은 생각을 하게 만드는 것일 따름이다.

위 시의 행인과 같은 사람조차도 대지혜와 대자비의 사랑으로 감싸고 기다리는 것이 불교의 존재의미라면 위 시의 나룻배인 화자는 지극히 불교적이다. 그리고 불교와 관계없이 진정한 님을 가진 자의 마음이 위와 같은 것이라면 위 시의 화자는 위대한 사랑을 쓸 줄 아는 자의 표본이다.

위 작품의 님이 이전 작품들의 님과 조금 성격을 달리한다고 해서 작품 읽기에 난색을 표해서는 곤란하다. 한용운의 시집 『님의 침묵』에서 님은 단일한 존재가 아니라 구성적이며 입체적인 존재이고, 님이 누구냐 혹은 무엇이냐 하는 것보다 님을 향한 사랑의 마음이 어떤 것이냐 하는 것이 이 시집의 핵심이기 때문이다. 그러므로 위 작품을 포함해 여러 작품들 속의 성격이 다른 님을 만날 때 우리는 좀 더 유연하고 편안한 마음으로 그를 대할 필요가 있다.

# 차라리

님이어 오서요 오시지아니하랴면 차라리가서요 가랴다오고 오랴다가
는것은 나에게 목숨을 쌔앗고 죽엄도주지안는것임니다

님이어 나를책망하랴거든 차라리 큰소리로말슴하야주서요 沈黙으로
책망하지말고 沈黙으로 책망하는것은 압흔마음을 어름바늘로 씨르는것
임니다

님이어 나를아니보랴거든 차라리 눈을돌너서 감으서요 흐르는겻눈으
로 흘겨보지마서요 겻눈으로 흘겨보는것은 사랑의보(褓)에 가시의선물
을싸서 주는것임니다

시의 제목이 재치가 있다. 위 시의 제목 '차라리'는 본문의 각 행에서 단연 돋보이는 문채(文彩)의 역할을 하고 있다. 각 행마다 등장하는 '차라리'로 인해 위 시는 활력을 얻고 시의 흐름을 동적으로 만든다.

위 시의 화자는 단순 명쾌하게 자신의 마음을 직접적으로 드러내지 않는 님 앞에서 괴로움을 견딜 수 없어 한다. 그 괴로움이 어느 임계지점과 같은 곳에 이르자 화자는 님에게 격한 부탁과 더불어 하소연을 한다. 현재와 같은 애매한 태도를 거두고 당신의 속마음을 그대로 표현해 달라는 것이 그 내용이다.

짐작건대 님에게도 그럴 만한 사정이 있을 것이다. 그러나 화자의 인내심은 한계에 와 있으며 그는 님의 속마음을 그대로 알고 고통으로부터 벗어나고 싶은 것이다. 하지만 궁극적으로 위 시의 화자가 갈망하는 것은 님과의 이별이 아니라 그 님이 자신에게로 와 하나가 되는 사랑이다.

위 시의 제1행에서 화자는 님이 왔으면 좋겠는데 만약 그렇게 하지 못한다면 차라리 가는 게 좋겠다고 극단적인 말을 내놓는다. 왜냐하면 님이 "가랴다오고 오랴다가는것은" 그에게 "목숨을 쌔앗고 죽엄도주지안는것"과 같이 여겨지기 때문이다. 여기서 목숨을 빼앗는다는 것은 삶의 진정한 길을 잃게 한다는 것이다. 그리고 죽음도 주지 않는다는 것은 단념과 포기조차 허락하지 않는다는 의미이다. 그러니까 살 수도, 죽을 수도 없는 상황, 그것이 바로 목숨도 빼앗고 죽음도 주지 않는 것과 같은 현실이다.

위 시의 화자는 다시 제2행에서 자신을 책망할 것 같으면 큰소리로 책망해 달라고 님에게 요구한다. 님이 오히려 겉으로 화를 크게 내는 것이 자신으로서는 고통에서 해방되는 일이며, "沈默으로 책망하는것"은 참을 수 없는 고통을 안겨준다는 것이다. 전자와 같은 '바깥으로의 책망'은 그 자체로 모든 것을 끝마치는 질타의 한 양식이다. 그러나 후자와 같은 침묵이 상징하는 바 '안으로의 책망'은 여진을 그 안에 남기고 있는 미완의 질타이다.

화자는 님이 이처럼 침묵으로 책망하는 것은 자신의 아픈 마음을 얼음 바늘로 찌르는 것과 같다고 괴로워한다. 님의 미온적인 질타와 꾸중으로 인해 받는 자신의 고통이 얼마나 심각한 것인가를 하소연하고 있는 것이다.

이어서 위 시의 제3행을 보면 화자는 님에게 또 다른 부탁을 한다. 그것은 자신을 사랑스러운 눈으로 바라다보는 것이 제일 좋지만 만약 님이 그렇게 하기가 어렵다면 아예 고개를 돌리고 눈을 감아 달라는 것이다. 화자는 이런 애원의 마음에도 불구하고 님이 곁눈으로 흘겨서 자기를 바라보는 눈길을 의식하며, 이것은 사랑의 보따리에 가시의 선물을 싸서 주는 것과 마찬가지라고 아파한다.

요컨대 위 시의 화자는 아예 가는 것도 아니고 오는 것도 아니며, 책망하는 것도 아니고 용서하는 것도 아니며, 바라보는 것도 아니고 외면하는 것도 아닌 님의 모습 앞에서 참으로 난처하고 고통스럽기 그지없어 한다. 그러나 화자의 님에 대한 사랑은 한결같다. 그는 여전히 님을 사랑하고 님이 그에게로 와서 하나가 되기를 바란다. 그가 님을 향해 고통과 아픔을 호소한 것은, 이런 점에서 그야말로 하소연인 것이다. 그러나 님의 사랑 앞에서 힘들어 하는 화자의 이런 모습은 그를 영웅으로 추상화하지 않게 만드는, 좋은 시적 기능을 수행하고 있다.

# 나의노래

나의노래가락의 고저장단은 대중이업슴니다

그레서 세속의노래곡조와는 조금도 맛지안슴니다

그러나 나는 나의노래가 세속곡조에 맛지안는것을 조금도 애닯어하지안슴니다

나의노래는 세속의노래와 다르지아니하면 아니되는 까닭임니다

곡조는 노래의缺陷을 억지로調節하랴는것임니다

곡조는 不自然한노래를 사람의妄想으로 도막처놋는것임니다

참된노래에 곡조를부치는것은 노래의自然에 恥辱임니다

님의얼골에 단장을하는것이 도로혀 험이되는것과가티 나의노래에 곡조를부티면 도로혀 缺陷이됨니다


나의노래는 사랑의神을 울님니다

나의노래는 處女의靑春을 쥠짜서 보기도어려운 맑은물을 만듬니다

나의노래는 님의귀에드러가서는 天國의音樂이되고 님의쑴에드러가서는 눈물이됨니다


나의노래가 산과들을지나서 멀니게신님에게 들니는줄을 나는암니다

나의노래가 바르르쩔다가 소리를어르지못할째에 나의노래가 님의 눈물겨운 고요한幻想으로 드러가서 사러지는것을 나는 분명히암니다

나는 나의노래가 님에게들니는것을 생각할재에 光榮에넘치는 나의적

은 가슴은 발발발떨면서 沈黙의音譜를 그림니다

위 시는 화자가 자신의 노래와 세속의 노래가 어떻게 다른가를 밝힌 글이다. 화자는 노래라는 점에서는 양자가 동일하지만 그 이면의 본질과 성격은 전혀 다르다고 생각하는 것이다.

위 시를 읽으면서 필자는 불가에서 말하는 '원음(圓音)'이라는 말을 떠올린다. 원음은 본심의 자리에서 나오는 원융한 소리이자 사심이 전혀 개입되지 않은 본음(本音)이다. 불교의 범종소리, 독경소리, 법문소리, 목탁소리, 풍경소리, 이 모든 것들은 다 원음의 상태를 지향한다. 어디 그뿐인가. 실은 바람소리, 물소리, 구름소리, 나뭇잎소리도 다 원음이다.

원음 앞에서는 새들도 놀라지 않는다는 신화적인 이야기가 있다. 그리고 원음으로 말하면 하루종일 들어도 그 소리가 귀와 마음에 부담이 되지 않는다는 증거도 있다. 더욱이 원음을 들으면 존재가 사사잡(私邪雜)이 없는 본심의 자리로 돌아가 '맑고[지혜] 향기로운[자비]' 상태가 된다는 것이 불가의 견해이다. 그러나 더 중요한 것은 우리 자신이 어떻게 원음을 내는 데 도달할 수 있느냐 하는 문제이다. 고도의 수행이 이루어지지 않는다면 우리들의 모든 소리는 사사잡과 탐진치(貪瞋癡)가 일렁이는 소음을 안게 되기 때문이다. 위 시의 화자는 자신의 노래가 이런 원음의 참됨과 진정성을 가졌다는 것을 이야기한다. 님에 대한 그의 사랑의 마음은 언제나 본심의 자리를 떠나지 않고 있기 때문이다.

위 시에서 화자가 세속의 노래와 그 곡조를 비판한 대목은 한 번쯤 음미될 필요가 있다. 세속 노래의 중생심과 그 곡조의 인위성은 원음에서 나오는 참노래와 너무 멀리 있다는 게 화자의 생각이기 때문이다. 위 시에서 화자는 이런 세속 노래와 세속 곡조를 두고 "곡조는 노래의缺陷을 억지로 調節하랴는것임니다/곡조는 不自然한노래를 사람의妄想으로 도막처놋는 것임니다/참된노래에 곡조를부치는것은 노래의自然에 耻辱임니다"라고 지적한다. 인간의 사심과 욕망에 의하여 왜곡되고 조정된 것이 세속의 노래이자 곡조라는 것이다.

이런 모든 세속성으로부터 벗어난 화자의 노래는 원음의 울림처럼 청정함 그 자체가 된다. 위 시의 화자는 이것을 가리켜 "나의노래는 사랑의神을 울님니다/나의노래는 處女의靑春을 쥡짜서 보기도어려은 맑은물을 만듭니다/나의노래는 님의귀에드러가서는 天國의音樂이되고 님의쑴에드러가서는 눈물이됨니다"라고 말한다. 자신의 노래는 '사랑의 신'을 울리고, 감로수와 같이 맑은 세계를 만들고, 천국의 음악이나 순정의 눈물처럼 감동의 장이 된다는 것이다.

위 시의 화자는 그 스스로 자신의 노래가 흘러나오는 처소를 알기에 이런 말을 할 수 있었다. 그리고 이어지는 제3연을 통해 나의 노래는 어떤 일이 있어도 님에게 들릴 것이 분명하다고 장담할 수 있었다. 제3연에서 화자는 자신의 노래가 산과 들을 지나 멀리 계시는 님에게 들리는 줄을 알고 있으며, 자신의 노래가 떨림으로 '침묵의 음보'를 그릴지라도 그것이 님의 가슴 한가운데로 전해진다는 것을 믿고 있다고 말한다.

그리고 보면 전달과 소통이 어려운 것은 우리들의 노래가 세속성을 띠기 때문이다. 원음은 직입(直入)하고, 원음은 직심(直心)이며, 원음은 직지(直指)한다는, 원음의 융통무애와 원만평등성을 생각하면 이 말이 이해가 될 것이다.

　위 시에서 말하는 '나의 노래'를 '나의 시'로 바꿔 읽는 것이 허락된다면 한용운의 『님의 침묵』에 수록된 작품들이야말로 이런 '나의 노래'가 지닌 원음의 성격을 그대로 갖춘 것이라 할 수 있다. 이와 같은 점은 한용운의 『님의 침묵』을 단순한 근대시, 근대적 예술 등으로 한정 짓지 않게 하는 요인이면서 동시에 그의 시집을 깨친 자의 노래로 읽게 하는 원천이다.

　그러고 보면 본심을 찾아가지 못할 때 우리는 제대로 된 말도 할 수 없고, 제대로 된 노래도 부를 수가 없다. 그뿐만이 아니다. 제대로 된 시도, 제대로 된 예술도 할 수 없는 것이다. 이런 맥락에서 볼 때 좋은 삶과 예술을 측정하는 기준은 그것이 우리를 본심의 자리로 데려다주는 정도에 달려 있다고 말해도 무방할 것이다.

# 당신이아니더면

당신이아니더면 포시럽고 맥그럽든 얼골이 웨 주름살이접혀요

당신이긔룹지만 안터면 언제까지라도 나는 늙지아니할테여요

맨츰에 당신에게안기든 그새대로 잇슬테여요


그러나 늙고 병들고 죽기까지라도 당신째문이라면 나는 실치안하여요

나에게 생명을주던지 죽엄을주던지 당신의쯧대로만 하서요

나는 곳당신이여요

위 시의 핵심은 "나는 곳당신이여요"라는 제2연의 마지막 행에 있다. '당신이 곧 나'라고 말하는 것과 '나는 곧 당신'이라고 말하는 것 사이에는 얼마나 먼 거리가 놓여 있는가. 전자가 나를 중심으로 하면서 당신을 내 쪽으로 끌어들이는 것이라면 후자는 당신을 중심으로 하면서 나를 당신 쪽으로 방하착(放下着)하는 것이다. 아니, 이런 설명도 완전하지는 않다. 조금 더 부연하면, 전자가 단견의 자리(自利)를 추구하는 중생의 길인 것과 다르게 후자는 나를 죽임으로써 이타(利他)와 동시에 자리를 창조하는 보살의 길이다. 보살의 길은 이처럼 어렵다. 또 그렇기에 우리에겐 그 길이 어려운 만큼 존경스러운 것이기도 하다.

그렇다면 어떻게 해야 이런 보살의 길이 가능할까? 그것은 자신의 소아를 위해서는 이 땅에서 더 이상 할 일이 아무것도 없음을 깨우칠 때, 세상이란 얻을 것도 잃을 것도 없는 진공묘유의 장(場)임을 알 때, 그리하여 이번 생의 대원(大願)은 오직 님인 당신을 편안하게 해주는 것밖에 없음을 사무치게 터득할 때, 그때에 비로소 가능한 것이다.

그러나 이 길은 얼마나 어려운가. 그것은 동쪽으로 차를 타고 가다 서쪽으로 차를 바꿔 타는 일이요, 내가 있다고 생각하다 내가 없다고 생각하는 일이며, 이번 생에 오지 않은 셈 치고 '큰 바보'의 대지혜와 대자비를 행하는 일이다. 보통 사람으로서는 그렇게 크게 포기할 수도, 죽을 수도, 발심할 수도 없어서, 이런 말을 듣는 것만으로도 아득하다.

그렇지만 우리는 위 시를 보며 감동한다. 그렇게 될 수 없는 현실이지만, 그렇게 된 현실을 우리의 속마음은 그리워하고 있기 때문이다. 나를

짊어지고 다니는 현실의 고단함 속에서 그 나를 '완전연소'시켜 살려내고 싶은 존재의 심연이 우리에게 있기 때문이다.

이런 우리의 마음에 기대어, 위 시는 "늙고 병들고 죽기까지라도 당신새 문이라면 나는 실치안하여요/나에게 생명을주던지 죽엄을주던지 당신의 쯧대로만 하서요"라는 화자의 말에 우리의 마음을 열어 포개도록 한다. 어떤 고통도 감내하면서 님인 당신을 위해 생몃까지도 바쳐 온전히 헌신하겠다는 화자의 자기초월적 태도와 결심은 일시적으로나마 범부인 우리조차 움직이게 하는 것이다.

위 시의 핵심적인 내용은 앞에서 살펴본 바와 같이 제2연에 거의 다 들어 있는 셈이지만, 제1연은 님을 그리워하는 화자의 마음이 우리 주변, 어느 곳에서도 볼 수 있는 것과 같은 언어와 심정으로 표현되어 친숙한 가운데 공감을 불러일으키는 역할을 하고 있다. 따라서 제1연에서는 누구나 공감할 수 있는 일반적 정황이, 제2연에서는 아무나 공감하기 어려운 드높은 세계가 펼쳐지는 셈이다. 어찌 보면 단순한 구도 속에서, 그러나 매우 먼 거리의 공감을 차례로 경험케 하는 극적인 작품이 위의 시이다.

# 잠업는쑴

나는 어늬날밤에 잠업는쑴을 쑤엇습니다

「나의님은 어데잇서요 나는 님을보러가것습니다 님에게가는길을 가 저다가 나에게주서요 검이어」

「너의가랴는길은 너의님의 오랴는길이다 그길을가저다 너에게주면 너의님은 올수가업다」

「내가가기만하면 님은아니와도 관계가업습니다」

「너의님의 오랴는길을 너에게 갓다주면 너의님은 다른길로 오게된다 네가간대도 너의님을 만날수가업다」

「그러면 그길을가저다가 나의님에게주서요」

「너의님에게주는 것이 너에게주는것과 갓다 사람마다 저의길이 각각 잇는것이다」

「그러면 엇지하여야 리별한님을 맛나보것슴닛가」

「네가 너를가저다가 너의가랴는길에 주어라 그리하고 쉬지말고 가거 라」

「그리할마음은 잇지마는 그길에는 고개도만코 물도만습니다 갈수가 업습니다」

검은 「그러면 너의님을 너의가슴에 안겨주마」 하고 나의님을 나에게 안겨주엇습니다

나는 나의님을 힘껏 쎠안엇습니다

나의팔이 나의가슴을 압흐도록 다칠째에 나의두팔에 베혀진 虛空은

나의팔을 뒤에두고 이어젓습니다

꿈에는 세 가지 종류가 있다. 삶 전체를 하나의 몽환으로 볼 때의 꿈, 밤에 잠을 자면서 꾸는 일반적인 꿈, 밤이건 낮이건 간에 깨어 있으면서 몽상과 상상에 젖어드는 꿈, 이렇게 세 가지이다. 위 시의 꿈은 이 가운데 세 번째 것이다. 화자는 그것을 '잠 없는 꿈'이라고 표현하였다.

'잠 없는 꿈' 속에서 위 시의 화자는 검인 신과 장문의 대화를 나눈다. 시 전체가 이 양자 사이의 대화를 기본으로 하고 있다. 그런데 검인 신의 등장은 위 시의 독특한 점이다. 화자인 나는 검에게 님의 처소를, 그리고 님과 만날 수 있는 길과 방법을 알려 달라고 부탁한다. 검을 불러들여야 할 만큼 님을 만날 수 없는 화자의 고통은 컸던 것이라 생각할 수 있다.

화자와 검 사이에 오고 간 대화의 내용을 요약하면 다음과 같다. 화자는 검을 향해, 님에게 가는 길을 가져다 달라고 말한다. 그러나 검은 만약 그렇게 한다면 화자가 님에게 가는 길과 님이 화자에게 오는 길이 같기 때문에, 님은 화자에게 올 수 없다고 말한다. 이 말에 화자는 다시 님은 안 오고 자신만 님에게로 가도 좋으니 그 길을 가져다 달라고 말한다. 이에 검은 화자의 말을 듣지 않고 그 길을 화자에게 가져다주면 화자의 님은 다른 길로 올 수밖에 없다고 말한다. 그러자 화자는 그 길을 자신이 아닌 님에게 가져다주면 어떻겠느냐고 말한다. 그러자 검은 그 길을 화자에게 가져다주는 것이나 님에게 가져다주는 것이나 똑같은 결과를 가져온다고 말한다. 그 이유인즉, "사람마다 저의길이 각각 잇는것"이기 때문이다.

이렇게 되자 화자는 답답함과 안타까움 속에서 다시 방안을 묻는다. 어떻게 하면 이별한 님을 만나볼 수 있겠느냐는 것이다. 이에 검은 사람마다 저의 길이 있으니 화자가 가고자 하는 길에 자신의 전 존재를 바쳐서 쉬지 말고 그 길을 정진하듯 가라고 답해준다. 그러자 화자는 다시 답을 한다. 자신은 그렇게 하고 싶지만, 자신이 가야 할 그 길에는 '고개'도 많고 '물'도 많아 갈 수가 없다는 것이다. 이렇게 본다면 화자가 님과 만날 수 있는 길은 없는 셈이다. 검에게 부탁하는 길은 인위적이고 타율적인 길이기에, 스스로가 가고자 하는 길은 장애가 험난하기에, 화자는 님과의 만남을 접을 수밖에 없는 것이다.

이런 암담한 상황에서, 검은 꿈인 듯, 기적인 듯, "그러면 너의님을 너의 가슴에 안겨주마"라고 말하며 님을 화자의 가슴에 안겨준다. 화자는 너무나 놀라고 기쁜 까닭에 두 팔로 님을 힘껏 껴안는다. 그러나 이것은 꿈속의 일로서 화자가 없는 님을 너무나도 힘껏 껴안은 것이기에 그의 팔은 가슴에 부딪혀 통증을 일으켰고, 마침내는 가슴을 지나 허공을 베이며 등 뒤에 가서 머물고 말았던 것이다.

님이 하도 그리워 '잠 없는 꿈'까지 꾸는 상황, 그리고 초인적 능력을 지닌 검을 등장시킨 방식, 모든 사람은 님에게 가는 자신만의 인연의 길을 가지고 있다는 검의 충고, 그 길을 전력으로 가야만 님을 만날 수 있다는 검의 조언, 그러나 그 장애로 가득한 자신의 길을 갈 수 없는 화자의 아픔, 이런 어둡고 절박한 현실 속에서 검의 힘으로 님을 안았으나 그것이 꿈속의 현실인 상황, 이런 부재하는 꿈속의 님을 얼마나 힘껏 안았는지 화자의 두 팔이 가슴에 부딪히고 등 뒤까지 튕겨져 나간 모습, 이런 것들은 모두 위 시를 절실하면서도 흥미롭게 만드는 요인들이다.

위 시는 꿈에서 깬 이후를 말하지 않았지간 짐작해보건대 화자는 두 팔이 가슴에 부딪쳐 가슴이 아프게 되고, 나아가서는 그 팔이 등 뒤로까지 튕겨져 나가버린 현실 앞에서 참으로 어이가 없었을 것이다. '잠 없는 꿈' 속에서의 일은 한바탕 해프닝이 되고 현실은 그대로 자신에게 남아 있는 것을 보며 그는 또한 당혹스럽기 짝이 없었을 것이다. 이런 화자의 모습을 보는 독자인 우리들은 이 부분에서 안쓰러운 마음이 격하게 고조되는 것을 참을 수가 없다. 그리고 부재하는 님을 안은 꿈의 현실을 너무나도 참신하게 묘사한 이 부분에서 시인의 언어감각에 놀라움을 금할 수 없다.

# 生命

닷과치를일코 거친바다에漂流된 적은生命의배는 아즉發見도아니된
黃金의나라를 꿈꾸는 한줄기希望이 羅針盤이되고 航路가되고 順風이되
야서 물ㅅ결의한끗은 하늘을치고 다른물ㅅ결의한끗은 짱을치는 무서은
바다에 배질함니다

님이어 님에게밧치는 이적은生命을 힘껏 쩌안어주서요

이적은生命이 님의품에서 으서진다하야도 歡喜의靈地에서 殉情한 生
命의破片은 最貴한寶石이되야서 쪼각쪼각이 適當히이어저서 님의가슴
에 사랑의徽章을 걸것습니다

님이어 끗업는沙漠에 한가지의 깃듸일나무도업는 적은새인 나의生命
을 님의가슴에 으서지도록 쩌안아주서요

그러고 부서진 生命의쪼각쪼각에 입마춰주서요

■■■

위 시의 화자는 자신의 목숨이자 전 존재인 생명을 사랑하는 님에게 바치고자 한다. 인간이 지닌 가장 최후의 것이자 최고의 것이 생명이라면 위 시의 화자는 바로 그런 것을 님에게 바치고자 하는 것이다.

위 시의 화자는 자신의 생명을 시의 각 행에서 '작은 생명의 배' '이 작은 생명' '작은 새와 같은 나의 생명' 등의 말로 표현하고 있다. '작은' '배' '새' 등과 같은 표현이 절실성과 시적 정취를 불러일으킨다.

위 시의 첫 행에서 화자는 그 '작은 생명의 배'와 같은 자신이 얼마나 어렵고 위험한 상황에서 님을 그리워하며 사력을 다해 안간힘을 쓰고 있는지에 대해 전하고 있다. 구체적으로 그는 자신이야말로 "닷과치를일코 거친바다에漂流된 적은生命의배"와 같은 처지이며, 미지의 세계를 희망이자 나침반이자 항로이자 순풍으로 삼아 길을 가는 배와 같고, 파도의 한끝은 하늘에, 다른 한끝은 땅에 있는 것과 같은 엄청난 격랑 속에서 배질을 하는 사람과 같다고 말한다. 님을 그리워하며 목숨을 바치는 화자의 이런 모습은 그야말로 최고의 모험이자 최악의 위험을 담고 있다.

그럼에도 불구하고 위 시의 화자는 님을 위해 기꺼이 자신의 생명을 바치겠다고 다짐한다. 제3행에서 그는 님의 품안에서 으스러지는 자신의 생명은 결코 헛된 것이 아니라, "歡喜의靈地에서 殉情한 生命"과 같은 것이 될 것이며 그 "생명의破片은 最貴한寶石이되야서 쪼각쪼각이 適當히이어저서 님의가슴에 사랑의徽章을" 거는 일로 중생(重生)하게 될 것임을 확신하고 있다.

이어서 제4행을 통해, 화자는 끝도 없는 사막에서, 깃들일 한 가지의 나무도 없는 것과 같은 자신의 생명을 님이 가슴에 으스러지도록 껴안아 달라고 애원한다. 자신의 생명을 바치고자 하는 화자의 무한한 사랑만큼 이 사랑을 님이 받아 안는 적극성이 절실하다는 것이다. 그러나 잘 들어보면 이 말 속엔 님이 먼저 손길을 내밀어야만 위태롭고 어려운 화자의 현실이 해결될 수 있다는 뜻이 담겨 있다. 오지 않는 님 앞에서 화자는 님과의 만남을 위해 님에게 간청하는 것이다.

이런 화자는 위 시의 마지막 행인 제5행에 이르러 제4행의 내용을 더 감각적으로 부연하고 있다. 님의 품안에서 부서진 생명의 조각조각에 입맞춤을 해달라는 이 화자의 간청은 님의 사랑과 님과의 하나됨을 그가 얼마나 간절히 구하고 있는지를 알려주는 부분이다.

앞에서 살펴본 바와 같이, 님과의 사랑을 위협하는 현실의 위태로움과 어려움이 얼마나 절박한가에 대한 생생한 고백, 님을 위해 존재 전체를 소신공양하듯 헌신하고 승화시키겠다는 화자의 각오와 결의, 님에게 한 몸처럼 안기고 싶다는 님을 향한 화자의 무한사랑과 기대, 이런 것들은 위 시를 특징짓는 이채로운 점들이다. 위 시엔 방금 보았듯이 화자의 감정 상태가 진하게 드러나 있다. 그러나 이것은 번뇌와 다르다. 님에 대한 그의 무아적 사랑은 아상에 입각한 망념이 빚어내는 번뇌와 구별되기 때문이다. 위 시에 나타나 있는 감정들이 번뇌라면 시를 읽는 독자들은 감동을 받지 못하거나 미약한 감동만을 느끼게 될 것이다. 그러나 위 시의 근본 감정은 님과의 만남을 위한 정념(正念)과 정진의 산물이기에, 위 시에 나타나 있는 진한 감정들을 통해 우리는 오히려 정화된 세계를 맛보게 된다.

# 사랑의測量

질겁고아름다은일은 量이만할수록 조흔것임니다

그런데 당신의사랑은 量이적을수록 조흔가버요

당신의사랑은 당신과나와 두사람의새이에 잇는것임니다

사랑의量을 알야면 당신과나의距離를 測量할수밧게 업슴니다

그레서 당신과나의距離가멀면 사랑의量이만하고 距離가가까으면 사랑의量이 적을것임니다

그런데 적은사랑은 나를 웃기더니 만한사랑은 나를 울님니다


뉘라서 사람이머러지면 사랑도머러진다고 하여요

당신이가신뒤로 사랑이머러젓으면 날마다날마다 나를울리는것은 사랑이아니고 무엇이여요

■■■

위 시의 화자가 궁극적으로 말하고자 하는 내용은 자신과 님 사이에 놓여 있는 '거리'의 장단이 님을 사랑하는 자신의 마음에 하등 영향을 미치지 못한다는 것이다. 일반 사람들은 외적 여건이 바뀌면 님에 대한 사랑도 달라지기 일쑤이나, 자신만은 그런 경우와 달리 님을 향한 한결같은 사랑 속에서 살고 있다는 것이다.

위 시의 제1연 마지막 행에서 말하듯이, 일반적인 사람들의 사랑은 '사람이 멀어지면 사랑도 멀어지는' 경향을 갖고 있다. 이것은 그들의 사랑이란 불가에서 말하는 안이비설신의(眼耳鼻舌身意)의 육근(六根)에 이끌리는 사랑이기 때문이다. 보통 사람들의 육근은 언제나 외부 경계를 향해 자기중심적으로 '불타고' 있다. 그리고 그들의 사랑은 님과의 거리라는 외부 경계에 의하여 지대한 영향을 받는다. 이렇듯 '불타는 육근'의 지배를 벗어나지 못하고 사는 보통 사람들의 사랑이란 수시로 변한다. 그것은 예측하기도 어렵고, 신뢰하기는 더욱 어렵다. 많은 사람들이 사랑이라고 부르는 세속의 사랑은 대체로 이런 것들이라 해도 과언이 아니다.

하지만 위 시의 화자는 이들과 전혀 다른 사랑을 하고 있다고 말한다. 그의 사랑은 변치 않으며, 외적 여건이 악화될수록 오히려 커지고 견고해진다. 일체의 외부 경계에 영향을 받지 않는 깨친 자의 사랑이 위 시의 화자에게서 구현되는 것이다.

위 시의 화자가 자신의 이와 같은 사랑을 측정하는 방법은 매우 흥미롭고 심오하다. 그것은 화자와 님 사이의 거리가 멀어지면 역으로 사랑의 양이 많아지고, 님과의 거리가 좁혀지면 사랑의 양이 적어진다는 것이다. 그러면서 그는 님에 대한 많은 사랑이 자신을 울리는 반면 적은 사랑은 자신을 웃게 한다고 고백한다. 그러나 그가 이런 역설을 말한 것은 이 글의 맨 첫 문장에서 밝혔듯이 그의 님에 대한 사랑이 어떤 것에 의해서도 영향을 받지 않는 일심의 금강석 같은 것임을 드러내기 위한 것이다.

따라서 위 시의 화자는 님과의 외적 거리가 도저히 좁혀지지 않는 현실 앞에서, 스스로 사랑에 대한 님과 주변의 눈길을 상상하며, 자신의 님에 대한 진정한 사랑을 강하게 보여준다. 위 시 제2연 마지막 행의 내용이 대표적인 예인데, 그는 여기서 "당신이가신뒤로 사랑이머러젓으면 날마다날마다 나를울리는것은 사랑이아니고 무엇이여요"라고 반문하며 자신의 사랑은 변치 않음을 확인시켜준다.

그런데 위 시에서는 이와 같은 님에 대한 화자의 사랑도 인상적이지만, 일반인들의 관습적 인식이나 감정에 균열을 가하는 역설의 시적 표현들이 이채롭다. 제1연의 "질겁고아름다은일은 量이만할수록 조흔것임니다/ 그런데 당신의사랑은 量이적을수록 조흔가버요"나, "사랑의量을 알야면 당신과나의距離를 測量할수밧게 업슴니다/그레서 당신과나의距離가멀면 사랑의量이만하고 距離가가까으면 사랑의量이 적을것임니다"와 같은 표현, 그리고 "그런데 적은사랑은 나를 웃기더니 만한사랑은 나를 울님니다"와 같은 표현들이 모두 그러한 예에 속한다. 이런 표현들은 시를 읽는 재미를 한껏 북돋아주며 시의 진가는 마음과 더불어 표현에도 있음을 새삼 상기하게 한다.

그러나 위 시를 여러 차례 읽으며 음미하다 보면 표현조차도 궁극적으로는 마음의 산물이 아닌가 하는 생각을 떠올리지 않을 수 없다. 왜냐하면

위와 같은 역설의 자유자재한 구사는 화자가 지닌 사랑이 어떤 외적 공격
이나 악조건 속에서도 바뀔 수 없는 부동심이자 청정심으로 창조되었다는
데서 연유하는 것이기 때문이다. 여기서도 문제는 다시 '마음'으로 되돌아
간다. 참마음이 창조한 사랑은 불굴의 것인 동시에 자재한 것이며 그것은
시인의 언어를 한없이 빛나는 곳으로 이끌고 가는 것이다. 위 시는 이런
점들을 고스란히 보여주면서 사랑과 언어와 시에 대해 다시 한 번 사유하
게 한다.

# 眞珠

　언제인지　내가　바다ㅅ가에가서　조개를주섯지요　당신은　나의치마를
거더주섯지요　진흙뭇는다고

　집에와서는　나를　어린아기갓다고　하섯지요　조개를주서다가　작난한다
고　그러고　나가시더니　금강석을　사다주섯슴니다　당신이


　나는　그째에　조개속에서　진주를어더서　당신의적은주머니에　너드렷슴
니다

　당신이　어듸　그진주를　가지고기서요　잠시라도　웨　남을빌녀주서요

위 시도 화자가 여성으로 분명하게 나타나는 몇 안 되는 작품 가운데 하나이다. 여성 화자인 나는 어느 날 바닷가에 가서 조개를 줍는다. 이것을 본 님인 당신은 화자의 치마에 진흙이 묻는다고 걱정하며 화자의 치마를 사랑스러운 마음으로 걷어준다. 그리고 집에 돌아와서는 화자가 조개를 주워 장난하는 것이 마치 어린아이 같다며 화자에게 '사랑의 질책'을 보낸다. 그리고 이내 바깥으로 나간 그는 화자에게 '금강석'을 사다가준다.

이처럼 님인 당신이 사다주는 '금강석'을 받고 화자인 '나'는 자신이 주운 조개 속에서 '진주'를 얻어 님의 주머니에 넣어준다. 그런데 아무래도 그 진주를 님인 당신이 갖고 있는 것 같지 않다는 생각이 든다. 그래서 화자는 님에게 진주를 왜 잠시라도 남에게 빌려주었느냐고 속상한 마음을 전한다.

이런 내용으로 이루어져 있는 위 시에서 '금강석'과 '진주'는 무척이나 중요한 함의를 지닌다. 우선 금강석은 불가에서 '금강'과 동일하게 쓰이며, 세상의 어느 것보다 더 견고한 것[堅], 세상의 어느 것보다도 더 예리한 것[利], 세상의 어느 것보다도 더 밝은 것[明]을 상징한다. 불교의 대표적 경전인 『금강경』에 사용된 '금강'이라는 단어도 이런 의미를 지닌 명칭이요, 금강지혜, 금강반야, 금강역사, 금강계단 등과 같은 불교용어에 들어 있는 '금강'도 역시 이런 의미를 지닌 용어이며, '다이아몬드 마운틴'이라고 영역되는 이 땅의 명산 금강산의 '금강'도 이런 불교적 의미를 담은 것이다.

불가에서 이토록 중요한 의미를 지니고 있는 금강석 혹은 금강은 그 견고한 성질로 모든 중생의 번뇌를 깨트리고, 그 날카롭고 예리한 성질로 모든 중생의 업장을 베어버리며, 그 밝은 성질로 모든 중생의 어리석음과 어둠을 밝히는 지혜의 보석이다.

위 시의 님인 당신이 화자에게 사다준 금강석은 바로 이런 성물(聖物)이자 신물(神物)이다. 언제나 가슴속에 품고 자신과 세상을 중생심(衆生心)의 바다와 중생고(衆生苦)의 진흙 속에서 건져내라는 지혜광명의 원석이다.

이런 금강석을 님에게서 선사 받은 화자는 자신이 바닷가에서 주운 조개로부터 얻은 진주를 님의 주머니 속에 넣어준다. 여기서 진주는 긴 시간을 바다와 조개 속에서 견디고 승화시켜 창조된 진선미 그 자체의 이름이요, 한 존재의 내면에 깃든 가장 맑고 밝은 결정체의 상징이며, 고승들의 몸에서 나오는 진신사리(眞身舍利)와 같은 것이고, 불가의 법계를 장엄하는 칠보전(七寶殿)의 미물(美物)이기도 하다. 결국 화자인 내가 님인 당신에게 준 진주는 이 세상에 존재하는 최상승의 미적 장엄물인 것이다.

금강석과 진주는 크게 보면 다 불교적 진리의 다른 이름인 '진신(眞身)'의 표상이다. 그러나 양자에서 환기되는 느낌에는 차이가 있다. 금강석이 남성적인 데 비해 진주는 여성적이다. 금강석이 산과 대지의 산물이라면 진주는 바다와 물의 산물이다. 그리고 금강석이 '이법계(理法界)'의 성격을 띤다면 진주는 '사법계(事法界)'의 성격을 지닌다. 위 시에서 남성인 님이 여성인 화자에게 준 금강석과 여성인 화자가 남성인 님에게 준 진주는 이런 흥미로운 상보성을 갖는다.

금강석과 진주를 서로 주고받는, 위 시 속의 사랑하는 두 사람 사이가 상서롭다. 세속의 신물(信物)을 넘어선 진리의 마음과 그 삶을 주고받는 이들에게서 도반의 모습을 본다. 우리는 타인에게 어떤 선물을 주고 있는가.

진정 진리의 다른 이름인 '법'을 담은 선물을 누군가에게 주고 있는 것인가. 아니면 '아상(我相)'을 담은 선물을 자기 마음대로 다른 이들에게 주고 있는 것인가. 위 시의 님과 화자가 서로 주고받은 금강석과 진주를 보며 잠시 이런 생각을 해본다.

끝으로 위 시의 마지막 행인 "당신이 어듸 그진주를 가지고기서요 잠시라도 웨 남을빌녀주서요"에 대해 조금만 언급해보기로 한다. 넓은 안목에서 보면 '진주'는 많은 사람들이 함께 공유할수록 좋다. 마치 잘 장엄된 사찰의 부처님 세계를 수많은 사람들이 만날수록 좋은 것처럼 말이다. 그렇게 본다면 위 시의 화자가 님을 향해 왜 진주를 남에게 빌려주느냐고 '사랑의 질책'을 한 것은 세속적 사랑의 감정을 시 속에 이끌어들인 '화작(化作)'의 방식이자, 자신이 준 '진주'를 함부로 다루지 말라는 화자의 '기우(杞憂)'를 담은 것이라 할 수 있다.

# 슯음의三昧

하늘의푸른빗과가티 째끗한 죽엄은 群動을淨化함니다

虛無의빗(光)인 고요한밤은 大地에君臨하얏슴니다

힘업는초ㅅ불아레에 사릿드리고 외로히누어잇는 오오 님이어

눈물의바다에 꽃배를씌엇슴니다

꽃배는 님을실ㅅ고 소리도업시 가러안젓슴니다

나는 슯음의三昧에 「我空」이되얏슴니다


꽃향긔의 무르녹은안개에 醉하야 靑春의曠野에 비틀거름치는 美人이어

죽엄을 기럭이털보다도 가벼움게여기고 가슴에서타오르는 불꽃을 어름처럼마시는 사랑의 狂人이어

아아 사랑에병드러 自己의사랑에게 自殺을勸告하는 사랑의失敗者여

그대는 滿足한사랑을 밧기위하야 나의팔에안겨요

나의팔은 그대의사랑의 分身인줄을 그대는 웨모르서요

■■■

위 시의 님은 지금 '사랑에 병들어' 있다. 사랑에 병들어 있다는 것은 가슴에서 타오르는 무모한 감정 때문에 부동심(不動心)을 잃고 목숨조차도 함부로 버리고자 하는 위태로운 상태에 빠져 있다는 것이다. 이와 같은 위 시의 님은 제1연의 제3행에서 묘사한 것처럼 "힘업는초ㅅ불아레에 사릿드리고 외로히누어잇"다. 이 님을 두고, 화자는 위 시 제2연의 전반부 상당부분을 할애하여 "꼿향긔의 무르녹은안개에 醉하야 靑春의曠野에 비틀거름치는 美人이어/죽엄을 기럭이털보다도 가벼옵게여기고 가슴에서타오르는 불꽃을 어름처럼마시는 사랑의狂人이어/아아 사랑에병드러 自己의 사랑에게 自殺을勸告하는 사랑의失敗者여"라고 강하게 규정하며 탄식한다. 부연하면 화자가 보기에 님은 지금 무엇인가의 유혹에 취하여 청춘의 광야에서 비틀걸음을 걷는 불안정한 자와 같고, 죽음을 가볍게 여기고 가슴속의 격한 사랑에 이끌려 사랑의 이름으로 자학하는 광인의 얼굴을 하고 있으며, 오도된 사랑 때문에 자신에게 자살을 권고하는 사랑의 실패자 같다는 것이다.

이런 사랑은 그 안에 죽음이라는 단견(斷見)의 자학과 가학, 허무라는 부정일변도의 존재인식과 세계인식을 깔고 있다. 그것을 화자는 위 시의 제1연 앞부분에서 다음과 같이 적고 있다: "하늘의푸른빗과가티 쌔끗한 죽엄은 群動을淨化합니다/虛無의빗(光)인 고요한밤은 大地에君臨하얏슴니다". 여기서 보듯이 일면 죽음은 그것이 담백한 것일 때 어지러운 세상을 정화하고, 허무도 그 나름의 빛으로 대지에 고요한 밤을 만들 수 있지만, 이런 죽음과 허무는 근본적으로 인생과 우주를 전체성 위에서 평등심으로 파악하지 못하고 어느 단면만을 바라본 결과물이라 할 수 있다. 따라서 이런 죽음은 온전한 죽음이 되지 못하며, 그런 허무도 온전한 허무가 될 수 없다.

위 시의 화자는 이처럼 단견과 다급한 격정 속에서 사랑의 병을 앓고 있는 님에게 안타까운 마음으로 두 가지 구원의 태도를 보인다. 그 하나는 위 시 제1연의 후반부에서 보이듯이 "눈물의바다에 꽃배를씌"우는 것이다. 그런데 그 꽃배는 님을 싣고 제 역할을 하지 못한 채 침몰하고 말았다. 여기서 화자는 "슯음의三昧"에서 "「我空」"이 된다.

요약하자면 화자는 님에게 자기 나름으로 구원의 배를 전해보았지만 님은 그 배로써 구원되지 않았던 것이다. 여기서 화자는 '슬픔의 삼매'에 빠지고 '아공'의 상태를 경험한다. 이것은 불교적 의미를 직접적으로 드러내며 님을 향한 화자의 마음이 어떤 것인지를 알려주는 부분이다.

일반적으로 슬픔에는 두 가지가 있다. 하나는 자기중심적 욕망에서 오는 슬픔이요, 다른 하나는 자아초월적 원력에서 오는 슬픔이다. 전자의 슬픔이 공성(空性)이 부재한 유아(有我)의 슬픔이라면 후자의 슬픔은 공성 위에서 이루어지는 무아의 슬픔이다. 전자는 감정이입을 쉽게 하고, 후자는 참다운 감동을 불러일으킨다. 위에서 화자의 슬픔은 후자이다. 그는 사적 자아를 넘어선 자의 슬픔 속에서 삼매경에 들었던 것이다. 삼매란 사적 자아의 욕망이나 이해관계가 개입되지 않은 깨끗한 선정의 상태라고 할 때, 화자는 님에 대한 사랑의 슬픔과 더불어 이런 삼매에 들었던 것이다. 여기서 화자는 그런 자신을 가리켜 '아공'이 되었다고 말한다. 아공과 법공(法空)은 불교에서 연기공성(緣起空性)의 상태를 설명하는 핵심 개념이다. 나도 없고, 너도 없다는, 이를테면 나를 포함한 제법(諸法)이 공상(空相)임을 말하는 내용이다. 이런 아공과 법공 속에서 우리는 우주의 일원상(一圓相)과 존재의 무이상(無二相)을 보고 경험한다. 이것은 대단히 높고 본질적인 불교의 세계이다.

위 시의 화자는 이와 더불어 위 시의 제2연 뒷부분에서처럼 "그대는 滿足한사랑을 밧기위하야 나의팔에안겨요/나의팔은 그대의사랑의 分身인줄을 그대는 웨모르서요"라고 화자에게 제안한다. 내가 당신을 구원할 수 있는 참다운 사랑의 지혜와 마음을 지닌 존재이고, 나는 곧 당신의 분신으로서 당신과 한 몸임을 알고 병든 사랑에서 벗어나는 것이 어떠냐는 것이다. 위 시 속에서 화자는 사랑에 미혹되어 들떠 있는 님을 이런 지혜와 자비의 마음으로 구원하고자 한다. 이와 같은 화자가 지닌 님에 대한 사랑은 신뢰할 만한 것이며 구원의 가능성을 지니고 있는 것이다.

위 시는 미혹의 병든 사랑과 깨침의 건강한 사랑을 대비시킨다. 그리고 후자를 통해 전자를 경계하며 구원하고자 한다. 미혹된 자기중심적 단견의 사랑은 그것이 어떤 모습의 것이든 우리를 불안정하게 한다. 그리고 이것으로는 그 어떤 다른 미해결의 사랑도 구원하기 어렵다. 위에서 본 바와 같이 깨침의 건강한 사랑만이 병든 사랑을 구원하고 보살필 수 있는 것이다. 위 시의 화자는 이와 같은 사랑으로써 님의 불안정한 사랑을 자신의 질병처럼 끌어안고 치유하고자 마음 전체를 바친다.

# 의심하지마서요

의심하지마서요 당신과 써러저잇는 나에게 조금도 의심을두지마서요

의심을둔대야 나에게는 별로관계가업스나 부지럽시 당신에게 苦痛의

數字만 더할쑨임니다


나는 당신의첫사랑의팔에 안길째에 왼갓거짓의옷을 다벗고 세상에나

온그대로의 발게버슨 몸을 당신압헤 노앗슴니다 지금까지도 당신의압

헤는 그째에노아둔몸을 그대로밧들고 잇슴니다


만일 人爲가잇다면 「엇지하여야 츰마음을변치안코 끗끗내 거짓업는

몸을 님에게바칠고」하는 마음쑨임니다

당신의命슈이라면 生命의옷까지도 벗것슴니다


나에게 죄가잇다면 당신을그리워하는 나의「슯음」임니다

당신이 가실째에 나의입설에 수가업시 입마추고「부대 나에게대하야

슯어하지말고 잘잇스라」고한 당신의 간절한부탁에 違反되는까닭임니다


그러나 그것만은 용서하야주서요

당신을 그리워하는 슯음은 곳나의生命인까닭임니다

만일용서하지아니하면 後日에 그에대한罰을 風雨의봄새벽의 落花의

數만치라도 밧것슴니다

　당신의 사랑의동아줄에 휘감기는 體刑도 사양치안컷슴니다

　당신의 사랑의酷法아레에 일만가지로服從하는 自由刑도 밧것슴니다


　그러나 당신이 나에게 의심을두시면 당신의 의심의허물과 나의 슯음

의죄를 맛비기고 말것슴니다

　당신에게 써러저잇는 나에게 의심을두지마서요 부지럽시 당신에게

苦痛의數字를 더하지마서요

위 시는 상황 설정이 흥미롭다. 지금까지 감상한 앞의 작품들에서 볼 수 없었던 상황이 설정되어 있다. 그것은 님인 당신이 화자의 사랑을 의심하고 있다는 것이다. 따라서 위 작품에서는 님의 의심 앞에서 화자가 어떻게 자신의 참된 사랑을 보여주고 확인시켜주고 있는가 하는 점이 핵심을 이룬다.

한용운의 『님의 침묵』 속에서 화자는 다양한 방식으로 사랑의 참모습을 보여준다. 근본적으로는 모든 것이 '불교적 깨침을 얻은 자의 원력으로서의 사랑'이라는 데로 수렴되고 있지만 거기에 실제로 나타난 사랑의 구체적 양상은 매우 다양하고 자재롭다. 마치 불교적 대기대용(大機大用) 내지는 대기설법(對機說法)의 그것처럼 상황에 따라 화자는 참다운 사랑이 어떤 것인지를 그에 맞게 보여주고 있다. '사랑의 완성'이 『님의 침묵』의 궁극적 목표라 할 때, 화자가 이와 같이 다채롭고 자재한 모습으로 사랑을 구현하고 있는 것은 매우 자연스러운 일이다.

위 시의 화자는 자신을 의심하는 님에게 다음과 같은 방식으로 자신의 참다운 사랑을 입증하고 있다. 첫째, 만약 당신이 의심을 한다면 나는 아무렇지도 않으나 당신의 고통이 커질까봐 걱정이 된다는 것, 둘째, 나는 당신의 팔에 안기던 처음처럼 지금도 청정무구한 마음을 계속 당신에게 바치고 있다는 것, 셋째, 나에게 의도성이 있다면 그것은 처음의 마음과 순정한 몸을 어떻게 하면 당신께 영원히 바칠 수 있을까 하는 것뿐이라는 점, 넷째, 당신의 명령이라면 나의 가장 소중한 생명과 목숨까지도 바칠 수 있다는 것, 다섯째, 나에게 죄(?)가 있다면 오직 당신을 그리워하는 슬픔뿐이라는 것, 여섯째, 당신을 그리워하는 슬픔은 나의 존재이유이자 목숨과 같은 것이라는 점, 일곱째, 당신을 그리워하는 나의 슬픔만은 용서해야 한다는 것, 여덟째, 당신을 그리워하는 슬픔은 어떤 일이 있어도 물러설 수 없는 것이기에 이로 인해서는 어떤 벌도, 체형도, 자유형도 받겠다는 것, 아홉째, 당신이 의심을 계속한다면 그 허물과 나의 슬픔의 죄를 맞비기겠다는 것, 열째, 무슨 일이 있어도 떨어져 있는 나에게 의심을 두지 말라는 것이다.

이와 같은 화자의 사랑 앞에서 님의 의심은 무력화된다. 제아무리 의심을 하여도 그것과 대립하지 않고 그것을 초월하고 마는 화자의 사랑은 무한한 힘을 내장시키고 있기 때문이다. 이렇게 본다면 위 시의 화자가 지닌 사랑은 무적이다. 불교의 자비무적(慈悲無敵)과 동일하다. 아예 '의심'이라는 대립성과 상대성을 상정하지 않는 사랑과 자비 앞에서 모든 구분과 분별은 설 자리를 잃는다.

위 시의 화자는 님을 사랑하는 데 있어서 '여여부동(如如不動)' 하다. 그것이 님을 사랑하는 일이라면 어떤 고통도 감내하겠다는 화자의 의지는 세속적 의지 이상의 것이다. 특히 "당신의命令이라면 生命의옷까지도 벗것슴니다" "당신의 사랑의동아줄에 휘감기는 體刑도 사양치안컷슴니다" "당신의 사랑의酷法아레에 일만가지로服從하는 自由刑도 밧것슴니다"와 같은 구절에서는 무아의 원력이 지닌 불퇴전의 전폭적 사랑이 어떤 것인지를 여실하게 느낄 수 있다.

님의 의심 앞에 대응하는 화자의 위와 같은 태도와 더불어 위 시엔 표현상의 기교가 두드러진다. 제4연의 "나에게 죄가잇다면 당신을그리워하는 나의「슯음」임니다/당신이 가실째에 나의입설에 수가업시 입마추고「부대 나에게대하야슯어하지말고 잘잇스라」고한 당신의 간절한부탁에 違反되는까닭임니다"와 같은 역설적이며 입체적인 표현, 제5연의 "만일용서하지아니하면 後日에 그에대한罰을 風雨의봄새벽의 落花의數만치라도 밧것슴니다"와 같은 데서 보이는 비유적 표현, 제6연의 "그러나 당신이 나에게 의심을두시면 당신의 의심의허물과 나의 슯음의죄를 맛비기고 말것슴니다"와 같은 언어유희 등이 그 대표적인 경우이다.

이렇듯 님의 의심 앞에서 화자의 태도와 화자의 언어가 함께 어우러져 잘 '빚어진' 위 시의 공간은 독자들로 하여금 내용과 표현이라는 두 측면에서 공히 시를 읽는 기쁨에 이르도록 한다.

# 당신은

당신은 나를보면 웨늘 웃기만하서요 당신의 찡그리는얼골을 좀 보고
십흔데

　나는 당신을보고 찡그리기는 시려요 당신은 찡그리는얼골을 보기시
려하실줄을 암니다

　그러나 써러진도화가 나러서 당신의입설을 슬칠째에 나는 이마가찡
그려지는줄도 모르고 울고십헛습니다

　그레서 금실로수노은 수건으로 얼골을가럣습니다

위 시의 첫 행은 님인 당신이 왜 화자인 나를 보면 늘 웃기만 하느냐고 님에게 시비 아닌 시비를 거는 것으로 시작된다. 그리고 이어서 화자인 나는 당신이 찡그리는 얼굴을 좀 보고 싶다며, 내심과 다른 마음을 표현하는 것으로 이어진다. 이런 첫 행은 일종의 반어적 표현이자 구성에 해당한다. 화자인 나는 자신을 보면 늘 웃기만 하는 당신의 얼굴이 속으로는 무척 만족스러우면서도, 괜스레 님의 찡그리는 얼굴을 보고 싶다고 어깃장을 놓는 식의 거꾸로 된 표현을 한 것이다.

이 점은 위 시의 두 번째 행을 보면 아주 분명해진다. 화자인 나는 님 앞에서 찡그리는 얼굴을 하기 싫다고 말한다. 그것은 님인 당신이 자신의 찡그리는 얼굴을 분명 보기 싫어할 것이라고 생각되기 때문이라는 것이다. 그러니까 위 시의 첫 행과 두 번째 행의 화자와 님은 서로 웃는 얼굴만을 늘 보여주고 있는 사이이며, 언제나 그렇게 하고 싶은 관계인 것이다.

그런데 문제는 위 시의 세 번째 행에서부터 등장한다. 화자도, 님도 서로에게 찡그린 얼굴과는 무관한 사람들이지만, 도저히 어쩔 수 없는 상황 속에서, 화자인 내가 님을 향해 찡그린 얼굴 모습을 하게 되었기 때문이다. 그것은 왜일까?

위 시의 세 번째 행에는 이 점이 상세하게 밝혀져 있다. 그것은 "쩌러진 도화가 나러서 당신의입설을 슬칠째에" "이마가씽그려지는줄도 모르고 울고십헛"다는 것이다. 그렇다면 떨어진 도화가 님인 당신의 입술을 스쳤다는 것은 무엇이며, 그것을 보고 화자가 얼굴이 찡그려지는 줄도 모른 채 울고 싶었다는 것은 또한 무슨 뜻일까? 그것은 자연인 도화와 인간인 님

사이의 우연한 스침조차도 허락되지 않을 만큼, 화자의 님에 대한 사랑이 철저하고 완벽하며 순일함을 뜻하는 것이다. 달리 말하면 도화와 님의 스침과 만남 같은 것조차 끼어들 수 없는 절대의 사랑을 그가 하고 있다는 뜻이다. 이것은 소유로서의 사랑이나 배제로서의 사랑과 구분된다.

위에서 말한 바와 같이 제3행에 나타나는 화자의 님에 대한 사랑은 절대의 차원에 속해 있다. 어느 다른 것과 비교하거나 다른 어느 것을 배제하는 소유로서의 사랑이 아니라 상대성을 떨쳐버린 절대성 그 자체인 것이다.

화자인 나의 님을 향한 이런 마음은 위 시의 마지막 행에서 보이는 바와 같이 찡그린 얼굴을 감추려고 "금실로수노은 수건으로 얼골을" 가리는 데로 이어진다. 이것은 화자가 님에게 찡그린 얼굴을 보이고 싶지 않은 마음의 무아적 행위이며, 님에 대한 사랑의 절대성을 훼손시키고 싶지 않은 순정의 발현이다.

위에서 살펴본 바처럼, 위 시는 단 하나의 티끌도 섞이지 않은 님에 대한 화자의 절대의 사랑, 그 절대의 사랑이 빚어낸 화자의 님에 대한 최대의 무아적 배려, 그리고 진정한 사랑은 상대성을 인지하지 않은 상태에서 이루어지는 것임을 알려주는 화자와 님 사이의 관계가 인상적인 작품이다.

# 幸福

나는 당신을사랑하고 당신의행복을 사랑합니다 나는 왼세상사람이 당신을사랑하고 당신의 행복을 사랑하기를 바랍니다

그러나 정말로 당신을사랑하는사람이 잇다면 나는 그사람을 미워하 것슴니다 그사람을미워하는것은 당신을사랑하는마음의 한부분임니다

그럼으로 그사람을미워하는고통도 나에게는 행복임니다


만일 왼세상사람이 당신을미워한다면 나는 그사람을 얼마나미워하것 슴닛가

만일 왼세상사람이 당신을 사랑하지도안코 미워하지도안는다면 그것 은 나의일생에 견딀수업는 불행임니다

만일 왼세상사람이 당신을사랑하고자하야 나를미워한다면 나의행복 은 더클수가업슴니다

그것은 모든사람의 나를미워하는 怨恨의豆滿江이 깁흘수록 나의 당 신을사랑하는 幸福의白頭山이 놉허지는 까닭임니다

위 시는 일종의 수준 높은 '행복론'이다. 일반적으로 가장 낮은 단계의 행복은 대상의 일방적인 자기화(自己化)에 의하여 이루어진다. 그리고 그 다음 단계의 행복은 대상의 자기화와 자기의 대상화(對象化)가 적절하게 '교환'되고 '거래'되었을 때 이루어진다. 앞의 것을 본능적인 이기주의자의 행복이라 한다면 뒤의 것은 이성적인 현명한 이기주의자의 행복이다. 그나저나 이 두 가지는 모두 세속적인 중생들이 행복을 추구하는 방식이다. 궁극적으로는 대상과 구별된 자기를 중심에 놓고 그 자기를 지키며 방어하는 행복 추구의 형태이다.

이런 행복 추구의 방식과 달리 자기의 대상화를 통해서만 행복을 추구하고자 하는 대아적 이타주의자의 행복이 있다. 이것은 자아가 소멸되는 것이 아니라 보다 큰 자아가 생성되는 것이며, 자아를 무력화하는 것이 아니라 보다 넓은 자아가 강화되는 것이다. 경봉 스님이 '사바세계를 무대로 하여 멋지게 살아보라'고 한 유명한 말도 이런 행복을 펼쳐보라는 것이며, 마더 테레사 수녀가 '국가를 넘어, 종교를 넘어, 그 모든 것을 넘어' 자신의 생을 헌신한 것도 이런 행복의 한 모습이다.

위 시의 화자가 님인 당신에게 바치는 사랑과 행복은 방금 위에서 말한 세 번째 유형의 행복과 궤를 같이한다. 행복이란 자아를 넘어설 때, 소아를 대아로 전변시킬 때, 다른 존재가 지닌 부처의 고귀한 성품을 자신에게서처럼 보았을 때, 그리고 만법이 귀일(歸一)함을 온몸으로 체득하고 깨달았을 때 비로소 가능한 것임을 보여주고 있는 것이다.

불가에서는 오욕락(五慾樂)에 기초한 세속의 행복과 구별하여 위와 같은 행복을 열반락(涅槃樂), 해탈락(解脫樂)이라고 부른다. 이 세상에 존재할 수 있는 최고 단계의 행복, 그것이 열반락이고 해탈락이라는 것이다.

위 시의 화자는 자신뿐만 아니라 온 세상 사람들이 님인 당신과 당신의 행복을 사랑했으면 좋겠다고 말한다. 그러나 한편으로 이런 마음이 있으면서도 구체적인 사랑에 있어서만은 자신만이 홀로 님과 님의 행복을 사랑하고 싶다고 말한다. 어찌 보면 이해가 잘 안 되는 말이다. 그러나 속뜻을 새겨보면 님에 대한 일반인들의 공적(公的) 사랑과 자신만의 님에 대한 사적(私的) 사랑이 함께 공존했으면 좋겠다는 의미이다. 이런 맥락에서 만약 사람들이 님인 당신을 공적 차원이 아닌 사적 차원에 들어와 구체적으로 사랑한다면 화자인 자신은 그것을 참을 수 없을 것 같다고 말한다. 그러면서 그는 그들에 대한 참을 수 없는 미움의 마음조차 실은 님인 당신을 사랑하는 마음의 자연스러운 출현이라고 한다. 화자에겐 이런 사람들을 미워하는 고통이 행복이라고 말한다.

위 시의 화자는 또한 사람들이 님인 당신과 당신의 행복을 미워하는 것도 고통이라고 말한다. 이것은 님에 대해 화자가 지니고 있는 사랑의 마음의 발현이다. 그런데 그가 가장 고통스럽고 불행한 것은 세상 사람들이 님인 당신을 사랑하지도 않고 미워하지도 않는, 무관심 상태에 있는 것이라고 말한다. 님인 당신의 존재가 세상 속에서 완전히 잊혀지거나 방치될 때, 화자는 말할 수 없는 참혹함과 고통스러움 속에 빠지게 된다는 것이다.

이런 화자는 세상 사람들이 님인 당신을 사랑하기 위해 자신을 미워하는 것이 훨씬 좋다고 말한다. 앞에서는 세상 사람들의 사적 틈입을 경계했지만, 무관심에 비하면 차라리 그 편이 님의 행복을 위해 더할 나위 없이 바람직한 일이라 생각한다는 것이다. 화자는 이런 어렵고 난처한 상황을 오히려 행복으로 전변시키고자 한다. 그것은 님인 당신이 망각되고 방치되는 것보다, 화자가 님을 세상 사람들에게 돌려주고 님에 대한 혼자만의 사랑 속에서 살아가는 것이 행복의 창조가 될 수 있다는 생각 때문이다. 화자는 자신의 이런 행복론을 위 시의 마지막 부분에서, "만일 왼세상사람이 당신을사랑하고자하야 나를미워한다면 나의행복은 더클수가업슴니다/그것은 모든사람의 나를미워하는 怨恨의豆滿江이 깁흘수록 나의 당신을사랑하는 幸福의白頭山이 놉허지는 까닭임니다"라는 말로 표현하고 있다.

지금까지 제시된 내용은 조금 복잡하다. 정리하면 다음과 같다. 우선 화자는 님인 당신과 당신의 행복을 사랑한다는 것이다. 그런데 님이 행복하려면 온 세상 사람들이 또한 님과 님의 행복을 사랑해야 한다는 것이다. 하지만 님과의 사적 사랑만은 화자 혼자 간직하고 싶다는 것이다. 그러나 무슨 이유에서든 온 세상 사람들이 님을 무시하고 망각하는 것은 정말로 고통스럽고 불행한 일이기 때문에 그렇게 되는 것보다는 차라리 그들이 님을 사적으로 사랑하기 위하여 자신을 미워하는 것이 오히려 사랑과 행복에 이르는 길일 수 있다는 것이다. 더욱이 온 세상 사람들이 그로 인해 자신을 미워한다면, 그러할수록 님을 향한 자신의 사랑의 마음은 커지기만 할 것이고 행복 또한 높아지기만 할 것이므로 아무런 문제가 될 수 없다는 것이다.

또 다시 정리하면, 님에 대한 사적 사랑을 온 세상 사람들이 점령한다 할지라도, 그리하여 자신이 그들로부터 미움의 대상이 된다 할지라도, 님에 대한 화자의 사랑과 그로 인한 행복은 위축될 수 없다는 것이 위 시의 요체이자 화자가 보여주는 깊고 단련된 사랑과 행복의 실상이다.

# 錯認

나려오서요 나의마음이 자릿자릿하여요 곳나려오서요

사랑하는님이어 엇지 그러케놉고간은 나무가지위에서 춤을추서요

두손으로 나무가지를 단단히붓들고 고히고히나려오서요

에그 저나무닙새가 련꼿봉오리가튼 입설을 슬치것네 어서나려오서요


「네 네 나려가고십흔마음이 잠자거나 죽은것은 아님니다마는 나는 아시는바와가티 여러사람의님인째문이어요 향긔로은 부르심을 거스르고 자하는것은 아님니다」고 버들가지에걸닌 반달은 해쑥해쑥우스면서 이러케말하는듯 하얏습니다

나는 적은풀닙만치도 가림이업는 발게버슨 부스럼을 두손으로 움켜쥐고 쌔른거름으로 잠ㅅ자리에 드러가서 눈을감고누엇슴니다

나려오지안는다든 반달이 삽분삽분거러와서 창밧게숨어서 나의눈을 엿봄니다

부스럽든마음이 갑작히 무서워서 썰녀짐니다

위 시의 님은 나뭇가지 위에 떠 있는 '반달'이다. 화자는 너무나도 높고 가는 나뭇가지 위에 떠 있는 반달을 보며 자신이 '자릿자릿한 마음'으로 걱정하고 있으니 어서 땅으로 내려오라고 말한다. 사랑하는 자신의 님이 그토록 위태로운 데 있는 것을 그대로 놓아두고 볼 수가 없다는 것이다.

위 시의 화자는 반달인 이 님에게 내려올 떠는 두 손으로 나뭇가지를 단단히 붙들고 조심조심 발을 떼어놓으라고 충고한다. 그리고 자신의 님인 반달의 얼굴이 나뭇잎새에라도 스쳐 상처가 늘까봐 걱정한다.

위와 같은 내용으로 되어 있는 제1연에서 화자는 반달을 자신만의 사적인 님으로 생각한다. 그러나 그것은 '착인(錯認)'이다. 나뭇가지 위의 반달은 자신이 화자의 님만이 아니라 만유의 님이라고 말하는 것이다.

위 시의 제2연은 이런 반전 속에서 매우 뜻깊은 불교적 의미를 전달하고 있다. 그것은 일차적으로 인용부호 속에 들어 있는 반달의 말로부터 드러난다. 이 제2연의 첫 행에서 반달은 자신의 입장을 다음과 같이 전하고 있다: "네 네 나려가고십흔마음이 잠자거나 죽은것은 아닙니다마는 나는 아시는바와가티 여러사람의님인째문이어요 향긔로은 부르심을 거스르고자 하는것은 아닙니다". 여기서 반달이 자신을 두고 화자만의 님이 아니라 여러 사람의 님이라고 한 것은 도대체 무슨 뜻인가. 그것은 석가모니의 일대기를 그린 『월인천강지곡(月印千江之曲)』의 '월인천강'이라는 표현이 의미하는 것처럼 반달인 님은 이 세상 어디도 비추지 않는 곳이 없고, 이 세상 어느 것 속에도 스미지 않는 일이 없는 보광(普光)의 존재라는 것이다. 한마디로 말하면 진리 혹은 진신(眞身)의 편재성(遍在性)과 평등성을 나타내고 있다는 것이다. 우선 이 정도만 이야기하고 이 점에 대해서는 뒤에 가서 다시 좀 더 언급하기로 한다.

다음으로 반전이 일어난 제2연의 주목할 만한 부분은, 반달의 이 말을 알아듣고 화자가 '착인'에서 깨어나 너무나도 부끄러운 나머지 재빠른 걸음걸이로 잠자리에 들어가 눈을 감고 누웠다는 것이다. 화자가 반달의 말을 알아듣고 '착인'에서 깨어났다는 것도, 그 말의 진실을 통하여 부끄러움을 심하게 느꼈다는 것도 모두 제2연의 내용을 불교적인 문맥에서 예사롭지 않게 들어 올리는 부분이다.

이와 더불어 반전이 일어난 제2연에는 또 하나의 주목할 만한 내용이 있다. 그것은 눈을 감고 잠자리에 누워 있는 화자의 창밖에 위와 같은 말을 했던 반달이 어느새 내려와 화자의 방을 비추고 있다는 것이다. 화자는 이 광경이 너무나도 뜻밖의 일이라 부끄럽던 마음이 무서운 마음으로 변했다고 표현하였으나, 화자의 일시적인 감정적 동요와 무관하게, 반달의 이러한 방문은 진리의 편재성과 무차별성을 다시 한 번 우리에게 알려주는 뜻 깊은 부분이다.

이렇게 볼 때 위 시는 외형상 화자와 반달 간의 작고 사적인 이야기를 형상화하고 있는 것 같지만, 실은 내적으로 '불신충만(佛身充滿)' '법신편재(法身遍在)' '본심원융(本心圓融)' '심인무변(心印無邊)' '일즉다(一卽多) 다즉일(多卽一)' 등과 같은 법성(法性)의 편만성(遍滿性), 무주성(無住性), 평등성 등을 형상화한 수준 높은 진리의 담론임을 알 수 있다. 그러한 담론으로서 위 시는 화자를 포함한 우리들 모두가 만유를 소유의 개념으로, 사적인 개념으로 파악하는 것이 얼마나 커다란 '착인'인가를 자각하게 하고, 그런 오해와 미혹에서 벗어나 만유야말로 모든 것에 속하며 어떤 것에도 속하지 않는 상호간 우주적인 님임을 알게 한다. 일원상(一圓相)이며 무이상(無二相)으로 존재하는 이 세계는 인드라망의 보석거울처럼 서로가 서로를 님으로 비추고 받드는 중중무진의 화엄세계이다. 위 시는 반달을 통하여 그런 불교적 진리를 자연스럽게 그려 보이고 있다.

# 밤은고요하고

밤은고요하고 방은 물로시친듯함니다

이불은개인채로 엽헤노아두고 화로ㅅ불을 다듬거리고 안젓슴니다

밤은얼마나되얏는지 화로ㅅ불은꺼져서 찬재가되얏슴니다

그러나 그를사랑하는 나의마음은 오히려 식지아니하얏슴니다

닭의소리가 채 나기전에 그를맛나서 무슨말을하얏는데 꿈조처 분명
치안슴니다 그려

위 시의 시간적 배경은 '밤'이고 공간적 배경은 '방'이다. 이 시간과 공간 속에는 주인공인 화자, 생활도구인 이불과 화롯불, 그리고 님을 사랑하는 화자의 마음과 꿈이 놓여 있다. 음양론으로 본다면, 위 시의 배경을 구성하는 시간적 배경으로서의 고요한 밤도, 공간적 배경으로서의 물로 '시친' 듯한 방도 모두 하강하고 수렴하는 음(陰)의 세계이다. 화자의 몸과 마음을 아래로, 안쪽으로 향하게 만드는 음의 시간과 공간인 것이다. 이에 비하여, 개인 채로 옆에 놓인 이불, 화자가 다독이는 화롯불, 화자의 님을 사랑하는 열정과 꿈은 모두 양(陽)의 세계이다. 그것은 아래쪽으로, 안쪽으로 향하던 화자의 몸과 마음을 위쪽으로, 바깥쪽으로 향하게 만드는 역동적 실체들인 것이다.

이와 같은 음양의 구도 속에서 위 시의 상황은 후반부로 갈수록 점점 음의 세력이 강한 방향으로 기울고 있다. 개인 채로 너무 오래 놓여 있는 이불은 적막감을 더해가고, 다독거리던 화롯불은 꺼져서 찬 재가 되어가며, 새벽 닭 소리가 곧 들릴지 모를 정도로 밤은 차고 깊은 곳을 향하고 있는 것이다.

이처럼 음의 세력이 확장되고 강해지는 상황 속에서, 이 모든 것을 무력화시키듯 유일하게 강력해지고 솟구쳐 오르는 양의 세력이 하나 있다. 그것은 바로 님을 사랑하는 화자의 마음이다. 위 시에서 이 화자의 마음은 시 전체를 지배하는 뜨거운 불꽃과 같은 것인데, 실제로 이 세계의 높낮이와 강약과 진정성에 따라 시 전체의 분위기가 좌우된다.

시의 후반부를 보면, 위 시의 화자는 음의 세력이 강해지는 외적 여건

속에서 오히려 님을 사랑하는 뜨겁고 간절한 마음이 극에 달하여 마침내 '잠 없는 꿈' 속에서 님을 만나 무엇인가 대화를 나누는 데에까지 이른다. 새벽 닭이 울 때까지 잠을 못 이루던 화자가, 그리움과 사랑의 끝 지점에서 잠 없이 님을 만나는 환영에 사로잡힌 것이다. 환영은 말 그대로 환영이다. 그런데 화자는 그 환영인 꿈의 내용조차 희미하다고 말한다. 안타까움과 어처구니없음 속에서 화자는 오직 님에 대한 그리움과 사랑만을 확인하고 키워갈 뿐 어떤 실질적인 소득도 얻지 못한 것이다.

그러나 사실은 더욱 뜻깊은 소득이 있으니 그것은 화자가 님에 대한 그리움과 사랑을 확인하고 키워 나아가게 된 점이다. 새벽 닭이 울 때까지 잠을 못 이루면서 그가 님을 그리워하고 사랑한 시간은 단순한 소비의 시간이 아니라 창조와 발전의 시간이었던 것이다. 만약 화자의 님을 향한 그리움과 사랑이 외적 조건에 의한 것이었다면 그 시간은 실패와 소비의 과정에 불과했을 것이다. 그러나 우리는 모두 알고 있지 않은가. 위 시의 화자가 지닌 님에 대한 그리움과 사랑의 마음은 철저하게 내적이고 자발적인 '본심'의 작용물이다. 그러므로 그 밤과 시간과 고통이 아무리 어둡고 길고 힘겨웠다 하더라도 이 모든 것은 앞서 말한 바와 같은 창조와 발전의 과정이었던 것이다.

# 秘密



秘密임닛가 秘密이라니요 나에게 무슨秘密이잇것습닛가

　나는 당신에게대하야 秘密을지키랴고 하얏습니다마는 秘密은 야속히
도 지켜지지 아니하얏습니다


　나의 秘密은 눈물을것처서 당신의視覺으로 드러갓습니다

　나의秘密은 한숨을것처서 당신의聽覺으로 드러갓습니다

　나의秘密은 썰니는가슴을것처서 당신의觸覺으로 드러갓습니다

　그밧긔秘密은 한쪼각붉은마음이 되야서 당신의꿈으로 드러갓습니다

　그리고 마즈막秘密은 하나잇습니다 그러나 그秘密은 소리업는 메아
리와 가터서 表現할 수가 업습니다

일반적으로 '비밀'은 주객분리의 구도 속에서 서로가 상대를 배제하고 방어하는 분별심과 시비심의 발로이다. 이는 또한 자기중심적인 계산법에서 나온 지극히 본능적이며 자아보존적인 삶의 한 양태이다. 이와 같은 비밀은 근대사회에 이르러 공적으로 인정되고 보호받게 되기도 하였는데, 그 대표적인 것이 프라이버시의 세계이다. 근대에 이르러 한 개인은 다른 개인을 해치지 않는 한 자신만의 비밀이라는 사적 영역을 '소유'할 수 있게 된 것이다.

그런데 그것을 프라이버시라고 부르든, 비밀이라고 부르든, 자기 존재를 무아의 지평 위에 방하착할 수 있는 사람이라면 그에겐 이런 세계이자 영역이 애초부터 존재하지 않는다. 다만 자아의 주관적 이해관계를 개입시키지 않은 고요한 선정의 상태, 맑고 밝은 청정심의 상태, 아무 거리낌이 없는 열린 상태가 존재할 뿐이다.

위 시는 이런 '비밀'의 세계를 모티프로 삼고 있다. 그러나 앞질러서 말한다면 위 시에서는 이런 비밀을 지키는 것도, 비밀을 갖는 것도, 비밀을 지키지 못하는 것도 다 님에 대한 사랑의 한 방식이다. 그것은 화자가 자신을 이롭게 하고자 하는 수단이 아니라 님을 이롭게 하고자 하는 방편이며, 화자가 님을 자기화하려는 소유욕구의 산물이 아니라 님과 무주상(無住相)의 한 몸이 되고자 하는 공심(空心)의 산물이다.

이와 같은 위 시는 사랑의 마음이 어떻게 세속적인 비밀의 세계를 무력화시키는지 잘 보여주고 있다. 그리고 사랑하는 사람들 사이에서 이 비밀이 얼마나 비밀스럽지 않은 교감과 일체감의 개방적 언어로 작용하는지를 보여주고 있다. 위 시의 화자가 자신의 사랑하는 님을 향해 펼친 '비밀론'과 그 비밀의 전달 방식은 어떤 비밀도 자아를 고집하지 않을 때에는 아예처음부터 또는 근본적으로 존재하지 않는 세계임을 알도록 한다.

위 시의 화자는 사랑하는 님에게서 당신은 비밀을 갖고 있는 것이 아니냐라는 의심을 받은 듯하다. 이런 님의 의심에 대하여 화자는 당신을 위하여 비밀을 지키고자 하였으나 당신을 너무나 사랑하기에 비밀이 야속하게도 지켜지지 않았다는 모순된 이중적 감정을 밝히고 있다. 그러면서 그는자신이 너무나도 님을 사랑하기에 지킬 수 없었던 비밀이 님에게 어떻게전달되었는가를 여실하게 그려 보이고 있다.

화자가 님에게 자신의 비밀을 전할 수밖에 없었던 사정과 모습을 묘사한 위 시의 제2연 가운데 전반부는 절절한 화자의 마음과 더불어 그 표현기교가 감탄을 자아낸다. '사랑삼매'가 아니면 불가능할 그런 마음과 언어가 여기서 등장하고 있는 것이다.

> 나의 秘密은 눈물을것처서 당신의視覺으로 드러갓슴니다
> 나의秘密은 한숨을것처서 당신의聽覺으로 드러갓슴니다
> 나의秘密은 썰니는가슴을것처서 당신의觸覺으로 드러갓슴니다
> 그밧긔秘密은 한쪼각붉은마음이 되야서 당신의움으로 드러갓슴니다

생생한 느낌을 살리기 위하여 해당 부분을 다시 인용해보았다. 비밀이눈물을 거쳐서 님의 시각으로 들어갔다는 것, 한숨을 거쳐서 님의 청각으로 들어갔다는 것, 떨리는 가슴을 거쳐서 님의 촉각으로 들어갔다는 것,붉은 마음이 되어서 님의 꿈으로 들어갔다는 것은 비밀의 전달 방식으로

최고 수준의 것이 아닐 수 없다. 비밀이 눈물이 되고, 비밀이 한숨이 되고, 비밀이 가슴이 되고, 비밀이 마음이 되었다는 데서 우리는 비밀의 완전한 몸적 현현을 본다. 단 하나의 추상성이나 주변성도 개입되지 않은 백 퍼센트 순도의 '진심(眞心)'의 체화, 그것이 바로 위 인용 부분의 화자가 님에 대한 사랑 속에서 간직한 비밀의 모습이다. 그리고 그 비밀이 님의 시각으로, 청각으로, 촉각으로, 꿈으로 들어갔다는 데서 우리는 비밀이 몸에서 몸으로 직접 이어진 것을 보게 된다. 몸을 통과한 것, 몸이 받아들인 것만큼 정직하고 확실한 것이 없다면 위 인용 부분의 화자와 님은 몸과 몸으로 직접 이어진 일체인 셈이다.

화자는 위 시에서 자신의 비밀은 이와 같이 님의 몸과 존재 속으로 들어갔지만 오직 한 가지 남은 비밀이 있다고 고백한다. 그 비밀은 화자가 님에게 전달하기를 꺼려서 남아 있는 것이 아니라, 어떤 방법으로도 표현하고 드러낼 길이 없어서 남아 있다는 것이다. 그런 점에서 이 비밀은 일반적인 의미의 비밀이라고 하기 어렵다. 그것은 화자가 님에게 전하고 싶지만 전할 수 없는 세계, 전할 방법이 있으면 언제든 전하고 싶은 세계이기에 비밀의 범주에 들어갈 수 없다.

요컨대 위 시의 화자는 자신에게 아무런 비밀이 없음을 말하고 있다. 자신의 이로움을 위한 비밀은 애초부터 존재하지 않는 이 화자가 님을 사랑하면서 어쩔 수 없이 마음에 간직했던 것들은 모두 님의 몸 속으로 직접 전해지고 말았던 것이다.

그렇다면 화자의 마음속에 간직되었던 비밀 아닌 비밀은 어떤 것이었을까. 위 시의 내용으로 추측해보건대 그것은 님을 그리워하고 사랑하는 데

서 나타났던 안타까움, 아쉬움, 어려움, 보고픔, 열정, 의지 등과 같은 것이
었으리라 짐작된다. 님은 이런 사실을 모르고 화자가 비밀을 간직하고 있
는 게 아닌가 서운해하며 의심한 것이다. 그 의심을 풀어주는 과정에서 위
시의 화자가 보여준 태도와 언어는 비할 바 없이 진실하고 생생하다.

# 사랑의 存在

　　사랑을 「사랑」이라고하면 발써 사랑은아님니다

　　사랑을 이름지을만한 말이나글이 어데잇슴닛가

　　微笑에눌녀서 괴로은듯한 薔薇빗입설인들 그것을 슬칠수가잇슴닛가

　　눈물의뒤에 숨어서 슯음의黑暗面을 反射하는 가을물ㅅ결의눈인들 그것을 비칠수가잇슴닛가

　　그림자업는구름을 것처서 메아리업는絶壁을 것처서마음이갈ㅅ수업는 바다를 것처서 存在? 存在임니다

　　그나라는 國境이업슴니다 壽命은 時間이아님니다

　　사랑의存在는 님의눈과 님의마음도 알지못함니다

　　사랑의秘密은 다만 님의手巾에繡놋는 바늘과 님의심으신 꼿나무와 님의잠과 詩人의想像과 그들만이 암니다

한용운의 시집 『님의 침묵』을 한마디로 말한다면 그것은 '사랑경(經)'이다. 불가의 팔만 사천 경전과 같은 맥락에 있는 법어(法語)이자 법담(法談)의 일종인 것이다. 어떤 말이나 글이 '경'의 성격과 자격을 가지려면 그 말과 글이 인간을 우주적 진리의 자리로 이끌어가야 한다. 끊임없이 우주적 진리를 보여주고, 가리켜주고, 알려주며, 터득하게 하는 말과 글, 그것이 곧 '경'의 참모습인 것이다. 또한 '경'으로서의 말과 글은 우주적 진리에 기반하여 나타난 언어로서 일반적인 세속 언어와 구별된다. 따라서 우주적 진리를 통찰하고 체득하지 못한 사람은 '경'으로서의 언어를 활발하게 창출할 수가 없다. 한용운의 시집 『님의 침묵』을 두고 보기 드물게 '날줄'을 지닌 시집이라고 하는 것은 이 시집이 이와 같은 '경'으로서의 자질과 성격을 지녔다는 뜻이다.

시집 『님의 침묵』은 시종일관 '사랑담른'을 통하여 인간들을 우주적 진리로 안내한다. 얼핏 보면 이 시집의 사랑담론은 대중적인 것 같지만 그 근저에는 우주적 진리가 자리해 있다. 이와 같은 『님의 침묵』을 읽고 나면 우리는 우주적 진리와 계합되는 밝고 맑은 체험을 할 수 있다. 시집 『님의 침묵』이 이런 성격을 갖고 있기에 필자는 앞에서 이 시집을 가리켜 법어, 법담, 경전의 일종인 '사랑경'이라고 한 것이다.

위 시는 이와 같은 '사랑경'인 시집 『님의 침묵』의 전 작품 가운데 '사랑'의 문제를 가장 본질적이면서도 철학적으로 다룬 작품이다. 사랑의 존재론, 인식론, 가치론, 실천론을 함께 담고 있는 이 작품은 한용운이 말하는 사랑이 어떤 것인지를 파악하는 데 주목할 만한 가치를 지니고 있다.

첫째, 위 시는 사랑을 언어로 표현하는 것이 불가능함을 말하고 있다. 위 시의 제1행과 제2행에서 이 점이 분명하게 기술된다. 실제로 언어라고 하는 것이 인간 사회의 문화적 산물이며, 인간의 주관적 관념과 이미지를 덧붙인 가공의 세계임을 상기한다면, 위 시가 말하는 바처럼 인간의 언어를 통해서 우주적 진리에 도달한다는 것은 쉽지 않은 일임을 금방 알 수 있다.

둘째, 위 시는 언어뿐만 아니라 입술이라는 에로스의 몸으로도, 가을 물결의 눈이라는 자연의 신상(身相)으로도 사랑의 진면목에 닿을 수 없음을 말하고 있다. 위 시의 제3행과 제4행에서 이 점이 나타나거니와, 이것은 사랑이야말로 어느 한 측면에서 포착할 수 없는 묘용(妙用)의 전체적이며 불가사의한 세계임을 알려주는 말이다.

셋째, 위 시는 사랑이란 "그림자업는구름을 것처서 메아리업는絕壁을 것처서 마음이갈ㅅ수업는바다를 것처서" 존재하는, 일체가 끊어진 절대이자 공적(空寂)의 세계임을 밝히고 있다. 위 시의 제6행과 제7행이 이 점을 확실하게 보여주고 있는데, 구체적으로 여기서 사랑이란 '國境이 없고' '時間이 없고' '님의 눈과 마음도 알 수 없는' 세계로 되어 있다. 말하자면 공간과 시간, 인간의 인식과 마음을 넘어선 곳에 사랑의 세계가 있다는 것이다.

지금까지의 논의를 보면 사랑은 인간의 손이 닿을 수 없는 저 먼 나라의 어떤 것처럼 여겨진다. 그러나 위 시는 사랑의 불생불멸하는 절대성과 보편평등한 우주성을 말하면서도, 사실 그 사랑의 실제라고 하는 것은 '지금, 여기'에서 작용하고 있음을 알려준다. 위 시의 마지막 행이 그 점을 보여주고 있거니와, 여기에서 사랑은 "님의手巾에繡놋는 바늘과 님의심으신 꼿나무와 님의잠과 詩人의想像" 속에 있는 것으로 기술되어 있다. 이 부분은 누구도 따라오기 어려울 만큼 예리한 사랑론에 해당한다. 사실, 인간적이며 주관적인 정식(情識)으로 얼룩진 우리의 몸과 마음은 사랑의 존재를 청정하게 온전히 알 수가 없다. 위 시는 이런 인간의 한계를 직시하며, 그와 같은 우리들의 업식과 망상 대신, 님의 수건에 수를 놓을 때 쓰는 바늘, 님이 심은 꽃나무, 님의 잠, 그리고 시인의 상상이 그것을 알고 있다고 한다. 여기서 바늘과 꽃나무는 겉으로는 인간의 소관인 것 같지만 실제로는 인간들도 모르는 인간의 마음을 그대로 느끼고 반영하는 실체이다. 그리고 님의 잠 또한 님의 의지와 몸이 행하는 것 같지만 사실은 님보다 먼저 님의 의미와 속마음을 느끼고 반영하는 실체이다. 그러면 시인의 상상은 어떠한가. 여기서도 얼핏 생각하면 시인이 시를 쓰는 주체 같지만, 실제로는 상상이야말로 시인 이전이나 이후의 자리에서 시인의 속마음을 누구보다 잘 느끼고 반영하는 존재이다.

위 시에서 '사랑'은 '법성'의 다른 말이라고 보아도 된다. 한용운의 시에서 사랑은 법성의 실상이자 그것의 구체적 작용을 인간적 언어로 드러낸 말이다. 한용운에게 있어서 사랑은 진리인 법 그 자체이자 '법다운 삶' '여법(如法)한 삶' '법에 근거한 삶'을 가리키는 말이다. 이 세상에서 가장 훌륭한 삶이 사랑의 삶이라면, 그것은 불교적으로 말할 때 앞서 말한 '법다운 삶' '여법한 삶' '법에 근거한 삶'을 사는 일이다. 위 시에서 사랑을 "님의手巾에繡놋는 바늘과 님의심으신 꽃나무와 님의잠과 詩人의想像"이 안다고 말한 것은 이런 여법한 삶의 실제가 그 속에서 살아 움직이고 있다는 사실을 뜻하는 것이다.

# 쑴과근심

밤근심이 하 길기에

쑴도길줄 아럿더니

님을보러 가는길에

반도못가서 째엇고나


새벽쑴이 하 쩌르기에

근심도 짜를줄 아럿더니

근심에서 근심으로

쯧간데를 모르것다


만일 님에게도

쑴과근심이 잇거든

차라리

근심이 쑴되고 쑴이 근심되여라

■■■

위 시의 화자는 밤의 길고 무거운 '근심' 속에 있다. 그 근심은 사랑하는 님과의 이별로 인한 것이다. 그 길고 무거운 밤의 근심 속에서 화자는 꿈 속으로 들어간다. 그 꿈속의 내용은 님을 만나러 가는 것이다. 그러나 아쉽게도 님을 만나러 가는 길의 절반도 못되는 지점에서 꿈은 깨고 만다. 화자는 님을 만나지 못하고 도중에서 깬 꿈이 사실은 어떤지 모르나 너무나도 짧게만 느껴진다. 님을 만나지 못하는 한, 그에게 모든 꿈은 짧은 것이다.

위 시의 화자는 새벽 꿈을 다시 꾼다. 새벽 꿈이 참으로 짧아서 꿈속의 근심도 짧을 줄 알았는데, 그만 그 꿈의 길이와 달리 근심이 끝간 데 없이 길어지고 무거워져서 난감하기만 하다. 이와 같은 위 시의 제1연과 제2연의 중심 내용은 근심과 꿈, 꿈과 근심 사이의 부조화 속에서 화자가 고민하고 힘들어하는 모습이다.

현실에서든 꿈에서든 화자가 이별한 님과 만날 수 있게 된다면 문제는 해결될 것이다. 그러나 현실은 물론 꿈속에서조차 님과의 만남은 성취되지 못하고, 화자에게 다가온 밤과 새벽의 꿈은 이런 만남의 어려움으로 인하여 화자에게 근심만을 더해준다.

이와 같은 내용으로 되어 있는 제2연을 지나 이어지는 제3연에서 화자는 꿈과 근심, 근심과 꿈 사이의 부조화를 통해 겪은 자신의 고통이 님에게는 일어나지 않기를 바라는 마음을 표현한다. 그래서 그는 만약 님에게도 이런 꿈과 근심이 있게 된다면 자신의 경우와 달리 님의 근심은 짧고 그 꿈은 길었으면 좋겠다고 말한다. 자신에게 다가왔던 긴 근심과 짧은 꿈이 님에게서는 정반대로 바뀌어 님의 고통이 경감되었으면 하는 바람을 표현한 것이다.

앞에서 감상한 『님의 침묵』 속 대부분의 작품이 산문시 형태 혹은 줄글의 형태를 취하고 있는 반면, 위 시는 드물게 외적인 율격 속에서 리듬감을 살리고 있다. 부분적으로 가사의 율격과 리듬을 갖고 있는 위 시는 이를 통해 그런 대로 읽는 흥을 맛보게 한다.

글을 마치면서 간단하게 정리하면, 위 시는 님과의 이별 앞에서 꿈과 근심에 대해 화자가 느끼는 심리적 상태를 실감 있게 표현한 점이 이채로운 작품이다. 그리고 이와 더불어 화자 자신이 고통과 번민 속에 처해 있으면서도 자신이 사랑하는 님의 고통을 끝까지 덜어주려고 하는 배려와 마음의 움직임이 울림을 주는 작품이다. 위 시 마지막 연에서 꿈과 근심이 님에게서는 자신의 경우와 반대로 나타나기를 바란다고 한 화자의 말은, 얼핏 보기에는 평범한 것 같으나 실은 평범함을 넘어선 차원의 것이다.

# 葡萄酒

가을바람과 아츰볏에 마치맛게익은 향긔로은포도를 짜서 술을비젓슴
니다 그술고이는향긔는 가을하늘을 물드림니다

　님이어 그술을 련닙잔에 가득히부어서 님에게 드리것슴니다

　님이어 썰니는손을것처서 타오르는입설을 취기서요


　님이어 그술은 한밤을지나면 눈물이됨니다

　아아 한밤을지나면 포도주가 눈물이되지마는 쏘한밤을지나면 나의
눈물이 다른포도주가됨니다 오오 님이어

■■■

위 시의 제1연은 이 땅에서 볼 수 있는 가장 아름다운 풍경 같다. 시라는 것을 생각하기 이전에, 그냥 그 자체로서 기쁨과 감동을 주기에 충분하다. 가을 바람, 가을 아침의 햇볕, 그 바람과 햇볕 속에서 알맞게 익은 향기로운 포도, 그 포도를 따서 빚은 술, 그 술이 익는 향기와 이 향기로 물든 가을 하늘, 그리고 그 술을 연잎 잔에 부어 님에게 드리는 모습, 그 술로 '타오르는' 입술을 축이라는 화자의 마음, 이 모든 것이 더할 것 없는 천국 혹은 극락의 얼굴이다.

그런데 이 부분은 예술로서의 시작품으로 보더라도 그 질적 수준이 대단하다. "가을바람과 아츰볏에 마치맛게익은 향긔로은포도", "술고이는향긔는 가을하늘을 물드림니다", "련닙잔에 가득히부어서", "썰니는손을것처서" 등과 같은 표현은 모두 감탄을 자아낸다.

이처럼 멋진 표현으로 이루어진 제1연은 님을 위해 포도주를 빚고, 그 포도주를 님에게 드리는 것을 주된 내용으로 하고 있다. 아름답지만 어찌 보면 가까운 주변에서 볼 수 있는 풍경이기도 하다. 그런데 제2연은 이런 바탕 위에서 철학적 사유, 연금술적 상상, 영성적(靈性的) 회통(會通)을 통하여 포도주와 눈물이 지닌 참뜻을 희유하게 전달하고 있다. 그것은 포도주가 눈물이 되고, 눈물이 포도주가 되는 것인데 여기엔 '사랑의 힘'이 작용하고 있다.

그와 같은 작용에 의하여, 님과의 온전한 현실적 만남이 부재하는 시간과 공간 속에서는 포도주가 눈물이 된다. 그런데 그 아픈 현실을 뚫고 눈물은 발효되고 승화되어 새로운 포도주로 거듭난다. 여기서 눈물이 '현실적 진실'의 표상이라면 포도주는 '포월적(혹은 초월적) 진실'의 표상이다. 그러므로 님에게 눈물을 바쳐도, 포도주를 바쳐도, 그것은 모두 님에 대한 진실한 사랑의 표현이 된다. 다만 눈물과 포도주의 세계를 오갈 수밖에 없는 화자의 고뇌와 안간힘이 보는 이로 하여금 안쓰러운 마음을 느끼게 할 뿐이다. 그러나 눈물도, 포도주도 '진실'르 만들 수 있는 화자의 마음과 지혜는 대단한 것이다. 이 마음과 지혜의 힘을 느끼는 것이 위 시를 읽는 보람이다.

# 誹謗

세상은 誹謗도만코 猜忌도만습니다

당신에게 誹謗과猜忌가 잇슬지라도 關心치마서요

誹謗을조아하는사람들은 太陽에 黑點이잇는것도 다행으로 생각합니다

당신에게대하야는 誹謗할것이업는 그것을 誹謗할는지 모르것습니다


조는獅子를 죽은羊이라고 할지언정 당신이 試鍊을밧기위하야 盜賊에게 捕虜가되얏다고 그것을 卑怯이라고할 수는 업습니다

달빗을 갈꼿으로알고 흰모래위에서 갈마기를이웃하야 잠자는 기럭이를 음란하다고할지언정 正直한당신이 狡猾한誘惑에 속혀서 靑樓에 드러갓다고 당신을 志操가업다고할 수는 업습니다

당신에게 誹謗과猜忌가 잇슬지라도 關心치마서요

비방과 시기는 욕계(欲界) 중생인 인간들의 망어(妄語)와 망심(妄心) 가운데 대표적인 것이다. 불가에서는 불망어(不妄語)를 오계(五戒) 가운데 세 번째 항목으로 설정하고 있다. 그리고 시기심은 넓은 의미의 살심(殺心)으로서 오계의 첫 번째 항목인 불살생계를 어기는 것이 될 수 있다.

인간들은 왜 이와 같은 망어와 망심의 죄(?)를 짓게 되는 것일까. 불교의 견해에 따르면 인간들의 무지(無智)와 무명(無明) 때문이다. 무지란 무엇인가. 그것은 참나가 누구인지를(어떤 존재인지를) 모르는 것이다. 무명이란 무엇인가. 그것은 참나가 누구인지를(어떤 존재인지를) 모름에 따라 세계의 실상을 보지 못하는 것이다. 눈을 뜨고 있되 눈을 감고 있는 것과 같은 것, 눈을 떴기 때문에 오히려 눈을 감은 것만 못한 것, 그것이 무지와 무명 속에서 살아가는 중생의 모습이다. 참나를 모르는 과보는 이처럼 크다. 그 참나를 모르는 데서 위의 '비방'과 '시기'도 등장한 것이다. 비방은 내가 배타적으로 옳다는 것이요, 시기는 배타적인 내가 너보다 우위에 서고 싶다는 것이다.

위 시에선 이와 같은 인간 중생계의 비방과 시기가 님인 당신을 향해 쏟아지고 있다. 그러나 '태양에 黑點이 있는 것' 조차 신이 나서 트집을 잡고, '비방할 것이 없는 게 비방거리가 되는' 인간 중상계의 어리석고 어처구니없는 현실을 간파하고 있는 화자는 님에게 어떤 비방과 시기가 쏟아져도 결코 마음에 두지 말라고 당부한다. 인간 중생계의 현실과 참나의 실상을 아는 화자에겐, 그 어떤 비방과 시기도 그의 님에 대한 사랑과 신뢰를 막을 수 없는 것이다.

화자의 님에 대한 이같이 전폭적인 사랑과 신뢰는 제2연에서 절정을 이룬다. 사람들은 당신이 비겁하다고, 지조가 없다고 비방하고 시기하는 것 같은데, 그것은 그들의 오해나 망심의 산물일 뿐 당신의 실제와는 아무런 관계가 없다고 화자는 역설한다. 그리고 그 누가 무어라 해도 자신만은 님인 당신의 진실을 믿고 있다고 말한다.

이런 내용을 담고 있는 제2연은 표현도 흥미롭고 화자의 님을 향한 믿음도 예사롭지 않다. 먼저 제1행을 보면 화자는 조는 사자를 보고 죽은 양과 같이 비겁하다고 비방하는 것은 있을 수 있는 일일지 모르나, 님인 당신이 의도적으로 시련을 받기 위하여 도적의 포로가 된 것을 두고 비겁하다고 하는 것은 옳지 않다고 말한다. 앞의 조는 사자는 자신의 몸을 위해 뜻없이 졸고 있는 것이지만, 뒤의 당신은 공심 속에서 뜻을 갖고 자발적으로 포로가 된 것이 다르다.

다음으로 제2행을 보면 화자는 달빛을 갈대꽃으로 알고 흰 모래 위에서 갈매기와 함께 잠을 자는 기러기를 두고 음란하다고 비방할 수 있을지는 몰라도, 교활한 유혹에 속아서 님인 당신이 청루(창기가 있는 술집)에 들어간 것을 두고 지조가 없다고 비난할 수는 없다고 말한다. 전자의 기러기가 무자각적인 본능의 이끌림에 의해 갈매기 옆으로 가서 자게 된 것이라면, 후자의 당신은 속아서 그렇게 한 것일 뿐 정직한 마음을 버린 것은 아니기 때문에 그러하다.

방금 살펴본 제2연 제1행의 '도적'과 제2행의 '교활한 유혹'의 실체가 누구이며 무엇을 뜻하는지 여기서 정확하게 말할 수는 없다. 다만 확실한 것은 님이 어려운 환경 아래 처해 있었다는 것이고, 화자는 그런 님의 용기와 당당함과 정직함과 지조를 믿고 있다는 것이다.

화자의 이와 같은 님에 대한 완전한 신뢰는 주변의 모든 망어와 망심을 존재하나 부재하는 것으로 만들어버린다. 그리고 님으로 하여금 주변의 어떤 부정적인 눈길에도 흔들리지 않고 중심을 잡도록 해주는 원동력이 된다. 여기서 화자가 님에게 보내는 신뢰는 중생적인 감정이나 의지, 추측이나 짐작의 산물이 아니다. 그것은 인간 중생계의 근본적인 속성을 꿰뚫어보고 님의 본심이자 본질을 통찰한 지혜의 산물이다. 부연하건대, 화자와 님이 세상의 수많은 비방과 시기 속에서도 살아날 수 있는 것은 바로 이와 같은 지혜가 근저에서 그리고 화자와 님 사이에서 작용하고 있기 때문이다.

「?」

희미한조름이 활발한 님의발자최소리에 놀나깨어 무거은눈섭을 이기지못하면서 창을열고 내다보앗습니다

동풍에몰니는 소낙비는 산모롱이를 지나가고 뜰압희 파초닙위에 비ㅅ소리의 남은音波가 그늬를뜁니다

感情과理智가 마조치는 刹那에 人面의惡魔와 獸心의天使가 보이랴다 사러짐니다

흔드러깨는 님의노래가락에 첫잠든 어린잔나븨의 애처로은숨이 굿쳐러지는소리에 깨엇습니다

죽은밤을지키는 외로은등잔ㅅ불의 구슬쏫이 제무게를 이기지못하야 고요히써러짐니다

미친불에 타오르는 불상한靈은 絶望의北極에서 新世界를探險함니다

沙漠의쏫이어 금음밤의滿月이어 님의얼골이어

픠랴는 薔薇花는 아니라도 갈지안한白玉인 純潔한나의닙설은 微笑에 沐浴감는 그입설에 채닷치못하얏습니다

움지기지안는 달빗에 눌니운 창에는 저의털을가다듬는 고양이의 그림자가 오르락나리락함니다

아아 佛이냐 魔냐 人生이 씌끌이냐 숨이 黃金이냐

적은새여 바람에흔들리는 약한가지에서 잠자는 적은새여

위 시의 제목은 좀 독특하다. 요즘 우리 시의 경향으로 보면 그렇게 생각할 이유도 없지만, 당시(1920년대)의 정황으로 보아서는 좀 이색적이라는 말이다.

물음표를 제목으로 삼고 있는 위의 시는 자아, 인간, 인생, 환(幻) 등과 같은 근본적인 문제에 대하여 의문을 제기한다. 이미 모든 생과 존재의 문제에 대한 답을 발견하고 오도(悟道)의 노래를 부른 대선사로서의 시인이 던진 물음이라고 보면 좀 새삼스러운 면이 있다. 그러나 죽는 날까지, 아니 세세생생 화두를 들고 있어야 오도의 순간을 유지하고 발전시켜 나아갈 수 있는 것이 현실이라면, 위와 같은 질문은 질문자의 내면을 더욱 강하게 만들어주는 수행의 과정에 해당하는 것이기도 하다.

위 시의 화자가 질문한 내용은 위 시 마지막 연의 첫 행에 들어 있다. 그것을 여기에 옮겨보면 다음과 같다: "아아 佛이냐 魔냐 人生이 씩끌이냐 꿈이 黃金이냐". 앞에 생략되어 있는 '佛'과 '魔'의 주어를 '인간'이거나 제1연의 마지막 행에 나오는 "人面의惡魔와 獸心의天使"라고 본다면 화자는 천의 얼굴을 가진, 아니 겉과 속이 다른 인간들 앞에서 크게 의문을 갖게 된 것임을 알 수 있다. 그리고 그와 같은 인간들과 더불어 만들어가야 하는 인생과, 그 인생 속의 환(幻)인 가상(假相)에 대하여서도 크나큰 의문을 갖게 된 것임을 알 수 있다.

우선 제목과 관련해서는 이 정도로 이야기해놓고 시의 앞부분부터 차례대로 살펴 나아가기로 한다. 제1연에서 화자는 졸음 결에 환청으로 님의 발자취 소리를 듣고 놀라 깨어 창문을 열고 밖을 내다본다. 그랬더니 어둠 속에서 소나기가 한 줄기 지나가고 그 남은 빗방울이 파초잎 위에 떨어지는 것이 눈에 들어온다. 그런 모습을 보며 화자는 감정에 일방적으로 빠지는 듯하다가 이지가 함께 찾아오는 이중적인 자신의 내면을 자각하게 되고, 그와 동시에 자신을 괴롭혔던 '인간의 얼굴을 한 악마와, 짐승의 마음을 가진 천사' 같은 존재를 떠올린다. 이런 '인간의 얼굴을 한 악마와 짐승의 마음을 가진 천사' 같은 존재는 화자의 현실적 어려움을 표상하는 것이다.

제2연에서 화자는 계속하여 우울한 풍경들을 본다. 님의 발소리 같은 환청을 듣고 잠을 깬 제1연의 화자는 제2연에서 더욱 우울한 현실의 어려움들을 보게 되는 것이다. 구체적으로 겨우 잠이 든 잔나비의 꿈이 꽃 떨어지는 소리에 깨고, 캄캄하고 적막한 밤을 지키는 등잔불의 불꽃이 제 무게를 견디지 못하고 떨어지며, 비정상적으로 타오르는 영혼이 절망의 극지에서 신세계를 탐험하는 모습이 화자의 눈에 들어오는 것이다.

이런 어둡고, 우울하고, 희망이 보이지 않는 현실에서, 화자는 제3연에 이르러 크게 외친다. 사막의 꽃, 그믐밤의 만월, 님의 얼굴과 같은 맑음과 밝음, 진실과 진리, 영원과 불멸의 세계에 대한 그리움을 한껏 표현하는 것이다. 그러면서 그는 비록 피어나는 장미꽃 같지는 못하지만 그래도 원석으로서의 백옥과도 같은 순결한 자신의 심중이 늘 '미소에 목욕감는' 위 존재들의 한가운데에 닿지 못하여 아쉽고 미안하다는 마음을 전한다. 그리고 다시 창밖을 보니 화자의 눈에는 정지된 달빛에 활기를 잃은 창에 자신의 털을 가다듬는 고양이의 그림자만이 이리저리 비취고 있다.

이런 우울과 고통 속에서 화자는 마치 화를 내듯 제4연에서 의문을 토한다. 인간(또는 인간의 얼굴을 한 악마와 짐승의 마음을 가진 천사 같은 존재)이란 부처냐고, 그렇지 않으면 악마냐고, 그리고 인생이란 것은 티끌과 같은 것이냐고, 환이란 것은 오히려 황금 같은 것이냐고 질문하는 것이다. 이것은 분명 존재와 세계, 인간과 인생에 대한 화자의 진심에서 벗어난 분노가 담긴 것일 터이다. 달리 말하면 이미 모든 것을 알고 있는 그가, 참다운 삶의 성취를 너무나도 어려운 것으로 만드는 현실에 대해 항의성의 발언을 대상 없이 던진 것일 터이다.

이러한 질문과 항의는 위 시를 탄력 있고 강력하며 인상 깊게 만드는 중심 문장이다. 그런 가운데 화자는 자기 자신을 '바람에 흔들리는 약한 가지에서 잠자는 작은 새'로 표현한다. 늘 불안하고 불안정한 현실 속에서 님에 대한 한 가닥 희망을 붙들고 살아가는 자신을 안쓰러워하는 것이다.

요컨대, 위 시는 근본적인 질문을 통하여 화자가 처한 현실의 어려움을 다시 한 번 환기시켜준다. 그러면서 현실의 과도한 어려움은 역으로 본질적인 문제에 대한 의심까지 불러일으키는 엄청난 괴력을 지니고 있다는 것을 느끼게 한다. 그러나 이런 내용과 의미를 지니고 있는 위 시는 님을 향한 화자의 한결 같은 정진의 여정 속에서 스스로의 길을 다시 한 번 다지고 출발하게 만드는 좋은 기회로 작용한다고 볼 수 있다.

# 님의손ㅅ길

　님의사랑은 鋼鐵을녹이는불보다도 쓰거운데 님의손ㅅ길은 너머차서 限度가업슴니다

　나는 이세상에서 서늘한것도보고 찬것도보앗슴니다 그러나 님의손ㅅ길가티찬것은 볼수가 업슴니다


　국화핀 서리아츰에 써러진닙새를 울니고오는 가을바람도 님의손ㅅ길보다는 차지못함니다

　甘露와가티淸凉한 禪師의說法도 님의손ㅅ길보다는 차지못함니다


　나의적은가슴에 타오르는불꼿은 님의손ㅅ길이아니고는 쓰는수가업슴니다

　님의손ㅅ길의溫度를 測量할만한 寒暖計는 나의가슴밧게는 아모데도업슴니다

　님의사랑은 불보다도 쓰거워서 근심山을 태우고 恨바다를 말니는데 님의손ㅅ길은 너머도 차서 限度가업슴니다

위 시는 뜨거운 '님의 사랑'과 차가운 '님의 손길'이 대비를 이루는 가운데 전개되고 있다. 님의 사랑은 불보다도 뜨거운데, 님의 손길은 세상의 어떤 것과도 비교할 수 없고, 한도를 정할 수가 없을 만큼 차갑다는 것이다.

여기서 님의 사랑과 님의 손길이 각각 무엇을 의미하는지를 분명하게 규정짓는 일은 쉽지 않다. 다만 필자는 님의 사랑을 '감정'으로, 님의 손길을 '이지(理智)'로 읽어보고자 한다. 이것은 바로 앞에서 다룬 시 「?」에 나오는 구절, "感情과 理智가 마조치는 刹那"의 그 감정과 이지를 연상시키기도 하고, 위 시 전체의 문맥으로 볼 때에도 개연성이 있는 해석이다.

위 시를 보면 감정적으로 드러나는 님의 사랑은 강철을 녹이는 불보다도 뜨겁다. 뿐만 아니라 그 사랑은 산과 같이 높은 근심도 태워버리고 바다와 같이 넓은 한도 말려버릴 만큼 위력이 있다. 그러나 이런 사랑을 가진 님의 손길은 무엇에 비교할 길이 없을 만큼 차갑다.

위 시에서 화자가 님의 손길이 이토록 차갑다는 것을 묘사하기 위해 동원하고 있는 표현은 매우 리얼하고 참신하다. 님의 손길이 얼마나 찬가를 사무치게 경험하고 정확히 꿰뚫어보지 않은 사람이면 도저히 생각할 수 없는 표현이 등장한다. 우선 위 시 제2연에서 님의 손길은 국화가 핀 가을의 서리 내린 아침에 떨어진 나뭇잎새를 울리고 오는 가을바람보다도 차고, 감로와 같이 청량한 선사의 설법보다도 차다고 한다. 그리고 제3연에서는 자신의 가슴에 타오르는 불꽃을 끌 수 있는 것은 오직 님의 차가운 손길뿐이며 그 님의 손길은 너무나도 차갑기 때문에 한도가 없다고 말한다. 님의 손길인 이지의 이런 차가움을 풀어서 말한다면 그것은 밝은 지

혜, 평등한 의로움, 고요한 침묵, 맑은 단호함, 불퇴전의 용맹심 등을 의미
하는 것일 터이다.

위 시의 화자는 한편으로 님의 사랑 앞에서 님과 더불어 타오르지만, 다
른 한편으로 님의 손길 앞에서 고요해지고 냉정해진다. 그것은 감탄으로
인한 고요이며 전율로 인한 냉정이다. 그러면서 외부의 어떤 측량도구로
도 님의 손길의 차가움을 잴 수는 없으되, 오직 자신의 가슴속에 있는 한
란계로만 그 차가움의 정도를 잴 수 있다고 말한다. 님의 드높은 이지를
볼 줄 알고, 느낄 줄 알고, 포용할 줄 아는 사람은 자신밖에 없다는 것이
다. 그렇다면 왜 이런 현상이 생겨났을까. 그것은 님에 대한 참다운 사랑
이 화자에게서만 작용하기 때문이다. 그리고 님의 마음속 심연에 가 닿는
무아의 헌신 또한 화자에게만 있기 때문이다.

위 시는 사랑이라는 말이 앞의 여러 시들에서와 조금 다르게 사용되었
기 때문에 읽기의 어려움을 감수하게 하지만, 이지의 속성에 대해 모처럼
깊은 이해를 하도록 만드는 의미 있는 작품이다. 진리를 본 자는 무심하
다. 그 무심만큼 서늘하고 차가운 것이 없다. 모든 것을 무사(無事)한 '공(空)'
의 세계로 돌리고, 어떤 것도 얻을 바가 없는 무소득의 진실을 알고, 성성
적적(惺惺寂寂)한 무위(無位)의 세계를 자신의 자리로 삼는 경우보다 더 차가
운 경우는 없을 것이다. 위 시에서 말하는 님의 손길인 이지는 이런 진리
와 무심의 세계를 가리키고 알려준다.

# 海棠花

　당신은 해당화픠기전에 오신다고하얏슴니다 봄은벌써 느젓슴니다
　봄이오기전에는 어서오기를 바랏더니 봄이오고보니 너머일즉왓나 두
려함니다


　철모르는아해들은 뒤ㅅ동산에 해당화가픠엿다고 다투어말하기로 듯
고도 못드른체 하얏더니
　야속한 봄바람은 나는꼿을부러서 경대위에노임니다 그려
　시름업시 꼿을주어서 입설에대히고 「너는언제픠엿늬」하고 무럿슴니다
　꼿은 말도업시 나의눈물에비처서 둘도되고 셋도됨니다

위 시의 님인 당신은 화자에게 봄날의 해당화가 피기 전에 오겠다고 약속을 한 상황이다. 화자는 그 약속을 기다리며 겨울을 보내고 봄을 맞이한다. 그러나 봄이 오고 해당화가 피어도 님은 약속과 다르게 오지 못하고 있다. 무슨 까닭인지 위 시만 보아서는 그 구체적인 사정을 알 수 없으나, 분명한 것은 약속을 지키지 못하도록 할 만큼 힘든 현실적 장애가 님에게 있었으리라는 것이다.

해당화가 피기 전에 오겠다고 한 님과의 약속이 깨어진 상황 속에서 위 시의 화자가 겪는 심리적 정황이 시의 전면(前面)을 차지한다. 그리고 그 심리적 정황의 생생한 묘사가 시의 미학적 수준을 높여주고 있다. 봄이 오기 전에는 봄이 빨리 오기를 바랐는데 막상 봄이 오니까 혹시라도 님이 오지 않을까봐 오히려 봄이 너무 일찍 오는 것이 아닌가 두려워졌다는 것, 철부지 아이들은 해당화가 피었다고 소리치며 다니그 있는데 자신은 그 소리를 듣고도 못 들은 척하고 외면하였다는 것, 이것을 알기나 하는지 봄바람이 날아다니는 해당화 꽃잎을 불어다가 자신의 경대 위에 놓고 가더라는 것, 시름없이 그 꽃을 주워다 입술에 대며 '너는 언제 피었느냐'고 마치 꽃이 알아듣기라도 하듯이 물었다는 것, 그러다 보니 눈물이 나서 꽃잎이 둘로, 셋으로 마구 흔들려 보이더라는 것, 이 모든 묘사가 위 시를 실감으로 가득하게 만드는 묘사이자 내용들이다.

위 시에서 가장 인상적인 부분은 제2연의 마지막 행이다. 화자는 일부러라도 해당화가 핀 사실을 외면하고자 하나 해당화와 그 꽃잎은 이런저런 이유로 해서 화자에게 다가온다. 여기서 화자는 해당화와 그 꽃잎을 보며 속눈물을 흘리게 되고, 그 눈물 속에서 오히려 꽃은 더 부풀어지고 확대되는 아이러니가 나타난다. 이런 아이러니를 보며 독자인 우리는 눈물을 흘리는 화자에게 안쓰러운 마음을 느끼게 되고, 여기서 시적 분위기는 한층 진하게 고조되는 것이다.

요약하면 위 시는 '해당화 피기 전'이라는 자연의 시간, 그 가운데서도 꽃의 시간을 기준으로 약속을 맺어둔 상태에서 그 약속이 이루어지기를 기다리는 마음과, 그 약속이 어긋난 이후의 시름에 젖은 마음, 그리고 해당화를 안고서 님에 대한 그리움과 순정을 샘물처럼 끝간 데 없이 솟아나게 하는 화자의 마음이 인상적으로 다가오는 작품이다.

# 당신을보앗슴니다

당신이가신뒤로 나는 당신을이즐수가 업슴니다

싸닭은 당신을위하나니보다 나를위함이 만슴니다


나는 갈고심을쌍이 업슴으로 秋收가업슴니다

저녁거리가업서서 조나감자를쑤러 이웃집에 갓더니 主人은 「거지는

人格이업다 人格이업는사람은 生命이업다 너를도아주는 것은 罪惡이

다」고 말하얏슴니다

그말을듯고 도라나올째에 쏘더지는눈물속에서 당신을보앗슴니다


나는 집도업고 다른까닭을겸하야 民籍이업슴니다

「民籍업는者는 人權이업다 人權이업는너에게 무슨貞操냐」 하고 凌辱

하라는將軍이 잇섯슴니다

그를抗拒한뒤에 남에게대한激憤이 스스로의슯음으로化하는刹那에

당신을보앗슴니다

아아 왼갓 倫理, 道德, 法律은 칼과黃金을祭祀지내는 煙氣인줄을 아

럿슴니다

永遠의사랑을 바들人가 人間歷史의첫페지에 잉크칠을할人가 술을말

실人가 망서릴째에 당신을보앗슴니다

■■■

　대원력(大願力) 속에서 '님'을 가진 사람은 어떤 일이 있어도 좌절하거나 멈출 수 없다. 가끔씩 그를 혼란스럽게 하는 일이 찾아온다 할지라도 그것은 스쳐가는 과정일 뿐 본질적이거나 결정적인 것이 될 수 없다. 대원력은 한 인간이 그가 사는 땅에서 '깨달은 보살'로서의 삶을 살겠다는 서원이다. 그 대원력 가운데 가장 큰 것은 구류중생(九類衆生)을 제도하되, 상(相) 없이, 남김 없이 제도하겠다는, 무모할 정도의 원력이다.

　위 시의 화자가 가혹한 현실 앞에서 자신이 가야 할 정도(正道)를 잃지 않을 수 있었던 것은 바로 원력의 대상인 '당신인 님' 때문이다. 님이 존재하는 한, 그리고 그를 보고 있는 한, 화자는 절망 속에서도 보호하고 키워야 할 자녀 때문에 삶의 끈을 함부로 놓을 수 없는 어머니처럼 다시 힘을 내고 전진할 수밖에 없다.

　이런 원력의 대상으로서의 님을 다시금 생각하게 하는 위 시의 첫 연은 이별한 님을 그리워하는 내용이다. 이것은 독자들이 이미 수도 없이 만난 것이다. 그러나 여기서 흥미로운 것은 화자가 님을 그리워하는 것이 님을 위한 것이라기보다 자신을 위한 것이라는 그의 말이다. 이 말을 곧이곧대로 들을 수는 없지만 그것은 님을 그리워하는 화자의 마음이 얼마나 큰가를 느끼게 하는 효과를 낸다.

　이와 같은 제1연을 거쳐서 제2연으로 오면 위 시는 한결 구체적인 것이 되며 심각성 또한 더하게 된다. 우선 화자는 갈고 심을 땅이 없기 때문에 추수할 것이 없는 자신의 열악한 현실을 고백하고 아파한다. 생존을 위한 땅, 농토로서의 땅, 목숨을 유지할 수 있는 경제적 토대가 전혀 없는 힘

든 상황이라는 것이다. 이렇게 생존의 고통과 가난 속에서 허덕이는 화자
는 이웃집으로 식량거리를 꾸러 간다. 그런데 이웃집 주인은 그에게 인내
하기 힘든 모욕과 힐난을 가한다. 그 내용인즉 "거지는 人格이업다 人格이
업는사람은 生命이업다 너를도아주는 것은 罪惡이다"라는 것이다. 졸지에
화자는 주인 앞에서 거지와 같은 존재가 되었고, 인격 부재의 인간이 되었
으며, 생명 부재의 죽은 존재가 되었고, 주인을 죄악에 빠지게 하는 마장
(魔障)이 되었다. 이런 모욕과 비난을 받고 돌아오는 길에서 화자는 쏟아지
는 눈물을 주체할 수가 없는 지경이 된다. 그런데 신비롭고 흥미로운 것은
바로 그 순간에 님의 소중한 모습을 보고 그가 감격의 소생을 하게 된다는
것이다.

앞의 제2연이 화자가 처한 경제적 고통과 비대의 현실을 호소하는 부분
이라면, 제3연은 그가 감당해야 할 인간으로서의 주거공간 부재와 사회적
권리 부재의 고통 및 비애를 토로한 부분이다. 제3연의 화자는 자신에겐
생활공간인 '집'이 없을 뿐만 아니라 '민적'도 없다고 말한다. 전자도 심각
하지만 특별히 후자의 민적 문제가 더욱 심각하게 들린다. 이처럼 민적이
없는 화자는 무력을 앞세워 자신을 능욕하려 드는 '장군'을 의식한다. 그
장군이 민적 없는 화자를 보고 "民籍업는者는 人權이업다 人權이업는너에
게 무슨貞操냐"고 힐난함을 느끼고 있는 것이다. 그 장군으로 인하여 화자
는 졸지에 민적 없는 자에서 더 나아가 인권이 없는 자가 되고, 인권이 없
는 자에서 더 나아가 정조조차 지킬 권리가 없는 영혼 부재의 인간으로 전
락한 것이다. 이처럼 모욕을 가하는 장군에 대해 화자는 저항하고 격분하
는 마음을 내다가 어느 순간 자신의 안쪽으로 마음을 돌리며 자기연민과

자아성찰의 슬픔 속으로 빠져든다. 이런 힘든 순간에 화자는 님인 당신을 보고 내적 전환을 불러일으킨다. 님인 당신은 화자의 모든 저항과 슬픔을 넘어서게 만드는 대원력의 대상으로 그 앞에 새롭게 나타난 것이다.

이렇게 마음의 동요와 전환을 겪는 가운데 화자는 스스로 명확한 내적 정리를 하게 된다. 위 시 제3연의 제4행에 해당되는 "아아 왼갓 倫理, 道德, 法律은 칼과黃金을祭祀지내는 煙氣인줄을 아럿슴니다"라는 말이 그 정리의 내용이다. 이 세속현실 사회의 윤리니, 도덕이니, 법률이니 하는 것들은 그가 보기에 외양만 그런 좋은 이름을 달고 있을 뿐, 실제로는 무력인 칼과 금력인 황금을 받들어 모시는 '연기' 같은 존재에 지나지 않는다는 것이다.

화자는 이렇게 내적 정리를 하게 되었지만 그동안 그가 얼마나 심각한 고통과 방황 속에 처해 있었으며 그때 님을 만난 것이 어떤 경험이었는지를 다시 한 번 들려주고 있다. 위 시의 제2연 가운데 마지막 행이 그 부분이다. 그것을 옮겨보면 다음과 같다: "永遠의사랑을 바들ㅅ가 人間歷史의 첫페지에 잉크칠을할ㅅ가 술을말실ㅅ가 망서릴째에 당신을보앗슴니다". 여기서 '영원의 사랑을 받는다'는 것은 속제(俗諦)를 떠난 진제(眞諦)로의 일방적이며 소승적인 초월이자 은둔을 가리킨다. 그리고 '인간역사의 첫 페지에 잉크칠을 한다'는 것은 진제를 떠난 속제로의 일방적이며 인간중심적인 침잠이자 타협이다. 그리고 '술을 마신다'는 것은 감정과 본능이 움직이는 대로 자아몰각의 번뇌 속에서 살아간다는 뜻이다. 화자는 어느 하나도 온전하다고 할 수 없는 이 세 가지 극단적 사유와 행위의 가능성 앞에서 방황하다가 마침내 당신인 님을 보고 제자리를 찾았다고 고백한다.

그가 찾은 자리는 진속불이(眞俗不二)의 자리이다. ‘영원’과 ‘인간역사’가 하나로 회통하는 자리이다.

위 시는 특별히 일제강점기 우리 민족이 처한 현실과 한용운의 개인적 행적을 떠올리게 하는 작품이다. 우선 갈고 심을 땅이 없기에 추수를 할 수 없는 현실은 당시의 빼앗긴 국토, 빼앗긴 농토, 빼앗긴 생존의 터전을 떠올리게 하며, 민적이 없는 현실은 실제로 한용운이 일제의 호적법 시책에 동의하지 않고 호적 없는 상태로 살아간 일을 떠올리게 한다. 그렇다고 하여 위 시의 해당 부분을 꼭 이런 견지에서 틀지어 해석하는 것은 시의 입지를 좁히는 일이다. 따라서 해당 부분을 폭넓게 열어놓을 필요가 있다.

위 시는 다른 어느 시보다도 님인 당신의 존재가 감격스럽게 다가오는 작품이다. 화자의 모든 고통과 방황을 쉬게 하는 님의 등장은 어둠 속에서 발견한 한 줄기 빛이자 환한 등불과 같다.

# 비

비는 가장큰權威를가지고 가장조흔機會를줌니다

비는 해를가리고 하늘을가리고 세상사람의눈을 가림니다

그러나 비는 번개와무지개를 가리지안슴니다


나는 번개가되야 무지개를타고 당신에게가서 사랑의팔에 감기고자함니다

비오는날 가만히가서 당신의沈黙을 가져온대도 당신의主人은 알수가업슴니다


만일 당신이 비오는날에 오신다면 나는 蓮닙으로 윗옷을지어서 보내것슴니다

당신이 비오는날에 蓮닙옷을입고오시면 이세상에는 알사람이 업슴니다

당신이 비ㅅ가온대로 가만히오서서 나의눈물을 가저가신대도 永遠한秘密이 될것임니다

비는 가장큰權威를가지고 가장조흔機會를줌니다

위 시는 비를 소재이자 상상력의 중심으로 삼아 화자의 이별한 님에 대한 사랑을 표현하고 있다. 모든 사람들이 비에 대해 위 시의 화자처럼 생각하거나 상상하지는 않을 것이다. 그러나 위 시의 화자가 전하는 바에 의하면, 비는 님과의 사랑을 도와주는 가장 큰 권위를 지니고 가장 좋은 기회를 주는 존재이다. 왜 그러한가. 그것은 비가 해를 가리고, 하늘을 가리고, 세상 사람들의 눈을 가리기 때문이라는 것이다. 요컨대 비는 일체의 외적인 타자성의 눈길을 가려준다는 것이다. 여기서 비가 해를 가리고 하늘을 가린다는 것은 쉽게 이해될 수 있다. 그러나 비가 세상 사람들의 눈을 가린다는 말에 대해서는 조금 설명이 필요할 듯하다. 추측건대 화자가 이런 말을 한 것은 비가 오면 사람들이 모두 집 안이나 실내에 있으므로 바깥 풍경을 볼 수 없다는 뜻일 것이다. 그러나 이런 식으로 하나하나 설명하는 것보다는 비의 가려주는 힘으로 인해 화자와 님의 사랑을 나누는 일이 아주 자유로워지고 용이해졌다는 사실을 인식하는 것이 더 중요하다.

위 시의 화자에 따르면, 비는 번개와 무지개를 빼고 일체의 세상 것들을 가려준다. 화자는 제2연에서 말하듯이, 이런 번개가 되어 무지개를 타고 아무도 모르게 님의 사랑의 팔에 안기고 싶다고 한다. 또한 비는 이처럼 좋은 환경을 마련해주기에 자신이 님 있는 곳을 직접 찾아가 '님의 침묵'을 가져오더라도 그 주인조차 모를 것이라고 생각한다. 비가 외부에 주는 장애가 클수록 화자가 님과 사랑을 나눌 수 있는 내적 자유는 커지고 있는 것이다. 그런데 조금 전에 나온 '님의 침묵'을 어떻게 해석하는 것이 좋을까. 이것은 달리 심각하게 읽거나 알레고리로 해석할 필요가 없이, 님이 이별과 관련하여 말하지 못하는 속사정이라고 보면 무난할 듯하다.

화자는 제3연에서 한 가지 가정과 제안을 한다. 만약 님이 비 오는 날에 오겠다고 하면 님에게 연잎으로 윗옷을 지어 보내겠다는 것이다. 그것은 님이 연잎으로 지은 옷을 입고 오면 이 세상에서 그를 알아볼 사람이 없을 것이라 생각하기 때문이다. 그렇다면 연잎으로 지은 옷이란 무엇인가. 이 것 역시 앞의 '님의 침묵'의 경우처럼 심각하게 읽거나 알레고리로 해석할 필요 없이, 말 그대로 연잎으로 윗옷을 지어 보내겠다는 뜻으로 읽으면 충분할 것이다. 다만 연잎의 속성을 생각할 때 연잎으로 지은 옷은 비가 아무리 와도 빗방울이 굴러내려 젖지 않을 것이고, 연잎으로 된 옷은 님을 자연의 일부처럼 보이게 만드는 효과를 지닐 것이라 상상해볼 수 있다.

이런 가정과 제안을 한 화자는 님이 연잎으로 된 옷을 입고 자신에게 가만히 와서 자신의 님을 그리워하는 '눈물'을 가져간다 해도 그것은 아마 이 세상 모든 존재가 알 수 없는 '영원한 비밀'이 될 것이라고 말한다. 이 정도로, 화자의 생각으로는, 비와 연잎의 윗옷은 모든 것을 가려주기에 충분한 것이다.

위 시는 비의 가리는 속성을 통해 이 험난한 세상 한가운데에 안전지대와 같은 공간을 창조하고 그 속에서 님과의 사랑을 장애 없이 나누고자 한 발상이 매우 독특하고 참신하다. 이 시에서처럼 사랑하는 두 사람이 각각의 가장 중요한 부분을 주고받아도 그 누구도 눈치챌 수 없는 안전지대가 비 내리는 풍경 속에서 만들어질 수 있으리라고 누가 상상할 수 있겠는가. 다소 동화적인 분위기가 전해져 오기도 하지만, 위 시는 비라는 독특한 소재를 도입한 발상이 참신하며, 사랑하는 님을 향한 화자의 순정과 열정이 고스란히 전달된다는 점이 인상적인 작품이다.

# 服從

남들은 自由를사랑한다지마는 나는 服從을조아하야요

自由를모르는것은 아니지만 당신에게는 服從만하고십허요

服從하고십흔데 服從하는것은 아름다은自由보다 달금합니다 그것이
나의幸福임니다


그러나 당신이 나더러 다른사람을服從하라면 服從할수가업슴니다

다른사람을 服從하랴면 당신에게 服從할수가업는 까닭임니다

위 시는 남들과 나, 자유와 복종, 다른 사람과 당신이 서로 대비되는 가운데 전개되고 있다. 그중에서도 '남들의 자유'와 '나의 복종'이 다른 어느 것보다도 중요하고 뚜렷한 대비 구도를 형성하는 가운데 진행되고 있다. 따라서 이 '남들의 자유'와 '나의 복종'을 이해하는 것이 위 시가 말하는 바의 중심으로 들어가는 지름길이다.

위 시의 화자는 제1연에서 먼저 '남들은 자유를 사랑한다'고 하였다. 그것은 무슨 뜻일까. 이것은 당시의 수많은 사람들의 자유가 소아, 개인, 에고, 세속적 인권 등에 바탕을 둔 자아보존적이며 자기지향적인 자유라는 뜻이다. 나의, 나에 의한, 나를 위한 자유, 영어로 표기하면 'I, My, Me, Mine'을 중심에 둔 자유, 그것이 당대의 수많은 사람들이 추구하는 보편적인 자유라는 것이다. 이런 자유는 『님의 침묵』 서두의 「군말」 가운데 나오는 '그림자를 지닌 자유', '이름 좋은 자유', '알뜰한 구속을 받는 자유'와 궤를 같이한다. 이런 자유는 소위 '일차적 행복'에 그 목표를 둔다. 여기서 '일차적 행복'이란 나의 카르마가 좋아하고 작용하는 행복이다. 위 시의 화자는 이런 자유의 현실과 그 한계를 알고 있는 것이다.

그런 가운데 위 시의 제1연을 통하여 화자는 세속적이며 시대적인 소아의 한계 지어진 자유와 대비되는 '나의 복종'에 대하여 언급한다. 그는 말하기를, 자신이라고 세속적이며 시대적인 자유와 그 즐거움을 모르는 것은 아니지만, 사랑하는 당신 앞에서만은 그런 자유와 차원이 다른 '복종'을 하고 싶다는 것이다. 이곳에서의 복종은 사전적이고 지시적인 의미의, 타율로서의, 예속으로서의, 자유의 상실과 포기가 낳은 부정적 세계가 아니라, 이와 정반대로 자율로서의, 자발로서의, 화자의 적극적인 자유가 낳은 수준 높은 세계이자 창조물이다.

화자는 같은 제1연에서 "服從하고십흔데 服從하는것은 아름다은自由보다 달금함니다 그것이 나의幸福임니다"라고 복종의 달콤함(환희)을 말하면서 그와 같은 삶이 자신에겐 행복이라고 말한다. 이때의 행복은 말할 것도 없이 '근원적 행복'이다. '근원적 행복'이란 앞의 일차적 행복과 달리 소아와 개인을 넘어 대아와 전체를 보고, 에고와 세속적 권리를 넘어 무아와 우주심에 자리를 잡은 행복이다. 행복 가운데 최고의 행복이 이 '근원적 행복'이라면 위 시의 화자는 복종을 통하여 이런 행복에 닿아 있는 것이다.

이때 복종은 무아의 대자유가 낳은 최고의 하심(下心)이자 방하착(放下着)이다. 그리고 타인에 대한 무한한 사랑의 가장 아름다운 표현이다. 버리고 놓음으로써 자기영역을 넓혀가는 무소유와 무집착의 기쁨이 이로부터 비롯되는 것이다.

복종과 자유, 자유와 복종을 이렇게 탈바꿈시킴으로써 우주적 진리와 세속적 현실을 동시에 놓고 볼 수 있게 만들고, 참다운 복종과 참다운 자유가 어떻게 하나로 이어지는가를 보여주는 위 시의 화자는 삶과 세계의 본질을 꿰뚫고 있는 자이다. 모든 것을 알면서 가장 본질적인 것을 자신의 자리로 삼는 것, 그것은 삶과 세계를 통찰하지 않은 사람은 결코 할 수 없는 일이다.

어쨌든 화자는 위 시의 제1연에서 복종의 참뜻에 대한 언급을 통해 님에 대한 자신의 사랑과 거기서 오는 행복을 표현하고 있다. 그리고 이어지는 제2연을 통하여 이런 복종은 오직 님인 당신에게만 해당되는 사항이라고 단호하게 말하고 있다. 이런 그의 단호함과 확고함은 님에 대한 사랑의 온전성을 지키기 위한 것이기도 하지만, '다른 사람들'로 표상된 세속적 가치와 목표가 복종으로서의 사랑을 바칠 만한 존재가 되지 못한다는 사실을 뜻하는 것이기도 하다. 님인 당신은 그만큼 협소한 자아의 이로움을 넘어 전 세계를 살리는 문제적 존재이자 대상이다. 그런 님이 오게 하기 위하여 화자는 자발적이며 적극적인 순종 혹은 수순(隨順)의 마음을 내고, 그 마음을 복종이라는 세속 언어의 반전을 통해 표현하고 있는 것이 위의 작품이다.

# 참어주서요

나는 당신을 리별하지아니할수가 업슴니다 님이여 나의리별을 참어
주서요

당신은 고개를넘어갈째에 나를도러보지마서요 나의몸은 한적은모래
속으로 드러가랴함니다


님이어 리별을참을수가업거든 나의죽엄을 참어주서요

나의生命의배는 부끄럼의 쌈의바다에서 스스로爆沈하랴함니다 님이
어 님의입김으로 그것을부러서 속히잠기게 하야주서요 그러고 그것을
우서주서요


님이어 나의죽엄을 참을수거업거든 나를사랑하지마러주서요 그러하
고 나로하야금 당신을 사랑할수가업도록 하야주서요

나의몸은 터럭하나도 쌔지아니한채로 당신의품에 사러지것슴니다

님이어 당신과내가 사랑의속에서 하나가되는것을 참어주서요 그리하
야 당신은 나를사랑하지말고 나로하야금 당신을사랑할수가업도록 하야
주서요 오오 님이어

화자는 님인 당신에게 세 가지를 참아 달라고 간곡하게 부탁한다. 첫째는 님과의 이별을 참아 달라는 것이다. 둘째는 그 이별을 참을 수가 없거든 자신의 죽음을 참아 달라는 것이다. 그리고 셋째는 서로가 사랑 속에서 하나가 되는 것을 참아 달라는 것이다. 얼핏 보면 복잡한 것 같지만 중요한 내용은 님과의 사랑을 위해, 아니 님을 사랑하기 때문에 자신과의 이별이라는 현실적 고통을 참아 달라는 것이다. 그리고 자신이 목숨까지 내놓고자 할 만큼 부끄러움으로 스스로를 못 견뎌 하는 것을 참아 달라는 것이다. 그러니까 화자는 님에게 이별을, 그리고 사랑을 위한 자신의 죽음까지도 참아 달라고 애원하는 것이다.

첫 연부터 살펴보기로 한다. 위 시의 첫 연에서 화자는 님에게 이별의 불가피성과 그 이별을 참아 달라는 내용을 전한다. 이별을 주저하면서 그 이별에 집착하는 마음을 버리고, 이별하는 것이 사랑을 위한 최선의 현실적 방법임을 인정하며 참아 달라는 것이다.

그런 후, 화자는 제2연에서 만약 이별을 참을 수가 없다면 자신의 죽음을 참아 달라고 매우 격한 어조로 부탁한다. 이 내용을 문자 그대로 받아들일 경우, 만약 님이 이별을 참을 수 있게 되면 모든 것이 해결되는 것이다. 하지만 그 이별을 참을 수가 없게 된다면 이별보다 가혹한 화자의 죽음이 참음의 대상으로 나타나게 되는 것이다. 여기엔 조금 더 설명이 필요하다. 제2연의 제2행을 보면 화자는 '부끄러움의 바다'라는 표현을 동원할 만큼 무엇인가로 인해 감당하기 어려울 정도의 부끄러움을 느끼고 있다. 추측건대 그 부끄러움은 님과의 만남과 사랑을 위한 자신의 노력이 그

열정과 안간힘에도 불구하고 너무나도 미약해지는 현실을 괴로워하고 자
탄하는 데서 나온 감정일 것이다. 화자는 그 부끄러움으로 인해 자신의 목
숨이 스스로 폭침하려 하는 어둡고 무력한 상황 속에 놓여 있다고 말한다.
그러면서 아예 님이 자신의 목숨이 사라지도록 힘을 보태고 님은 거기에
마음 쓰지 말라고 반어적인 부탁을 한다. 더욱이 그렇게 하고 나서 웃어버
리라고 말하는 것은 더 심각한 아이러니이다. 이렇게 자신의 목숨까지도
내놓고 싶어 할 만큼 화자는 님과의 사랑을 훼손시키지 않기 위해 말할 수
없는 노력을 다하고 있는 것이다.

　이런 화자는 제3연에서 님에게 한 가지 더 부탁을 한다. 그것은 님이 나
의 이런 죽음까지도 참을 수가 없다면 나를 사랑하지 말아 달라는 것이다.
그리고 자신으로 하여금 또한 님을 사랑할 수가 없도록 해 달라는 것이다.
그러니까 이별과 죽음은 위 시의 님과 화자가 사랑을 지키기 위해 선택할
수 있는 마지막 방책이자 최선의 방편이다. 이별과 죽음을 참을 수 없다
면 두 사람은 서로 사랑을 버리는 것이 낫다고 생각하기 때문이다. 말할
나위도 없이 화자의 말을 들은 님은 사랑의 포기 대신 이별과 죽음을 선택
할 것이다. 그것은 화자의 님에 대한 사랑이 얼마나 지극한 것인지를 보면
짐작할 수 있다. 화자는 제2행에서 "나의몸은 터럭하나도 쌔지아니한채로
당신의품에 사러지것슴니다"라고 말한다. 그리고 이어서 다음 행을 통해
이별과 죽음의 고통을 감수하더라도, 님과 내가 사랑 속에서 하나가 되는
것을 진정 참아 달라고 말한다. 화자가 생각하기에 이처럼 완전한 사랑 속
에서 두 사람이 완전한 '하나'가 되면, 그 다음에 이어지는 구절에서 말한
것처럼 굳이 서로 애써 사랑하고자 하는 일이 더 이상 필요하지 않을 것이

다. "당신은 나를사랑하지말고 나로하야금 당신을사랑할수가업도록 하야
주서요"라는 말이 바로 그것이다. 요컨대 완성된 사랑과 온전한 일체감은
더 이상 사랑할 내용을 남겨놓고 있지 않는 것이다.

　지금까지 살펴본 바와 같이, 위 시는 님과 화자의 완벽하고도 영원한 사
랑의 확인, 그런 사랑의 지속과 살림을 위해 현실적인 이별과 죽음까지 수
용하고 인내해야 한다는 비장한 마음을 적절한 반어의 사용과 미로를 연
상시키는 독특한 문장으로 특이하게 형상화한 작품이다.

# 어늬것이참이냐

엷은紗의銀幕이 적은바람에 휘둘너서 處女의꿈을 휩싸듯이 자최도업는 당신의사랑은 나의청춘을 휘감읍니다

발싹거리는 어린피는 고요하고맑은 天國의音樂에 춤을추고 헐썩이는 적은靈은 소리업시 써러지는 天花의그늘에 잠이듭니다


간은봄비가 드린버들에 둘너서 푸른연긔가되듯이 싯도업는 당신의情실이 나의잠을 얼금니다

바람을싸라가랴는 써른숨은 이불안에서 몸부림치고 강건너사람을부르는 밧분잠꼬대는 목안에서 그늬를쒐니다

비낀달빗이 이슬에저진 꼿숩풀을 싸락기처럼부시듯이 당신의 써난恨은 드는칼이되야서 나의애를 도막도막 슨어노앗슴니다


문밧긔 시내물은 물ㅅ결을 보태랴고 나의눈물을바드면서 흐르지안슴니다

봄 산의 미친바람은 꼿써러트리는힘을 더하랴고 나의한숨을 기다리고 섯슴니다

위 시의 화자는 님을 기다리다 지쳐서 너무나도 답답한 마음 상태에 있다. 그래서 님에게 '어느 것이 참이냐'고 시의 제목처럼 따지듯 묻는다. 내가 당신의 사랑을 믿고 정(情), 한(恨), 슬픔 등을 느끼는 것이 참이냐, 그렇지 않으면 당신의 사랑은 이미 떠나버린 것이 참이냐고 그는 묻는 것이다. 이 물음의 이면을 살펴볼 줄 아는 사람이라면 이런 질문은 괜히 한 것임을 알 것이다. 화자는 답답한 자신의 마음을 표현한 것일 뿐, 어느 것이 참인지를 알고 있기 때문이다.

이와 같은 님의 떠남과 부재 앞에서 위 시의 화자는 특별히 진한 인간적 감정을 드러낸다. 제1연의 첫 행을 보면 그는 자취도 없는 님에 대한 사랑의 마음으로 자신의 청춘이 휘감겨 버렸다고 말한다. 그리고 제2연의 첫 행을 보면 님을 향한 끝도 없는 정으로 자신의 잠이 얽어매어져 버렸다고 말한다. 또한 같은 제2연의 마지막 행을 보면 님에 대한 한으로 자신의 애간장이 끊어져 버렸다고 말한다. 그뿐만이 아니다. 제3연을 보면 화자는 눈물을 흘리고 한숨을 쉬며 자신을 추스르지 못하고 있다.

오지 않는 님을 향해 화자가 느끼는 이런 감정은 일반적으로 흔하게 만나볼 수 있는 것이지만, 그 절실성만은 쉽게 찾아보기 어려운 측면을 지니고 있다. 그리고 뒤에서 더 이야기하겠지만 이런 절실성을 표현하는 화자의 언어는 독자들이 그 절실함을 한층 더 절실하게 느끼도록 만드는 데 아주 효과적으로 기능하고 있다.

그러면 차례대로 첫 연부터 자세히 읽어보기로 한다. 제1연에서 화자는 님의 사랑이 자신의 청춘을 휘감은 것에 대하여 다음과 같이 말하고 있다:

"엷은紗의銀幕이 적은바람에 휘둘너서 處女의꿈을 휩싸듯이 자최도업는 당신의사랑은 나의청춘을 휘감읍니다". 이것은 얇은 비단으로 된 은막이 바람에 휘둘려서 처녀의 꿈을 휩싸는 것처럼, 그렇게 만져볼 수도 없는 님에 대한 사랑으로 인하여 자신의 전 존재가 저당 잡히듯 휩싸여 버리고 말았다는 것이다. 이런 사실을 화자는 제2행에서 부연 설명하고 있다. 사랑에 취한 청춘의 생동하는 기운이, 사랑의 님만이 줄 수 있는 '고요하고 맑은 天國의 음악'에 취해 춤을 추고, 그런 청춘의 갈망으로 가득찬 영혼이 역시 사랑의 님만이 줄 수 있는 '天花의 그늘'에서 몰아(沒我)의 잠을 자고 있다고 말이다. 이렇듯 제1연에서는 님의 사랑에 전 존재를 빼앗긴 화자의 몸 둘 바를 몰라 하는 감정 상태도 인상적이지만, "엷은紗의銀幕이 적은바람에 휘둘너서 處女의꿈을 휩싸듯이"나 "발딱거리는 어린피", "헐쩍이는 적은靈", "天國의 音樂", "天花의 그늘" 같은 언어나 표현도 이채로운 느낌으로 다가온다.

이제 제2연을 보기로 한다. 여기서 사랑은 '정'으로 변주되었다. 그 정을 '情실'이라고 실에 빗대어 표현한 것이 흥미롭다. 그런 님에 대한 정으로 화자의 잠은 묶여버렸다고 하며, 화자는 이런 상태를 "간은봄비가 드린버들에 둘너서 푸른연긔가되듯" 그렇게 묶여 버렸다고 말한다. 여기서 사용된 '가느다란 봄비가 늘어뜨려진 버드나무에 둘리어서 푸른 연기가 되듯이'라는 비유적 표현은 세심한 관찰력을 갖추지 못한 사람은 결코 포착하여 구사할 수 없는 보기 드문 예이다.

제2연의 제2행으로 가면 화자는 님의 꿈을 꾸며 잠꼬대를 하고 있다. 그런데 그 꿈은 짧고 꿈속에서도 님과의 만남은 이루어지지 않아 마음을 끓

인다. 이런 내용을 담고 있는 제2행에서도 내용 못지않게 언어와 표현이 주목을 끈다. "바람을싸라가라는 써른숨", "이불안에서 몸부림치고", "밧분잠소대", "목안에서 그늬를씀니다"와 같은 구절들은 모두 표현상의 관심을 불러일으키기에 충분하다. 같은 제2연의 제3행에서 화자의 님에 대한 사랑은 정을 지나 '한'으로 변주되고 있다. 한은 앞의 정에 비해 더욱 과격한 감정이다. 이런 한에 의해 화자는 자신의 전존재가 파괴되고 절단되는 것 같은 느낌을 받고, 그 느낌을 "비낀달빗이 이슬에저진 쏫숩풀을 싸락이처럼부시듯이", "써난恨은 드는칼이되야서" "나의애를 도막도막 싄어노앗슴니다"와 같은 표현으로 전하고 있다. 화자가 사용한 이 표현들 가운데서도 특히 '비껴서 비취는 달빛이 이슬에 젖은 꽃수풀을 싸락이 부수듯 부수었다'는 부분은 뛰어난 표현의 기쁨과 효용이 무엇인지를 절감하게 하는 부분이다.

이제 마지막 연인 제3연을 보기로 하자. 여기서 화자가 말하는 눈물과 한숨은 매우 흔한 것이다. 얼마간 대중적인 느낌까지 갖게 한다. 사랑에서 정으로, 정에서 한으로, 한에서 눈물과 한숨으로 이어지는 변주의 선상에서, 이 마지막 연의 눈물과 한숨은 어느 것보다 평범하다. 그러나 그것을 표현한 언어는 결코 흔하지 않은 특수성과 독자성을 갖고 있다. "문밧긔 시내물은 물ㅅ결을 보태랴고 나의눈물을바드면서 흐르지안슴니다"라는 제1행도, "봄 산의 미친바람은 쏫써러트리는힘을 더하랴고 나의한숨을 기다리고 섯슴니다"라는 제2행도 보기 드문 묘사로서 돋보인다.

앞에서 살펴보았듯이 위 시의 화자가 지닌 감정은 그 절실성을 제외한다면 일반적이고 평범한 것에 속한다. 그러나 그 감정을 전달하는 언어와 표현은 절실성을 더욱 절실하게 느끼도록 만들어주는 훌륭한 기교를 자랑하고 있다. 이런 기교를 '선교(善巧)'라고 한다면 위 시의 언어와 표현은 선교로서 그 역할을 제대로 하고 있는 셈이다.

# 情天恨海

가을하늘이 놉다기로
情하늘을 따를소냐
봄바다가 깁다기로
恨바다만 못하리라


놉고놉은 情하늘이
시른것은 아니지만
손이 나저서
오르지 못하고
깊고깊은 恨바다가
병될것은 업지마는
다리가 쩔너서
건느지 못한다


손이 자래서 오를수만 잇스면
情하늘은 놉흘수록 아름답고
다리가 기러서 건늘수만 잇스면
恨바다는 깁흘수록 묘하니라

만일 情하늘이 무너지고 恨바다가 마른다면

차라리 情天에 써러지고 恨海에 싸지리라


아아 情하늘이 놉흔줄만 아럿더니

님의이마보다는 낫다

아아 恨바다가 깁흔줄만 아럿더니

님의무릎보다는 엿다


손이야 낫든지 다리야 써르든지

情하늘에 오르고 恨바다를 건느랴면

님에게만 안기리라

위의 시에는 앞에서 읽어본 여러 편의 작품과 다르게 외재율이라고 부를 수 있는, 드러난 율격이 작용하고 있다. 실제로 작품을 읽어가다 보면 여러 가지 변주가 구사되고 있으나, 시를 읽는 전 과정에서 틀 지어진 율격이 감지되는 점은 동일하다.

위 작품은 이렇듯 정형성이 강한 율격을 갖고 있을 뿐 아니라, 얼핏 보면 그 내용 또한 단조롭기 그지없는 것처럼 느껴진다. 그러나 실제로 작품을 읽어가다 보면 단조롭게만 보이던 내용 역시 반전의 묘미를 살리는 가운데 평면적인 단조로움을 벗어나고 있음을 알 수 있다.

먼저 작품의 제목을 보면 '정천한해(情天恨海)'라고 되어 있다. 정의 하늘과 한의 바다라는, 평범한 듯하면서도 흥미로운 비유가 사용되었다. 특히 정을 하늘의 높이로, 한을 바다의 깊이로 대응시켜 결합시킨 것이 재미있다.

이 정과 한은 화자가 님과의 이별 속에서 갖게 된 고통스러운 감정이다. 일반적으로, 지극히 인간적인 이 감정은 님을 사랑하는 마음에 비례하여, 그리고 님과의 만남이 어려워지는 데 비례하여 커지고 깊어지는 대중적이며 보편적인 감정이다. 위 시에서 이런 대중적이자 보편적인 감정이 출현하게 된 것은 님을 초월적인 저 너머의 세계가 아니라 지금, 이곳의 현실 속에서 살아 존재하는 대상으로 살려내려는 마음이 작용한 결과이다.

제1연에서, 화자는 '가을하늘'과 '정(情)하늘'을, 그리고 '봄바다'와 '한(恨)바다'를 서로 비교, 대조시키고 있다. 그러면서 정의 하늘이 가을하늘보다 높고 한의 바다가 봄바다보다 깊다고 말함으로써, 자신의 님을 향한 정과 한이 얼마나 크고 무거운지를 역설하고 있다.

그런 다음 제2연에서 화자는 이와 같이 높고 깊은 정과 한의 감정은 자신이 감내해야 마땅한 것이지만, 현실적으르는 '손이 낮고 다리가 짧다'는 표현이 의미하듯 감내도, 극복도 쉽지 않은 것이 사실이라고 고백한다.

그러나 화자는 그런 부담과 한계 속에 있는 자신을 한탄하지만은 않는다. 제3연으로 가보면, 여기서 화자는 정의 높이와 한의 깊이라는 것은 만약 도달할 수 있고 극복할 수 있기만 하다면 그것 자체가 그렇게 부정적인 것만은 아니라고 말한다. 이것은 님과의 이별 속에서 정과 한의 감정을 지니고 살아야만 하는 자신의 현실적 고통을 그가 의미 있고 가치 있는 것으로 전변시키는 부분이다.

이처럼 정과 한의 긍정적 의미를 찾아낸 화자는 제4연에서, 만약 정의 하늘이 무너지고 한의 바다가 말라버리게 된다면 자신 또한 정의 하늘에서 떨어지고 한의 바다에 빠져버리겠다고 자학하듯 말한다. 정과 한은 고통스러운 게 분명하지만 그가 님을 그리워하며 살아가게 하는 의미 있는 동력이기도 하기 때문이다.

그리고 이어서 제5연을 통하여 화자는 정의 높이와 한의 깊이를 의미화하면서, 그러나 정의 하늘이 아무리 높아도 님의 이마보다는 높지 못하고, 한의 바다가 또한 아무리 깊어도 님의 무릎보다는 얕다고 말한다. 여기에 이르러 위 시의 의미 전개과정상에 엄청난 반전이 일어난다. 이런 말로 인하여 이제는 세상의 어떤 물리적인 하늘과 바다도 그 높이와 깊이를 자랑할 수 없게 되었기 때문이다. 님의 등장으로 인해 하늘과 바다는 무력해지고 일정한 한계 내의 것으로 축소되고 만 것이다.

따라서 제6연의 화자는 정의 하늘에 오르고 한의 바다를 건너고자 한다면 '손이 낮고 다리가 짧은' 자신의 능력에 기댈 것이 아니라 무조건 님에게 안기기만 하면 된다는 단순한 처방이자 결론에 도달하게 된다. 님은 화자를 정과 한의 감정 속에서 살아가게 하는 존재이지만, 동시에 화자로 하여금 그 정과 한의 감정을 일거에 넘어설 수 있게 만드는 만능의 존재이기도 한 것이다. 위 시의 화자는 한편으로 분명한 한계에 갇힌 자신의 현실을 보면서 다른 한편으로 님과의 하나됨을 꿈꾸고 있다. 정과 한이라는 고통조차도 의미 있는 고통이라는 것, 그런 고통을 온전히 넘어서는 길은 님의 품에 안기는 길밖에 다른 길이 없다는 것, 그것을 위 시의 화자는 절감하고 있는 것이다.

# 첫 「키쓰」

마서요 제발마서요

보면서 못보는체마서요

마서요 제발마서요

입설을다물고 눈으로말하지마서요

마서요 제발마서요

쓰거은사랑에 우스면서 차듸찬잔붓그림에 을지마서요

마서요 제발마서요

世界의꽂을 혼저짜면서 亢奮에넘쳐서 썰지마서요

마서요 제발마서요

微笑는 나의運命의가슴에서 춤을춤니다 새삼스럽게 스스러워마서요

■■■

위 시의 화자는 님의 '첫 키쓰'를 받고 싶어한다. 그런데 님은 화자의 마음을 아는지 모르는지 '첫 키쓰'를 하는 일에 과감하게 나서지 못하고 있다. 답답한 화자는 님을 향해 몇 번이고 반복하여 모든 장애를 거두고 자신에게 첫 입맞춤을 해달라고 간청한다.

화자가 보기에 님은 자신을 보면서 못 보는 체하고, 입술을 다물고 눈으로 말하며, 작은 부끄러움에 울고 있고, 항분에 넘쳐서 떨고 있다. 그리고 새삼스럽게 입맞춤하는 일을 민망해하고 있다. 이런 님의 태도와 자세는 화자를 답답하게 할 뿐만 아니라 속이 타도록 만들고 있다.

화자는 위 시 전체를 통하여 이와 같은 님에게 제발 그런 태도와 자세를 갖지 말라고 부탁한다. 그 부탁이 얼마나 강한지 위 시의 각 행마다엔 '마서요' 혹은 '제발 마서요'라는 말이 빠짐없이 반복된다.

그럼에도 불구하고 시가 끝나는 지점까지 님이 화자에게 입맞춤을 할 것이라는 확신이나 님으로부터의 응답은 없다. 오직 화자가 님을 향해 간청을 하는 목소리만이 위 시의 전면을 넘치도록 채울 뿐이다.

이와 같이 위 시에서 화자는 언제나 님의 키스로 표상되는 사랑과 만남을 받아들일 준비가 되어 있다. 님에 대한 화자의 사랑은 항심(恒心)이자 진심(眞心)이고 더 나아가 직심(直心)이자 대아심(大我心)의 상태이기 때문이다. 화자가 님의 '첫 키쓰'를 받고 싶다는 것은 님과 생명으로서 사랑의 한 몸이 되고 싶다는 것이고, 님과의 이별을 순간적일지라도 깊은 만남으로 생생하게 변화시키고 싶다는 것이다.

그러나 심리적인 현실이든, 외부적인 현실이든, 님의 현실은 화자에게 첫 키스를 하도록 허용하지 않는 것 같다. 화자가 온갖 말로 설득을 하고, 회유를 하고, 용기를 주어도 님은 그것을 받아들여 행동으로 옮기지 못한다. 그럴수록 화자의 님에 대한 입맞춤의 요청은 숨이 가쁠 만큼 간절해진다. 위 시는 이런 요청의 숨가쁨과 간절함을 '첫 키쓰'라는 관능적이며 에로틱한 접촉의 표상을 통하여 감상하고 공감하는 데 묘미가 있다.

이와 같은 내용을 담고 있는 위 시에서 논의과정 중 적절한 자리를 얻지 못하여 빠진 부분을 한두 가지 더 보충하여 살펴보기로 한다. 그 하나는 "世界의꽃을 혼저싸면서"라는 제8행의 앞 구절이고, 다른 하나는 "微笑는 나의運命의가슴에서 춤을춤니다"라는 제10행의 앞절이다. 전자의 경우, 이것은 님의 과감성과 행동성을 뜻하는 말로 보아야 한다. 따라서 당신은 그렇게 과감하고 행동적이면서 왜 화자인 나에게는 떨기만 하고 입맞춤을 하지 못하느냐는 내용이 그 뒤로 이어진다. 그리고 후자의 표현에 담겨 있는 의미는 화자의 마음 상태가 조금도 구김살 없는 미소로 가득해 있다는 것이다. 그러니 화자인 자신에게 민망해하거나 주저해하지 말고 적극적으로 입맞춤을 하라는 것이다.

위 시는 화자가 님에게 입맞춤을 하겠다는 것이 아니라 님이 화자에게 입맞춤을 해달라고 요청하는 상황의 설정으로 인해 발상의 신선함을 느끼도록 한다. 그리고 화자가 입맞춤을 받고 싶다며 님에게 전한 마음과 언어도 매우 절박할 뿐만 아니라 신선하다. 또한 앞서 언급한 바 있지만 관능적이며 성애적인 접촉으로 사랑을 말하는 방식도 낯선 효과를 자아내는 데 기여하고 있다.

# 禪師의說法

나는 禪師의說法을 드럿슴니다
「너는 사랑의쇠사실에 묵겨서 고통을밧지말고 사랑의줄을쓴어라 그
러면 너의마음이 질거우리라」고 禪師는 큰소리로 말하얏슴니다

그禪師는 어지간히 어리석슴니다
사랑의줄에 묵기운것이 압흐기는 압흐지만 사랑의줄을쓴으면 죽는것
보다도 더압흔줄을 모르는말임니다
사랑의束縛은 단단히 얼거매는것이 푸러주는것임니다
그럼으로 大解脫은 束縛에서 엇는것임니다
님이어 나를얽은 님의사랑의줄이 약할가버서 나의 님을사랑하는줄을
곱드럿슴니다

■■■

위 시는 『님의 침묵』 전체에서 특별히 중요한 자리를 차지한다. 그것은 위 작품이야말로 『님의 침묵』 전체를 지배하고 주도하는 사랑의 마음이 어떤 것인지를 가장 확실하게 보여주고 있기 때문이다. 위 시가 전해주는 바 '사랑의 마음'을 온전히 이해하게 되면 『님의 침묵』을 읽는 일은 한 차원 더 높은 곳으로 나아가게 될 것이고, 한용운이 『님의 침묵』을 쓰게 된 동기와 그 시쓰기의 방법도 한층 실감 있게 독자의 마음속에 다가올 것이다.

위 시는 화자가 선사의 설법을 듣는 일로부터 시작된다. 그 선사가 한 말은 "너는 사랑의쇠사실에 묵겨서 고통을밧지말고 사랑의줄을끈어라 그러면 너의마음이 질거우리라"는 것이다. 이로부터 우리는 선사가 지닌 사랑론과 해탈론이 어떤 것인지를 알 수 있다. 부연하자면, 선사는 사람들이 사랑이라는 이름으로 세상과 중생들에게 집착하여 고통을 받지 말고 그 집착의 끈을 끊어야만 해탈의 가벼움에 이를 수 있다고 말한 것이다. 그리고 심층을 들여다보면, 선사는 사람들이 속제의 현실에 연연해하지 말고 진제의 공적영지(空寂靈智)한 세계를 보아야만 고통이 사라진다고 말한 것이다. 다시 그 심층을 더 들여다보면, 선사는 대승적 보살행으로 힘겨워하지 말고 소승적 아라한의 자리에 머물러서 깨끗한 법열을 맛보라고 사람들에게 조언한 것이다. 끝으로 한 가지 더 말한다면, 선사는 대승적 보살행으로서의 사랑의 중요성을 알면서도 그 사랑의 과도함과 부작용을 경계하고 지적한 것이다.

제1연에 나오는 선사의 말은 이 네 가지 뜻을 모두 내장시키고 있다. 그러나 문제는 그 말을 화자가 어떻게 들었느냐 하는 것이다. 제2연의 내용으로 보면, 짐작건대 화자는 선사의 말이 지닌 이 네 가지 중첩적 의미를 모두 파악하고 있으면서도, 그 가운데서 특별히 대승적 보살행으로서의 사랑의 중요성을 강조하기 위하여 선사의 말을 표면적으로 이해한 것 같은 표정을 지은 듯하다.

이런 화자는 선사를 가리켜 '어리석다'고 부정과 비판과 아쉬움의 감정을 섞어 말한다. 그가 선사를 어리석다고 평가한 것은 대승적 보살행으로서의 사랑이야말로 불교의 최종목표이자 존재근거라고 생각하기 때문이다. 일반적으로 불교가 개인적인 지혜의 성취를 중요시하는 소승의 시대를 지나 중생제도의 대자대비를 역설하는 대승의 시대로 접어들면서 자비행은 불교의 최고이자 최종단계에 해당하는 것으로 설정되었다. 그러니까 위 시에 등장하는 선사가 지혜의 중요성만을 말한 소승의 일면적인 존재라면, 화자는 자비의 중요성까지 놓치지 않으려는 포괄적이고 현실적인 존재이다.

이런 맥락에서 화자는 제2연의 제2행을 통하여 '사랑의 줄에 묶이는 것이 아프기는 아프지만 사랑의 줄을 끊으면 죽는 것보다 더 아프다'고 말한다. 여기서 우리는 지혜를 증득한 수도자가 마침내 입전수수(入廛垂手) 단계로 들어가 보살의 자비행을 실천하는 「십우도」의 마지막 대목을 떠올리게 된다. 이것은 진리를 발견한 사람이 행하는 완전하면서도 현실적인 회향(廻向)의 모습이다. 이와 같은 대승의 보살적 사랑론을 갖고 있는 화자는 제3행과 제4행에서 놀라운 중도적 수사학을 구사한다. 그것을 여기에 옮겨 보면 다음과 같다.

　　사랑의束縛은 단단히 얼거매는것이 푸러주는것입니다
　　그럼으로 大解脫은 束縛에서 엇는것입니다

사랑의 속박이 크면 클수록 자아해방의 영역이 넓어진다는 것, 그리하여 자아해방이 무한으로 성취된 대해탈은 사랑의 속박으로부터만 가능하다는 것, 이것이 위 인용 부분의 핵심전언이다.

노파심에서 조금 더 설명하면, 견성(見性)을 통한 지혜 위의 대자비행, 이법계(理法界)를 통한 사법계(事法界)의 완성, 이사무애(理事無碍)의 경지를 넘어 사사무애(事事無碍)의 경지로 가는 일에서만이 진정한 해방과 해탈 그리고 자유가 도래한다는 것이다.

『님의 침묵』 속에서 수많은 작품의 화자들이 님을 향해 지치지 않는 사랑을 보여주는 것은 이와 같은 사랑관 및 해탈관, 그리고 그것을 가능케 하는 불교적 가르침과 불심이 기저를 이루고 있기 때문이다.

이와 같은 사랑의 해탈은 '저곳'에서의 일도, '산속'에서의 일도, 머릿속에서의 일도, 경전 속에서의 일도 아니다. 그것은 이곳에서의 일이며, 세간에서의 일이고, 몸으로의 일이며, 실천 속의 일인 것이다.

위에서 살펴본 바와 같은 사랑관과 해탈관을 지닌 위 시의 화자는 마침내 제2연의 마지막 행에서 자신이 행할 바와 나아갈 바를 분명하면서도 확신 있는 어조로 전달하고 있다. 그것은 혹시라도 님이 나를 사랑하는 줄(속박)이 약할까봐 내가 님을 사랑하는 줄(속박)을 세고 굵게 새로이 하였다는 것이다.

한용운과 관련된 자료를 참고해보면 위 시에 등장하는 선사의 말은 한용운이 강원도 고성의 건봉사에 있을 때 만화 스님으로부터 들은 법문의 내용과 연관된다. 한용운이 이 일에 관해서 말했다고 하는 내용을 여기에 그대로 옮겨보면 다음과 같다.

> "나는 이 절에서 참선 수행했으며, 부처님 정법을 받았습니다. 우리 법사 스님이신 만화 스님께서는 염불만일회를 성취회향하신 대화주 스님이십니다. 스님께서는 저에게 '사랑의 쇠사슬에 묶여 고통스러워하지 말고 사랑의 줄을 끊어라. 그러면 너의 마음이 즐거울 것이다'라고 일러주셨습니다."
>
> ― 한계전, 「만해와 건봉사 봉명학교」의 부분

그리고 한용운은 1933년 늦가을, 건봉사를 방문했을 때 "대해탈은 속박에서 오는 것입니다. 속박에서 해탈을 얻어야 합니다"로 끝나는 연설을 하여 청중을 감동시켰다고 한다(한계전, 위의 논문). 위 시의 제2연에 있는 해탈과 속박에 관한 담론은 이 연설과 직결돼 있다.

요컨대 위 시는 한용운의 불교관, 인생관, 사랑관, 해탈관, 현실관 등이 종합된 의미 깊은 작품이다. 그리고 시집 『님의 침묵』에 들어 있는 88편의 작품을 창작하는 일을 가능케 한 사랑이 도대체 어떤 것인지를 종합적이면서도 심층적으로 알려주는 작품이다. 거칠게 말하면 『님의 침묵』 속의 다른 작품들은 위 작품의 화현물(化現物)이자 '다른 반복'이 이루어진 것들이다. 그만큼 위 작품이 『님의 침묵』에서 차지하는 비중은 막대하다.

# 그를보내며

그는간다 그가가고십허서 가는것도 아니오 내가보내고십허서 보내는
것도 아니지만 그는간다

그의 붉은입설 흰니 간은눈썹이 어엽분줄만 아럿더니 구름가튼 뒤ㅅ머
리 실버들가튼허리 구슬가튼발쑴치가 보다도 아름답슴니다


거름이 거름보다 머러지더니 보이랴다말고 말랴다보인다

사람이머러질수록 마음은가까워지고 마음이 가까워질수록 사람은머
러진다

보이는듯한것이 그의 흔드는수건인가 하얏더니 갈마기보다도적은 쏘
각구름이난다

위 시를 보면 님인 그는 어쩔 수 없는 사정 혹은 상황으로 인하여 떠난다. 님인 그도 떠나고 싶지 않고, 화자인 나도 보내고 싶지 않지만, 님은 떠나야 하고 나는 보내지 않을 수 없는 어떤 환경이 그들 사이에 가로놓여 있다. 화자는 이런 외적 조건에 의한 불가항력적인 이별을 수용하며 그 이별을 참고 승화시키려 애쓰는 과정에서 위와 같은 시를 쓰고 있다.

위 시의 화자는 님을 떠나보내면서 놀랍게도 떠나가는 님의 아름다운 뒷모습을 새삼 발견하고 그 아름다움에 젖어든다. 제1연의 제2행을 보면 평상시에는 님의 붉은 입술과 흰 치아, 그리고 가느다란 눈썹만 아름다운 줄 알았는데 떠나가는 님의 뒷모습을 보니 구름 같은 뒷머리도, 실버들 같은 허리도, 구슬 같은 발꿈치도 너무나 아름답더라는 것이다. 그러고 보면 님의 떠남은 화자로 하여금 그의 뒷모습까지도 아름답다는 것을 발견하고 감탄하게 만든 소중한(?) 기회가 된다.

제2연에서 화자는 이와 같이 아름다운 님이 걸어간 거리가 꽤 되더니 마침내 님의 뒷모습이 보이려다가는 안 보이고 안 보이려다가는 보이는 아스라한 상황이 되었다고 말한다. 그러면서 인간의 일에서는 님과의 물리적/현실적 거리가 멀어지면 그럴수록 심리적/정서적 거리는 가까워지고, 물리적/현실적 거리가 가까워지면 그럴수록 심리적/정서적 거리는 멀어지는 반비례 현상이 일어나는 것 같다고 말한다. 이것은 님이 떠나가는 모습을 보면서 화자가 느끼고 인지한 인간사와 그 내면심리의 중요한 원리이다.

이런 안타까움과 깨달음 속에서 화자는 님의 뒷모습이 완전히 사라질 때까지 그가 떠나는 모습을 바라보고 있다. 그러다가 마침내 님이 자신을 보고 손수건을 흔드는 것 같은 환영을 보는데, 순간 실상을 보니 그것은 님이 손수건을 흔드는 것이 아니라 하늘의 갈매기처럼 작은 조각구름이 일어나는 모양이었다.

이런 내용이 담긴 위 시의 제2연 마지막 행에서 우리는 기대의 일탈이 주는 기쁨을 맛보게 된다. 그리고 님과의 이별이 멜로드라마처럼 변질되는 것을 막아내는 산뜻한 장치의 효과를 경험한다.

# 金剛山

萬二千峰! 無恙하냐 金剛山아

너는 너의님이 어데서무엇을하는지 아너냐

너의님은 너째문에 가슴에서타오르는 불꼿에 왼갓 宗敎, 哲學, 名譽,

財産 그 외에도 잇스면잇는대로 태여버리는줄을 너는모를니라


너는 꼿에붉은것이 너냐

너는 입헤푸른것이 너냐

너는 丹楓에醉한것이 너냐

너는 白雪에쌔인것이 너냐


나는 너의沈默을 잘안다

너는 철모르는아해들에게 종작업는讚美를바드면서 싯분우슴을참고

고요히잇는줄을 나는잘 안다


그러나 너는 天堂이나 地獄이나 하나만가지고 잇스렴으나

꿈업는잠처럼 쌔긋하고 單純하란말이다

나도 써른갈궁이로 江건너의꼿을 쩍는다고 큰말하는 미친사람은 아

니다 그레서 沈着하고 單純하랴고한다

나는 너의입김에 불녀오는 쪼각구름에 「키쓰」한다

萬二千峰! 無恙하냐 金剛山아

너는 너의님이 어데서무엇을하는지모르지

금강산은 자연으로 볼 때 솟아오른 대지이며, 문화로 볼 때 '금강'의 의미를 지닌 인간심리의 반영물이고, 역사적으로 볼 때 민족의 등가물인 국토이며, 불교적으로 볼 때 명찰과 고승대덕이 숨어 있는 영지(靈地)이고, 만해 한용운과 관련해서 보면 그가 표훈사, 유점사, 건봉사 등에서 수도했던 수행처이다. 위 시의 금강산은 이와 같은 모든 의미를 종합적으로 지니고 있는 실체이다.

위 시에서, 화자는 금강산과 님의 관계 속에 있다. 화자의 님이 금강산이고 금강산의 님이 화자인 것이다. 외형적 어조나 말씨만으로 보면 일견 금강산의 님이 화자가 아니라 다른 어떤 존재인 것 같지만, 이면과 심층을 직시해보면 금강산의 님은 화자 자신임을 알 수 있다. 화자는 금강산에게 시종일관하여 뜨겁고 격정적인 목소리로 질문과 부탁과 하소연을 한다. 그러는 가운데 금강산과 자신 사이에 무엇이 문제되고 있는지를 드러내고 답을 찾아간다.

제1연에서 화자는 감탄과 애정을 넘치도록 담아 강렬한 어조로 금강산을 부르며 그 산의 안부를 묻고 있다. 마치 사람인 님을 부르듯 금강산을 인간화하여 부르고 있는 것이 특징적이며, 금강산을 향하여 '無恙하냐'고 전통적인 말씨로 안부를 묻는 것도 인상적이다.

이렇게 안부를 묻고 난 화자는 속에 담아두었던 본격적인 질문을 금강산을 향해 던진다. '너는 너의 님이 어디서 무엇을 하는지 아느냐'는 것이 핵심내용이다. 여기서 '너의 님'은 앞서 말했듯이 기본적으로 화자 자신이지만 좀 더 확대하여 해석한다면 금강산을 사랑하는 모든 사람들이라고 할 수 있을 것이다.

　그러면서 이 물음에 대하여 화자는 자답한다. "너의님은 너째문에 가슴에서타오르는 불꽃에 왼갓 宗敎, 哲學, 名譽, 財産 그 외에도 잇스면잇는대로 태여버리"고 있다는 것이다. 이 말은 무슨 뜻을 지니고 있는 것일까. 해석하건대, 금강산으로 표상된 님을 위하는 사랑의 마음 때문에 세상의 모든 중요한 것들(그것이 종교나 철학처럼 진리를 탐구하는 것이든, 명예나 재산처럼 세속의 성공을 따르는 것이든)보다 우선하여 님에게 헌신하고 있다는 것이다. 님을 지키고, 님을 만나고, 님과의 사랑을 상실하지 않으려 노력하는 화자의 모습은 이처럼 자기의 전 존재를 대가 없이 던지는 순교자의 면모를 가지고 있다.

　그러면서 화자는 그가 너무나도 아끼고 사랑하는 님인 금강산에게 너의 참모습이 무엇이냐고 답답한 듯 묻는다. 이것이 위 시의 제2연에 나오는 내용이다. 그대로 전체를 옮겨보면 "너는 쏫에붉은것이 너냐/너는 입혜푸른것이 너냐/너는 丹楓에醉한것이 너냐/너는 白雪에쌔인것이 너냐" 하고 묻는 것이다. 이 네 구절은 각각 금강산의 봄 모습, 여름의 모습, 가을 모습, 겨울의 모습을 표상한다. 부연하면 꽃이 핀 봄, 무성한 이파리로 덮인 여름, 단풍으로 수놓인 가을, 흰 눈으로 깨어난 듯한 겨울을 뜻하는 것이다.

　하지만 이것은 화자가 답답한 마음에서 떠올려본 금강산의 면모이고, 실제로 님인 금강산은 본모습을 드러내지 않은 채 '침묵'하고 있다. 제3연은 금강산의 이 침묵에 대하여 말하는 부분이다. 화자는 도대체 어떤 생각과 태도를 갖고 있는지 그 속마음을 드러내지 않는 금강산 앞에서 어지간히 마음이 불편했던 것 같다. 그렇더라도 화자는 님의 침묵을 자신이 부분적으로나마 이해하지 못하는 것은 아니라고 말한다. 님인 금강산이 "철모르는아해들에게 종작업는讚美를바드면서 싯분우슴을참고 고요히잇는줄"을 내가 알고 있다는 것이다. 여기서 "철모르는아해들"은 일체의 것들을 세속적 기준과 중생적 견지로만 보는 어리석은 사람들이고, "종작업는찬미를바드면서"는 일관성 없는 찬탄과 칭찬을 받는 것이며, "싯분우슴을참고 고요히잇는줄"은 어처구니없는 웃음을 참고 침묵하는 것이다. 다른 해석도 가능하겠지만 이렇게 풀이하면 무방할 듯하다.

그러나 화자는 이런 님인 금강산의 처신을 부분적으로는 이해하지만, 그렇다고 하여 그 모습 앞에서 완전히 마음을 풀고 만족스러워하는 것은 결코 아니다. 그래서 제4연에 이르면 화자가 하고 싶은 말의 본론을 단도직입적으로 전달하게 된다. 그 내용인즉 님인 금강산은 판단을 제대로 하고 태도를 바르게 정하여 청정하고 단순해지라는 것이다. 제1행과 제2행의 "너는 天堂이나 地獄이나 하나만가지고 잇스렴으나/꿈업는잠처럼 깨긋하고 單純하란말이다"라는 말 속에 이 내용이 고스란히 들어 있다. 그러면서 화자는 자기 자신도 또한 침착하고 단순한 삶을 살고자 한다고, 자신의 마음을 님에게 전한다. 그러면서 그는 이런 아픈 충고를 하면서도 자신은 여전히 님인 금강산에 대한 사랑으로 가득차 있음을 또한 전한다. 마지막 행의 "나는 너의입김에 불녀오는 쏘각구름에 「키쓰」한다"에서 이 점이 잘 드러난다.

위 시는 제1연의 변주로 마지막 연을 구성한다. "萬二千峰! 無羔하냐 金剛山아/너는 너의님이 어데서무엇을하는지모르지"가 그것이다. 그만큼 화자에게는 화자의 일심에 대비되는 님의 침묵이 힘들었던 모양이다.

　이와 같은 위 시의 대표적인 특징은 구체적인 명칭의 '금강산'이 님으로 등장하고 있다는 점이다. 거기서 우리는 아주 물리적이고, 감각적이며, 심정적이고, 현실적인 님의 존재를 상상하고 느낄 수 있다. 그리고 또한 위 시의 특징은 님을 위해 화자가 '화두 일념'의 상태처럼 모든 삶의 내용들(종교, 철학, 명예, 재산 등)을 주저 없이 내려놓고 '벅척간두진일보(百尺竿頭進一步)'의 마음이 되어 정진하고 있다는 점이다. 끝으로 한 가지 더 언급한다면 위 시의 특징은 침묵하는 님인 금강산을 향해 오직 가장 바른 것[正道]을 택하여 청정하며 단순한 삶을 살라고 충고한 점이다. 청정함과 단순함은 사랑의 순정성과 영원성을 뒷받침하는 근본 마음이다. 전체적으로 위 시는 화자의 어조가 도전적일 정도로 다급하고 격정적이며 직설적이어서 말하는 이의 심정이 우회 없이 곧바로 전달되고 있는 작품이다.

# 님의얼골

님의얼골을 어엽부다고 하는말은 適當한말이아님니다
　어엽부다는말은 人間사람의얼골에 대한말이오 님은 人間의것이라고
할수가 업슬만치 어엽분까닭임니다


　自然은 엇지하야 그러케어엽분님을 人間으로보낸는지 아모리생각하
야도 알수가업슴니다
　알것슴니다 自然의가온대에는 님의짝이될만한무엇이 업는까닭임니다


　님의입설가튼 蓮꼿이 어데잇서요 님의살빗가튼 白玉이 어데잇서요
　봄湖水에서 님의눈ㅅ결가튼 잔물ㅅ결을 보앗슴닛가 아츰볏에서 님의
微笑가튼 芳香을 드럿슴닛가
　天國의音樂은 님의노래의反響임니다 아름다은별들은 님의눈빗의化
現임니다


　아아 나는 님의그림자여요
　님은 님의그림자밧게는 비길만한 것이 업슴니다
　님의얼골을 어엽부다고하는말은 適當한말이아님니다

불교식으로 말한다면 한 존재에게서 불성(佛性)을 보았을 때, 그리고 한 용운 식으로 말한다면 한 존재를 대원력의 불심과 보살심에 의한 '님'으로 품어 안았을 때, 그 존재는 그것이 무엇이든지 간에 '절대적인 아름다움'을 지니고 그 빛을 발한다. 이런 아름다움은 세간의 어떤 아름다움과도 비교할 수 없으며, 인간세상의 어떤 언어나 문자로도 형용할 수 없는, 무비(無比)이자 무상(無上)의 아름다움이다.

위 시는 불성의 화현이자 불심의 대상인 이와 같은 님을 품고 바라보면서, 그 님이 지닌 아름다움을 최고의 수준이자 지점에 이르기까지 찬탄한 작품이다. 제1연을 보면, 화자는 이와 같은 님의 얼굴을 가리켜 인간세상에서 일반적으로 사용되는 '어여쁘다'는 말로는 형용될 수 없는 것이라고 한다. 그가 보기에 님의 아름다움은 인간 영역을 넘어서 있는 것 같다.

이어 제2연을 보면, 화자는 자연이 그토록 아름다운 님을 왜 인간세상으로 보냈는지 도대체 알 수가 없는 일이라고 님의 탄생을 의아해 한다. 그만큼 님은 세속 너머의 아름다움을 갖추고 있다는 것이다. 그런데 이 의문에 대해 그는 스스로 자기위안을 하듯, 자답을 쉽게 마련한다. 그것은 자연 가운데에는 님의 짝이 될 만한 존재가 없기 때문인 듯하다는 것이다.

화자는 그런 님의 아름다움을 제3연 전체를 할애하여 그가 바칠 수 있고, 사용할 수 있는 최고의 언어로 찬탄한다. 제3연 전체를 아래에 인용해 본다.

님의입설가튼 蓮꼿이 어데잇서요 님의살빗가튼 白玉이 어데잇서요
봄湖水에서 님의눈ㅅ결가튼 잔물ㅅ결을 보앗슴닛가 아츰볏에서 님의微笑
가튼 芳香을 드럿슴닛가
天國의音樂은 님의노래의反響임니다 아름다은별들은 님의눈빗의化現임니다

연꽃보다도 아름다운 님의 입술, 백옥보다도 빛나는 님의 살결, 봄 호수의 잔물결보다 매혹적인 님의 눈결, 아침 빛보다 향기로운 님의 미소, 천국의 음악과 같은 님의 노래, 아름다운 별들과 같은 님의 눈빛, 이것이 위 인용문에서 화자가 님을 묘사한 구체적인 사항들이다. 이 부분을 보면 님의 아름다움도 대단하지만, 님의 아름다움을 묘사한 시인의 언어도 빼어나다. 제3연에서 우리는 한 인간이 님을 갖게 되고, 그 님의 본래면목을 깨닫게 되면, 심연으로부터 우러나오는 찬미와 찬탄의 마음이 어느 정도에까지 이를 수 있는지를 실감하게 된다.

이처럼 님의 아름다움을 찬미한 화자는, 제4연에서 예기치 않은 결론을 보여줌으로써 우리로 하여금 인지의 충격을 느끼게 한다. 그것은 님의 아름다움에 비길 만한 존재는 '님의 그림자' 밖에 없는데, 그 '님의 그림자'가 바로 자기 자신이라는 것이다. 여기엔 님의 아름다움의 절대성을 그대로 비추는 것은 님의 몸과 다르지 않은 님의 그림자밖에 달리 없다는 인식이 들어 있다. 이런 생각은 존재와 마음의 핵심을 볼 수 있는 사람에겐 매우 예리하고 정확한 통찰로 보일 것이다. 그런데 조금 더 설명이 필요한 것은 그 님의 그림자가 왜 화자 자신인가 하는 점이다. 설명을 덧붙이자면 이것은 이 세상에서 어떤 사람에게 님을 가질 만한 불심이나 보살심이 생기고, 그로 인해 그에게 님이 생기게 된다면, 그 사람과 님은 한 몸이라는 것이

다. 결코 둘이 아닌 한 몸이니 그 아름다움 또한 비길 만한 하나의 세계가
되는 것이다.

화자는 위 시의 마지막 연인 제4연에서 이와 같은 진실을 알려주며 인간
세상의 사람들을 묘사하는 '어여쁘다'는 말은 님을 묘사하는 데는 적당하
지 않음을 한 번 더 강조하고 있다. 여기까지 읽은 사람들은 다음과 같은
질문 겸 정리를 하게 될 것이다. 절대적 아름다움은 어디서 오는가. 그리
고 절대적 아름다움은 얼마나 아름다운가. 협소한 자아의 한계와 이해관
계를 넘어서서 님을 가질 때, 절대적 아름다움도 발견되며 그 아름다움의
체득도 가능함을 위 시가 가르쳐주고 있다.

# 심은버들

쓸압헤 버들을심어

님의말을 매랫드니

님은 가실째에

버들을꺽어 말채칙을 하얏슴니다


버들마다 채칙이되야서

님을따르는 나의말도 채칠까하얏드니

남은가지 千萬絲는

해마다 해마다 보낸恨을 잡어맴니다

■■■

  위 시의 내용은 시의 짧은 분량만큼이나 간단하다. 화자가 님의 말을 매
려고 뜰 앞에 버드나무를 심어 놓았더니, 님은 그것도 모르고 버드나무를
꺾어 말채찍을 하여 떠나갔다는 것이다. 님을 그리워하는 화자는 그 버드
나무를 볼 때마다 님의 떠남과 더불어 그 말채찍이 떠오른다. 그래서 님을
사랑하는 자신도 자신의 말을 이 버드나무로 채찍을 삼아 채찍질하며 따
라가볼까 하는데, 그것은 생각의 일일 뿐, 현실은 그렇지 못하다. 그렇다
면 화자 앞엔 어떤 현실이 남아 있는가. 그것은 님이 꺾어가고 남은 버드
나무의 무성해진 가지마다 님을 보낸 한(恨)만이 가득 매어지게 되었다는
것이다.

  이와 같은 내용을 담고 있는 위의 시에서, 특히 버드나무에 님의 말을
'매려고' 하던 화자의 계획이 수포로 돌아가고, 대신 님을 보낸 화자의 한
만이 그 버드나무의 가지마다 '매어지게' 되었다는, 두 가지 '매는 일'의 대
비는 매우 인상적이다. 님의 말을 매려다 님을 보낸 한을 매게 된 이 변전
속에서 우리는 짤막한 소품에 해당하는 위 작품으로부터 시를 읽는 일의
묘미를 느끼게 된다.

  참고로 위 시의 중심소재가 된 버드나무와 관련하여 한두 가지 언급할
내용이 있다. 버드나무는 동양의 이별시에 자주 등장하는 소재인데 그 까
닭은 버들 '柳' 자가 머물 '留' 자와 동음이의어로 읽히기 때문이다. 그리고
버드나무에 말을 맨다는 표현 역시 전통적인 한시에 자주 등장하는 일종
의 관습적 표현으로 그 기능을 하고 있다.

# 樂園은가시덤풀에서

죽은줄아럿든 매화나무가지에 구슬가튼꼿방울을 매처주는 쇠잔한눈
위에 가만히오는 봄긔운은 아름답기도함니다

그러나 그밧게 다른하늘에서오는 알수업는향긔는, 모든꼿의죽엄을
가지고다니는 쇠잔한눈이 주는줄을 아심닛가

구름은가늘고 시내물은엿고 가을산은 비엇는데 파리한바위새이에 실
컷붉은단풍은 곱기도 함니다

그러나 단풍은 노래도부르고 우름도움니다 그러한「自然의人生」은,
가을바람의숨을싸러 사러지고 記憶에만남어잇는 지난여름의 무르녹은
綠陰이 주는줄을 아심닛가

一莖草가 丈六金身이되고 丈六金身이 一莖草가됨니다
天地는 한보금자리오 萬有는 가튼小鳥임니다
나는 自然의거울에 人生을비처보앗슴니다
苦痛의가시덤풀뒤에 歡喜의樂園을 建設하기위하야 님을써난 나는 아
아 幸福임니다

위 시의 화자는 '낙원의 도래'에 대하여 탐구한다. '낙원은 어디서 오는 가', '낙원은 어떻게 오는가', 이것이 화자를 사로잡고 있는 질문의 내용이다. 이 질문에 대하여 화자는 시의 제목에서 보이듯이 '낙원은 가시덤풀에서' 온다고 답을 제시한다. 화자가 이와 같은 '낙원론'을 펼치는 까닭은 한편으로는 낙원의 생성과 창조에 대한 보편적인 궁금증을 갖고 있기 때문이지만, 그보다 더 크고 직접적인 이유는 화자 자신이 님과의 이별로부터 오는 고통 속에서 만남이라는 '낙원'의 시간을 기다리고 있다는 사실 때문이다.

위 시에서 제시되고 있는 낙원론은 상당히 심오하다. 불교사상을 바탕에 깔고 자연의 이법(理法)을 깊이 궁구한 자가 내놓을 수 있는 그런 낙원론이 위 시에 담겨 있다. 화자가 위 시에서 님과의 만남이라는 '낙원'에 대한 기대와 희망을 보여주고 있는 것은 단순한 소망의 차원이 아니라 사상과 철학, 지혜와 자연의 원리를 터득하고 내재화한 토대 위에 근거해 있는 것이다.

위 시의 제1연 첫 행에서, 화자는 쇠잔해진 겨울의 눈이 남아 있는 그 위로 고요히 찾아오는 봄기운의 아름다움에 대하여 말한다. 그리고 그는 그 봄기운에 의하여 죽은 줄 알았던 매화나무 가지에 구슬같이 영롱한 꽃망울이 맺히고, 사람들은 겨울이란 것이 영원할 수만은 없는 존재임을 알게 되는 것에 대해 이야기하고 있다.

이어지는 제2행에서 화자는 '쇠잔한 겨울의 눈'이 봄기운에 밀려 일방적으로 사라지는 존재만이 아니며, 실은 그 쇠잔한 눈이야말로 출처를 알 수 없는 시방[十方]의 봄 향기를 가져다주는 원천이자 모태임을 말하고 있다. 이 제2행의 내용은 제1행의 내용보다 한결 차원이 높다. 겨울과 봄, 눈과 봄기운(향기)을 단절적으로 대비시키지 않고, 전자가 후자의 모태이자 원천이며 창조의 근거라는 점을 알려주고 있는 점은 예사롭지 않은 것이기 때문이다. 위 시에 따르면 겨울이 오고 눈이 내렸을 때, 그 겨울과 눈은 일체의 모든 꽃들을 '죽음'으로 변모시키는 존재이다. 그러나 그 겨울과 눈이 바로 봄과 봄기운을 만들어내는 원천이자 모태이기도 하다는 것을 화자는 보고 있다. 여기서 겨울과 봄, 눈과 봄기운은 서로 둘이 아니라 한 몸이다. 즉 불이(不二)의 관계에 놓여 있는 실체인 것이다.

다시 제2연을 보면, 화자는 가을과, 가을의 산과, 그 산들의 단풍에 대하여 묘사하고 있다. 자연의 원리에 의하면, 가을엔 모든 것들이 생장(生長)을 멈추고 수렴(收斂)의 작용을 한다. 이것을 통찰한 듯이 제2연의 화자는 가을 하늘의 구름이 여윈 것을, 그 시냇물이 얕아지는 것을, 산 전체가 비어 있는 듯한 것을, 바위조차도 파리해진 것을 본다. 그런데 이런 것을 보고 있는 화자의 눈에 또 한편으로 가을 산의 전혀 다른 화려한 풍경이 들어온다. 그것은 가을 단풍이 너무나도 짙고, 그 모양이 너무나도 곱다는 것이다.

화자는 이쯤에서 멈추지 않고 이 가을 단풍에 내재한 이중성을 더 읽어낸다. 제2연 제2행의 앞부분에서처럼 '단풍은 울기도 하고 웃기도 한다'는 것이다. 그러면서 그는 같은 행의 뒷부분을 통하여 이와 같은 단풍(자연)의 생은 지난 여름의 무르녹은 녹음이 가져다준 것이라고 말한다. 성하(盛夏)의 녹음을 가을의 단풍과 불이의 세계로 읽어내는 통찰이 놀랍다. 그러니까 제1연과 제2연의 내용을 종합해보면 여름의 녹음, 가을의 단풍, 겨울의

눈, 봄의 향기는 모두 한 몸인 것이다. 이처럼 네 계절의 전체적인 실상을 한꺼번에 볼 수 있다는 것, 그것이야말로 계절의 날줄을 통찰하는 지혜의 눈이 작용한 결과이다.

위 시의 제3연은 앞의 제1연과 제2연을 포함하면서도, 거기서 더 나아가 불교사상과 자연의 이법을 더욱 높은 차원에서 함축적으로 표현한 의미심장한 부분이다. 그 가운데서도 앞의 두 행에 해당되는 "一莖草가 丈六金身이되고 丈六金身이 一莖草가됩니다/天地는 한보금자리오 萬有는 가튼小鳥임니다"라는 말은 특별히 관심을 갖고 음미할 만하다.

먼저 첫 행의 "一莖草가 丈六金身이되고 丈六金身이 一莖草가됩니다"에 대하여 살펴보기로 한다. 이것을 풀어서 해석하면, 보잘것없는 작은 풀 하나가 1장 6척의 부처님 진신(眞身)이 되고, 1장 6척의 부처님 진신이 보잘것없는 작은 풀이 된다는 것이다. 이 구절은 「법성게」의 '일중일체다중일(一中一切多中一), 일즉일체다즉일(一卽一切多卽一), 일미진중함시방(一微塵中含十方), 일체진중역여시(一切塵中亦如是)'라는 구절을 떠올리게 한다. 그리고 일체를 불성의 평등심으로 보는 『화엄경』의 사상을 떠올리게 한다. 이런 맥락에서 본다면 봄이 겨울이고, 겨울이 봄이며, 여름이 가을이고, 가을이 여름이다. 또한 봄과 가을도, 여름과 겨울도 마찬가지의 관계 속에 있다. 그뿐이 아니다. 봄, 여름, 가을, 겨울이라는 네 계절은 사실 이 모두를 통합하는 그 무엇의 외적 현상의 드러남일 뿐인 것이다.

다음은 제2행의 "天地는 한보금자리오 萬有는 가튼小鳥임니다"라는 말에 대해 살펴보기로 한다. 이 말에서 우리는 세계일화(世界一花), 만법귀일(萬法歸一), 동근일체(同根一體)와 같은 불교적 언설을 떠올릴 수 있다. 이것은 이 세상의 모든 것들이 한 몸이자 같은 본향(집) 속에서 살고 있다는 것이다. 여기서 시비분별을 넘어선 무한세계가 열리고 나와 너의 경계를 넘어서는 일체의 장이 열린다.

이제 제3연 후반부의 남은 두 행에 대해 살펴보기로 하자. 거기엔 두 가지 뜻이 들어 있다. 하나는 화자가 자연의 거울에 인생을 비추어보았다는 것이고, 다른 하나는 그와 같이 하였더니 님과의 이별은 고통의 가시덤불에서 환희의 낙원을 건설할 수 있는 '행복의 씨앗'으로 여겨지더라는 것이다. 여기서 화자는 그가 직면한 이별의 긍정적이면서 심층적인 의미를 찾아낸다. 그 이별로 인하여 자신이 범부의 삶에서처럼 인생을 부정하며 소비하지 않고, 진리를 본 사람답게 삶의 일체를 긍정적인 미래로 발전시킬 수 있는 힘을 얻게 된다는 것이다.

지금까지 살펴본 바처럼, 『님의 침묵』의 많은 시들 가운데서도 위 시는 님과의 이별을 종교적, 사상적, 철학적, 인생론적 통찰 위에서 특히 수준 높게 승화시키고 중생(重生)시킨 예에 해당한다. 그런 점에서 위 시는 『님의 침묵』의 이별과 사랑이 작동하는 토대이자 원리를 이해하는 데 중요한 자료가 된다.

# 참말인가요

　그것이참말인가요 님이어 속임업시 말슴하야주서요

　당신을 나에게서 쌔아서간 사람들이 당신을보고 「그대는 님이업다」고 하얏다지오

　그레서 당신은 남모르는곳에서 울다가 남이보면 우름을 우슴으로변한다지오

　사람의 우는것은 견딀수가업는것인데 울기조처 마음대로못하고 우슴으로변하는것은 죽엄의맛보다도 더쓴것임니다

　그러면 나는 그것을변명하지안코는 견딀수가업슴니다

　나의生命의쏫가지를 잇는대로쩍거서 花環을만드러 당신의목에걸고 「이것이 님의님이라」고 소리처말하겟슴니다


　그것이참말인가요 님이어 속임업시 말슴하야즈서요

　당신을 나에게서 쌔아서간 사람들이 당신을보고 「그대의 님은 우리가 구하야준다」고 하얏다지오

　그레서 당신은 「獨身生活을하겟다」고 하얏다지오

　그러면 나는 그들에게 분푸리를하지안코는 견딀수가업슴니다

　만치안한 나의피를 더운눈물에 석거서 피에목마른 그들의칼에쑤리고 「이것이 님의님이라」고 우름석거서 말하겟슴니다

위 시엔 서로 님인 관계로 맺어져 있는 화자와 당신, 그리고 그 당신을 화자로부터 빼앗아간 사람들이 등장한다. 이 삼각형 구도 속에서 화자와 당신이 추구하는 세계와, '당신을 화자로부터 빼앗아간 사람들'이 추구하는 세계는 상반된다. 전자는 서로가 서로를 님으로 삼아 사랑의 삶을 살고자 하는 사람들인 반면, 후자는 타인을 세속적 욕망의 대상으로 도구화하여 자기 이익의 삶을 살고자 하는 사람들이다. 위 시의 화자는 이런 후자를 가리켜 "피에목마른 그들"이라고 지칭하였다. 바로 이 '피에 목마른 그들'로 인하여 화자와 당신은 이별의 현실에 처하게 된 것이다. 그런데 위 시는 이 '피에 목마른 그들'의 악한 마음과 행동에 대하여 『님의 침묵』 속의 어느 다른 작품들에서보다도 구체적으로, 비중 있게 다루고 있다. 이것은 『님의 침묵』 속의 대부분의 작품들이 화자와 님 사이를 주로 언급하고 묘사한 것과 구별된다.

이제 위 시의 제1연부터 좀 더 상세하게 살펴보기로 하자. 제1연의 발단은 화자에게서 님인 당신을 빼앗아간 사람들의 어처구니없는 말과 행태로부터 시작된다. 그 말과 행태란 이들이 화자의 님을 향하여 '그대는 님이 없다'고 사실과 다른 거짓말을 하고 그러면서 님을 경멸한 것이다. 화자는 이 악한들의 사실과 다른 말과 경멸을 참을 수 없을 뿐만 아니라 이로 인하여 님인 당신이 당하고 있는 고통에 마음이 아파, 자기변명을 하겠다고 강하게 나선다. 그 자기변명의 내용이 제1연의 본론이다. 그런데 그 자기변명이란 '나는 절대적으로 당신의 님'이라는 것이다. 이것을 위 시의 화자는 "나의生命의꽃가지를 잇는대로썩거서 花環을만드러 당신의목에

걸고 「이것이 님의님이라」고 소리처말하것습니다"라는 표현으로 드러내고 있다. 화자에겐 이것이 자신의 님도 님을 갖고 있으며 그 님이 바로 화자 자신이라는 사실을 그들로 하여금 믿지 않을 수 없게 만드는 최선의 방법이라 생각되었던 것이다. 그렇더라도 자신의 생명으로 화환을 만들어 당신의 목에 걸어주면서 이로써 자신이 그의 님임을 확인시켜주려고 하는 방법은 극단적인 것처럼 느껴질 수 있다. 그러나 여기서 한 발짝 더 나아가 생각하면 이것은 극단적인 것이 아니라 당신을 위해 목숨을 바칠 수 있다는 진심의 표현이자, 자신의 전 생명을 바칠 수 있을 때에 비로소 님일 수 있음을 알려주는 내용이다.

다음은 제2연을 보기로 한다. 제2연의 발단 또한 화자에게서 님인 당신을 빼앗아간 사람들의 말로부터 시작된다. 그 말의 내용은 '당신의 님은 우리가 구하여준다'는 것이다. 이 말을 듣고 님인 당신은 '독신생활을 하겠다'고 그들에게 반항하였다고 한다. 화자는 이와 같은 사실을 전해 듣고 그것이 참말인가를 질문하며, 만약 그 말이 참말이라면 나는 그들에게 분풀이를 하지 않을 수 없다고 선언하듯 각오를 다진다. 그 분풀이의 내용은 무엇인가. 이것이 제2연 마지막 행 전체를 차지하고 있는데, 이 마지막 행의 내용은 또한 제2연의 본론이 된다. 편의를 위해 제2연 마지막 행의 내용을 여기에 옮겨보면 다음과 같다: "만치안한 나의피를 더운눈물에 석거서 피에목마른 그들의칼에샏리고 「이것이 님의님이라」고 우름석거서 말하것습니다". 이 말을 풀어서 설명해보면 자신의 생명의 피와 사랑의 눈물을 섞어서 '피(죽임)에 목마른' 악한 '그들의 칼(무력)'에 뿌리고, 이것이 '님(당신)의 님(화자)'이라고 말하겠다는 것이다. 이것 역시 화자 자신이 당신인 님의 님임을 입증함으로써 당신에게 또 다른 님을 구해줄 필요가 없다는 사실을 '그들'로 하여금 납득하게 만들려는 방식으론 과격한 것 같은 느낌을 줄 수 있다. 그러나 이면을 보면 이 또한 과격함이 아니라 화자의 진정성과 순정함을 보여주는 최선의 방식에 해당한다.

위 시의 화자는 자신이 자신의 님의 님으로서 생생하게 살아 존재함을 강하게 입증하고 있다. 그럼으로써 타인들로부터 님의 부재를 의심받는 당신을 안심시키고, 더 나아가서는 의심하는 그들(속인들)까지도 의심을 풀도록하려 한다. 위 시가 흥미로운 것은 제3자인 '그들'의 등장과 '그들'의 말이다. 그리고 이에 대응하는 화자의 자세이다. '그들'의 등장과 '그들'의 말은 시의 구도를 복합적으로 만드는 데에, 그리고 이에 대응하는 화자의 자세는 님이라는 존재의 참뜻을 되새기도록 만드는 데에 기여하고 있다.

# 꼿이먼저아러

옛집을써나서 다른시골에 봄을만낫습니다

숨은 잇다금 봄바람을짜러서 아늑한옛터에 이름니다

지팽이는 푸르고푸른 풀빗에 무처서 그림자와 서로짜름니다


길가에서 이름도모르는꼿을 보고서 행혀 근심을이질ㅅ가하고 안젓슴
니다

꼿송이에는 아츰이슬이 아즉마르지아니한가 하얏더니 아아 나의눈물
이 써러진줄이야 꼿이 먼저아럿습니다

위 시의 화자는 이전에 살던 옛집을 떠나 다른 시골 마을에 가서 봄을 맞이하고 있다. 그는 거기에서 자신이 떠난 곳과 옛집에 대해 꿈을 꾼다. 그 꿈의 내용이 무엇인지는 정확하지 않으나, 짐작건대 그곳에 대한 그리움을 담고 있는 것이 아닌가 생각된다. 그러나 화자는 한편으로 그와 같은 그리움의 꿈을 꾸면서 다른 한편으론 새로이 맞이한 시골 마을의 자연과 풍경 속을 거닐고 있다. 위 시의 제1연 제3행의 "지팽이는 푸르고푸른 풀빛에 무처서 그림자와 서로싸름니다"라는 표현은 그가 새로 맞이한 다른 시골 마을에서 거니는 모습을 묘사하고 있다. 여기서 화자는 지팡이를 짚고 거니는데, 그 지팡이는 봄날의 풀들과 그 빛 속에 꽂히면서 자신의 그림자와 하나가 되어 대지 위를 걸어가고 있다. 지팡이가 푸르고 푸른 풀빛에 묻혔다는 표현, 그리고 지팡이가 자신의 그림자를 대지에 비춰며 한 몸 되어 다닌다는 표현은 화자의 예리한 관찰력과 감수능력을 보여주는 부분이다.

이런 가운데 제1연은 어디를 가나 님을 생각하며 거니는 화자의 모습을 전하고 있다. 이를 토대로 하여 뒤의 제2연은 더욱더 사실적이며 직접적으로 화자의 님에 대한 그리움이 어떤 것인지를 보여주고 있는데 그 구체적인 모습은 다음과 같다.

제2연에서, 화자는 이름도 모르는 길가의 꽃을 보고 행여 근심을 잊을까 하여 그 옆에 앉는다. 님에 대한 그리움과 동행하는 이 근심은 언제나 화자를 힘들게 만드는 요인이다. 그는 길가에 앉아 이름 모를 꽃을 바라보다가 문득 꽃송이에서 아직 마르지 않은 아침 이슬 같은 것을 본다. 그러나 이것은 아침 이슬이 아니라 화자가 자신도 모르는 사이에 흘린 그리움과 근심의 눈물이라는 것이 곧바로 뒷부분에서 드러난다. 이런 내용을 담고 있는 제2연의 제2행은 그 표현기교와 화자의 님을 사랑하는 마음의 절절함이 단연 최고의 수준에 도달해 있다. 이 점을 조금 더 논의하기 위해 해당 부분을 옮겨보기로 한다: "꽃송이에는 아츰이슬이 아즉마르지아니한가 하얏더니 아아 나의눈물이 써러진줄이야 꽃이 먼저아럿슴니다". 방금 인용한 부분에서 보았듯이 꽃송이의 물방울이 아침 이슬인 줄 알았더니 화자의 눈물이었다는 것, 그 눈물을 화자보다 꽃이 먼저 알았다는 것은, 기법 면에서는 감탄을, 내용 면에서는 감동을 불러일으킨다. 님에 대한 사랑을 이 정도로 완벽하게, 또 감동적으로 드러낼 수 있다는 것은 보통의 시에서 찾아보기 어려운 부분이다.

# 讚頌



님이어 당신은 百番이나 鍛鍊한金결임니다
쏭나무샐리가 珊瑚가되도록 天國의사랑을 바듭소서
님이어 사랑이어 아츰벗의 첫거름이어


님이어 당신은 義가무거웁고 黃金이가벼운것을 잘아심니다
거지의 거친밧혜 福의씨를 샐리옵소서
님이어 사랑이어 옛梧桐의 숨은소리여


님이어 당신은 봄의光明과平和를 조아하심니다
弱者의가슴에 눈물을샐리는 慈悲의菩薩이 되옵소서
님이어 사랑이어 어름바다에 봄바람이어

위 시는 님에 대한 화자의 찬송으로 일관되어 있다. 그런데 여기서 우리
가 상기해야 할 것은 누구든 자기 자신이 '깨친 자의 사랑'을 할 수 없다면
그는 님을 가질 수도 없거니와, 님의 진면목을 볼 수도 없다는 사실이다.
그런 점에서 님을 갖는 일도, 님을 찬송하는 일도 결코 쉬운 것이 아니다.
이것은 중생심의 님을 갖는 일이나, 그런 마음으로 님을 찬송하는 것과 구
별된다.

그런데 위 시의 화자는 '깨친 자의 사랑' 속에서 님을 갖고 있으며, 그 님
의 참모습을 보고 있다. 따라서 그가 님에게 보낸 찬송으로부터 우리들은
깨침의 자리이자 본심의 자리로 안내받는 기쁨을 맛보게 된다.

위 시의 제1연에서, 화자는 자신이 사랑하는 님을 부르며 그에게 최고의
찬사를 바친다. 그 내용인즉, 님인 당신은 "百番이나 鍛鍊한 金결"과 같다는
것이다. 님의 드높음을 묘사한 이 '백번이나 단련한 금결'이란 어떤 뜻일
까. 먼저 백번이라는 수를 생각해보면 그것은 인간들의 세계에 실재하는
수를 넘어선 무한수를 뜻하는 것이라고 볼 수 있다. 그러니까 한도가 없이
단련된 금결, 그것이 바로 '백번이나 단련한 금결'이다. 이와 같이 단련된
금은 단단하고, 그 결은 비단결 같다. 이것을 좀 추상적으로 말한다면 불
교의 반야지혜나 청정심을 닮아 있다.

이와 같은 님의 모습을 보고 화자는 감격과 사랑 속에서 그 님을 향해
'천국의 사랑'을 받으라고 축원한다. 천국의 사랑이란 지상의 세속적 사랑
과 구별되는 것으로서 자아초월적이고, 우주적이며, 영성적인 사랑이다.
화자는 그런 사랑을 님이 '뽕나무 뿌리가 산호가 되도록' 받기를 원한다.

그것은 인간의 시간을 넘어 영원으로 이어지기를 바란다는 것이다. 이처럼 님이 지닌 소중한 본질을 본 화자는 님의 아름다움 앞에서 찬송을 멈추지 못한다. 그리하여 제1연의 마지막 행에서 다시 한 번 찬송의 마음을 아낌없이 보낸다. "님이어 사랑이어 아츰볏의 첫거름이어"라고 말이다. 여기서 님은 감탄의 대상이자, 사랑 그 자체이며, 아침 햇살 속의 첫 걸음과 같이 맑고 싱그러운 존재이다.

제2연에서도 화자는 님을 찬송한다. 그 내용인즉, 님이야말로 "義가무거웁고 黃金이가벼운것"을 잘 아는 드문 사람이라는 것이다. 여기서 '의'와 '황금'은 각각 무거운 것과 가벼운 것을 표상하며 대비된다. 그리고 공심(公心), 평등심(平等心), 사심(捨心) 등의 세계와, 사심(私心), 차별심(差別心), 욕심(慾心) 등의 세계를 각각 가리키며 대비된다. 전자는 불교가 도달하고자 하는 이상세계이며 후자는 불교가 극복하고자 하는 세속 현실이다.

화자는 이와 같은 님에 대한 찬사와 더불어 님을 향해 "거지의 거친밧헤 福의씨를 쑤리옵소서"라고 간청을 한다. 여기서 '거지의 거친 밭'이란 화자 자신이 처해 있는 열악한 현실이기도 하고, 꼭 화자가 아니더라도 열악한 환경에 놓여 있는 사람들의 삶을 뜻한다고 볼 수 있다. 그리고 '복의 씨를 뿌리라'는 것은 그들의 열악한 처지와 삶을 '복전(福田)'으로 바꾸어 달라는 것이다. 화자에게 님은 '복의 씨앗'을 심을 만큼의 능력을 가진 존재로 칭송된다. 이 부분에서 우리는 불교의 근간인 인과법 및 연기법을 자연스럽게 떠올리게 된다. 그것에 비추어볼 때, '복의 씨앗'이란 '복의 인(因)'이고, 그 '인'이 '연(緣)'을 만나 복전으로 나아가는 길에 들어서게 되는 것이다.

제2연의 마지막 행에서 화자는 앞서 말한 바와 같은 님의 모습에 너무나도 감격스러워 말을 억제하지 못한다. 그는 님에게 감격을 담은 찬송을 바치는데 그 내용인즉 님은 사랑 그 자체이며, '옛 오동의 숨은 소리'와 같은 존재라는 것이다. 님이 사랑 그 자체라는 말은 이해하기 쉬울 것이다. 그러나 '옛 오동의 숨은 소리'와 같다는 말은 조금 설명이 필요할 듯하다. '옛 오동의 숨은 소리'라는 것은 악기를 만드는 재료인 오래된 오동나무가 자신의 깊은 심연 속에 간직하고 있는 숨은 비의의 소리를 뜻한다. 오동나무로 사람들은 거문고나 가야금의 울림통을 만든다. 화자에게 있어서 님은 오동나무의 악기가 낼 수 있는 화음(和音)이나 원음(圓音) 같은 존재인 것이다.

이제 제3연을 보기로 한다. 여기서 화자는 님을 '봄 같은 광명과 평화'를 좋아하는 사람으로 찬송한다. 광명이란 지혜의 밝은 빛이고, 평화란 자비의 향기로운 파장이다. 화자에게 님은 이런 지혜와 자비의 화신이다. 그 님을 향하여, 화자는 특별히 "弱者의가슴에 눈물을쑤리는 慈悲의菩薩이 되옵소서"라고 간청한다. 약자들의 마음 한가운데에 사랑의 눈물을 전하는 '자비의 보살'이 되어 달라는 것이다. 약자란 누구일까. 역시 시인 자신일 수도 있으나 이 땅의 힘 없는 모든 존재들을 지칭하는 것으로 보는 편이 적절하다. 그리고 자비의 보살이 되어 달라는 것은 다르게 말하자면 '지혜의 사랑'으로 중생을 제도하는 불보살 같은 존재가 되어 달라는 것이다.

제3연의 화자는 이런 님을 바라보면서 너무나도 감격하여 역시 마지막 행에서 아낌없는 찬사를 바친다. 님은 사랑 그 자체이며, 얼어붙은 바다에 불어오는 봄바람 같은 존재라는 것이다. 얼어붙은 세계를 녹일 수 있는 사람, 겨울 같은 세계를 봄과 같은 세계로 바꿀 수 있는 사람, 대립과 갈등을 합일과 화쟁(和諍)으로 전변시킬 수 있는 사람, 그런 사람이 님인 것이다.

위 시에서 말해지고 있는 님은 그 자체로서 대단한 경지에 진입한 사람이다. 그러나 그를 알아보는 화자 또한 님에 뒤지지 않는 높은 경지에서 살림살이를 하는 사람이다. 화자는 한편으로 그런 님을 찬송하며, 다른 한편으로 그런 님에게 어려운 현실을 극복해주기를 간청한다. 이런 가운데 화자와 님이 얼마나 높고 간절한 사랑 속에서 살고 있는가를 알려주는 작품이 바로 위의 시이다.

# 論介의愛人이되야서그의廟에

날과밤으로 흐르고흐르는 南江은 가지안슴니다

바람과비에 우두커니섯는 矗石樓는 살가튼光陰을싸라서 다름질침니다

論介여 나에게 우름과우슴을 同時에주는 사랑하는論介여

그대는 朝鮮의무덤가온대 피엿든 조흔꼿의하나이다 그레서 그향긔는 썩지안는다

나는 詩人으로 그대의愛人이되얏노라

그대는어데잇너뇨 죽지안한그대가 이세상에는업고나

나는 黃金의칼에베혀진 꼿과가티 향긔롭고 애처로은 그대의當年을回想한다

술향긔에목마친 고요한노래는 獄에무친 썩은칼을 울녓다

춤추는소매를 안고도는 무서은찬바람은 鬼神나라의꼿숩풀을 거처서 써러지는해를 얼녓다

간얄핀 그대의마음은 비록沈着하얏지만 썰니는것보다도 더욱무서웟다

아름답고無毒한 그대의눈은 비록우섯지만 우는것보다도 더욱슯엇다

붉은듯하다가 푸르고 푸른듯하다가 희여지며 가늘게썰니는 그대의 입설은 우슴의朝雲이냐 우름의暮雨이냐 이슬꼿의象徵이냐

쌔비가튼 그대의손에 꺽기우지못한 落花臺의남은꼿은 붓그럼에醉하야 얼골이붉엇다

玉가튼 그대의발꿈치에 밟히운 江언덕의 묵은이끼는 驕矜에넘처서

푸른 紗籠으로 自己의 題名을 가리엇다


　아아 나는 그대도업는 빈무덤가튼집을 그대의집이라고 부름니다

　만일 이름뿐이나마 그대의집도업스면 그대의이름을 불너볼機會가업
는 까닭임니다

　나는 꼿을사랑함니다 마는 그대의집에 피여잇는꼿을 꺽글수는 업슴
니다

　그대의집에 피여잇는꼿을 꺽그랴면 나의창자가 먼저썩거지는 까닭임
니다

　나는 꼿을사랑함니다 마는 그대의집에 꼿을심을수는 업슴니다

　그대의집에 꼿을심으랴면 나의가슴에 가시가 먼저심어지는 까닭임니
다


　容恕하여요 論介여 金石가튼 굿은언약을 저바린것은 그대가아니오
나임니다

　容恕하여요 論介여 쓸쓸하고호젓한 잠ㅅ자리에 외로히누어서 끼친恨
에 울고잇는것은 내가아니오 그대임니다

　나의가슴에 「사랑」의글ㅅ자를 黃金으로색여서 그대의祠堂에紀念碑를
세운들 그대에게 무슨위로가 되오릿가

나의노래에 「눈물」의曲調를 烙印으로찍어서 그대의祠堂에祭鍾을울닌
대도 나에게 무슨贖罪가 되오릿가

나는 다만 그대의遺言대로 그대에게다하지못한 사랑을 永遠히 다른
女子에게 주지아니할뿐임니다 그것은 그대의얼골과가티 이즐수가업는
盟誓임니다

容恕하여요 論介여 그대가容恕하면 나의罪는 神에게懺悔를아니한대
도 사러지것슴니다


千秋에 죽지안는 論介여
하루도 살수업는 論介여
그대를사랑하는 나의마음이 얼마나 질거우며 얼마나슯흐것는가
나는 우슴이제워서 눈물이되고 눈물이제워서 우슴이됨니다
容恕하여요 사랑하는 오오 論介여

■■■

위 시의 화자에게 논개는 님(애인)이다. 그리고 그 님인 논개에게 조선은 또한 님이다. 위 시의 화자는 님을 위해 목숨을 바칠 줄 안 논개를 사랑하며 그와 같이 살지 못하는 자신을 부끄러워한다.

위 시의 시작은 임진왜란 당시, 논개가 촉석루에서 연회를 벌이던 왜장을 유혹하여 끌어안고 빠져 죽은 진주 남강 일대의 묘사로부터 비롯된다. 화자가 보기에 남강은 낮과 밤으로 늘 흐르고 있는 것 같지만 그것은 외형일 뿐 실제의 남강은 언제나 거기에 멈춰 서 있는 논개의 역사적 현장이다. 그리고 그 남강의 촉석루는 늘 거기에 수직으로 서 있는 것 같지만 사실은 화살 같이 빠른 속도로 변해가는 무상(無常)의 건물이다. 흐르되 흐르지 않는 남강, 서 있되 서 있지 않는 촉석루의 이중성과 이들의 대비를 보여준 위 시의 첫 부분부터가 흥미롭다.

이렇게 시작되는 위 시의 제1연은 그 이후로 논개에 대한 화자의 애틋한 감정과 찬탄하는 마음을 아낌없이 바치는 것으로 되어 있다. 맨 먼저 화자는 논개를 간절하게 부르며 당신은 나에게 웃음과 울음을 동시에 주는 나의 사랑하는 사람이라고 말한다. 여기서 울음은 논개의 안타까운 죽음에서 연유한 것이요, 웃음은 그가 조선을 위해 목숨을 바친 의로운 삶의 주인공이라는 데서 연유한 것이다. 화자는 이런 논개를 가리켜 '조선의 무덤'에 핀 '좋은 꽃'의 하나였다고 찬미한다. 여기서 '조선의 무덤'이란 말 그대로 조선의 무덤일 수도 있지만, 조금 달리 해석하면 조선이라는 무덤으로 읽어보아도 좋을 것이다. 화자에게 이런 가운데서 피어난 논개의 꽃향기는 시간과 공간을 넘어 영원히 썩지 않고 퍼져나가는 것으로 여겨진다.

그런데 자발적으로 논개의 애인이 된 화자는 논개의 정신적인 영원성과 육체적인 일시성 사이에서 고통스러워한다. 논개는 분명히 사람들의 마음 속에 수백 년 동안 살아 현전하고 있는데, 그 몸은 어느새 주검이 되어 흔적도 없이 사라져버렸다는 것이다. 이런 가운데 화자는 논개가 의기(義妓)로서의 '향기롭고도 애처로운' 죽음을 감행했던 당시의 모습을 회상한다. 여기서 시인을 자처한 화자의 상상력과 묘사력은 최고조에 달한다.

그 상상과 묘사의 내용을 살펴보면 다음과 같다. 논개의 술향기에 목이 메인 노랫가락은 감옥에서 '칼 노릇을 못하는 칼'들을 울렸고, 논개의 춤추는 옷소매에 묻어난 찬바람은 '떨어지는 해를 얼릴' 만큼 대단하였으며, 논개의 눈은 웃고 있었지만 우는 것보다 더욱 슬펐고, 논개의 떨리는 입술은 웃음과 울음과 영롱함을 함께 지녔으며, 논개의 손에 꺾이지 못한 낙화대의 꽃은 그에게 꺾이지 못했다는 사실 자체를 부끄러워해야만 했고, 논개의 발꿈치에 밟힌 강언덕의 이끼는 그의 발꿈치가 닿았다는 사실에서 연유하는 긍지로 자신의 본모습을 지울 정도였다.

이처럼 논개에 대하여 직접적으로 찬탄을 보낸 화자는 제2연으로 가면서 논개의 무덤 혹은 기념물 같은 것에 대해 이야기하고 있다. 그의 말에 따르면, 사람들은 논개도 없는 빈 무덤 같은 '집'을 가리켜 논개의 집이라고 부르고 있는 것이 현실인데, 이것은 우스운 일이지만, 그렇다 하더라도 만일 그것조차 없다면 어찌 논개의 이름이라도 불러볼 수가 있겠느냐는 것이다. 화자는 무덤이니 기념물이니 하는 것이 나약한 인간의 의지처임을 알고 있다. 그러면서 그는 이 허황한 '논개의 집'을 논개의 몸처럼 아끼고 절대화한다. 그래서 '논개의 집'에는 자신이 좋아하는 꽃을 꺾을 수도,

심을 수도 없다고 말한다. 거기서 꽃을 꺾는 일은 자신의 창자가 먼저 꺾어지는 것과 같이 고통스러운 일이요, 거기에 꽃을 심는 일은 자신의 가슴에 가시가 먼저 박히는 것처럼 고통스러운 일이라는 것이다. 논개는 이처럼 화자에게 자신의 몸 이상의 것이었다.

이러한 님인 논개에게 화자는 제3연을 통하여 부끄러움과 자책의 마음을 보낸다. 아무리 생각해도 논개의 그 위대한 공심(公心)과 보살심을 자신은 따라가지 못하고 있다는 것이다. 그래서 화자는 논개에게 자신을 용서해 달라고 간청한다. 용서를 간청하지 않을 수 없는 이유는, 공심과 보살심으로 살겠다는 논개와의 그 금석 같이 굳은 언약을 저버린 것이 바로 자기 자신이라는 점이다. 그리고 고독한 잠자리에 누워서 한에 울고 있는 것은 자신이어야 하는데 실제로는 자신이 아니라 논개가 그와 같은 처지에 있다는 점이다.

이런 부끄러움과 자책 속에서 그는 어떤 일을 하여도 자신이 지닌 부끄러움과 자책감을 감소시킬 수가 없을 것 같은 심정에 빠져든다. 이를테면 자신의 가슴에 황금으로 '사랑'이라는 글자를 새겨서 논개의 사당에 기념비를 세운다 하여도, 혹은 자신의 노래에 '눈물'을 담아서 논개의 사당에 제사 지내는 종을 울린다 하여도 아무 소용이 없으리라고 생각되는 것이다. 여기서 그가 할 수 있는 일로는 오직 두 가지가 남아 있다. 그 하나는 부족하지만 논개의 유언대로 세속적 외도를 하지 않고 님을 위한 공심과 보살심 속에서 살아가기를 염원하며 실천하는 것이다. 그리고 다른 하나는 논개에게 용서를 구하는 일이다. 화자에게 있어서 논개로부터 용서를 받는 일은 다른 어떤 신에게 참회를 할 필요도 없을 만큼 절대적인 의미를 갖는 것이라고 여겨진다.

이처럼 논개의 삶 앞에서 부끄러움과 자책을 느끼고 내적·외적인 결심 속에서 용서를 구하는 화자는 제4연에 이르러 논개에 대한 찬탄과 안타까움을 다시 한 번 강하게 드러내고 있다. 논개는 님을 위해 목숨을 바친 자로서 영원히 사람들의 마음 속에서 죽지 않는 보살이라는 데 찬탄을 보내고, 그럼에도 불구하고 그가 현실적으로는 단 하루도 살아 돌아올 수 없는 이미 죽은 육신이라는 데 안타까움을 표한다. 이런 논개를 사랑하는 화자가 느끼는 감정은 두 가지이다. 하나는 즐거움이며, 다른 하나는 슬픔이다.

지금까지의 논의를 통하여 본 바처럼, 화자에게 논개는 '님을 위해 살 줄 안 님'이다. 그런 논개를 화자는 지극히 존경하고 찬탄한다. 그러면서 자신이 님을 위해 논개처럼 살지 못한 현실을 안타까워하고, 자신이 님과 더불어 가야 할 미래의 길을 다진다. 이런 화자에겐 님을 위해 얼마나 제대로 살았는가 하는 것이 삶을 제대로 살았는가의 여부를 알려주는 척도가 된다.

우리는 위 시에서 모처럼 역사 속에 등장하는 님(논개)이 소재가 되어 등장하는 덕분에 화자가 그리워하고 사랑하는 님의 실체를 어느 때보다 구체적으로 파악할 수 있게 되었다. 그러나 시집 『님의 침묵』 속의 모든 작품에서 다 그러하듯이, 여기서도 여전히 님이 누구냐 하는 문제보다 더 중요하고 본질적인 것은 어떤 마음을 씀으로써 님이 탄생되고 님을 위한 삶을 살아갈 수 있게 되느냐 하는 점임을 잊지 말아야 한다.

# 後悔

당신이게실째에 알뜰한사랑을 못하얏슴니다

사랑보다 밋음이만코 질거음보다 조심이더하얏슴니다

게다가 나의性格이冷淡하고 더구나 가난에쪼겨서 병드러누은 당신에
게 도로혀 疏濶하얏슴니다

그럼으로 당신이가신뒤에 쩌난근심보다 뉘우치는눈물이 만슴니다

■■■

위 시에서는 화자가 님과 헤어지기 이전의 삶과 사랑을 되돌아보는 내용이 주를 이루고 있다. 이런 경우는 드물다. 지금까지 『님의 침묵』 속의 여러 작품들을 읽는 가운데서 엿보인 바처럼, 대부분의 작품들은 이별한 님과 앞으로 만날 것을 고대하고 그것을 위하여 전력을 기울이는 내용으로 이루어져 있다. 이런 점에서 위의 시는 『님의 침묵』 속의 다른 여러 작품들과 구별되면서 새로운 측면에서의 읽는 재미를 제공한다.

일반적으로 인간들의 삶이란 그가 시인이 아니라 하더라도 과거에 대한 후회와 미래에 대한 근심으로 얼룩져 있다. 이 두 가지 마음의 방향은 부질없는 중생심이 창조한 환영(幻影)과 생각의 산굴이지만, 인간의 마음 구조가 그렇게 움직이고자 하는 관성으로부터 자유롭지 못하다는 것이 우리의 심리적 현실이다. 불교는 '지금, 이곳'의 실상을 보라고 가르치면서 이런 과거와 미래에 대한 환영으로서의 생각놀이를 극복하고자 한다.

위 시의 화자가 지닌 마음의 방향은 과거에 가 있다. 님이 계실 때에 '알뜰한 사랑'을 하지 못한 것에 대한 후회가 주를 이루고 있는 것이다. 여기서 '알뜰한 사랑'이란 제대로 된 사랑, 온 마음으로의 사랑, 후회할 점이 한 부분도 없는 사랑과 같은 뜻을 지닌 것으로 볼 수 있을 것이다. 그런데 화자의 이와 같은 후회가 중생심의 번뇌와 구별되는 것은 그것이 적극적인 '참회'의 성격을 띠고 있기 때문이다. 참회란 자아를 넘어선 차원에서 자신의 '여법(如法)'하지 못한 무명의 어리석은 삶을 반성하고 성찰하며 중생(重生)의 길을 닦는 과정이다.

부연하건대 이와 같은 참회란 뒤를 돌아다봄으로써 앞으로 나아가는 수행이다. 따라서 참다운 참회엔 가학이나 자학을 동반한 원망과 한탄이 없다. 오직 자신의 어리석음을 통찰함으로써 더 나은 미래를 만들어가려는 소망과 원력만이 있는 터이다.

화자는 위 시의 제2행과 제3행에서 자신이 '알뜰한 사랑'을 하지 못한 까닭을 밝히고 있다. 그것은 우선 님에 대한 소아적 사랑의 감정보다 믿음이 더 많았고, 님과 즐거움을 누리려 하기보다 님에 대한 조심하는 마음이 더욱 컸기 때문이라는 것이다. 그리고 자신의 성격이 냉담한 데다 가난한 현실에 쫓기다보니, 님에게(그것도 병들어 누운 님에게) 마음을 제대로 쓰지 못하였다는 것이다. 그러나 가만히 생각해보면 믿음은 중생심의 뜨거운 사랑보다 윗길에 있고, 조심 역시 탐닉적인 즐거움보다 윗길에 있으며, 냉담함 역시 과잉의 흥분보다 윗길에 있고, 가난함이란 수용해야만 하는 현실이다. 따라서 화자가 말하는 여러 가지 이유를 듣다보면 오히려 화자의 참된 사랑에 마음을 주게 된다.

이와 같은 화자는 위 시의 맨 마지막 행에서 님인 당신이 떠난 뒤에 '떠난 근심'보다 '뉘우치는 눈물'이 많다고 참회와 반성의 언어를 다시 전한다. 위에서도 잠시 언급하였지만 무아의 참회 앞에서 우리는 감동한다. 그러나 욕망이 좌절된 소아의 후회를 대할 때 우리는 안타깝지만 불편한 마음이 된다. 위 시의 제목이 「후회」이고 그 내용 또한 후회를 말하는 것 같은데도 우리가 그 언어 앞에서 잔잔한 감동을 맛보게 되는 까닭은 바로 위 시의 저변에서 화자의 참다운 참회의 마음이 작용하고 있기 때문이다.

# 사랑하는까닭

　내가 당신을사랑하는것은 까닭이업는것이 아닙니다

　다른사람들은 나의紅顔만을 사랑하지마는 당신은 나의白髮도 사랑하

는 까닭임니다


　내가 당신을긔루어하는 것은 까닭이업는것이 아닙니다

　다른사람들은 나의微笑만을 사랑하지마는 당신은 나의눈물도 사랑하

는 까닭임니다


　내가 당신을기다리는 것은 까닭이업는것이 아닙니다

　다른사람들은 나의健康만을 사랑하지마는 당신은 나의죽엄도 사랑하

는 까닭임니다

위 시의 화자인 나와 님인 당신은 서로가 서로를 ‘사랑’한다. 『님의 침묵』 서문 격의 글인 「군말」의 첫 단락에서 시인은 "님은 내가사랑할샌아니라 나를사랑하나니라"라고 말하였는데 그 뜻을 여기서 잘 이해할 수 있다.

이와 같은 위 시에서 사랑하는 것, 긔루어하는 것, 기다리는 것은 일종의 계열체를 형성한다. 그러면서 시의 제목에 등장하는 ‘사랑’이라는 개념 속에 이들이 모두 내용을 이루며 포함된다.

그런데 위 시가 흥미로운 것은 참사랑의 의미와 실제를 님인 당신의 삶을 통하여 보여주고 있다는 점이다. 이 점은 『님의 침묵』 속의 많은 시작품들이 화자인 나를 통하여 참사랑의 모습을 보여준 것과 구별되는 점이다. 그렇다면 참사랑이란 도대체 무엇인가. 앞의 작품들을 읽어보는 과정에서 여러 차례 나온 바 있지만, 한 번 더 언급한다면 그것은 ‘지혜 위의 자비’를 실천하는 것이다. 여기서 지혜는 공심과 불심의 원천이며, 자비는 공심과 불심의 작용태이다.

그러면 님인 당신은 어떤 모습으로 참사랑을 하고 있는 것인가. 먼저 제1연을 보면 당신은 화자의 ‘홍안’만이 아니라 ‘백발’까지도 사랑한다. 그러니까 홍안이 뜻하는 젊음의 아름다움과 백발이 뜻하는 늙음의 추함을 분별하지 않고 사랑하는 것이다. 이것을 더 확대하여 해석하면 화자의 생로병사 전체를 일체로서 사랑한다는 것이다. 이것은 단순한 감정이나 의지의 문제가 아니라 한 존재와 생명이 지닌 전체성을 통찰할 수 있는 자의 마음이 빚어낸 결과이다.

이어서 제2연을 보면 님인 당신은 화자의 ‘미소’만이 아니라 ‘눈물’까지도 사랑한다. 미소가 기분 좋은 일을 뜻하는 것이라면 눈물은 슬프고 안타까운 일을 뜻한다. 당신인 님은 이렇듯 화자의 모든 삶을 사랑한다. 그가 지닌 기쁨과 괴로움, 환희와 고통 모두를 분별과 시비 없이 그대로 사랑하는 것이다. 이런 당신의 모습은 앞의 제1연에서 '홍안'과 '백발'을 함께 사랑하는 그의 모습을 말할 때에 보인 것처럼 전체성에 대한 통찰 위에서 '지혜의 사랑'을 하고 있는 것이다.

끝으로 제3연을 보면 여기서 님인 당신은 화자의 '건강'뿐만이 아니라 '죽음'까지도 사랑한다. 건강과 죽음, 이것은 생과 사의 문제이다. 이 두 가지를 아울러 사랑하는 당신은 불교식으로 말한다면 일체만유가 불생불멸의 길을, 그리고 불구부정(不垢不淨)의 길을 가고 있다는 지혜를 체득하고 실천하는 사람이다.

위 시의 화자는 님인 당신이 보여주는 이와 같이 높은 차원의 안목과 삶을 존경하고 사랑한다. 그러나 그 존경과 사랑은 일방적인 자기이익을 경험하고 자기중심적인 욕망을 충족한 자로서의 그것이 아니라 자기 안에 간직되었던 불성이 드러나고 움직인 경험을 한 자로서의 그것이다.

위 시의 님인 당신의 사랑도, 그리고 그 당신에 대한 화자의 사랑도 모두 이 불성에 의거한 '지혜 위의 사랑'이다. 불성은 이 세상의 어떤 분별과 시비도 무력화시킨다. 그 앞에서 우리는 스스로 열리는 경험을 하며 너와 나라는 이분법을 새사람이 되어 내려놓게 된다.

# 당신의편지

당신의편지가 왓다기에 꽃밧매든호믜를노코 쩨여보앗슴니다

그편지는 글씨는 가늘고 글줄은 만하나 사연은 간단함니다

만일 님이쓰신편지이면 글은 쩌를지라도 사연은 길터인데


당신의편지가 왓다기에 바느질그릇을 치어노코 쩨여보앗슴니다

그편지는 나에게 잘잇너냐고만 뭇고 언제오신다는말은 조금도업슴니다

만일 님이쓰신편지이면 나의일은 뭇지안터래도 언제오신다는말을 먼저썻슬터인데


당신의편지가 왓다기에 약을다리다말고 쩨여보앗슴니다

그편지는 당신의住所는 다른나라의軍艦임니다

만일 님이쓰신편지이면 남의軍艦에잇는것이 事實이라할지라도 편지에는 軍艦에서써낫다고 하얏슬터인데

위 시에선 두 사람 사이의 이별의 거리를 좁혀주는 매개물로 '편지'가 등장한다. 편지란 비록 문자를 통하여 '유사 만남' 정도를 가능케 하는 것이지만, 그 힘은 작지 않다.

지금까지 보았듯이, 『님의 침묵』 속에 실린 시편 가운데는 위 시에서만큼이라도 두 사람 사이의 만남의 성취가 이루어진 경우를 찾기 어렵다. 화자와 님 사이의 이별은 다시 만날 기약이 없고, 만남의 실질적인 길을 모색하는 것은 쉽지 않기 때문이다. 그런 면에서 위 시에 '편지'가 등장한 것은 새롭고 효과적이다.

위 시의 화자는 여성임이 분명하다. 그 여성 화자는 먼저 제1연에서 님의 편지를 받고, 꽃밭 매던 호미를 놓은 채, 급히 편지를 뜯어본다. 그런데 아무래도 화자의 생각엔 그 편지를 님이 보낸 것 같지가 않다. 님이 보낸 편지라면 문장은 짧더라도 사연은 길 터인데, 그와 반대로 이 편지는 문장은 긴 데도 불구하고 사연은 너무나 빈약하기 때문이다. 화자는 진정한 사랑이란 편지에 적힌 문장의 길이에 좌우되는 것이 아니라 그 속에 담긴 내용으로 결정된다는 사실을 아는 사람이다.

화자는 제2연에서 다시 님의 편지를 받는다. 님의 편지를 받은 화자는 바느질하던 것을 멈추고 역시 급하게 편지를 뜯어보는데, 이상하게도 이것 또한 님이 보낸 편지가 아닌 것만 같다. 그 까닭은, 편지의 내용이 자신에 대해 단순한 안부만을 물을 뿐, 언제 오겠다는 말을 전혀 하고 있지 않기 때문이다. 님의 깊은 사랑을 아는 화자가 판단하기엔, 만약 그 편지가 님의 편지였다면 안부 같은 것은 묻지 않더라도 언제 올 것인가를 알려주었을 것이라 생각된다.

화자는 제3연에서도 편지를 받는다. 그는 님의 편지가 왔다기에 약 달이던 일을 멈추고 편지를 뜯어본다. 그런데 역시 그 편지가 님이 보낸 편지처럼 여겨지지 않는다. 그 가장 큰 이유는 님이 보낸 편지의 주소가 '다른 나라의 군함'으로 되어 있기 때문이다. 화자가 생각하기엔, 만약 님이 편지를 보냈다면 비록 그가 다른 나라의 군함에 있는 것이 사실이라 할지라도 화자를 배려하여 그 다른 나라의 군함을 주소로 적지 않고 군함을 떠난 것으로 적었을 것이라 여겨지기 때문이다.

지금까지 보았듯 화자는 위 시에서 세 통의 편지를 받는다. 그런데 그 편지는 모두 님이 보낸 것 같지가 않다. 그 이유를 앞에서 제시했지만, 그것을 다시 한마디로 압축한다면, 님의 참사랑이 빠져 있거나 느껴지지 않기 때문이다. 화자가 생각하기에 그의 님은 참사랑을 아는 사람이고 그에게 이 사랑을 온전하게 전해주는 사람이다.

그렇다면 위 시의 편지는 어떻게 온 것일까. 추측하자면 이 물음에 대해서는 두 가지 정도의 답이 떠오른다. 하나는 '다른 나라의 군함'이 상징하는 바 님을 빼앗아간 누군가가 그 편지를 거짓으로 썼다는 것이고, 다른 하나는 그 님을 빼앗아간 자의 감시 아래서 님이 편지를 썼다는 것이다.

이렇게 본다면 님의 편지는 '불구의 편지'이다. 편지이긴 하나 편지로서의 역할을 하지 못하고 있는 것이다. 따라서 위 시에서는 편지를 통한 만남의 성취라는 '불충분한 만남'이 이루어지고 있는 것 같지만 실은 그것조차도 단지 외형에 불과할 뿐, 내실을 기하고 있지 못한 것이다.

이와 같은 위 시에서 우리는 어떤 점을 가장 중요한 것으로 읽어야 할

까. 형식상으로 보면 편지의 등장과 그 편지를 받는 화자의 너무나도 반가
워하는 모습이고, 내용상으로 본다면 화자의 말을 통해 알아볼 수 있는,
님의 화자에 대한 참사랑의 마음이다. 결국 위 시 역시 참사랑의 마음이
어떤 것인지를 보여주는 작품이다. 그리고 화자와 님과의 만남은 여전히
어려운 이별의 상황 속에 놓여 있음을 알려주는 작품이다.

# 거짓리별

당신과나와 리별한째가 언제인지 아심닛가

가령 우리가 조흘째로말하는것과가티 거짓리별이라할지라도 나의입설이 당신의입설에 다치못하는것은 事實임니다

이거짓리별은 언제나 우리에게서 써날것인가요

한해두해 가는것이 얼마아니된다고 할수가업슴니다

시드러가는 두볼의桃花가 無情한봄바람에 몃번이나슬처서 落花가될가요

灰色이되여가는 두귀밋의 푸른구름이 쏘이는가을볏에 얼마나바래서 白雪이될가요


머리는 희여가도 마음은 붉어감니다

피는 식어가도 눈물은 더워감니다

사랑의언덕엔 사태가나도 希望의바다엔 물셜이쒸노러요


이른바 거짓리별이 언제든지 우리에게서 써날줄만은 아러요

그러나 한손으로 리별을가지고가는 날(日)은 쏘한손으로 죽엄을가지고와요

위 시의 제목은 '이별'이 아니라 '거짓이별'이다. 지금까지의 작품들에서보다 두 사람의 이별이 지닌 성격이 좀 더 친절하게 드러나고 있다. 위 시의 이해는 이 '거짓이별'이 뜻하는 바를 파악하는 것으로부터 시작해야 효과적이다. 우선 이 '거짓이별'이 뜻하는 바를 말하면, 그것은 타의에 의한 이별, 육신만으로의 이별, 외형만으로의 이별, 물리적 차원에서만의 이별을 가리키는 것이라 볼 수 있다. 위 시의 화자와 님은 이런 '거짓이별' 속에서 참다운 사랑을 내적으로 나누고 있다. 이들에게 이별은 단지 외장(外裝)일 뿐이며 그 외장의 높이만큼 그들은 깊이 만나고 있는 것이다.

그런데 이런 '거짓이별'이 문제가 되는 것은 그들 사이에서 '거짓이별'의 기간이 너무나도 오래 이어지고 있다는 점 때문이다. 화자는 제1연 제1행에서 이런 심정을 강하게 표명하고 있다. 그러면서 제2행으로 접어들어, 자신들이 마음 가는 대로 이별을 '거짓이별'이라 부르고 있기는 하지만, 그렇더라도 이 이별로 인하여 입맞춤이 의미하는 바와 같은 자신들의 직접적 만남을 갖지 못하는 것은 아쉽기 그지없다고 말한다. 이런 현실적 장애 앞에서 화자와 님에게는 강한 인내가 요구된다.

그런데 제3행에서부터 화자는 인내의 어려움을 고백한다. 님과의 '거짓이별'이 끝날 날을 도저히 예측할 수 없는 상황 앞에서 그는 난감해지는 것이다. 그러면서 "이거짓리별은 언제나 우리데게서 쩌날것인가요/한해 두해 가는것이 얼마아니된다고 할수가업습니다"라고 기다림의 어려움을 토로한다. 이런 어려움과 시간의 기약 없는 흐름은 제5행과 제6행을 통하여 매우 시적으로 표현되고 있다. "시드러가는 두볼의桃花가 無情한봄바람에 몃번이나슬처서 *落花*가될가요/*灰色*이되여가는 두귀밋의 푸른구름이 쪼이는가을볏에 얼마나바래서 *白雪*이될가요”가 그 부분인데, 여기서 앞의 행은 그렇지 않아도 늙은 얼굴이 아주 늙어버릴 만큼의 시간을, 뒤의 행은 이미 회색이 된 귀밑머리가 하얗게 바래버릴 정도의 시간을 말하고 있다.

그런데 화자는 제2연으로 오면 앞의 제1연에서와 달리 심란해졌던 마음을 거두어버리고 님과의 만남을 위한 자신의 변치 않는 열정과 기대가 어떤 것인지를 강하게 역설한다. ‘머리는 하얗게 세어가도 마음은 붉어가고’ ‘피는 식어가도 눈물은 더워가며’ ‘사랑의 달콤함은 사라졌어도 희망의 기대는 푸르다’는 것이다. 화자의 이와 같은 님에 대한 사랑 앞에서는 어떤 것도 사랑을 약화시킬 장애나 핑계거리가 될 수 없다.

이처럼 열정과 기대를 역설한 화자는 마지막 연에서 냉정하면서도 복합적인 진단과 결론을 내린다. ‘거짓이별’이라고 하는 것은 언제가 될지 모르겠으나 분명 그들에게서 떠날 것이라고 생각한다는 말이 그것이다. 그러나 이런 생각과 믿음 속에서도 미래에 대한 화자의 예측은 아픔을 동반하고 있는 점이 특징적이다. 그것은 세월[日]이 흐르고 흐르면 ‘거짓이별’은 결국 사라질지 모르겠으나, 그 긴 세월의 흐름 속에서 화자와 님은 생물학적인 죽음에 가까이 다가가게 될 것이라고 생각하기 때문이다. 위 시의 울림은 이곳에서 고조된다. 세월의 양면성 앞에서 화자가 느끼는 감정을 대하며 우리도 동일한 감정에 젖어들 수밖에 없기 때문이다.

요컨대 ‘거짓이별’은 분명 외형만으로의 이별이다. 그러나 그것이 어마어마한 시간을 동반할 때 그 속에는 남모르는 어려움과 아픔이 끼어들게 된다. 위 시의 '거짓이별'을 통하여 우리는 새삼 시간의 작용에 대해 숙고하게 된다. 인간이 극복할 수 있는 시간과 극복하기 어려운 시간, 일면으로 극복이 가능하지만 다른 면으로 극복이 어려운 시간, 그런 시간의 특성과 힘에 대해 우리는 사랑과 더불어 사유하게 되는 것이다.

# 숨이라면



사랑의束縛이 숨이라면

出世의解脫도 숨임니다

우슴과눈물이 숨이라면

無心의光明도 숨임니다

一切萬法이 숨이라면

사랑의숨에서 不滅을엇것슴니다

위 시는 오직 하나의 연으로 구성된 짤막한 단련시(單聯詩)에 불과하지만, 『님의 침묵』 전체에서는 물론 한용운의 삶을 이해하는 데 상당히 중요한 역할을 하고 있다. 위 시엔 수행자로서의 시인인 한용운이 삶과 세계와 시와 사랑에 대하여 어떤 견해를 가지고 있는가를 알 수 있게 하는 단서가 고스란히 담겨 있다.

위 시의 제목은 '꿈이라면'이다. 시의 제목에서 보이는 바처럼 '꿈'이 시의 중심 언어이다. 화자는 이 꿈에 대해 종교적이고 철학적이며 인생론적인 견해를 표명하고 있다. 그는 시의 본문에서 속박과 해탈, 세간과 출세간, 속제와 진제, 현상과 본질, 긍정과 부정 등 일체의 모든 것들이 '꿈'임을 역설하고 있다. 본문의 내용에 따라 살펴보견 구체적으로 그는 '사랑의 束縛'을, '出世의 解脫'을, '웃음과 눈물'을, '無心의 光明'을, '一切萬法'을 거론하면서 이들 모두가 '꿈'이라는 사실을 일깨우고 있다.

그렇다면 그가 말하는 '꿈'이란 무엇인가. 이에 대한 이해가 선행되어야만 위 시의 심층적인 읽기가 가능해진다. 화자는 위 시에서, 우리 주변에서 널리 쓰이는 '꿈'이라는 세속의 언어를 사용하였다. 일상생활 속에서도 자주 사용되지만 특히 1920년대 우리 시단에서 관습적 시어로 흔하게 동원되었던 꿈이라는 대중적 어휘를 그대로 차용한 것이다. 그런데 이 꿈이라는 단어는 한편으로 우리에게 친근감을 주기도 하지만 다른 한편으론 표면적 의미 아래를 보는 데 장애가 되기도 한다.

다시 질문하기로 한다. 위 시에서 화자가 말하는 '꿈'이란 무엇인가. 그것은 대중적인 의미를 넘어 심각한 불교적 함의를 지닌다. 여기서 '꿈'이란 공(空), 무(無), 연기(緣起), 무아(無我), 무상(無常), 무주(無住), 무소득(無所得) 등을 뜻한다. 그 어떤 것도 실체가 없음을, 영원할 수 없음을, 소유할 수 없음을, 집착할 수 없음을, 머무를 수 없음을 말하고 있는 것이다. 이것은 허무가 아니라 세계의 놀라운 실상이자 진리의 모습이다.

화자는 이렇듯 모든 것이 '꿈'이라면 그 속에서 자신은 어떻게 살 것인가에 대해 고백하고 있다. 서양에 선불교를 전파하는 데 지대한 공헌을 한 숭산 스님은 이처럼 일체가 꿈인 세계를 '모를 뿐'이라는 화두로 타파하였다. 그리고 그 속에서 자신이 할 일이란 '오직 할 뿐'이라며 이 화두를 들고 수행의 일선에 나섰다. 이런 숭산 스님의 화두와 수행을 떠올리게 하는 위시에서 '꿈'은 '모를 뿐'과, '사랑'은 '오직 할 뿐'과 상응한다.

위 시의 화자는 모든 게 '꿈'이라면 '사랑의 속박이라는 꿈'에서 불멸을 얻겠다고 말한다. 마지막 부분에 나오는 이 말이 위 시의 결론이자 핵심이다. 사랑이란 속박을 감내해야 하는 고통이지만 그 대아적(大我的) 사랑이야말로 이 땅에서 자신이 선택할 수 있는 최선의 인간적인 길이라는 것이다.

사랑이 꿈인 줄을 알면서도 그 꿈을 선택하는 화자, 그런 화자의 사랑은 사랑이 꿈임을 모르거나 부인하는 범부들의 사랑과 구별된다. 사랑이 꿈이기에 집착하지 않으나, 그 사랑이 '지금, 이곳'에서 할 수 있는 최선의 인간적인 길이기에 '오직 할 뿐'의 마음으로 사랑의 삶을 사는 것, 이것이 위시의 화자가 말하는 '사랑의 꿈'에서 '불멸'을 얻는 일이다.

'불멸'은 자칫하면 소유개념이나 유아개념으로서의 불변이나 영생으로 오인할 염려가 있다. 여기서 말하는 불멸은 그와 같은 것이 아니라 '불생불멸'의 불멸이자 공성(空性)으로서의 불멸이다. 쉽게 말하면 자아의식이 개입되지 않은 무아로서의 진리 그 자체와 계합되는 일이다.

　『님의 침묵』에서 이야기되고 있는 사랑은 바로 위와 같은 사랑이다. 깨친 자가 이 땅에서 공심과 보살심의 원력으로 이 땅과 동체가 되어 살아가는 일, 그것이 바로 『님의 침묵』이 말하는 바 사랑인 것이다. 그런 점에서 『님의 침묵』의 사랑은 외형상으로 이성 간의 사랑이라는 형태를 취하였을 뿐, 사실은 그것을 포함하면서도 그것을 크게 넘어선다. 그리고 '꿈'이 가리키는 바 '공(空)사상'을 증득한 자가 그 바탕 위에서 현실을 살아가는 모습으로서, '생사'와 '열반'이 둘이 아님을 보여주는 것이다.

# 달을보며

달은밝고 당신이 하도그루엇슴니다
자던옷을 고처입고 쓸에나와 퍼지르고안저서 달을한참보앗슴니다

달은 차차차 당신의얼골이 되더니 넓은이마 둥근코 아름다은수염이 녁녁히보임니다
간해에는 당신의얼골이 달로보이더니 오날밤에는 달이 당신의얼골이 됨니다

당신의얼골이 달이기에 나의얼골도 달이되얏슴니다
나의얼골은 금음달이된줄을 당신이아심닛가
아아 당신의얼골이 달이기에 나의얼골도 달이되얏슴니다

위 시의 화자는 님인 당신이 참을 수 없을 정도로 '긔루어서' 잠을 이루지 못하다가 그만 잠옷을 고쳐 입고 뜰 앞에 나와 달을 바라보고 있다. 님에 대한 사랑이 얼마나 절절했으면 이렇게 자던 잠자리에서 뛰쳐나와 시간도 잊은 채 달을 바라보고 앉아 있을까. 위 시가 주는 감동은 일차적으로 여기서 온다.

그런데 위 시의 감동은 화자가 달을 바라보기 시작한 이후에 겪는 심정적 변화과정을 통하여 더욱 깊어진다. '퍼질러 앉아' 달을 하염없이 바라보던 화자의 마음 속에서는 달이 더 이상 달로 보이지 않고 님인 당신의 얼굴로 변하여 보이게 되는 것이다. 그런 님의 얼굴에서는 님의 넓은 이마와 둥근 코, 아름다운 수염까지도 구체적으로 나타나 보인다. 화자의 마음이 얼마나 님의 생각으로 가득했으면 달 전체가 님의 얼굴로 변하여 나타날까. 결국 대상은 보는 이의 마음이 반영된 것에 다름 아니라는 점을 여기서 생각해볼 수 있다.

또 한 가지 흥미로운 것은, 지난해에는 님인 당신의 얼굴이 달로 보였던 경험을 화자가 갖고 있다는 것이다. 이것은 오늘 밤 그가 달에서 님의 얼굴을 보는 것과 대응된다. 말할 나위도 없이 이 모두는 님에 대한 사랑의 마음이 낳은 산물이다. 그러나 이 둘의 공통점을 인정한다 하더라도, 님인 당신의 얼굴이 달로 보였다는 말은 얼마간의 해석을 필요로 한다. 그러니까 님의 얼굴이 달이 되었다는 것은, 달이 상징하는 바 원만함, 원융함, 무심함, 탈속함, 고요함, 공적함 등을 님의 얼굴이 구족하고 있었다는 것이다. 불교에서 달은 진리의 다른 말인 '월인(月印)'의 표상이다. 그리고 굳이 불교를 이끌어 들이지 않는다 해도 사람들의 마음속에서 달은 앞서 제시된 바와 유사한 상징과 이미지를 환기시키며 유통되고 있는 터이기도 하다.

앞서 논의한 점들과 더불어 또 한 가지 관심 깊게 살펴볼 만한 것은 위 시의 제3연에서 보이듯이, 님인 당신의 얼굴이 달이 되니까 화자인 자신의 얼굴도 따라서 달이 되었다는 것이다. 그런데 화자의 얼굴은 달이 되기는 했지만 님이 보여주는 둥글고 환한 달의 형상과 달리 겨우 달의 형색만을 갖춘 '그믐달'이 되었다고 한다. 보름달 같은 님의 얼굴과 그믐달 같은 화자의 얼굴은 서로 대비된다. 그만큼 화자의 마음은 온전히 피어나지 못하고 있는 것이다.

하지만 위 시에서 님의 얼굴이 달이기에 자신의 얼굴도 달이 되었다는 말은 매우 중요하다. 이 말은 제3연의 제1행과 제3행에 반복되어 나타난다. 이것은 화자가 님에게 무아의 사랑을 바침으로써 화자 자신이 님과 일체가 되었다는 말이다. 누군가가 나무에게 무아의 사랑을 바치면 그도 또한 나무가 되고, 누군가가 철학에 대아적 사랑을 바치면 그 자신 또한 철학이 되듯, 위 시의 화자는 님에게 무아의 사랑을 바침으로써 님의 다른 이름인 달이 된 것이다.

# 因果律

당신은 옛盟誓를쌔치고 가심니다

당신의盟誓는 얼마나참되얏슴닛가 그盟誓를쌔치고가는 리별은 미들수가 업슴니다

참盟誓를쌔치고가는 리별은 옛盟誓로 도러올줄을 암니다 그것은 嚴肅한因果律임니다

나는 당신과쩌날째에 입마춘입설이 마르기전에 당신이도러와서 다시 입마추기를 기다림니다


그러나 당신의가시는것은 옛盟誓를쌔치랴는故意가 아닌줄을 나는암니다

비겨 당신이 지금의리별을 永遠히 쌔치지안는다하야도 당신의 最後의接觸을바든 나의입설을 다른男子의입설에 대일수는 업슴니다

위 시의 화자와 당신인 님은 '옛 맹서'라는 굳은 약속을 한 사이이다. 문맥으로 볼 때, 그 맹세의 내용은 영원히 이별하지 말고 함께 사랑의 삶을 살자는 것이다. 그러나 당신인 님은 고의는 아닐지언정, 어떤 불가피한 상황에 의하여 옛 맹세를 지키지 못하고 떠난 상태이다. 이렇게 당신인 님은 떠나고, 그 앞에서 화자는 옛 맹세를 기억하며 님과의 만남과 님에 대한 사랑으로 여러 가지 생각에 잠겨 있다.

화자가 보기에 님의 '옛 맹서'는 너무나도 참된 것이었기에 님이 그 맹세를 깨고 영원히 떠난다는 것은 믿기도, 상상하기도 어려운 일이다. 그만큼 님의 '옛 맹서'는 화자에게 강렬하고 단단하게 여겨졌던 것이다. 이런 상황에서 화자는 '인과율'이라는 존재와 삶의 근본원리를 떠올리고 이에 의하면 '옛 맹서'의 님은 분명 다시 돌아올 것임을 확신한다.

그렇다면 인과율이란 무엇인가. 과학 분야에서는 물론 일상생활에서도 '인과' 혹은 '인과의 법칙'은 발견되고 언급된다. 그러나 인과율은 특별히 불가에서 무엇보다 의미심장한 역할을 한다. 정확히 말하면 '인연과(因緣果)'를 가리키는 불가의 '인과' 혹은 '연기의 법칙'에서 존재와 삶은 '인'의 결과이며 동시에 '연'의 결과이다. '인과'라고 할 때는 '인'의 결과가 중시되며 '연기'라고 할 때는 '연'의 결과가 중시된다. 그리고 '인연'이라고 할 때는 '인'과 '연'이 동시에 중시된다. 불교의 한 경전인 『인과경(因果經)』에 따르면 인과의 법칙엔 한 치의 오차도 없다고 한다. 그러니 우리는 오직 '할 뿐' 그 결과에 대해 걱정할 이유가 없다.

위 시의 화자는 제1연의 제3행에서 이 인과율을 님과의 관계 속에서 언급하고 있다. 그 내용을 그대로 옮겨보면 다음과 같다: "참盟誓를쌔치고가는 리별은 옛盟誓로 도리올줄을 암니다 그것은 嚴肅한因果律임니다". '참 맹서'를 깨치는 것이 원인이 되었다면 '옛 맹서'로 돌아오는 것이 결과일 수밖에 없다는 것이다. 이미 '참 맹서' 속어는 그것이 다른 게 아니라 바로 '참 맹서'이었기에 그 어떤 상황에 의해서 어려움을 당할지라도 '옛 맹서'로 돌아올 수밖에 없는 인(씨앗)이 담겨 있다는 것이다.

그러나 이런 인과율에 의하여 님과의 이별을 극복한 화자는, 그것이 보편적인 원리임을 확신하면서도, 현실 속의 자신에게 님이 하루빨리 돌아왔으면 좋겠다는 인간적 감정을 동시에 표현한다. 제1연 제4행에 이 점이 드러나 있거니와, 이 부분에서 특히 입맞춤이라는 감각적이며 관능적인 표현은 이런 화자의 심정을 잘 반영한다.

위 시의 제2연에서 화자는 공개적으로 님이 '옛 맹서'를 깨치고 떠난 것 같지만 실은 거기엔 아무런 의도도 개입되지 않은 것임을 밝히고 있다. 님의 떠남에 대한 화자의 이와 같은 긍정적 이해는 그로 하여금 님과의 만남에 대한 확신을 더욱 강하게 갖도록 한다. 그러면서 화자는 제2연의 마지막 행을 통하여, 설령 님이 영원히 돌아오지 않고 이별의 상태에 있게 된다고 하더라도 자신의 사랑에는 조그마한 변화도 없음을 밝히고 있다. 참고로 밝히면 여기서 '다른 남자'는 말 그대로 다른 남자라기보다 대아적 사랑을 바칠 수 없는 세속적 삶의 대상을 뜻한다고 보아야 한다.

요컨대 위 시의 화자에게는 인과율을 철석같이 믿는 것도 그의 마음이고, 님이 하루빨리 돌아왔으면 좋겠다는 것도 그의 마음이며, 님이 돌아오지 않는다 하더라도 사랑의 마음이 변할 수 없다는 것도 그의 마음이다.

이런 삼중의 중첩 구조 속에서 위 시가 전개된다.

　위 시와 관련하여 조금 더 부연하면, 위 시는 화자가 인과율이라는 보편적 진리의 얼굴이자 우주의 법칙을 끌어들임으로써 님과의 만남에 대한 확신을 지켜나간다는 점에서 다른 작품들의 경우보다 지적이다. 그리고 님이 어떤 상황에 처할지라도 화자 자신의 사랑은 변할 수 없음을 말한다는 점에서 다른 작품들의 경우와 마찬가지로 자아초월적이다. 그러면서 님이 어서 빨리 돌아오기를 기다리는 인간적인 간절함과 감각적이고 관능적 표현으로 인해 다른 어떤 작품의 경우보다 리얼하다.

# 잠스꼬대

「사랑이라는 것은 다무엇이냐 진정한사람에게는 눈물도업고 우슴도
업는 것이다

사랑의뒤움박을 발낄로차서 깨트려버리고 눈물과우슴을 씌슬속에 合
葬을하여라

理智와感情을 두듸려쌔처서 가루를만드러버려라

그러고 虛無의絕頂에 올너가서 어지럽게춤추고 미치게노래하여라

그러고 愛人과惡魔를 쏙가티 술을먹여라

그러고 天癡가되던지 미치광이가되던지 산송장이되던지 하야버려라


그레 너는 죽어도 사랑이라는것은 버릴수가업단말이냐

그러거든 사랑의꽁문이에 도룽태를다러라

그레서 네멋대로 쓸고도러다니다가 쉬고십흐거든 쉬고 자고십흐거든
자고 살고십흐거든 살고 죽고십흐거든 죽어라

사랑의발바닥에 말목을처노코 붓들고서서 엉엉우는것은 우수은일이다

이세상에는 이마쌕에다 「님」이라고 색이고다니는 사람은 하나도업다

戀愛는 絕對自由요 貞操는 流動이요 結婚式場은 林間이다」

나는 잠스결에 큰소리로 이러케 부르지젓다


아아 惑星가티빗나는 님의微笑는 黑暗의光線에서 채 사러지지아니하

얏슴니다

　잠의나라에서 몸부림치는 사랑의눈물은 어늬덧 벼개를적섯슴니다

　容恕하서요 님이어 아모리 잠이지은허물이라도 님이 罰을주신다면그

罰을 잠을주기는 실슴니다

위 시의 화자는 '잠꼬대'를 통하여 세상이 그에게 하고 있는 것으로 생각되는 말을 거침없이 쏟아낸다. 그 말들은 화자로 하여금 그 자신이 순정하게 '님'을 위한 '사랑'의 삶을 살고자 하는 것이 얼마나 '비현실적'일 수 있는가에 대해 성찰하도록 한다. 하지만 그가 헝한 성찰의 결과는, 세상 사람들이 말하는 자기중심적인 님과 사랑은 비탄과 극복의 대상이 될 수는 있을지언정 자신이 따를 수 있는 세계나 삶은 아니라는 결론으로 그를 이끈다.

앞의 여러 편의 시, 그 가운데서도 「꿈이라면」과 같은 시에서 살펴본 바와 같이, 『님의 침묵』을 이끌어가는 힘은 '사랑'에 있다. 그 사랑은 세속인의 사랑과 구별되는 것으로서 '깨친 자의 사랑'이고, '원력으로로서의 사랑'이며, '대아심의 사랑'이고, '보살적인 사랑'이다. 이런 사랑 속에서 '님'이 탄생되고, 그 '님'을 위하는 길이 '사랑'을 완성시켜 나아가는 것이다.

한용운은 시집 『님의 침묵』 서두의 「군말」에서부터 님과 사랑의 두 가지 상반된 종류와 양상에 대해 언급하였다. 그 하나는 자기보존, 자기확대, 자기탐닉을 기저로 삼고 있는 자아중심적인 님과 사랑이며, 다른 하나는 무아, 하심, 대아, 공심, 불심 등에 근거한 자아츠월적인 님과 사랑이다. 불교식으로 말한다면 전자는 무명의 중생심이 만들어내는 님과 사랑이고, 후자는 각자의 해탈견과 보살심이 만들어내는 님과 사랑이다. 전자엔 「군말」에서도 지적되었듯이 욕망의 '그림자'라는 불순물과 고통이 따르고, 후자엔 그 욕망이 탈각된 청정함과 환희심이 따른다.

위 시에 나오는 잠꼬대는 후자의 님과 사랑 속에서 살아가는 화자가 전자의 님과 사랑의 삶을 사는 세상 사람들로부터 받는 비판에 해당한다. 그 내용을 차분히 살펴보면 다음과 같다.

맨 먼저 세상으로부터 들려오는 소리는, 후자와 같은 님과 사랑을 품고 산다는 것은 우스운 일이니 그런 비현실적인 것들일랑 모두 부수어버리라는 것이다. 그리고 이런 님과 사랑으로 인한 웃음이니 눈물이니 하는 것들도 다 무의미한 것이니 미련 없이 거둬버리라는 것이다. 또한 삶의 이지니 감정이니 하는 고상한 것들도 실제로는 다 사치스러운 마음 작용이니 아예 없던 일처럼 만들어버리라는 것이다. 그렇다면 이처럼 후자와 같은 님과 사랑을 버린 자리에는 무엇이 남아 기다리고 있는 것일까.

위 시 제1연의 후반부는 그것을 말하고 있다. 첫째는 "虛無의絶頂에 올너가서 어지럽게춤추고 미치게노래하여라"는 것이다. 그리고 둘째는 "愛人과惡魔를 쪽가티 술을먹여라"는 것이다. 끝으로 셋째는 "天癡가되던지 미치광이가되던지 산송장이되던지 하야버려라"는 것이다. 이 세 가지는 모두 세속적 욕망을 다스리지 못한 자가 만들어낸 무정부 상태의 삶, 가학과 자학의 극단을 달리는 삶, 허무주의와 광기로 얼룩진 삶, 가치부재의 본능적인 삶 등을 말한다. 이런 삶들은 방종에 가깝게 자유로이 살라는 세상의 조언을 담고 있는 것이지만 더욱 심층적으로 보면 후자와 같은 님과 사랑을 갖고 사는 삶이 얼마나 힘든 일인지를 말해주는 내용들이기도 하다.

이어지는 위 시의 제2연에서 화자는 자신의 '사랑'을 비판하는 누군가의 목소리를 또 듣는다. 그것은 제1행의 "그레 너는 죽어도 사랑이라는것은 버릴수가업단말이냐"는 말이다. 대아적 사랑의 삶을 사는 데 대한 세상 사람들의 힐난의 목소리인 것이다. 이런 목소리와 더불어 화자는 또 다른 목소리를 계속 듣는다. 그것은 제2연의 제2행에서부터 시작되는데, 만약 그와 같은 화자의 사랑을 버릴 수 없어 고집하려거든 사랑의 꽁무니에 도롱태(수레)라도 달아서 화자의 욕망대로 그 사랑을 끌고 다니라는 것이다. 어찌 보면 이것은 '사탄' 혹은 '마구니'의 충고를 닮아 있다. 그러나 달리 보면 이것은 세상 사람들이 님과 사랑이라는 이름 앞에서 살아가는 삶의 일반적인 모습일 뿐 이상한 것이 결코 아니다. 그러나 화자는 이런 충고를 받아들일 수가 없다. 그런데 그가 이런 충그를 거부하면 그럴수록 그에겐 또 다른 계속되는 목소리가 이어서 들려온다. 그 목소리는 다음과 같은 것들이다. 첫째, "사랑의발바닥에 말목을처노코 붓들고서서 엉엉우는것은 우수은일"이라는 것이다. 둘째, "이세상에는 이마쌕에다 「님」이라고 색이고다니는 사람은 하나도업다"는 것이다. 그릐고 셋째, 이 세상의 "戀愛는 絕對自由요 貞操는 流動이요 結婚式場은 林間이다"라는 것이다.

위에서 제시되고 있는 첫 번째 말의 내용은 님을 위한 사랑의 마음에 말뚝을 박아놓고 '정조'니 뭐니 하면서 애태우는 것은 현실을 모르는 일이라는 것이다. 두 번째 말은 이 세속사회에서는 스스로를, 또는 타존재를 '님'이라고 여기며 사는 사람은 거의 없다는 것이다. 그리고 세 번째 말은 이 세상의 연애는 절대적으로 제 욕망에 의한 것이며, 그 정조는 언제든지 변할 수 있으니 정조라 할 수도 없는 것이고, 이 세상의 결혼식은 유행과 욕망이 만들어낸 허례허식에 불과하다는 것이다. 참고로 밝히면 1920년대 당시, 임간결혼식은 새로운 유행으로서의 결혼의 한 양식이었다.

위 시를 보면 화자는 이런 잠꼬대를 하고 나서 문득 정신을 차린다. 아무리 잠결의 말이라지만 그 말의 내용이 너무 파괴적이고 세속적인 것에 대한 놀라움과 자괴감을 느꼈던 것이다. 그래서 그는 위 시 제3연에 이르러 잠꼬대와 관련된 자신의 생각에 대한 총정리를 한다. 첫째는 별처럼 빛나는 님의 미소는 아직도 흑암의 광선에 의하여 사라지지 않는 위력을 발휘하고 있다는 것이다. 둘째는 자신이 본질적으로 지닌 대아적 사랑의 마음은 눈물로 베개를 적실 만큼 여전히 잠 속에서도 절실하였다는 것이다. 그리고 셋째는 아무리 잠결에 지은 죄라 할지라도 그 죄에 대한 벌을 달게 받겠다는 것이다. 더욱이 그 벌을 님이 주는 것일진대 그 벌조차도 남(혹은 잠)에게 주지 않고 자신이 받겠다는 것이다.

위 시의 잠꼬대는 시 전체의 구성과 전달에서 매우 효과적으로 사용되고 있다. 자신을 돌아보고 세상을 비판하면서 자신의 사랑이 어떤 것인지를 알려주는 데 더할 나위 없이 중요한 역할을 하고 있기 때문이다. 세상이 던지는 세속적인 사랑의 유혹, 그 유혹을 물리치고 비판하는 마음, 그런 가운데 자신의 사랑의 길을 가는 화자의 확고부동한 모습, 이 모든 것이 잠꼬대라는 무의식적인 언어행위를 통하여 형상화되고 있는 것이다.

# 桂月香에게

　桂月香이어 그대는 아릿다웁고 무서은 最後의微笑를 거두지아니한채로 大地의寢臺에 잠드럿슴니다

　나는 그대의多情을 슯어하고 그대의無情을 사랑함니다


　大同江에 낙시질하는사람은 그대의노래를듯고 牧丹峯에 밤노리하는사람은 그대의얼골을 봄니다

　아해들은 그대의산이름을 외우고 詩人은 그대의죽은그림자를 노래함니다


　사람은 반듯이 다하지못한恨을 끼치고 가게되는 것이다

　그대는 남은恨이 잇는가업는가 잇다면 그恨은무엇인가

　그대는 하고십흔말을 하지안슴니다


　그대의 붉은恨은 絢爛한저녁놀이되야서 하늘길을 가로막고 荒凉한 써러지는날을 도리키고자함니다

　그대의 푸른근심은 드리고드린 버들실이 되야서 꼿다은무리를 뒤에두고 運命의길을써나는 저문봄을 잡어매랴함니다


　나는 黃金의소반에 아츰볏을바치고 梅花가지에 새봄을걸어서 그대의

잠자는것혜 가만히 노아드리것슴니다

자 그러면 속하면 하루ㅅ밤 더듸면 한겨울 사랑하는桂月香이어 시집 『님의 침묵』 속엔 두 명의 의기(義妓)가 화자의 님으로 등장한다. 그 한 사람은 앞에서 다룬 「論介의愛人이되야서그의廟에」라는 시 속의 논개 이고, 다른 한 사람은 위 작품 「桂月香에게」 속의 계월향이다. 이 두 여인 은 모두 임진왜란 당시 적장인 왜장을 계획적으로 유혹하여 그들을 죽음 으로 이끈 항일 전사이자 정의의 화신이다. 이들이 항일 전사로 일컬어지 는 것은 그들이 조선 민족이라는 한 공동체에 속한 인간으로서 애국적인 활동을 했기 때문이다. 그리고 이들이 정의의 화신으로 불리는 것은 그들 이 일본의 야욕과 침략이라는 극단적 중생심의 발현에 맞서서 수행하는 보살의 심정으로 저항을 했기 때문이다.

위 시의 화자는 이와 같은 의기 계월향에게 더 이상 드높일 수 없는 흠 모와 존경, 사랑과 연민의 마음을 갖고 있다. 이 마음은 계월향을 '님'으로 삼고 있는 화자의 '긔룬' 마음이다.

제1연을 보면 화자는 꽃처럼 아름다우면서 열사처럼 의로운 계월향의 비장한 죽음 앞에서 전율한다. 그것은 한편으로는 아름다움이 주는 전율 이며 다른 한편으로는 의로움이 주는 전율이다. 주지하다시피 계월향은 죽음의 방식으로 자결을 선택하였다. 그리고 그는 자결에 앞서 김응서를 시켜 일본군 장수를 죽이게 하였다. 여기서 계월향은 사심(私心)의 기녀가 아니라 공심(公心)에 불타는 의사(義士)가 된 것이다.

화자는 이런 계월향의 죽음을 우선 제1연에서 "다릿다웁고 무서은 最後 의微笑를 거두지아니한채로" "大地의寢臺"에 잠들어 있는 모습으로 묘사 한다. 죽음의 순간은 물론 죽어서 묻힌 땅속에서까지도 그는 미와 저항 그리고 희생이라는 아름다우면서 무서운 '최후의 미소'를 유지하고 있다는 것이다. 서로 상반되는 요소를 함께 지닌 이 미소는 화자의 예리한 통찰이 아니면 볼 수 없는 것이다. 이런 상반된 두 가지 면모를 가진 미소의 복합성 앞에서 전율하는 화자는 전자의 미소에 대한 연민과 후자의 미소에 대한 존경의 마음을 표현한다. 그것이 바로 제2행의 "나는 그대의 多情을 슳어하고 그대의 無情을 사랑"한다는 것이다. 화자는 한편으로 계월향이 기녀로서 마음을 판 것에 대해 안타까워하면서, 다른 한편으로 의사로서 보살의 무심성을 구현한 것에 대해 깊은 존경심도 표하는 것이다.

제2연으로 오면 화자는 위와 같은 두 가지 속성을 가진 계월향에 대하여 세상의 여러 사람들이 각각의 방식으로 감동하며 마음을 여는 것을 열거한다. 대동강에서 낚시질을 하는 사람은 계월향의 노래를 듣고 감동하며, 모란봉에서 밤놀이를 하는 사람은 그의 얼굴을 보고서 마음을 빼앗기고, 이 땅의 아이들은 그의 살아 있는 이름을 외우며 존경하고, 시인들은 계월향의 죽음이 남긴 의미를 붙잡고 시를 쓴다는 것이 그것이다.

그러면서 화자는 제3연을 통하여 이 세상 어떤 사람의 죽음도 다하지 못한 아쉬움(한)을 남기고 갈 수밖에 없다는 일반론을 전개한다. 이런 일반론을 전제하면서 그는 계월향에게 그대는 무슨 아쉬움과 한이 남아 있느냐고 묻는다. 그러나 계월향은 이미 죽은 몸이고 그가 입을 열어 이 물음에 아무 답도 할 수 없음을 화자는 잘 알고 있다.

하지만 그는 계월향의 아쉬움과 한을 자기대로 상상한다. 그것이 바로 제4연의 내용이다. 이 제4연에서 시적 분위기는 한층 고조되고 있다. 그것은 화자가 계월향의 아쉬움과 한을 본인보다도 더 깊이 받아 안고 상상하며 의미화하고 있기 때문이다.

　화자가 제4연에서 말하는 바에 따르면, 계월향의 한은 '붉은 恨'일 것이고, 그 '붉은 한'은 현란한 저녁노을처럼 되어서 하늘의 길을 막고 지는 해를 멈추게 할 만큼 이 조선의 하늘에서 오래. 강렬하게 머무를 것이라고 한다. 그리고 계월향의 한은 '푸른 근심'의 모습을 띨 터인데 그 근심은 여러 차례 곱들인 버들실과 같이 강하고 질긴 것이 되어서, "꽂다은무리를 뒤에두고 運命의길을써나는 저문봄을 잡어매랴" 할 것이라고 말한다. 다소 억지가 끼인 해석일지 모르겠으나 '꽃다운 무리를 뒤에 두고 운명의 길을 떠나는 저문 봄을 잡아맨다'는 말은, 꽃피는 봄날을 버리고 열사(熱沙)의 한여름으로 들어가는 계절처럼, 아름다운 세계를 뒤로 하고 험난한 세계로 뛰어드는 사람들을 연민으로 감싸 안는 것이라고 풀어볼 수 있다. 이것은 계월향의 한과 아쉬움 그리고 근심이 지닌 긍정적 기능이다.

　화자는 이와 같은 계월향을 님으로 삼아 그가 님에게 바칠 수 있는 최고의 마음을 전달한다. 그것이 위 시 제5연의 내용이다. 여기서 화자는 "나는 黃金의소반에 아츰볏을바치고 梅花가지에 새봄을걸어서 그대의 잠자는겻헤 가만히 노아드리것습니다"라고 말한다. 황금으로 만든 쟁반에 아침 햇빛을 담아 받쳐 들고, 매화나무 가지에 새봄의 기운을 한껏 담아서 계월향의 무덤 앞에 조용히 바치겠다는 것이다. 그러면서 그는 "자 그러면 속하면 하루ㅅ밤 더듸면 한겨울 사랑하는桂月香이어"라는 다소 모호한 표현을 하고 있다. 이것 역시 약간의 무리를 감내하며 풀어본다면, 아침 햇빛을 바칠 경우 화자의 계월향에 대한 사랑은 '속한' 하룻밤이 될 것이고, 새봄을 바칠 경우 '더딘' 한 계절이 되겠으나, 그것이 하루이든 한 계절이든 화자의 계월향에 대한 마음은 님에게 바치는 '사랑' 그 자체라는 것이다.

　앞의 「論介의愛人이되야서그의廟에」라는 시에서도 그러했듯이 위의 시 역시 '님'의 정체가 사실적이고 구체적인 모습으로 나타나 있어서 읽기가 편하다. 그러나 보다 중요한 것은 화자가 계월향을 '님'으로 삼고 있다는 점과 그 '님'에 대한 '긔룬' 마음으로 인하여 계월향의 공심과 보살심은 물론 화자의 선심(禪心)과 불심(佛心)이 살아나고 있다는 것이다. 그리고 더 나아가 이를 통하여 독자들 또한 그들 마음속에 잠자고 있던 불성이 깨어나는 것을 느낄 수 있게 된다는 것이다. 위 시를 통하여 볼 때 화자가 대변하는 한용운의 사랑과 님은 보편적인 원리를 갖고 있지만 그것이 추상의 차원에서 그치는 것이 아니라 구체적인 현실 속에 뿌리를 내리고 있다는 점이 재확인된다. 말하자면 이(理)의 차원과 사(事)의 차원을 회통하며 사랑과 님의 원리와 실제를 한꺼번에 통찰하고 실감하게 하는 것이 한용운의 시라는 점을 분명하게 인식할 수 있게 되는 것이다. 위 시에서 계월향을 등장시킨 것은 우리로 하여금 이런 점을 인식케 하는 데 크게 공헌하고 있다.

# 滿足

세상에 滿足이잇너냐 人生에게 滿足이잇너냐

잇다면 나에게도 잇스리라


세상에 滿足이 잇기는잇지마는 사람의압헤만잇다

距離는 사람의팔기리와갓고 速力은 사람의거름과 比例가된다

滿足은 잡을내야 잡을수도업고 버릴내야 버릴수도업다


滿足을 엇고보면 어든것은 不滿足이오 滿足은 依然히 압헤잇다

滿足은 愚者나聖者의 主觀的所有가아니면 弱者의期待뿐이다

滿足은 언제든지 人生과 竪的平行이다

나는 차라리 발꿈치를돌녀서 滿足의묵은자최를 밟을까하노라


아아 나는 滿足을어덧노라

아즈랑이가튼꿈과 金실가튼幻想이 넘기신꼿동산에 둘닐때에 아아 나
는 滿足을어덧노라

위 시의 화자는 이른바 '만족론'을 펼치고 있다. 만족이란 모든 인간이 추구하고 도달하고자 하는 생의 최고 지점이자 단계이다. 그러나 다들 알다시피 이 땅에서 만족한 인생을 사는 사람은 극히 드물다. 왜 그럴까? 위 시와 관련해서 말해본다면, 그것은 수많은 사람들이 '중생심'에 입각한 만족의 세계를 꿈꾸기 때문이다. 한마디로 말해 중생심은 끝없는 자아우월감과 소유욕에 바탕을 둔 이기적 욕망의 움직임이다. 이런 중생심을 통해서는 일시적인, 부분적인, 질 낮은 만족은 구할 수 있을지 모르나 참다운 만족에 이르는 것은 불가능하다.

위 시의 제1연을 보면 화자는 먼저 질문을 제기한다. 중생심으로 가득 찬 속인들이 살아가는 세속사회에 만족이라는 것이 있느냐, 그리고 그 사회 속에서 생을 만들어가는 속인들의 삶에 만족이라는 것이 있느냐는 질문이 그것이다. 이 물음 속에는 만족이란 것이 있을 수 없다는 암시가 들어 있다. 하지만 화자는 어깃장을 놓으면서 만약 세속사회와 세속인들의 인생에 만족이라는 것이 있다면 그런 만족은 자신에게도 있을 것이라고 말한다.

그러나 화자는 제2연에 가서 인간세상에 만족이라는 것이 있다면 그것은 일시적인 것에 지나지 않는다고 말한다. "세상에 滿足이 잇기는잇지마는 사람의압혜만잇다"는 말이 이런 뜻을 갖고 있다. '사람의 앞에만 있는' 만족이란 순간적인 만족을 뜻한다. 그렇게 말하면서 그는 왜 만족이 일시적이며 순간적인 것인가를 설명한다. 만족에 도달하는 거리는 '사람의 팔길이'처럼 멀고, 만족에 이르는 속도는 '사람의 걸음'과 비례하기 때문이라는 것이다. 이 말을 부연하면, 만족에 이르는 길은 멀고, 만족에 도달하는 속도는 사람이 급한 마음을 내면 급하게 왔다가 가고 느긋한 마음을 내면 느긋하게 왔다가 가는, 그런 속도라는 것이다. 어찌 되었든 만족은 거기에 도달하기도, 거기에 영원히 머무르기도 어렵다는 것이다. 이런 만족론을 갖고 있는 화자는 위 시 제2연의 마지막 행에서 한 가지 작은 결론을 내린다. "滿足은 잡을내야 잡을수도업고 버릴내야 버릴수도업다"고 말이다. 잡을 수도, 버릴 수도 없는 이 딜레마, 화자는 그런 딜레마 속에서 사람들이 살고 있다고 생각하는 것이다.

이것은 앞서 말했듯 사람들이 중생심에 으거해 살거나 무명의 삶을 살기 때문이다. 이기적 욕망과 본능적 삶은 궁극을 모르고, 갈 길을 모른다. 위 시의 제3연은 이와 같은 바탕 위에서 만족론을 좀 더 심화시키고 있다. 그것은 만족을 얻고 보면 바로 나타나는 것은 불만족이니 만족이라는 것은 언제나 과거의 일로만 존재한다는 것이다. 그러면 누구에게 만족이 있을 수 있을까? 화자는 우자(愚者)와 성자, 그리고 약자를 거론한다. 우자와 성자의 경우는 주관적 소유감정 속에서 만족을 얻을 수 있으며, 약자의 경우는 기대 속에서 만족을 꿈꿀 수 있다는 것이다. 이런 맥락에서 본다면 만족은 언제나 인생과 팽팽한 긴장관계 속에 놓여 있을 뿐이다. 그야말로 인생과 만족은 좀처럼 화해할 수 없는 모순의 동반자인 것이다. 화자는 이와 같은 판단 속에서 제3연의 마지막 행을 통하여 "나는 차라리 발쑴치를 돌녀서 滿足의묵은자최를 밟을까하노라"라고 자기 심정을 고백한다. 현재와 미래의 만족을 꿈꾸고 기대하는 것은 어려운 일이니 과거의 만족했던 기억들이나 찾아서 되새겨보는 것이 어떨까 한다는 것이다.

요컨대, 세속사회에서, 그리고 그 속의 삶에서 만족은 요원한 것이라는 견해를 화자는 가지고 있다. 이기적이며 소아적인 욕망의 확대를 결코 포기하지 않는 사람들과 그들이 만든 세상에서 만족이란 성취가 불가능하다는 것이다. 그렇다면 어떻게 해야 할까?

화자는 위 시 제4연인 마지막 연에서 그 답을 들려주고 있다. 그것은 한마디로 말하여 '님'을 갖는 일이다. 중생심을 벗어버리고 '님'을 '사랑'할 수 있을 때, 그리하여 '님'과 '동체'가 되었을 때 비로소 만족에 이를 수 있다는 것이다. 글의 흐름상 제4연의 시구를 그대로 옮겨보면 다음과 같다: "아아 나는 滿足을어덧노라/아즈랑이가튼쑴과 金실가튼幻想이 님기신쏫동산에 둘닐째에 아아 나는 滿足을어덧노라". 여기서 보듯이, 사랑하는 님이 있고, 그 님이 존재하는 꽃동산 같은 처소에 자신의 아지랑이처럼 고운 꿈과 금실처럼 고귀한 환상을 헌신할 때, 온전한 만족은 이루어진다는 것이다. 이와 같은 화자의 마음은 이기적이고 소아적인 중생심과 구별된다. 그것은 깨친 자의 자아초월적 대아심이며 존재를 살리고자 하는 대모(大母)의 마음이다.

결국 이 시에서 궁극적으로 말하고 있는 것은, 깨친 자의 공심과 사랑의 마음속에서만 참다운 만족이 가능하다는 것이다. 그리고 보면 세속사회의 수많은 사람들은 만족을 찾고자 하면서 잘못된 방향으로 달려가고 있는 셈이다. 그 만족이란 바른 방향으로 나아갈 때 가능하다는 것을 모른 채 말이다.

# 反比例

당신의소리는 「沈黙」인가요

당신이 노래부르지 아니하는째에 당신의노래가락은 역력히들님니다
그려

당신의소리는 沈黙이어요


당신의얼골은 「黑闇」인가요

내가 눈을감은째에 당신의얼골은 분명히보임니다 그려

당신의얼골은 黑闇이어요


당신의그림자는 「光明」인가요

당신의그림자는 달이너머간뒤에 어두은창어 비침니다 그려

당신의그림자는 光明이어요

위 시는 외형상으로 보면 작품의 제목이 가리키듯이 님을 통하여 나타나는 '반비례'의 세 가지 모습을 그려 보이고 있다. 그러나 시의 본문 속으로 들어가보면 그것은 단순한 표면적 반비례의 모습에 그치지 않고 그보다 한 차원 더 비약하여 한 존재에 대한 '참사랑'만이 빚어낼 수 있는 '원통(圓通)'의 세계를 그려내고 있다. 원통의 세계는 우리가 존재의 전체상을 밝게 통찰할 때 열리고 성취될 수 있는 경지이다. 그리고 이 우주 속의 일체 만상이 대조화 속에서 서로 단절 없이 연결돼 있음을 관(觀)할 때 터득될 수 있는 세계이다. 말할 것도 없이 이런 원통의 안목을 지닌 사람 앞에서 존재와 세계는 걸림 없이 회통된다. 말하자면 중도적(中道的) 묘용(妙用)을 드러내고 탄생시킨다.

위 시의 화자에게 당신인 님은 이와 같은 원통의 세계를 보여주는 존재로 거듭나 있다. 그러나 이것은 달리 말하면 화자가 전체성에 대한 통찰력과 지혜로운 안목을 가졌기 때문에 가능해진 일이다. 그러니까 화자의 그와 같은 통찰력과 안목 덕분에 화자는 님을 가질 수 있을 뿐만 아니라 그 님이 지닌 원통의 세계도 만나볼 수 있는 것이다.

이와 같은 관점에서 형성된 위 시는 총 3연에서 각각 구체적인 원통과 중도적 묘용의 세계를 흥미롭게 보여준다. 먼저 제1연을 살펴보면 여기서 화자는 당신인 님의 '노랫소리'가 보통 사람들의 노랫소리와 다르게 '침묵'의 형태로 나타나 있음을 전해주고 있다. 이것은 앞서 말했듯, 님의 속성과 본질이기도 하지만, 화자의 탁월한 통찰력과 안목이 발견한 님의 세계인데, 여기서 말하는 '침묵의 노랫소리'는 깊은 사유를 요구한다. 그렇다면 침묵으로 노래를 한다는 것은 어떤 상태일까. 그것은 노래를 하지 않으면서 노래를 하는 세계이다. 다시 말하면 상식적인 소리 이전과 소리 이후의 자리에서, 그 소리를 포함하며 그것을 넘어서고 있는 세계이다. 이때 침묵은 결핍으로서의 부재가 아니라 초월이자 포월로서의 실재이다. 그리고 침묵과 소리 사이에는 아무런 단절과 대립이 없다. 침묵이 소리이고, 소리가 곧 침묵인 원융과 회통의 세계가 열리는 것이다. 이것을 가리켜 반비례의 역설이라고 불러도 좋고, 중도적 쌍차쌍조(雙遮雙照)의 묘용이라고 불러도 좋을 것이다.

제2연도 기본적인 구조는 방금 살펴본 제1연의 경우와 동일하다. 제2연에서 화자는 말하기를, 눈을 감았는데도 님의 얼굴이 분명히 보이는 것을 보니 님의 얼굴은 눈을 떠야만 보이는 보통 사람들의 얼굴과 달리 '흑암'인 것 같다고 한다. 얼굴이 흑암이라는 상상은 매우 드물고 이채롭다. 또한, 눈을 감았는데도 그대로 보이는 님의 얼굴을 묘사한 것으로는 탁월하다고 하지 않을 수 없다. 그러나 이 탁월함은 기교에서 온 것이 아니라 화자의 님을 향한 '그른 마음'에서 온 것이다. 이처럼 님의 얼굴은 어떤 상황에도 영향을 받지 않고 화자의 마음속에 고스란히 들어와 있다. 그런데 여기서 오해하면 안 될 한 가지 사항이 있다. 그것은 '흑암'이 부정적 이미지를 갖고 있는 것이 아니라 눈을 떴을 때의 선명한 얼굴처럼 존재와 세계의 신비로운 한 측면을 드러내고 있다는 것이다.

제3연으로 가면 화자는 님의 '그림자'에 대해 탄비례의 역설과 중도적 묘용의 원리로 말한다. 내용인즉 님의 그림자는 상식적인 그림자의 모습이나 성격과 달리 '光明'의 성격을 지닌 것 같다는 것이다. 사람들은 그림자라는 말 앞에서 그늘지고 어두운 세계를 떠올리는 것이 일반적이다. 그런데 화자는 님의 그림자 앞에서 밝고 맑은 광명의 세계를 보는 것이다. 왜 그럴까. 제3연의 내용을 음미해보면, 화자는 달이 넘어간 어두운 밤의 창에도 님의 그림자가 고스란히 비치는 것 같다는 내적, 심리적 경험에서 님의 그림자가 '광명'과 같은 존재임을 느낀 것이다. 실제로 밤의 어두운 창에 님의 그림자가 물리적으로 비칠 수는 없다. 그것은 앞서 말했듯이 화자의 내적, 심리적 이미지요 기억의 작용이다. 그런데 중요한 것은 화자가 어떤 것도 볼 수 없는 밤의 어두운 창에서 님의 그림자를 선명하게 보고 있다는 것이다. 이것은 마음의 일로서 화자가 님을 끝간 데 없이 사랑하고 있기 때문에 일어나는 현상이다. 이렇게 본다면 참다운 사랑 앞에선 님의 부재란 있을 수 없는 일이다. 참다운 사랑은 언제나 님을 창조하고, 님을 간직하며, 님을 만나도록 이끄는 힘이다. 위 시의 화자는 바로 이런 사랑의 마음으로 세속의 관념과 이미지 너머의 세계를 가리키며 우리의 편협되고 일방적이며 닫힌 안목에 충격을 주고 있다.

# 눈물

　내가본사람가온대는 눈물을眞珠라고하는사람처럼 미친사람은 업습니다

　그사람은 피를紅寶石이라고하는사람보다도 더미친사람입니다

　그것은 戀愛에失敗하고 黑闇의岐路에서 헤매는 늙은處女가아니면 神經이 畸形的으로된 詩人의 말임니다

　만일 눈물이眞珠라면 나는 님이信物로주신반지를 내노코는 세상의眞珠라는眞珠는 다쎡슬속에 무더버리것습니다


　나는 눈물로裝飾한玉珮를 보지못하얏습니다

　나는 平和의잔치에 눈물의술을 마시는 것을 보지못하얏습니다

　내가본사람가온대는 눈물을眞珠라고하는사람처럼 어리석은사람은 업습니다


　아니어요 님의주신눈물은 眞珠눈물이여요

　나는 나의그림자가 나의몸을 쎠날째까지 님을위하야 眞珠눈물을 흘니것습니다

　아아 나는 날마다날마다 눈물의仙境에서 한숨의玉笛을 듯습니다

　나의눈물은 百千줄기라도 방울방울이 創造임니다

눈물의구슬이어 한숨의봄바람이어 사랑의聖殿을莊嚴하는 無等等의
寶物이어
  아아 언제나 空間과時間을 눈물로채워서 사랑의世界를 完成할ㅅ가요

■■■

슬픔에도 두 가지 형태가 있듯이, 눈물에도 두 가지 종류가 있다. 어디 슬픔과 눈물뿐이겠는가. 인간의 모든 행(行)에는 그것이 어떤 것이든 두 가지 모습이 있다. 그 하나는 중생심의 행이요, 다른 하나는 청정심 및 보살심의 행이다. 위 시의 화자는 '눈물'을 앞에 놓고 이 두 가지 서로 다른 마음에 의한 눈물의 성격에 대하여 말하고 있다. 시의 앞부분이 중생심의 눈물에 관한 것이고, 뒷부분은 청정심과 보살심의 눈물에 관한 것이다.

제1연을 보면 화자는 중생심으로 인해 흘린 눈물에 대해 지적하고 비판한다. 어리석은 사람들이 그런 눈물을 가리켜 '진주'와 같다고 말하곤 하는데 그것은 '미친 사람'이나 하는 말이라는 것이다. 화자는 이런 중생심의 눈물에 대한 오해를 보면서 그것은 또한 중생심의 대표적 행태에서 나오는 '피(투쟁)'를 가리켜 홍보석이라고 예찬하는 경우보다 더욱 심각한 것이라고 말한다. 그러면서 그는 만약 이 땅에서 중생심의 눈물을 가리켜 진주와 같다고 말할 대표적인 사람을 거론한다면 그들은 아마도 연애에 실패하고 어둠의 기로에서 헤매는 늙은 처녀나 신경이 기형적으로 변해버린 시인 정도가 될 것이라고 부연한다. 이런 화자는 제1연의 마지막 행에서 다시 한 번 중생심의 눈물이 결코 진주와 같이 소중한 것일 수 없음을 확인하듯 역설한다. 만약 그런 눈물을 가리켜 진주와 같다고 하는 사람이 있다면 그는 님이 신물로 준 진주 반지뿐만 아니라 이 땅의 모든 진주들을 끌어 모아다가 티끌 속에 묻어버리겠다는 것이다.

그러면서 그는 제2연을 통하여 중생심의 눈물로 만들어진 옥패(옥으로 된 패물)란 이 땅에 없다고 말한다. 중생심의 눈물로는 옥패와 같이 값지고 고귀한 것을 만들어낼 수 없다는 것이다. 그리고 또한 그는 진정한 평화의 세계에서 중생심의 눈물로 빚은 술을 마시는 것도 보지 못하였다고 말한다. 중생심의 눈물은 참다운 평화의 세계를 창조할 수도, 그런 세계와 어울릴 수도 없다는 것이다. 그러니 중생심의 눈물을 진주와 같다고 말하는 사람만큼 어리석음 속에 있는 사람은 이 세상에 달리 없다는 것이다.

이와 같이 제1연과 제2연을 통하여 중생심의 눈물에 대하여 비판적 사유와 담론을 펼친 화자는 제3연과 제4연을 통하여 중생심을 넘어선 참마음의 눈물이 얼마나 대단한 가치와 의미를 지니고 있는가에 대해 역설하고 있다. 다 같은 눈물이지만 앞의 제1, 2연의 눈물과 제3, 4연의 눈물은 전혀 다른 것이다.

화자는 제3연을 통하여 님이 주신 눈물은 진주와 같은 눈물이라고 말한다. 여기서 '님이 주신 눈물'이란 그야말로 청정심과 보살심이 고스란히 담긴 눈물이다. 화자가 님으로 인하여 눈물을 흘리는 것은 이처럼 사적 욕망을 넘어선 대아심(大我心)의 눈물이다. 그런 눈물이기에 화자는 영원히 님을 위하여 눈물을 흘리겠다고 다짐한다. 그런 눈물을 흘리는 일이야말로 '눈물의 仙境'에 들어가는 일이요, 그런 '눈물의 선경' 속에서 화자는 님과의 이별로 인한 '한숨의 玉笛'을 듣고 있는 것이다. 화자는 자신이 님으로 인하여 흘리는 눈물은 그것이 백천 줄기라도 방울방울이 모두 '창조'로 이어진다고 말한다. 그러니 화자의 눈물은 한 방울도 소비되거나 낭비되지 않는다. 그것은 모두 창조 그 자체이자 창조의 원천이다.

화자는 제4연을 통하여 이런 '눈물의 구슬'과 '한숨의 봄바람'은 "사랑의 聖殿을 莊嚴하는 無等等의 寶物"이라고 말하며 감탄한다. 사랑의 성전을 장엄하는 데 이런 눈물과 한숨보다 더 나은 것이 없다는 것이다. 이것은 깨침의 궁극이 사랑의 완성에 있다는 화자의 생각과, 그 사랑의 완성은 눈물과 한숨으로 상징되는 참다운 자비와 연민을 통하여 이루어진다는 그의 견해를 그대로 담고 있는 것이다. 화자는 제4연의 마지막 행에서 이 점을 압축적으로 전달하고 있다. "아아 언제나 空間과時間을 눈물로채워서 사랑의世界를 完成할ㅅ가요"라고 말이다. 우리에게 주어진 전 시간과 전 공간을 '진주 같은 눈물'로 채우게 된다면 그떠 사랑의 세계가 완성된다는 것이다. 이것은 이 땅과 우주 속의 모든 존재와 중생들을 내 몸처럼, 내 본향처럼 생각할 때 가능한 일이다. 단 한시도, 단 한 틈도 깨침 속에서 '진주 같은 눈물'을 흘리지 않는 때와 곳이 없을 때, 화자가 그토록 도달하고자 하는 사랑의 세계가 완성된다는 것이다.

# 어데라도

아츰에 이러나서 세수하랴고 대야에 물을쩌다노으면 당신은 대야안
의 간은물ㅅ결이 되야서 나의얼골그림자를 불상한아기처럼 얼너줍니다
　근심을이즐ㅅ가하고 꼿동산에거닐ㅅ제에 당신은 꼿새이를슬처오는 봄
바람이 되야서 시름업는 나의마음에 꼿향긔를 무처주고 감니다
　당신을기다리다못하야 잠ㅅ자리에 누엇더니 당신은 고요한어둔빗이
되야서 나의잔붓그럼을 살쯜이도 덥허줍니다


　어데라도 눈에보이는데마다 당신이게시기에 눈을감고 구름위와 바다
밋을 차저보앗습니다
　당신은 微笑가되여서 나의마음에 숨엇다가 나의감은눈에 입마추고
「네가 나를보너냐」고 嘲弄함니다

■■■

　위 시의 당신과 화자는 서로가 서로에게 '님'이다. 『님의 침묵』속의 많은 시가 님에 대한 화자의 사랑을 주로 그린 데 비하여, 위 시의 경우는 화자를 님으로 한 당신의 사랑을 주로 그려 보이고 있다. 물론 위 시에서도 화자는 당신인 님에 대한 화자 자신의 사랑의 마음을 군데군데서 전하고 있다.

　위 시 제1연의 제1행에서 당신은 화자인 님을 아기처럼 얼러주는 것으로 되어 있다. 그리고 제2행에서는 화자인 님의 시름없는 마음에 꽃향기를 담아주는 것으로 되어 있다. 또한 제3행에서는 화자인 님의 부끄러운 마음을 고요한 어둠으로 덮어주는 것으로도 되어 있다. 이처럼 당신은 님인 화자에게 마음 전체를 바쳐 사랑한다.

　그런데 제1연은 위와 같은 당신의 사랑을 만나보는 데에도 그 감동이 있지만, 당신이 화자인 님에게 참마음을 다하는 상황을 묘사하는 방식에도 큰 울림이 있다. 그만큼 여기서 시적 표현은 높은 수준을 자랑하고 있다. 먼저 제1행을 보면 당신은 화자가 아침에 일어나서 세수를 하려고 대야에 물을 떠다 놓았을 때 세숫대야 안의 가느다란 물결이 되어 대야에 비친 화자의 얼굴 그림자를 아기처럼 얼러주는 것으로 되어 있다. 그리고 제2행을 보면 근심을 잊을까 하고 화자가 꽃동산을 거닐 때 당신은 꽃 사이를 스쳐오는 봄바람이 되어서 시름없는 화자의 마음에 꽃향기를 묻혀주고 가는 것으로 되어 있다. 또한 제3행을 보면 화자가 당신을 기다리다 못하여 잠자리에 눕자 당신은 고요한 어둠의 빛이 되어 화자의 작은 부끄러움을 온 마음으로 덮어주는 것으로 되어 있다. 이 세 가지 표현은 모두 평범한 상상이나 관찰을 넘어서 있다.

　이처럼 당신은 화자인 님이 있는 어느 곳이라도 함께 따라와 있다. 제2 연을 보면 화자는 당신의 이런 항상함에 무한한 신뢰를 보내며 이번에는 아예 눈을 감고 구름 위와 바다 밑에 당신이 있는가 하고 찾아본다. 이것은 화자가 있는 곳이라면 어디든지 당신이 함께 있을 것이라는 믿음을 반영한 것이다. 그랬더니 당신은 미소가 되어서 구름 위나 바다 밑보다 더욱 가까운 화자의 마음속에 숨어 있다가 그의 감은 눈에 입맞춤을 하며 ‘네가 나를 보느냐’고 농담을 한다는 것이다. 당신은 화자와 한 몸이 되어 어떤 시간에나, 어떤 공간에서나 화자를 사랑하는 것이다.

　여기서 우리는 당신의 화자에 대한 사랑을 통해 님에 대한 참사랑이 어떤 것인지를 보게 된다. 그리고 당신의 사랑을 받아들이는 화자의 모습을 통하여 화자의 열린 마음이 결국은 당신의 참사랑을 받아들인 원천이라는 것을 알게 된다.

# 써날째의님의얼골

꼿은 써러지는향긔가 아름답슴니다

해는 지는빗이 곱슴니다

노래는 목마친가락이 묘함니다

님은 써날째의얼골이 더욱어엽붐니다


써나신뒤에 나의 幻想의눈에비치는 님의얼골은 눈물이업는눈으로는
바로볼수가업슬만치 어엽불것임니다

님의 써날째의 어엽분얼골을 나의눈에 색이것슴니다

님의얼골은 나를울니기에는 너머도 야속한듯하지마는 님을사랑하기
위하야는 나의마음을 질거웁게할수가 업슴니다

만일 그어엽분얼골이 永遠히 나의눈을써난다면 그째의슯음은 우는것
보다도 압흐것슴니다

사실상, 누군가가 혹은 무엇인가가 '님'이 되고 나면 그 님은 떠나기 전이나, 떠날 때나, 떠난 후에나 한결같이 아름다운 존재이다. 위 시는 이와 같은 사실을 저변에 깔고 있으면서, 특별히 '떠날 때'의 님의 얼굴이 얼마나 매혹적이고 아름다운가에 대하여 말하고 있다. 인간사에 있어서 '떠날 때'란 만남이 헤어짐으로 전변되는 아슬아슬한 지점이다. 그 위태로운 지점을 통과하고 나면 만남은 이내 어찌할 수 없는 떠남이 된다.

위 시의 화자는 그 떠날 때의 님의 오묘한 아름다움을 말하기 위하여 제1연에서 몇 가지 말로 일종의 '워밍업'을 하고 있다. 이를테면 꽃은 떨어지는 향기가 무엇보다 아름답고, 해는 지는 빛이 어떤 때보다 고우며, 노래는 목이 멘 가락일 때 가장 묘하다는 것이다. 사실 그렇다. 물리적, 외형적 아름다움이야 생과 존재의 절정에서 감득되고 피어나지만, 심리적이며 내적인 아름다움은 절정을 지난 하강의 위기 속에서 포착되고 감득된다.

이와 같은 생과 존재의 진실을 아는 화자는 위 시의 제2연에서 떠날 때의 님의 아름다운 얼굴은 영원히 지워질 수 없는 필름처럼 고스란히 기억될 수밖에 없다고 고백한다. 그리고 그와 같은 님의 얼굴은 그 형용할 수 없는 아름다움 때문에 언제든 눈물을 동반하지 않고는 바라볼 수 없다고 고백한다. 얼마나 아름다우면 이처럼 눈물 없이 바라볼 수 없다고 말할까. 한마디로 말해 님의 얼굴은 화자의 가슴속에 다른 어떤 것으로도 대체할 수 없는 아름다움의 절정으로 자리해 있다. 화자는 이와 같은 님의 얼굴을 자신의 눈 속에 새기겠다고 고백한다. 새긴다는 것은 간직한다는 것과 다르다. 이렇게 화자의 내적인 마음 속에 불변의 것으로 '새겨진' 님의 얼굴은 어떤 외적 상황에 의해서도 변질되거나 흐릿해질 수 없다. 그것은 화자의 마음속에 살아 있는 하나의 금강석과 같은 것이다.

화자는 이어서 님의 이와 같은 아름다운 얼굴이 자신을 울게 만들므로 사람들은 야속한 것이라 생각할지 모르겠으나, 실제로 자신은 님을 사랑하기 위하여 그 눈물을 멈출 수 없다고 고백한다. 눈물이라는 진심과 감동을 품고 바라보아야만 하는 것이 바로 님의 아름다운 얼굴이라는 것이다. 이런 가운데 제2연의 마지막 행을 통하여 화자는 만약 님의 아름다운 얼굴이 자신의 눈앞에서 영원히 사라지게 된다면, 그때의 그 슬픈 마음은 울음을 우는 것 이상으로 '아플 것'이라고 말한다. 이 부분의 '아픔'이라는 말에서 화자의 마음은 강한 인상을 주며 독자들에게 전달된다. 슬픔이 단순한 감정의 차원이라면 아픔은 존재의 통각을 유발하는 보다 심층적이며 전체적인 내면의 표출이기 때문이다.

위 시의 화자가 님에게 갖는 마음은 여전히 절대적이다. 절대적이라 함은 상황에 따라 변하는 자기중심적 감정이나 욕강의 유출과 다르다는 것이다. 절대란 부동심(不動心)의 자리이다. 그것은 상황에 지배당하는 마음이 아니라 상황을 주도하는 마음이다. 수처작주(隨處作主)라고 할까. 위 시의 화자가 떠날 때의 님의 아름다운 모습에 대하여 보여주는 마음은 바로 이러한 것이다.

# 最初의님

맨츰에맛난 님과님은 누구이며 어늬째인가요

맨츰에리별한 님과님은 누구이며 어느째인가요

맨츰에맛난 님과님이 맨츰으로 리별하얏슴닛가 다른님과님이 맨츰으로 리별하얏슴닛가


나는 맨츰에맛난 님과님이 맨츰으로 리별한줄로 암니다

맛나고 리별이업는것은 님이아니라 나임니다

리별하고 맛나지안는것은 님이아니라 길가는사람임니다

우리들은 님에대하야 맛날째에 리별을념녀하고 리별할째에 맛남을긔약함니다

그것은 맨츰에맛난 님과님이 다시리별한 遺傳性의痕迹임니다


그럼으로 맛나지안는것도 님이아니오 리별이업는것도 님이아님니다

님은 맛날째에 우슴을주고 써날째에 눈물을줌니다

맛날째의우슴보다 써날째의눈물이 조코 써날째의눈물보다 다시맛나는우슴이 좃슴니다

아아 님이어 우리의 다시맛나는우슴은 어늬째에 잇슴닛가

시집 『님의 침묵』이 전체적으로 '님'을 갖고 사는 일의 문제를 다루고 있다는 것은 앞에서 여러 차례 언급한 바 있다. 위 시는 그 제목이 '最初의 님'이다. 시의 본문을 보면 이 땅에서 최초로 상호간에 '님'의 관계를 맺고 산 사람들은 누구이며 그 시기는 어느 때였을까 하는, 어찌 보면 어린이 같은 물음이 이런 제목을 붙이게 한 것 같다. 위 시 속의 화자는 이런 '최초의 님'의 문제에 대해 여러 가지로 사색한다.

먼저 제1연을 보면 최초로 님의 관계를 맺은 사람들과 그때에 대해, 최초로 님과 이별한 사람들과 그 이별의 때에 더해, 그리고 최초로 이별한 사람이 최초로 님을 가진 사람인가, 아니면 그 이후에 님을 가진 사람인가에 대해 묻고 있다.

그러면서 화자는 제2연에 이르러 자신의 생각에는 최초로 만난 님과 님이 최초로 이별을 하였을 것 같다고 말한다. 왜냐하면 만나고 이별이 없는 것은 님이 아니라 자기 자신이고, 이별하고 만나지 않는 것은 님이 아니라 '길 가는 사람'에 지나지 않기 때문이라는 것이다. 님은 너무나 유심(有心)한 자기 자신과 같은 존재도 아니고, 너무나 무정한 길 가는 사람 같은 존재도 아니라는 것이다. 이와 같은 '님'에 대한 견해를 지니고 있는 화자는 제2연의 뒷부분에서 님, 그리고 님과의 이별과 만남에 대하여 다시 한 번 정리된 생각을 표출하고 있다. 그것은 님이란 만날 때에 이별을 염려하고 이별할 때 만남을 기약하는 존재라는 것이다. 그리고 이것은 최초의 님과 님이 만나고 이별한 '遺傳性의 痕迹'이라는 것이다. 님과 님은 최초의 순간부터 지금까지 그것이 참다운 님의 관계에 있는 한, 만남과 이별을 불이

(不二)의 것으로 일체화하고 있다는 것이다.

제3연에서 화자는 다시 한 번 님의 필요충분조건으로서의 만남과 이별의 문제에 대해 언급하고 있다. 만남이 없는 것도 님이 아니며, 이별이 없는 것도 님이 아니라는 것이다. 그리고 님은 만날 때에 웃음을 주고, 떠날 때에 눈물을 주지만 이 웃음과 눈물을 함께 포용할 때 님이 될 수 있다는 것이다.

제3연에서 화자는 이와 같은 생각 위에 만남과 이별의 문제를 중도적으로 회통시킨다. 제3연 제3행에서 그것이 잘 드러나거니와 이 부분은 특별히 음미될 가치가 있다. 제3행의 전문을 옮겨보면 그것은 다음과 같다: "맛날째의우슴보다 써날째의눈물이 조코 써날째의눈물보다 다시맛나는 우슴이 좃슴니다". 만날 때의 웃음보다 떠날 때의 눈물을 우위에 놓고, 떠날 때의 눈물보다 다시 만날 때의 웃음을 우위에 놓는 이 중도적 역설의 고차원적 지혜는 아무나 전개하기가 쉽지 않은 것이다. 그러면서 그는 최종적으로 지금, 이곳에서 그에게 절박한 현실을 언급한다. 제3연의 마지막 행이 그것인데, 여기서 화자는 님과 자신이 다시금 만나는 웃음이 언제 성취될 수 있을 것인가가 너무나도 궁금하고 기다려진다는 것이다. 그것은 화자가 지금 님과의 오랜 이별 속에 놓여 있기 때문이다.

님의 문제를, 그리고 이별과 만남의 문제를 위 시만큼 차원 높게 통찰하고 수용하기란 쉽지 않다. 물론 시집 『님의 침묵』 속의 작품들 전편이 이런 바탕 위에서 창조되고 있지만, 위 시가 보여주는 심오한 통찰력과 거기에 나타나 있는 상황의 구체적인 절박함은 특별히 주목될 필요가 있다.

# 두견새

두견새는 실컷운다

울다가 못다울면

피를흘녀 운다


리별한恨이야 너쑨이랴마는

울내야 울지도못하는 나는

두견새못된恨을 쏘다시 엇지하리


야속한 두견새는

도러갈곳도업는 나를 보고도

「不如歸 不如歸」

위 시는 두견새(일명 귀촉도) 설화를 바탕으로 삼고 있다. 두견새 설화는 중국 촉나라 임금인 망제(望帝)의 혼이 두견새가 되었다는 내용의 전설이다. 이 전설에서 망제는 장인인 별령(鱉靈)의 음모로 하루아침에 나라를 빼앗기고 타국으로 쫓겨나 돌아가지 못하고 하루종일 울기만 하는 가엾은 신세가 되었다고 한다. 그러다가 망제는 마침내 죽었는데 그 한이 맺힌 망제의 영혼이 두견새가 되었다고 한다. 그리고 밤이 되면 밤마다 '불여귀(돌아가고 싶다)'를 부르짖으며 목에서 피가 나도록 울었다는 것이다. 훗날 사람들은 이 두견새를 가리켜 망제의 죽은 혼이 화한 것이라 하여 촉혼(蜀魂), 원조(怨鳥), 두우(杜宇), 귀촉도(歸蜀途), 망제혼(望帝魂) 등으로 불렀다고 전해진다.

위 시에서 화자는 나라를 빼앗기고 자신의 나라로 돌아가지 못한 채 떠돌아야 했던 두견새와 자신을 동일시한다. 그러면서 어찌 보면 그 두견새보다 자신이 현실적으로 더욱 힘든 처지에 놓여 있는지도 모른다는 말을 전하고 있다.

제1연을 보면, 여기서 화자는 두견새가 서러움에 겨워 울음을 터뜨리다가 그것도 충분하지 않으면 피를 토하면서까지 우는 모습을 묘사하고 있다. 두견새의 경우, 한과 고통의 한가운데서도 실컷 울 수 있는 상황은 마련돼 있는 셈이다. 그런데 이별한 한을 갖고 있다는 점에서는 자신과 두견새가 동일함에도 불구하고, 자신은 울래야 울 수도 없는 현실에 처해 있다고 화자는 제2연에서 말한다. 이런 점에서 화자는 자신이 본래 지닌 한에다 두견새조차 되지 못한 한까지를 덧붙여서 갖고 있는 형국이다. 이처럼 제2연에서 화자는 실컷 울 수 있는 두견새조차 부러워해야 하는 자신의 처지를 아파하고 있다.

제3연으로 가면 화자는 두견새의 울음에 자신의 감정을 이입하여, 두견새는 돌아갈 곳도 없는 자신에게까지 '不如歸 不如歸'라고 외치고 있으니 그에 대한 야속한 마음이 이를 데 없다는 말을 하고 있다. 물론 화자가 두견새에 대해서 품는 야속한 마음은 동질감 속에서의 그것이기에 일반적인 야속한 마음과는 구별된다. 어쨌든 화자는 두견새처럼 돌아갈 곳이 없는 자신의 처지, 나라를 잃은 자신의 처지를 고통스러워하며, 더 나아가서는 그 고통조차 충분히 표현할 수 없는 현실을 힘겨워한다.

위 시의 두견새 설화는 화자의 처지와 심정을 알려주는 데 중요한 역할을 하고 있다. 망제의 혼이 화해서 된 두견새처럼 타력에 의하여 나라를 빼앗기고 떠돌이 신세가 된 자신의 처지와 그 빼앗긴 나라에 대한 사랑의 마음을 절절하게 보여주고 있기 때문이다. 얼핏 보면 위 시는 무척 단순한 것처럼 여겨질 수도 있다. 그러나 두견새 설화가 배경을 이루도록 한 결과 이 시의 전달력과 내적 구성은 단순함에 수반되는 평면성을 벗어나는 데 성공하고 있다.

# 나의꿈

당신이 맑은새벽에 나무그늘새이에서 산보할째에 나의꿈은 적은별이 되야서 당신의머리 위에 지키고잇것슴니다

당신이 여름날에 더위를못이기여 낫잠을자거든 나의꿈은 맑은바람이 되야서 당신의周圍에 써돌것슴니다

당신이 고요한가을밤에 그윽히안저서 글을볼째에 나의꿈은 귀짜람이가되야서 책상밋헤서 「귀쏠귀쏠」울것슴니다

위 시의 화자가 당신인 님에 대하여 보여주는 마음은 그 이상의 광경을 떠올릴 수 없을 만큼 감격적이고 아름답다. 총 3행으로 이루어진 단련시 속에서 화자는 한 인간이 다른 한 존재를 향하여 펼칠 수 있는 마음의 최대치를 보여주고 있다.

제1행을 보면 화자는 당신인 님이 맑은 새벽녘에 나무 그늘 사이에서 산보를 하고 있으면 자신은 작은 별이 되어 님의 머리 위에서 지키고 있겠다고 말한다. 새벽녘에 행해지는 님의 산보와 그 님의 산보를 별이 되어 지켜주고자 하는 화자의 모습은 삶과 세계가 그대로 무봉(無縫)의 일원상임을 현시한다. 이런 무봉의 일체감은 어디서 오는가. 그것은 말할 나위도 없이 화자의 님에 대한 무아의 사랑에서 온다.

제2행 역시 동일한 내용을 담고 있다. 그러나 그 표현은 거듭 읽고 음미할수록 감격적인 것으로 다가온다. 님인 당신이 여름날에 더위를 못 이겨서 낮잠을 자고 있으면 자신은 맑은 바람이 되어서 님의 주위를 떠돌겠다고 하는 이 마음은 세속의 아상이라는 집을 완전히 부순 자에게서만 나올 수 있는 것이다. 아상의 집을 부수었을 때, 우리는 열반의 아름다움과 해탈의 가벼움을 구현할 수 있다. 삶은 더 이상 집착과 단절로 애면글면하지 않는다.

제3행 역시 마찬가지이다. 여기서 화자는 당신인 님이 고요한 가을밤에 그윽히 앉아서 글을 읽고 있으면 자신은 귀뚜라미가 되어서 그 글을 읽는 책상 밑에서 귀뚤귀뚤 울고 있겠다고 말한다. 님의 기쁨과 그와의 진정한 만남을 위하여 자신을 자발적으로 헌신하는 이 모습은 님과 함께 하는 어느 시간, 어느 자리도 도량(道場)으로 만드는 화자의 지혜를 보여준다.

삶이 이렇게 자아라는 좁은 울타리를 부수고 님을 통해 도량을 만들어 가는 출가와 같은 과정이라면, 우리는 세상 어느 곳에서도 '묘용'의 감격스러움과 아름다움을 창조해낼 수 있을 것이다. 위 시의 화자는 이런 삶의 실제를 각각의 행에서 실감 있게 보여주고 있다.

# 우는째

꼿핀아츰 달밝은저녁 비오는밤 그째가 가장님긔루은째라고 남들은 말함니다

　나도 가튼고요한째로는 그째에 만히우럿슴니다


　그러나 나는 여러사람이모혀서 말하고노는째에 더울게됨니다

　님잇는 여러사람들은 나를위로하야 조흔말을함니다마는 나는 그들의 위로하는말을 조소로 듯슴니다

　그째에는 우름을삼켜서 눈물을 속으로 창자를향하야 흘림니다

■■■

　위 시의 핵심적인 질문은 '님 때문에 우는 때'가 언제인가 하는 것이다. 제1연의 제1행에 따르면 그 우는 때는 꽃 핀 아침, 달 밝은 저녁, 비 오는 밤과 같은 때라는 것이 많은 사람들의 일반적인 견해이다. 화자는 사람들의 이런 견해에 동의한다고 한다. 그러면서 그는 자신도 이러한 때에 가장 많이 울었다고 동질감 속에서 고백한다.

　그러나 위 시의 화자는 한편으로 이런 일반론에 동의하면서도 다른 한편으로 자신만이 우는 때에 대해 또한 고백한다. 그것이 위 시를 살리는 근본요인이 된다. 그렇다면 그 '자신만이 우는 때'는 언제인가. 제2연을 보면 화자는 여러 사람들이 모여서 말하고 노는 때에 자신은 더욱 울게 된다고 말한다. 그것은 님과 헤어지지 않은 많은 사람들 속에 끼여 있을 때, 님과 자신의 이별이 더욱 아프게 여겨지기 때문이라는 것이다. 그러나 화자는 그의 아픔을 다른 사람들이 눈치채지 않도록 하고자 노력한다. 그리고 사람들이 자신을 위로하는 형식적인 말을 건네오더라도 그것을 진심으로 받아들이지 않는다. 그러나 이런 가운데서 그가 느끼는 아픔은 그 아픔만큼 진한 눈물을 동반한다. 그렇다면 그는 이 눈물을 남들이 눈치채지 않도록 어떻게 해결하는 것일까. 위 시의 압권은 여기에 있다. 제2연 마지막 행을 보면 여기서 화자는 다음과 같이 말한다. "그째에는 우름을삼켜서 눈물을 속으로 창자를향하야 흘림니다"라고 말이다. 바깥으로 흘러나오는 눈물을 거꾸로 '창자를 향하여' 안쪽으로 흘렸다는 이 말은 님에 대한 '긔룸'을 화자가 얼마나 단단히 내면화하고 있는가를 보여주는 대표적인 부분이다.

화자의 이런 눈물은 앞서 「눈물」이라는 시에 나온 '진주 눈물'과 같은 것
이다. 그리고 그의 이런 자세는 님이 철저하게 화자의 심연에서 일심으로
솟구쳐 오른 금강석 같은 존재임을 알려주는 것이기도 하다.

# 타골의詩(GARDENISTO)를읽고

벗이어 나의벗이어 愛人의무덤위의 픠여잇는 꼿처럼 나를울니는 벗이어

적은새의자최도업는 沙漠의밤에 문득맛난님처럼 나를깃부게하는 벗이어

그대는 옛무덤을째치고 하늘까지사못치는 白骨의香氣임니다

그대는 花環을만들냐고 써러진꼿을줏다가 다른가지에걸녀서 주슨꼿을헤치고 부르는 絶望인希望의노래임니다


벗이어 째어진사랑에우는 벗이어

눈물이 능히 써러진꼿을 옛가지에 도로픠게할 수는 업슴니다

눈물을 써러진꼿에 샐리지말고 꼿나무밋희씌쓸에 샐리서요


벗이어 나의벗이어

죽엄의香氣가 아모리조타하야도 白骨의입설에 입맛출수는 업슴니다

그의무덤을 黃金의노래로 그물치지마서요 무덤위에 피무든旗대를 세우서요

그러나 죽은大地가 詩人의노래를거처서 움직이는것을 봄바람은 말함니다

벗이어 부스럽습니다 나는 그대의노래를 드를째에 엇더케 부스럽고
썰니는지 모르것습니다

그것은 내가 나의님을써나서 홀로 그노래를 듯는까닭임니다

위 시는 라빈드라나드 타고르의 시집 『정원사』(당시에는 『원정(園丁)』이라는 제목으로 번역되었음)를 읽고 쓴 것이다. 주지하다시피 타고르는 인도 벵골 지방 태생으로서 1913년에 동양인으로서는 최초로 노벨문학상을 수상하였으며, 시뿐만 아니라 희곡, 소설, 평론 등 다양한 문학 분야에서 탁월한 재능을 발휘한 세계적 인물이다. 시집 『정원사』는 원래 벵골어로 쓰였는데 영어로는 'The Gardener', 에스페란토어로는 'LA GARDENISTO'라는 제명을 달고 있다. 이 땅의 초기 시단이 형성되는 과정에서 김억은 이 시집을 에스페란토어 판으로부터 번역하여 우리 시단에 큰 영향을 미쳤을 뿐 아니라 한용운의 『님의 침묵』이 창작되는 데에도 적잖은 영향을 미쳤다. 흥미롭게도 이 시집은 시집 『님의 침묵』(1926년)과 동일하게 회동서관에서 출간(1924년)되었다.

위 시를 보면 화자는 타고르를 '벗'이라고 부른다. 이때의 벗이란 동질감과 감탄, 감동, 흠모 등의 뜻을 내포하고 있다. 화자는 이런 감정과 마음속에서 타고르를 향하여 여러 가지 깊은 속엣말을 내놓는다.

우선 제1연을 보면 화자는 여기서 타고르를 "愛人의무덤위의 피여잇는 꼿처럼 나를울니는 벗"이며 "적은새의자최도업는 沙漠의밤에 문득맛난님처럼 나를깃부게하는 벗"이라고 지칭한다. 부연하면 화자에게 타고르는 애인의 무덤 위에 피어 있는 꽃처럼 '아쉬운 반가움과 감동'을 주는 사람이며, 작은 새의 자취도 없는 사막의 캄캄한 밤에서 문득 만난 님처럼 기쁨을 주는 사람이라는 것이다. 그런 타고르에게, 화자는 이어서 두 가지 특성을 말한다. 그 하나는 타고르야말로 "옛무덤을깨치고 하늘까지사못치는 白骨의香氣"와 같은 존재이며, "花環을만들냐고 써러진꽃을줏다가 다른가지에걸녀서 주슨꽃을헤치고 부르는 絶望인希望의노래"와 같다는 것이다. 역시 부연하면 타고르는 오래된 무덤을 열고 하늘까지 사무치도록 무엇인가를 전하고 발하는 '백골의 향기' 같은 존재이며, 화환을 만들려고 떨어진 꽃을 줍다가 다른 가지에 걸리는 바람에 그 주운 꽃을 흩어버리고 부르는 '절망인 희망의 노래'와 같다는 것이다. 이렇게 부연했어도 이 부분에 대해서는 조금 더 설명이 필요한 듯하다. 조금 더 설명을 덧붙이자면 타고르는 '사라지지 않는 현실의 향기'와 같은 존재이며, '절망 속에서도 희망을 노래'하는 시인이라는 것이다. 요컨대 현실 속에서 향기를 뿜어내는 존재, 절망 속에서 희망을 노래하는 시인, 그런 존재로서 타고르는 화자에게 너무나도 큰 동질감과 감동을 안겨주었던 것이다.

제2연을 보면 화자는 벗인 타고르의 고민을 알고 그에게 조언을 한다. 고민의 내용은 '깨어진 사랑'에 울고 있다는 것이고, 조언의 내용은 그 눈물을 어떻게 해야 승화시킬 수 있는가에 관한 것이다. 앞의 제1연만을 본다면 화자(또는 한용운)가 타고르의 많은 특성과 장점 가운데 어떤 점을 좋아하는지, 그리고 타고르를 구체적으로 어떻게 해석하는지 알기 어렵다. 이것은 시라는 장르의 특성상 그럴 수밖에 없는지도 모른다. 그런데 여기에 이르러 타고르가 '깨어진 사랑'에 울고 있다는 표현이 나온 것은 타고르와 그의 시를 이해하는 데 매우 의미 있는 시사를 준다. '깨어진 사랑'이라는 표현이 함축하거나 연상시킬 수 있는 내용은 상당히 많기 때문이다. 구체적으로 위의 표현을 타고르의 경우에 적용시켜 생각해보면 우선 타고르의 대표적인 시집 『기탄잘리』『초승달』『정원사』는 각각 신으로서의 생명, 모성으로서의 자연과 순정한 생명(어린이), 애인으로서의 생명과 대지를 노래한 사랑시집이라는 사실이 떠오른다. 그리고 타고르는 영국의 식민지 지배 아래 놓여 있던 인도와 그 민족의 고통을 함께 하면서 인도의 독립과 인도인들의 내적 향상을 위해 헌신한 시인이라는 사실이 상기된다.

'깨어진 사랑'에 우는 타고르에게, 화자는 뜻깊은 조언을 하고 있다. 그것은 눈물이 떨어진 꽃을 옛 가지에 도로 피게 할 수는 없으니, 만약 눈물을 흘리려거든 그 눈물을 떨어진 꽃이 아니라 꽃나무 밑의 티끌에 흘려야 한다는 것이다. 그러니까 이미 사라진 존재가 아니라 다시 살아나올 생명의 원천에다 눈물이라는 아픔의 사랑을 바쳐야 한다는 것이다.

제3연에서도 화자는 벗인 타고르에게 조언을 건네면서 희망의 길을 말한다. 죽음의 향기가 아무리 좋다 하여도 백골의 입술에 입 맞출 수는 없다는 점을 일깨우면서, 백골이 들어 있는 무덤을 황금의 노래로 그물 치지 말고 거기에 피묻은 깃대를 세우라고 말하는 것이다. 이 대목에 대해서도 역시 부연 설명이 필요하다. 그냥 넘어가기에는 표현이 어렵고 모호하기 때문이다. 그러면 이것을 어떻게 풀어볼 수 있을까. 목숨까지 바치는 헌신이 아무리 고귀한 것이라 할지라도 쉽게 죽음을 선택하는 것은 현명하지 못하니, 죽음이라는 행위를 '황금의 노래'가 뜻하는 바 세속적 가치나 경직된 생각으로 옹호하지 말고 그 대신 '피묻은 깃대'가 상징하는 보다 현실적이면서도 치열한 방법을 선택하라는 의미로 해석할 수 있을 것이다. 그러면서 그는 제2연의 마지막 행에서, 사정이 그렇더라도 시인의 노래를 통하여 죽은 대지가 살아 움직이는 것을 봄바람이 말해주듯, 당신으로 인하여 죽은 세계가 살아난다고 전해준다.

이제 제4연을 보기로 하자. 타고르를 벗으로 부르며 감탄과 조언을 함께 전한 화자는 타고르의 삶과 시에 비추어본 자신의 모습이자 심정을 '부끄럽고 떨린다'는 말로 표현하고 있다. 그는 왜 '부끄럽고 떨린다'고 한 것일까. 제4연의 제2행을 보면 바로 그 이유가 나와 있다. 화자가 말하는 바에 의하면, 그가 자신의 님을 떠나서 홀로 타고르의 노래를 듣고 있기 때문이라는 것이다. 화자가 님을 떠나서 홀로 타고르의 노래를 듣는다는 것은 무슨 뜻일까. 그것은 자신이 님과 이별한 채로, 그 이별이 언제 만남으로 실현될지도 모르는 답답하고 어두운 현실 속에서 그 노래를 듣고 있다는 것으로 해석해볼 수 있을 것이다.

한용운의 시집 『님의 침묵』이 타고르의 시에서 일정한 영향을 받았다는 것은 이미 여러 사람들의 연구에 의하여 밝혀졌다. 그러나 그 영향은 주종 관계로 규정될 수 있는 것이 아니라 한용운이 타고르를 도반으로, 벗으로 공감하고 존중하는 가운데 한용운만의 시각으로 창조적 세계를 열어갈 수 있게 만든 한 계기로서의 영향이다. 타고르도 한용운도 사랑의 완성을 꿈꾼 시인이다. 사랑의 가장 높은 곳을 가리키는 이 두 시인의 시와 삶으로부터 우리는 예술과 철학 그리고 종교적 영성이 도달할 수 있는 최고의 지점을 만나볼 수 있다.

# 繡의秘密

나는 당신의옷을 다지어노앗슴니다

심의도지코 도포도지코 자리옷도지엇슴니다

지치아니한 것은 적은주머니에 수놋는것쑨임니다


그주머니는 나의손째가 만히무덧슴니다

짓다가노아두고 짓다가노아두고한 까닭임니다

다른사람들은 나의바느질솜씨가 업는줄로 알지마는 그러한비밀은 나 밧게는 아는사람이 업슴니다

나는 마음이 압흐고쓰린째에 주머니에 수를노흐랴면 나의마음은 수 놋는금실을짜러서 바늘구녕으로 드러가고 주머니속에서 맑은노래가 나 와서 나의마음이됨니다

그리고 아즉 이세상에는 그주머니에널만한 무슨보물이 업슴니다

이적은주머니는 지키시려서 지치못하는것이 아니라 지코십허서 다지 치안는것임니다

위 시의 화자는 당신인 님을 기다리며 그의 옷을 모두 다 지어놓았다고 말한다. 심의(深衣), 도포(道袍), 자리옷 등 속옷과 겉옷, 낮에 입는 옷과 밤에 있는 옷을 모두 빠짐없이 지어놓았다는 것이다. 이런 화자에게 님의 옷을 짓는 일은 그 옷을 짓는 동안만이라도 님과의 간절한 만남을 이룩하거나 님에 대한 그리움의 마음을 가슴 깊이 새기는 일이다.

그런데 화자는 당신인 님의 옷을 모두 다 지어놓았지만 오직 한 가지 의도적으로 마무리하지 않고 놓아둔 것이 있다고 말한다. 그것은 흥미롭게도 작은 주머니에 수를 놓는 일인데, 위 시는 이 일과 관련된 진술을 통하여 높은 수준의 시적 감동을 불러일으키고 있다.

위 시의 제1연을 지나 제2연으로 오게 되면 화자는 일부러 다 짓지 않고 놓아둔 님의 옷의 주머니에는 자신의 손때가 많이 묻어 있다고 말한다. 님과의 만남을 연장하기 위하여 짓다가 놓아두고 짓다가 놓아두기를 반복하였기 때문에 그렇다고 한다. 그러면서 그는 아마도 다른 사람들은 자신이 바느질 솜씨가 없어서 이렇게 오랫동안 주머니를 다 짓지 못하고 시간을 끄는 줄 알 것이라고 말한다. 그러나 이와 달리 자신이 님의 옷의 주머니를 다 짓지 않고 놓아두는 데는 자신만이 아는 비밀이 있다고 한다. 그 비밀이란 무엇일까. 그것은 제2연의 제4행에 나오는 바처럼 자신의 마음이 아프고 쓰린 때에 주머니에 수를 놓고 있으면 자신의 마음은 수놓는 금실을 따라서 바늘구멍으로 들어가게 되고 그 주머니 속에서는 맑은 노래가 나와서 자신의 마음이 되기 때문이라고 한다. 요컨대 주머니에다 수를 놓는 일에 의지하여 화자는 님을 기다리는 고통을 잊거나 승화시킬 수가 있다는 것이다. 그리고 그는 또 한 가지 이유를 더 들고 있는데 그것은 이 세상에는 그 주머니에 넣을 만한 보물이 없다는 것이다. 그만큼 화자에게 님의 존재는 성스러울 만큼 소중하고 세상의 현실은 부족함으로 가득하다.

위 시는 이처럼 화자가 사랑하는 님의 옷을 짓는 일을 통하여 님에 대한 화자의 '긔룬' 마음을 진솔하게 표현한 작품이다. 그런데 지금까지 살펴본 내용만으로도 위 시의 시적 효과나 감동을 창출하는 힘은 상당한 경지에 도달해 있지만, 실제로 위 시를 더할 나위 없이 빛나게 만든 부분이 있으니 그것은 시의 마지막 행이자 제2연의 마지막 행인 "이적은주머니는 지키시려서 지치못하는것이 아니라 지코십허서 다지치안는것임니다"라는 표현이다. 님의 옷(주머니)을 짓기 싫어서 짓지 못하는 것이 아니라 짓고 싶어서 다 짓지 않는 것이라는 이 역설은 님에 대한 화자의 '긔룸'이 얼마나 순정하고 곧은 것인가를 가슴 먹먹한 전율 속에서 느끼게 한다. 만약 우리가 이런 마음을 가리켜 불교적 의미의 진심(眞心) 혹은 직심(直心)이라고 한다면 이와 같은 진심과 직심은 어떤 것도 최고의 진실행이면서 선행이자 덕행으로 만들 수 있는 묘약이라고 할 수 있다. 이때 최고의 기교는 언어가 만드는 것이 아니라 마음이 만드는 것이 된다. 그리고 시 또한 언어로 쓰는 것이 아니라 마음으로 쓰는 것이 된다. 이와 같은 위 시는 평범한 듯하면서도 독특한 소재를 뛰어나게 활용하여 마음의 문제를 다시 한 번 되새겨보도록 만드는 소중한 기회를 제공한다.

# 사랑의불

山川草木에 붓는불은 燧人氏가 내섯습니다

靑春의音樂에 舞蹈하는 나의가슴을 태우는불은 가는님이 내섯습니다


矗石樓를안고돌며 푸른물ㅅ결의 그윽한픔에 論介의靑春을 잠재우는 南江의흐르는물아

牧丹峯의키쓰를밧고 桂月香의無情을咀呪하면서 綾羅島를감도러흐르는 失戀者인大同江아

그대들의 權威로도 애태우는불은 끄지못할줄을 번연히아지마는 입버릇으로 불너보앗다

만일 그대네가 쓰리고압흔슯음으로 조리다가 爆發되는 가슴가운대의 불을 끌수가잇다면 그대들이 님긔루은사람을 위하야 노래를부를째에 잇다감잇다감 목이메어 소리를지르지못함은 므슨까닭인가

남들이 볼수업는 그대네의가슴속에도 애태우는불꼿이 거꾸로타드러가는 것을 나는본다


오오 님의情熱의눈물과 나의感激의눈물이 마조다서 合流가되는째에 그눈물의 첫방울로 나의가슴의불을끄고 그다음방울을 그대네의가슴에 쌱려주리라

위 시의 화자는 님에 대한 자신의 뜨거운 사랑을 불의 이미지로 표현한다. 화자는 지금 이 '사랑의 불'로 가슴을 태우고 있다. 그런데 주의해야 할 것은, 화자의 마음속에 사랑의 불이 강력하게 타오른다는 것은 그가 그 불길만큼 님과의 만남이 멀어진 현실 속에 처해 있다는 사실을 뜻한다는 점이다. 그러므로 화자는 이 사랑의 불길을 *끄고자* 노력한다. 그렇다고 하여 또한 여기서 오해를 하면 안 된다. 사랑의 불길을 *끄고자* 하는 화자의 노력은 님을 잊고자 하는 것이 아니라 오히려 님과의 만남을 성취하고자 하는 뜻을 담고 있는 것이다. 그러니 위 시의 화자에겐 '사랑의 불'이 약하면 약할수록 님은 가까이에 와 있는 것이며, 역으로 '사랑의 불'이 강력하면 그러할수록 님은 멀리 있는 것이다.

위 시의 제1연을 보면 화자는 산천초목을 태우는 물질적인 불과 자신의 몸을 태우는 심리적인 불을 병치 및 대비시킨다. 그러면서 전자를 만든 것은 중국의 삼황(三皇) 가운데 하나인 '수인씨'이고 후자를 만든 것은 자신에게서 떠나간 님이라고 말한다. 앞서 언급했듯이 화자는 자신의 가슴을 태우는 님의 '사랑의 불'을 *끄고자* 노력한다. 위 시에서는 화자가 스스로도 통제하기 어려운 님을 향한 '사랑의 불'에 타고 있다는 사실과 그 불을 그가 어떻게 *끄고자* 하는가가 핵심을 이룬다.

제2연을 보면 화자는 진주의 '南江'과 평양의 '大同江'을 거론한다. 전자는 논개의 '사랑의 불'을 끌어안고 잠재우는 강이요, 후자는 계월향의 무정한 '사랑의 불'을 받아 안고 함께 아파하는 강이다. 화자는 이를 가리켜 제2연의 제1행과 제2행에서 "矗石樓를안고돌며 푸른물ㅅ결의 그윽한품에

論介의靑春을 잠재우는 南江의흐르는물아/牧丹峯의키쓰를밧고 桂月香의 無情을咀呪하면서 綾羅島를감도러흐르는 失戀者인大同江아"라고 표현하고 있다. 여기에 등장하는 진주의 남강도, 그리고 평양의 대동강도 모두 님으로 인하여 타고 있는 '사랑의 불'을 잠재우고자 하는 강이다.

우리는 앞에서 「論介의愛人이되야서그의廟에」라는 작품과 「桂月香에게」라는 작품을 통하여 적장인 왜장을 죽이고 자신들도 주검이 된 두 의기(義妓), 논개와 계월향을 '긔루어하는' 작품 속 화자의 마음에 대해 살펴본 바 있다. 위 시에서 화자는 이 두 의기인 논개와 계월향을 불러내고 동시에 그들을 품고 있는 남강과 대동강을 불러내어 사랑의 불의 소중함과 더불어 그것을 끄는 일의 절박성에 대해 이야기하고 있다.

그런데 제2연의 제3행으로 오면, 화자는 남강과 대동강을 향하여 숨어 있는 속마음을 전한다. 그것은 실제로 자신이 그들의 힘으로 마음속 사랑의 불을 끌 수 있다고 생각하지는 않는다는 것이다. 그리고 그가 그들의 이름을 불러본 것은 사정을 뻔히 알면서도 그냥 입버릇처럼 내놓은 말이라는 것이다. 그러나 다음 행인 제4행을 보면 이것은 단순한 입버릇처럼 불러본 것이 아님을 알 수 있다. 화자는 남강과 대동강이 자신의 사랑의 불을 꺼줄 수는 없지만 그 속에는 남다른 고귀한 사연이 또한 숨어 있음을 알고 있는 것이다. 제4행에서 화자는 논개 및 계월향과 각각 한 몸이 되어 있는 남강과 대동강을 향하여 자신은 그 강들이 "님긔루은사람을 위하야 노래를부를째에 잇다감잇다감 목이메어 소리를지르지못함"을 안다고 말한다. 이것이 바로 남강과 대동강이 지닌 숨은 사연의 정체이다. 남강과 대동강이 논개와 계월향을 위하여 각각 노래를 부르고 있는데 가끔씩은 목이 메어서 소리를 지르지 못하고 있다는 것이 그것이다. 남강과 대동 강이 아픔과 쓰라림으로 가끔씩(본문에는 '잇다감잇다감') 목이 메어 노래를 부르지 못한다는 이 표현은 참으로 절묘하다. 끝없이 노래하듯 흐르는 강물에서 이런 풍경을 읽어낸다는 것은 결코 쉽지 않기 때문이다. 그리고 주객을 넘어서 하나가 되는 것을 이처럼 여실하게 표현한 경우도 찾아보기 어렵다. 제5행을 보면 화자가 이와 같은 표현을 할 수 있게 된 근거가 등장한다. 그것은 "남들이 볼수업는 그대네의가슴속에도 애태우는불꽃이 거꾸로 타드러가는 것"을 그가 보고 있다는 점이다. 요컨대 남강과 대동강도 논개와 계월향 못지 않은(더 나아가서는 화자 못지 않은) '사랑의 불'을 간직하고 있으며 그 불길을 바깥으로 드러내지는 못하고 '거꾸로 타드러가게' 하는 마음을 화자가 보고 있는 것이다.

이렇게 되면 화자도, 논개도, 계월향도, 남강도, 대동강도 모두 '사랑의 불'을 가슴에 태우고 있는 존재들이다. 모두가 님을 그리워하며 님에 대한 사랑으로 삶을 영위해가는 존재들인 것이다. 그렇다면 어떻게 이 '사랑의 불'을 끌 수 있을까?

이 물음에 대해 절묘한 답을 제시하는 내용이 위 시의 마지막 연인 제3연에 들어 있다. 제3연은 다음과 같이 되어 있다: "오오 님의情熱의눈물과 나의感激의눈물이 마조다서 合流가되는째에 그눈물의 첫방울로 나의가슴의불을쓰고 그다음방울을 그대네의가슴에쑤려주리라". 결국은 화자의 님의 정열의 눈물과 화자 자신의 감격의 눈물이 합쳐져서 하나가 되어 흐를 때, 화자의 가슴의 사랑의 불도, 남강과 대동강의 가슴의 불도 끌 수가 있다는 것이다. 그러니 님의 도래와 님과의 만남을 통해서만이 진정으로 사

랑의 불을 끌 수가 있다. 화자의 사랑의 불도, 남강과 대동강의 사랑의 불
도, 그리고 논개와 계월향의 사랑의 불도 말이다.

　그렇다면 님은 언제 올 것인가. 위 시만으로는 그것을 알 수 없다. 그러
나 중요한 것은 님이 오는가 그렇지 않은가의 여부와 관계없이 사랑의 불
길은 타오르고 그 사랑의 불길을 끄고자 하는 화자를 비롯한 이들의 노력
은 계속될 것이라는 점이다.

# 「사랑」을사랑하야요

당신의얼골은 봄하늘의 고요한별이여요

그러나 찌저진구름새이로 돗어오는 반달가튼 얼골이 업는것이아님니다

만일 어엽분얼골만을 사랑한다면 웨 나의베개ㅅ모에 달을수노치안코 별을수노아요


당신의마음은 틔업는 숫玉이여요 그러나 곱기도 밝기도 굿기도 보석가튼 마음이 업는 것이아님니다

만일 아름다은마음만을 사랑한다면 웨 나의반지를 보석으로아니하고 옥으로만드러요


당신의詩는 봄비에 새로눈트는 숲결가튼 버들이여요

그러나 기름가튼 검은바다에 픠여오르는百合꼿가튼 詩가 업는 것이 아님니다

만일 조흔文章만을 사랑한다면 웨 내가 꼿을노래하지안코 버들을讚美하여요


원세상사람이 나를사랑하지아니할째에 당신만이 나를사랑하얏슴니다

나는 당신을사랑하야요 나는 당신의「사랑」을 사랑하야요

시집 『님의 침묵』 전체가 '사랑'의 마음을 근본으로 삼고 있다. 위 시는 이와 같은 『님의 침묵』 속의 사랑의 마음을 보다 본격적으로 탐구하고 보여준 무게 있는 '사랑담론'의 일종이다. 도대체 사랑이란 무엇인가. 그리고 위 시의 화자가 말하는 '사랑'을 사랑한다는 말은 무슨 뜻일까.

사랑에는 두 가지가 있다. 소아적 욕망과 업아(業我)의 카르마에 적합한 것만을 좋아하며 대상에 이끌려가는 유아적 사랑과, 공성과 묘유의 이치를 깨달은 바탕 위에서 어떤 존재나 경계도 대아심으로 포월하며 살려내는 무아적 사랑이 그것이다. 전자가 중생심에 의존하여 살아가는 수많은 속인들의 흔한 소유와 지배로서의 사랑이라면 후자는 불심에 의하여 수행으로서의 삶을 영위해가는 각자(覺者)나 보살의 평등심과 자비심으로서의 사랑이다.

위 시의 화자는 당신인 님을 각자와 보살의 다음으로 사랑한다. 그 예로서, 그는 당신인 님의 '어여쁜 얼굴'만을 사랑하지 않고, '아름다운 마음'만을 사랑하지 않으며, '좋은 문장'만을 사랑하지 않는다. 그는 있는 그대로를 사랑하는 것이다. 여기서 화자가 명료하게 지적하지는 않았지만, 그가 생각하기에 앞에서 나열한 좋은 것들만 사랑하는 사람은 중생심의 사랑에 멈춰 서 있는 자이다. 그는 이 중생심의 사랑을 넘어, 당신인 님의 모든 것을 사랑하고자 한다. 그 사랑의 실제가 위 시의 제1연에서부터 제3연에 이르기까지 인상적인 문장으로 표현되어 있다.

먼저 제1연을 보면, 화자는 구름 사이로 돋아나오는 반달과 같이 곱고 환한 뭇사람들의 얼굴이 있는 것을 알고 있지만, 봄 하늘의 고요한 별과 같은 당신인 님의 얼굴을 그 자체로 사랑한다고 말한다. 화자가 자신의 베 갯모에 달을 수놓지 않고 별을 수놓는 것은 그와 같은 님을 향한 자신의 마음을 담은 것이라고 말한다.

다음으로 제2연을 보면, 화자는 보석같이 곱고, 굳고, 밝은 마음이 이 세상에 있는 줄을 알고 있지만, 그럼에도 불구하고 티 없는 숫옥 같은 님인 당신의 마음을 사랑한다고 말한다. 정제된 보석의 빛남과 아름다움에 비한다면 숫옥은 원석의 매력이 있기는 하여도 투박하고 제멋대로인 게 사실이다. 그러나 화자는 자신의 반지를 보석으로 만들지 않고 숫옥으로 만들면서 님에 대한 참다운 사랑을 드러낸다.

제3연으로 가면, 화자는 검은 바다에서 피어오르는 백합꽃같이 맑고 화려한 시가 이 세상에 있는 줄을 알고 있지만, 자신은 봄비에 새로 눈트는 금(金)결 같은 버들 모양의, 님인 당신의 시를 사랑한다고 말한다. 그것은 자신이 좋은 문장만을 사랑하는 편협한 중생심의 소유자가 아니며 그것을 넘어서 백합꽃보다 버들을 찬미할 줄 아는 존재이기 때문이라는 것이다.

위에서 살펴본 바와 같이, 화자는 님을 있는 그대로 온전히 사랑한다. 그것은 비교로서의 사랑이 아니라 존재 그 자체에 대한 사랑이다. 또한 그것은 맹목적 사랑이 아니라 모든 것을 아는 자의 포월적인 지혜의 사랑이다.

그런데 제4연인 마지막 연으로 가면, 화자는 마음속에 담아두었던 당신인 님에 대한 감동적인 비밀을 고백한다. 그것은 님이 가장 어여쁜 얼굴과, 최고의 아름다운 마음과, 비할 길 없는 좋은 문장이 뜻하는 바, 세속적 우월성과 매력을 가진 존재는 아니지만, 그는 세상의 모든 사람들이 자신을 사랑하지 않을 때 홀로 자신을 있는 그대로 사랑할 줄 안 사람이었다는 것이다. 요컨대 당신인 님은 '대아적 사랑의 마음'을 갖고 있는 사람이었다. 다시 말하면 참다운 사랑의 주체는 화자이기 이전에 당신인 님이었다는 것이다. 이와 같은 님이 지닌 대아적 보살심에 입각한 사랑의 진면목을 알고 그것에 감동하며 진리에 눈뜬 화자는 이 마지막 연인 제4연에서 '사랑담론'을 대표하는 명언을 창출한다. 그것은, 자신은 그와 같은 님인 당신을 사랑하는데, 더 정확히 말한다면 그 님인 당신의 '사랑'을 사랑한다는 것이다. 당신인 님의 화자에 대한 사랑도 그 님의 '사랑'을 사랑할 줄 아는 화자도 모두 예사롭지가 않다. 이들 사이에서 오고 가는 사랑은 한결같이 중생심의 사랑을 초월한 '깨친 자의 사랑'이자 '대아적 지혜 위의 사랑'이다.

위 시뿐만 아니라 한용운의 시집 『님의 침묵』 속에서 전반적으로 이야기되는 사랑은 궁극적으로 이런 사랑을 지향하고 계몽하며 구현한다. 위 시를 비롯한 이 시집의 곳곳에서 등장하는 사랑이야말로 속인의 차원에 속하는 소아와 업아를 넘어서서 원력을 지닌 '깨친 사람'이 이 세상에서 어떻게 살아가야 할 것인가를 알려주는 구체적 지표이다. 이런 길을 가는 일은 결코 쉽지 않지만, 어떤 길이 우리가 가야 할 길인지를 보여준다는 점에서 그 지표는 언제나 의미 깊고 유효하다. 위 시를 읽는 보람은 바로 여기에 있다.

# 버리지아니하면

　나는 잠ㅅ자리에누어서 자다가깨고 깨다가잘째에 외로은등잔불은 恪勤한把守軍처럼 왼밤을 지킴니다

　당신이 나를버리지아니하면 나는 一生의등잔불이되야서 당신의百年을 지키것슴니다


　나는 책상압혜안저서 여러가지글을볼째에 내가要求만하면 글은 조흔이야기도하고 맑은노래도부르고 嚴肅한敎訓도줌니다

　당신이 나를버리지아니하면 나는 服從의百科全書가되야서 당신의要求를 酬應하것슴니다


　나는 거울을대하야 당신의키쓰를 기다리는 입설을 볼째에 속임업는거울은 내가우스면 거울도웃고 내가씽그리면 거울도씽그림니다

　당신이 나를버리지아니하면 나는 마음의거울이되야서 속임업시 당신의苦樂을 가치하것슴니다

■■■

위 시는 내용이 매우 단순하다. 당신인 님이 자신을 버리지만 않는다면, 화자는 님의 모든 것이 되겠다는 것이다. 여기에서 자신을 주장하는 화자는 없다. 그러나 화자는 자신을 주장하지 않는, 없는 존재로 만듦으로써 실은 자신을 가장 큰 존재로 거듭나게 한다.

총 3연으로 구성된 위 시의 각 연에서 중요한 부분은 각 연의 제2행에 있다. 우선 제1연을 보면 여기서 화자는 만약 당신이 자신을 버리지만 않는다면 그는 당신의 '一生의 등잔불'이 되어서 당신을 영원히 지키겠다고 말한다. 말하자면 백년으로 표상된 당신인 님의 생 전체를 지키는 등잔불이 되겠다는 것이다.

다음으로 제2연을 보면 화자는 당신이 자신을 버리지만 않는다면 '복종의 백과전서'와 같이 되어 당신인 님의 요구를 조건 없이 따르겠다고 말한다. 이런 점은 제3연에서도 계속된다. 제3연을 보면 화자는 당신이 자신을 버리지만 않는다면 자신은 당신인 님의 마음의 거울이 되어서 모든 고락을 님과 같이 하겠다는 약속을 하는 것이다.

이와 같은 화자의 고백이자 약속에는 님이 자신을 버리지 않는 한 자신이 먼저 님을 버리는 일은 없을 것이라는 의미가 담겨 있다. 그리고 님을 위해서라면 그 어떤 일도 기꺼이 다 할 수 있다는, 님에 대한 무한한 사랑과 신뢰, 위 없는 존경과 배려가 담겨 있다.

이제 조금 더 자세하게 제1연부터 살펴보기로 한다. 제1연을 보면 화자는 그가 잠자리에 누워서 자다 깨다 할 때, 등잔불이 파수꾼처럼 외롭게 온밤을 지키고 있는 것 같은 느낌에 사로잡힌다고 말한다. 화자는 이런 그의 느낌에 기대어 당신인 님이 자신을 버리지만 아니한다면 자신은 님의 '一生의 등잔불'이 되어서 님의 백년(인생 전체)을 지키겠다고 말한다. 제1행에 이어 제2행에서도 사용된 핵심 이미지로서의 등잔불의 이미지는 매우 인상적이고 호소력이 크다.

다음으로 제2연을 보면 화자는 글이라고 하는 것이 자신이 요구만 하면 좋은 이야기도 하고, 맑은 노래도 부르고, 엄숙한 교훈도 주는 신비와 기쁨의 존재가 된다고 말한다. 그는 이런 경험에 기대어 당신인 님이 자신을 버리지만 않는다면 그가 글에게 요구했듯이 님의 '요구'에 그대로 순응하는 '복종의 백과전서'가 되겠다고 다짐한다. 제1연에 나왔던 등잔불의 이미지처럼 여기서 사용된 '복종의 백과전서'라는 이미지 역시 상당히 인상적이고 전달력이 있다.

끝으로 제3연을 보면 그 제1행에서 화자는 거울이 당신인 님의 키스를 기다리는 자신의 모습을 속임 없이 그대로 보여주는 것을 보고 감탄한다. 그러면서 그는 제2행에서도 이러한 거울의 상상력을 이어가며 만약 님인 당신이 자신을 버리지 않는다면 자신은 님의 '마음의 거울'이 되어서 님과 더불어 속임 없이 고락을 같이하는 동반자가 되겠다고 고백한다. 이러한 동반자는 도반의 지위를 갖는 존재라고 할 수 있다. 님의 모든 것을 자신의 모든 것으로 생각하며 동일 지점을 향하여 나아가는 영적 파트너인 것이다.

필자는 방금 위에서 동반자, 도반, 영적 파트너라는 말을 사용하였다. 그런데 사실은 위 시의 제3연에서뿐만 아니라 앞의 제1연과 제2연에서도 화자는 당신인 님의 동반자이자 도반이고 영적 파트너가 될 것을 다짐하고 고백한다. 누군가와 혹은 무엇인가와 동반자, 도반, 영적 파트너로 산다는 것은 이해관계로 시간과 공간을 분절하고 소유하며 지배하지 않는다는 것이다. 말하자면 시간과 공간을 공유하며 일체감 속에서 영적 성장과 깨달음의 완성을 향해 정진하듯 나아간다는 것이다. 위 시의 화자는 이런 마음을 당신인 님에게 전달한다. 그리고 우리는 그런 화자의 마음의 전달을 바라보며 우리의 본마음을 비추어보는 계기를 갖게 된다. 위 시가 단순한 내용을 지니면서도 사람들에게 각별한 의미로 다가갈 수 있는 것은 바로 이와 같은 점에 연유한다고 할 수 있다.

# 당신가신째

당신이가실째에 나는 다른시골에 병드러누어서 리별의키쓰도 못하얏습니다

그째는 가을바람이 츰으로나서 단풍이 한가지에 두서너닙이 붉엇습니다


나는 永遠의時間에서 당신가신째를 싣어내것습니다 그러면 時間은 두도막이 남니다

時間의한끗은 당신이가지고 한끗은 내가가젓다가 당신의손과 나의손과 마조잡을째에 가만히 이어노컷습니다


그러면 붓대를잡고 남의不幸한일만을 쓰랴고 기다리는사람들도 당신의가신째는 쓰지못할것임니다

나는 永遠의時間에서 당신가신째를 싣어내것습니다

위 시의 화자가 시간을 다루는 방식은 놀랍다. 위 작품, 마지막 연의 마지막 행에 나오는 말처럼 그는 영원의 시간선상에서 님인 당신이 가신 때를 끊어내겠다는 것이다. 말하자면 님과 이별하여 있던 때를 끊어내겠다는 것이다. 그렇게 함으로써 어떤 효과가 나타날 수 있을까. 마지막 연의 첫 행을 보면 이 물음에 대한 답이 나와 있다. 그것은 붓대를 잡고 남의 불행한 일만을 쓰려고 기다리는 중생들도 님인 당신과 이별한 때를 쓰지 못할 것이라는 점이다. 그리고 시의 본문 속에 표면적으로 드러나지는 않았지만, 여기에는 또 다른 뜻도 들어 있다. 그것은 화자와 님인 당신과의 시간 속에는 '불행'한 시간이 본래 없다는 것이다. 만남도, 이별도, 그것은 세속적 의미의 불행한 사건이 아니라 두 사람 사이의 사랑이 성장하고 완성되어 가는 길이라는 것이다.

위 시의 첫 부분부터 보기로 하자. 화자는 제1연에서 님이 떠날 때의 상황에 대해 언급한다. 그것은 자신이 다른 시골에 가서 병들어 누워 있었던 까닭에 제대로 된 이별도 하지 못하였다는 것이다. 그리고 그때는 가을이 막 시작되어 나뭇가지에 단풍잎이 한두 잎씩 붉어지기 시작하던 때라는 것이다. 이와 같은 이별의 상황과 시점으로 인하여 위 시의 화자와 님의 이별은 더욱 안타까운 것이 된다.

제2연으로 가면 화자는 단호하면서도 지혜로운 생각을 내놓게 된다. 그것은 무한 혹은 영원의 시간표 위에서 당신인 님이 떠난 때를 끊어내겠다는 것이다. 그리고 이렇게 된다면 시간이 두 도막이 날 터인데 그 한 도막은 님이 가지고 있고 다른 한 도막은 자신이 가지고 있다가 만남의 시간이

오게 되면 서로 가지고 있던 시간을 이어놓겠다는 것이다. 그렇게 함으로써 화자와 님인 당신 사이에 생겼던 이별의 시간은 장애나 상처가 되지 않게 된다. 더욱이 제3연에 나오는 것처럼 남의 일에나 관심을 쏟는 데 열중하는 중생들의 분별과 시빗거리로 전락하지 않게 된다.

화자에게 님이 떠난 때는 이처럼 세속적 분별과 시비의 시간이 되지 않는다. 그것으로 인해 그의 삶이 좌절되지도 파탄나지도 않는다. 그는 이 시간을 무심(無心)한 시간으로 받아들임으로써 그의 시간 전체를 무사(無事)한 시간으로 만들고 만다. 화자가 지닌 영원의 시간표가 온전해질 수 있는 것은 바로 이와 같은 이치와 지혜로 인한 것이다.

# 妖術

　가을洪水가 적은시내의 싸인落葉을 휩쓰러가듯이 당신은 나의歡樂의
마음을 쌔아서갓슴니다 나에게 남은마음은 苦痛쑨임니다

　그러나 나는 당신을원망할수는 업슴니다 당신이 가기전에는 나의苦
痛의마음을 쌔아서간 까닭임니다

　만일 당신이 歡樂의마음과 苦痛의마음을 同時에쌔아서간다하면 나에
게는 아무마음도 업것슴니다

　나는 하늘의별이되야서 구름의面紗로 낫을가리고 숨어잇것슴니다

　나는 바다의眞珠가되얏다가 당신의구쓰에 단추가되것슴니다

　당신이 만일 별과眞珠를싸서 게다가 마음을너서 다시 당신의님을 만
든다면 그쌔에는 歡樂의마음을 너주서요

　부득이 苦痛의마음도 너야하것거든 당신의苦痛을쌔어다가 너주서요

　그리고 마음을쌔아서가는 妖術은 나에게는 가리처주지마서요

　그러면 지금의리별이 사랑의最後는 아님니다

■■■

　위 시의 화자는 님인 당신으로 인하여 두 가지 마음을 모두 빼앗겼다. 그 두 가지 마음이란 ‘고통의 마음’과 ‘환락의 마음’인데 전자는 님과의 만남 속에 있을 때, 후자는 님과의 이별 속에 있을 때 각각 빼앗긴 것이다. 말하자면 님과의 만남이 이룩되었을 때 님은 화자의 ‘고통의 마음’을 거두어간 것이고, 님과의 이별이 이루어졌을 때는 화자가 지닌 ‘환락의 마음’을 가져간 것이다. 님은 이처럼 화자의 마음을 지배한다. 고통의 마음을 없애는 것도, 기쁨의 마음을 없애는 것도 님의 힘이자 존재이다. 그런 님을 가리켜 화자는 ‘요술을 부린다’고 말한다. 화자의 마음을 이쪽 극단에서 저쪽 극단으로까지 움직이는 님은 분명 요술을 부리는 것이나 마찬가지이다. 그와 같은 님을 향해, 위 시의 화자는 그와 같은 요술을 자신에게는 가르쳐주지 말라고 간청한다.

　대략 이와 같은 내용을 담고 있는 위 시를 첫 연부터 자세히 살펴보기로 한다. 제1연을 보면 화자는 가을 홍수가 작은 시내에 쌓인 낙엽을 휩쓸어가듯 님인 당신이 자신의 ‘환락의 마음’을 휩쓸어갔다고 말한다. 그리고 남은 것은 오직 ‘고통의 마음’뿐이라고 말한다. 하지만 화자의 말은 여기서 끝나지 않는다. 화자가 이어서 고백하는 바에 따르면, 자신은 이런 님을 원망할 수가 없는 바, 그것은 님이 떠나기 전에는 그에게서 ‘고통의 마음’을 가져갔기 때문이라는 것이다. 그렇게 본다면 님은 화자의 ‘고통의 마음’과 ‘환락의 마음’을 모두 가져가 버린 사람이다. 이것을 화자는 마지막 행에서 “만일 당신이 歡樂의마음과 苦痛의마음을 同時에쎄아서간다하면 나에게는 아무마음도 업것습니다”라고 말하고 있다. 아무 마음도 없는 상태, 그것이 화자가 놓여 있는 상태이다. 그러나 여기서 아무 마음도 없는 상태는 진정으로 아무 마음도 없는 상태라기보다 '환락의 마음'을 빼앗긴 이 순간의 고통만은 남아 있는 상태이다.

제2연으로 가면 화자는 님에게 자신은 하늘의 별이 되어서 구름의 면사포로 얼굴을 가리고 숨어 있겠다고 말한다. 그리고 바다의 진주가 되었다가 님의 구두의 단추가 되겠다고 말한다. 그러면서 만약 이와 같은 자신을 보고 님인 당신이 별과 진주를 따다가 거기에다 '마음'을 넣고 그대의 님을 만들고자 한다면, 거기엔 다른 게 아니라 '환락의 마음'을 넣어 달라고 말한다. 그러니까 이별로 인한 '고통의 마음'은 싫다는 것이다. 하지만 화자의 말은 여기서 끝나지 않는다. 그럼에도 불구하고 '고통의 마음'도 넣어야 하겠다면 그때에는 다른 사람의 마음이 아니라 당신이 지닌 '고통의 마음'을 넣어 달라는 것이다. 별과 진주, 그리고 그것들에 넣어진 마음을 통하여 화자는 다시 당신인 님의 님이 된다. '환락의 마음'과 '고통의 마음'을 그대로 간직하고 님을 사랑하는 마음 있는 존재가 되는 것이다.

님으로 인한 이런 '환락의 마음'은 물론 '고통의 마음'까지도 간직한 화자는 이 시의 결론 격으로 두 가지를 말한다. 제2연의 마지막 2행에 나오는 내용이 그것인데 그 하나는 자신의 마음을 빼앗아가는 '요술'은 님인 당신만 알고 있지 자신에겐 가르쳐주지 말라는 것이다. 말하자면 스스로 마음이 경계에 끌려 다니는 일을 하지 않겠다는 것이다. 즉 부동심을 갖고 님과 자신의 삶을 살아가겠다는 것이다. 그리고 다른 하나는 이런 마음만 갖고 있다면 님과의 지금의 이별이 사랑의 최후가 되지는 않을 것이라 생각한다는 것이다.

　　그리고 보면 위 시의 화자에게 사랑의 최후는 마음의 요동과 부재에서 오는 것으로 생각되는 것이다. 경계에 좌우되는 소란한 마음과, 아무 마음도 없는 무기공(無記空) 상태가 사랑의 최후를 가져온다는 생각이다. 화자의 님에 대한 사랑은 여여(如如)한 마음의 살아 있음을 입증하는 것이다.

# 당신의마음

나는 당신의 눈썹이검ㅅ고 귀가갸름한것도 보앗습니다

그러나 당신의마음을 보지못하얏습니다

당신이 사과를싸서 나를주랴고 크고붉은사과를 싸로쌀째에 당신의

마음이 그사과속으로 드러가는 것을 분명히보앗습니다


나는 당신의 둥근배와 잔나비가튼허리와를 보앗습니다

그러나 당신의마음을 보지못하얏습니다

당신이 나의사진과 엇든녀자의사진을 가티들고볼째에 당신의마음이

두사진의새이에서 초록빗이되는 것을 분명히보앗습니다


나는 당신의 발톱이희고 발꿈치가둥근것도 보앗습니다

그러나 당신의마음을 보지못하얏습니다

당신이 써나시랴고 나의큰보석반지를 주머니에너실째에 당신의마음

이 보석반지넘어로 얼골을가리고 숨는 것을 분명히보앗습니다

위 시의 핵심은 '당신의 마음'이다. 총 3연으로 이루어진 위 시의 각 연에서 화자는 '당신의 마음'을 본 것에 대하여 말하고 있다. '당신의 마음'이란 당신의 진심이자 본심이다. 화자는 당신의 외양만을 보지 않고 이 진심이자 본심을 보았을 때 당신을 실제로 본 것이라고 생각하고 있다.

제1연을 보면 화자는 당신의 외양을 본 것에 대해 먼저 말하고 있다. 구체적으로 그는 당신의 눈썹이 검고 귀가 갸름한 것을 보았다는 것이다. 그러나 이것은 외적인 모양일 뿐 그는 당신의 속마음을 보지 못한 것에 대해 아쉬워하고 있다. 하지만 그런 가운데서도 당신의 속마음을 볼 때가 있었으니, 그것은 당신이 사과를 따서 화자에게 주려고 하면서 특별히 크고 붉은 사과를 따로 딸 때였다는 것이다. 화자는 이것을 가리켜 당신의 마음이 그 사과 속으로 들어가는 것을 보았다고 말한다.

제2연에서도 화자는 당신의 외양을 본 것에 대하여 먼저 말하고 있다. 당신의 둥근 배와 잔나비 같은 허리를 보았다는 게 그 내용이다. 그렇지만 이것은 '당신의 마음'과 다른 것이다. 화자는 님인 당신이 자신의 사진과 다른 여성의 사진을 함께 들고 볼 때에 '당신의 마음'이 그 사이에서 '초록빛'이 되는 것을 보았다고 말한다. '초록빛'이 되었다는 것이 무엇을 뜻하는지 분명하지는 않으나, 추측건대 그것은 '당신의 마음'이 평상심을 찾았다는 것으로 해석될 수 있을 것이다. 이와 같은 '당신의 마음'을 본 화자는 안심하고 감격한다.

이제 제3연을 보기로 하자. 여기서도 화자는 당신의 외양을 쉽게 보았다고 말한다. 그 내용인즉 당신의 발톱은 희고 발꿈치는 둥글더라는 것이다. 그러나 화자는 '당신의 마음'을 보지 못한 것 때문에 아쉬워한다. 그런 그가 '당신의 마음'을 본 경험이 있다고 말하는데 그것은 당신이 떠나려고 화자의 보석반지를 주머니에 넣을 때에 그 보석반지 너머로 얼굴을 가리고 숨는 것이 '당신의 마음'이더라는 것이다. '당신의 마음'은 신표인 화자의 '보석반지' 너머로 그 존재를 드러냈던 것이다. 이것이 무슨 뜻일까. 역시 명확한 해석은 어려우나 추측건대 신표를 몸에 지니고 떠나야만 하는 데서 오는 미안함과 안쓰러움, 연민과 사랑의 마음이라 풀어볼 수 있다.

결국 위의 총 3연에서 한결같이 드러났듯, 화자는 '당신의 마음'을 드문 시간과 공간 속에서 분명하게 보고 느낀 것이다. 이것은 화자의 당신에 대한 믿음과 사랑으로 이어졌을 것이다. 그리하여 화자는 어떤 역경 속에서도 당신을 신뢰하고 기다리며 사랑의 노력을 다하게 되었을 것이다. '당신의 마음'으로 표상된 참마음이 모든 존재와 삶의 중심이자 근저에 놓여서 작동하는 것이라 할 때, 화자가 당신의 참마음을 본 것은 어떤 외풍도 넘어서며 당신과의 사랑을 키워갈 수 있는 자원이 되었을 것이라 생각한다.

# 여름밤이기러요

당신이기실째에는 겨울밤이쩌르더니 당신이가신뒤에는 여름밤이기러요

책녁의內容이 그릇되얏나 하얏더니 개쏭불이흐르고 버레가웁니다

긴밤은 어데서오고 어데로가는줄을 분명히아럿슴니다

긴밤은 근심바다의첫물ㅅ결에서 나와서 숨은音樂이되고 아득한沙漠이되더니 필경 絕望의城넘어로가서 惡魔의우슴속으로 드러감니다


그러나 당신이오시면 나는 사랑의칼을가지고 긴밤을베혀서 一千도막을 내것슴니다

당신이기실째에는 겨울밤이쩌르더니 당신이가신뒤는 여름밤이기러요

■■■

위 시는 화자의 매우 단순하지만 설득력이 있는 시간경험을 표현한 작품이다. 한마디로 말해, 님인 당신이 계실 때는 물리적으론 긴 겨울밤조차도 짧게만 느껴지더니, 당신이 떠나고 나니까 실제로는 매우 짧은 여름밤이 너무나도 길게만 느껴지더라는 것이다. 그러니 시간의 장단을 결정하는 것은 시간 그 자체가 아니라 '님'이고 '상황'이며 '주관적 느낌'이다.

이와 같은 시간경험을 말하는 것으로 이야기를 시작한 위 시의 화자는 제1연에서 님인 당신이 떠난 후엔 짧은 여름밤이 너무나도 길기만 하더라는 경험적 사실을 두고 여러 가지 생각을 연이어 나아가고 있다. 그 첫째는 달력의 내용이 잘못되었나 하고 달력을 의심하였더니 그게 아니라 반딧불이가 날아다니고 벌레가 우는 여름밤임이 분명하더라는 것이다. 그리고 두 번째로는 긴 밤이라고 하는 것이 어디서 와서 어디로 가는지를 분명하게 알았다는 것이다. 끝으로 세 번째는 그 긴 밤이 어디서 와서 어디로 가는지를 구체적으로 설명하고 있다.

그렇다면 그 긴 밤은 어디서 와서 어디로 가는 것인가. 제1연의 제4행이 그것을 상세히 말해주고 있다. 그 내용을 그대로 옮기면 "긴밤은 근심바다의첫물ㅅ결에서 나와서 숨은音樂이되고 아득한沙漠이되더니 필경 絕望의城넘어로가서 惡魔의우슴속으로 드러"간다. 요컨대 긴 밤의 고통은 근심에서 나와 슬픔을 거쳐 사막 같은 아득함이 되고, 드디어는 절망을 넘어 악마로 상징되는 사악한 세력의 웃음을 자아내도록 한다는 것이다. 더 쉽게 요약하면 긴 밤의 고통은 적에게나 좋을까, 아무런 도움이 되지 않는다는 것이다.

　화자는 이런 사실을 알기에 제2연의 제1행에서 "당신이오시면 나는 사랑의칼을가지고 긴밤을베혀서 一千도막을 내것슴니다"라고 말한다. 님인 당신에 대한 사랑의 힘으로 긴 밤을 일천 도막이나 되도록 짧게 잘라놓겠다는 것이다. 여기서 중요한 것은 '사랑의 칼'이 의미하는 바 '사랑의 힘'과, 그 사랑의 힘에 의지하여 '긴 밤'을 결코 길지 않은 '짧은 밤'으로 만들겠다는 의지이다.

　그러나 님은 쉽게 오지 않는다. 화자는 그런 님을 기다리며 수많은 짧은 여름밤조차 길고 긴 밤처럼 보내야 한다. 님이 오기 전까지는 화자에게 겨울밤은 물론이거니와 여름밤조차 짧아질 수가 없다. 이런 사실을 강조하기 위하여 제2연의 마지막 행에 이르러 화자는 제1연의 첫 행에서 했던 말을 다시 한 번 반복하고 있다. "당신이기실째에는 겨울밤이쩌르더니 당신이가신뒤는 여름밤이기러요"라고 말이다. 그러나 이 말과 더불어 기억해야 할 것은 긴 밤으로 인한 고통이 '악마'에게나 도움이 되는 어리석은 일인 줄을 알기에 화자의 긴 밤을 겪는 고통은 그것을 모르는 사람의 고통과 구별된다는 점이다.

# 冥想

　아득한 冥想의적은배는 갓이업시출렁거리는 달빗의물ㅅ결에 漂流되야 멀고먼 별나라를 넘고쏘넘어서 이름도모르는나라에 이르럿슴니다

　이나라에는 어린아기의微笑와 봄아츰과 바다소리가 습하야 사람이 되얏슴니다

　이나라사람은 玉璽의귀한줄도모르고 黃金을밟고다니고 美人의靑春을 사랑할줄도 모름니다

　이나라사람은 우슴을조아하고 푸른하늘을조아함니다


　冥想의배를 이나라의宮殿에 매엿더니 이나라사람들은 나의손을잡고 가티살자고함니다

　그러나 나는 님이오시면 그의가슴에 天國을쑤미랴고 도러왓슴니다

　달빗의물ㅅ결은 흰구슬을 머리에이고 춤추는 어린풀의장단을 마추어 우줄거림니다

명상은 일체의 인간적·사회적 이미지와 관념을 버리고 즉자적인 최초의 전일적인 자리로 돌아가는 일이다. 그것은 우리를 지배하고 있는 인간적·사회적 이미지와 관념이야말로 인간적 욕망과 필요에 의하여 일시적으로 구성된 하나의 가상세계에 지나지 않는다고 보기 때문이다. 모든 이미지와 관념을 지우고 돌아간 그 명상의 자리를 사람들은 침묵, 고요, 본래면목(本來面目), 본지풍광(本地風光), 부모미생전(父母未生前) 등과 같은 말로 부른다.

위 시의 화자는 명상을 통하여 인간계를 넘어 보다 본질적이고 거시적이며 우주적이고 초월적인 나라에 도달한 경험을 말하고 있다. 화자는 제1행에서 자신의 아득한 명상의 배가 끝없이 출렁거리는 달빛의 물결에 표류되더니 이윽고 멀고 먼 별나라를 넘고 또 넘어서 이름도 모르는 나라에 이르렀던 경험을 말하고 있다. 그러면서 그는 자신이 도달한 나라의 모습과 성격을 다음과 같이 전해주고 있다. 첫째로 그 나라에서는 어린 아기의 미소와, 봄 아침과, 바다 소리가 합하여 사람이 되었다는 것이다. 어린 아기의 미소, 봄의 아침, 바다의 소리가 구체적으로 무엇을 지칭하는지 알기 어려우나 아무튼 이들은 모두 청정함을 표상하는 아름다운 세계이자 드문 존재라 할 수 있다. 이들과 같은 세계와 존재가 합하여 인간이 되었다면 그 인간 또한 청정함 그 자체일 것임은 말할 나위도 없다. 이런 내용과 더불어 화자는 둘째로 그 나라 사람들은 인간세계에서 떠받드는 옥새의 귀함을 모르며 황금을 발로 밟고 다녀도 좋을 만큼 가치 없는 것으로 생각하고 더 나아가 '미인의 청춘'도 인간적 욕망과 판단 속에 담아두지 않는다는 것이다. 이것은 인간적 편견을 넘어서 만유의 평등성을 깨달은 사람들이 보여줄 수 있는 무심의 경지이다. 그런데 셋째로 이런 나라의 사람들이 좋아하는 것이 있으니, 그것은 웃음과 푸른 하늘이라는 것이다. 웃음과 푸른 하늘은 긍정, 기쁨, 초월, 탈속, 소망 등과 같은 의미를 지닌 무집착(無執着)과 여실(如實)의 세계이다.

이어서 화자는 이곳에 자신의 명상의 배를 멈추고 머물렀더니 그 나라 사람들이 함께 살자고 권유하더라고 말한다. 그러나 그는 이것을 받아들이지 않고 인간세상이라는 현실 속으로 돌아왔다고 한다. 왜일까? 그것은 떠난 님이 돌아오면 자신의 현실적인 마음과 삶 속에 '천국'을 꾸미고자 하기 때문이다. 천국이란 무엇인가. 그것은 만남의 세계, 불국토의 세계, 정토의 세계와 같은 것이다. 그러니까 화자는 '지금, 이곳'의 현실을 떠난 탈속의 자리를 거부하고 욕망과 모순이 들끓는 사바세계로서의 인간 현실 속에 님이 도래할 날을 꿈꾸며 거기에다 '불국토'이자 '정토'와 같은 세계를 만들고 싶어 하는 것이다. 달리 말하면 인간세상은 위 시의 화자가 님을 갖고 그 님과의 만남 속에서 살기를 기대하며 노력하는 원력의 현장이다. 화자는 예토인 이곳을 떠나서 이루어지는 일체의 유토피아는 온전할 수 없다고 여긴다. 지금, 이곳의 현실을 떠난 진리, 그것은 반쪽만의 진실이라고 생각하는 까닭이다.

이렇게 현실로 돌아온 화자는 자신이 명상을 통하여 도달했던 저 너머의 초월적 세계를 느긋한 시선으로 바라본다. 의 시 맨 마지막 행에서 나오는 내용이 그것이다. 여기서 화자는 천상의 달빛이 흰 구슬을 머리에 이고 춤추는 어린 풀의 장단에 맞추어 함께 '우줄거리는' 모습을 본다. 그것은 그가 앞에서 명상을 통해 도달하게 되었던 세계의 한 모습인 것이다.
그러나 그는 그곳으로 무작정 들어가지 않는다. 그것은 앞 단락에서 반복
하여 말했듯이, 현실이 빠진 명상의 세계는 온전할 수가 없다는 것을 그가
알고 있기 때문이다.

# 七夕

「차라리 님이업시 스스로님이되고 살지언정 하늘위의織女星은 되지
안컷서요 네 네」 나는 언제인지 님의눈을쳐다보며 조금아양스런소리로
이러케 말하얏슴니다

이말은 牽牛의님을그리우는 織女가 一年에한번식맛나는七夕을 엇지
기다리나하는 同情의咀呪엿슴니다

이말에는 나는 모란꼿에취한 나븨처럼 一生을 님의키쓰에 밧부게 지
나것다는 교만한盟誓가 숨어잇슴니다


아아 알수업는것은 運命이오 지키기어려은것은 盟誓임니다

나의머리가 당신의팔위에 도리질을한지가 七夕을 열번이나 지나고
쏘 몃번을 지내엇슴니다

그러나 그들은 나를용서하고 불상히여길쑨이오 무슨復讎的咀呪를 아
니하얏슴니다


그들은 밤마다밤마다 銀河水를새애두고 마조건너다보며 이야기하고
놈니다

그들은 햇죽햇죽웃는 銀河水의江岸에서 물을한줌ㅅ식쥐어서 서로던
지고 다시뉘웃처함니다

그들은 물에다 발을잠그고 반비식이누어서 서로안보는체하고 무슨노
래를 부름니다

그들은 갈닙으로 배를만들고 그배에다 무슨글을써서 물에씌우고 입

김으로부러서 서로보냄니다 그러고 서로글을보고 理解하지못하는것처
럼 잠자코잇슴니다

　　그들은도러갈째에는 서로보고 웃기만하고 아모말도아니함니다


　　지금은 七月七夕날밤임니다

　　그들은 蘭草실로 주름을접은 蓮꼿의위스옷을 입엇슴니다

　　그들은 한구슬에 일곱빗나는 桂樹나무열매의 노르개를 찻슴니다

　　키쓰의술에醉할것을 想像하는 그들의쌤은 먼저 깃븜을못이기는 自己
의熱情에醉하야 반이나붉엇슴니다

　　그들은 烏鵲橋를건너갈째에 거름을멈추고 위스옷의뒤스자락을 檢査
함니다

　　그들은 烏鵲橋를건너서 서로抱擁하는동안에 눈물과우슴이 順序를일
터니 다시금 恭敬하는얼골을 보임니다

　　아아 알수업는것은 運命이오 지키기어려은 것은 盟誓임니다


　　나는 그들의사랑이 表現인것을 보앗슴니다

　　진정한사랑은 表現할수가 업슴니다

　　그들은 나의사랑을볼수는 업슴니다

　　사랑의神聖은 表現에잇지안코 秘密에잇슴니다

　　그들이 나를 하늘로오라고 손짓을한대도 나는가지안컷슴니다

　　지금은 七月七夕날밤임니다

위 시의 화자는 '견우와 직녀' 설화를 차용하고 있다. 다들 알다시피 '견우와 직녀'는 사랑하는 사람 사이의 긴 이별과 짧은 만남의 안타까움을 보여주는 이 땅의 대표적인 애정설화이다. 그런 설화를 위 시의 화자는 새롭게 해석하고 그것을 통해 참다운 사랑이 어떤 것이며 자신은 어떻게 살아갈 것인가에 대해 말해주고 있다.

우선 제1연을 보기로 한다. 여기서 화자는 직녀의 사랑과 자신의 사랑을 비교하여 교만에 가깝게 우월감을 드러냈던 일을 돌이켜보며 성찰하고 있다. 그 성찰의 내용은 오직 일 년에 한 번, 칠월 칠석날이 되어야만 님을 만날 수 있는 직녀에 대해 한편으로는 동정하면서 다른 한편으로는 경멸하는 이른바 '동정의 저주'를 퍼부은 것이 자신의 단견이었다는 것이다. 일반적으로 '동정의 저주'는 우월감이 빚어내는 이중적 심리의 소산이다. 그 중생심 가득한 이중성에 내재된 어리석음을 화자는 지금 스스로 돌아보고 있는 것이다.

그러면 구체적으로 화자가 보여준 우월감의 모습은 어떤 것이었는가. 제1연의 첫 행과 마지막 행에 나오는 것처럼 자신은 직녀와 다르게 일생을 모란꽃에 취한 나비처럼 님의 키스에 취하여 살아갈 것이라는 자만이 그것이었다. 그리고 또 하나는 님이 없이 스스로가 님이 되어 살지언정 일 년에 한 번밖에 님을 만나지 못하는 직녀와 같은 존재는 되고 싶지 않다는 것이었다. 화자는 언젠가 자신의 님을 쳐다보면서 이런 내용을 아양까지 섞어가며 말했던 것을 기억하고 스스로 민망해하는 것이다.

제1연에서와 같은 우월감을 드러낼 때만 해도 화자는 자신은 물론 현실에 대하여 낙관적인 기대를 하고 있었던 셈이다. 님과의 만남을 지속시키는 것은 그리 어렵지 않을 것이고, 님을 향한 사랑은 변치 않을 것이라 생각했던 것이다.

그러나 제2연으로 가서 보면 화자는 칠석이 열 번 이상 지나가도 님을 만날 수 없는 처지에 놓이게 된 자신을 발견하고, 이별과 만남의 문제란 그리 단순한 것이 아님을 깨닫게 된다. "아아 알수업는것은 運命이오 지키기어려은것은 盟誓임니다"나, "그들은 나를용서하고 불상히여길쑨이오 무슨復讐的咀呪를 아니하얏슴니다"와 같은 화자의 말 속에는 이런 자신의 현실에 대한 인식과, 이별과 만남의 문제에 대한 깨달음이 들어 있다. 개인의 의지나 안목으로 감당할 수 없는 운명과 맹세라는 문제를 사유해보고, 화자의 교만함에 대해 동정을 할 뿐 복수의 저주를 하지 않는 직녀의 마음을 읽어보게 된 일은 화자를 한 차원 성숙하게 만든 계기로 작용한다.

이와 같은 화자는 이어서 은하수를 사이에 두고 견우와 직녀가 사랑을 나누는 모습, 그리고 칠월 칠석날 밤이 되어 모처럼만에 만난 그들이 사랑을 나누는 모습에 대하여 묘사하고 있다. 제3연과 제4연이 이에 해당하거니와, 그 묘사의 내용을 차례로 살펴보기로 한다. 먼저 제3연의 내용을 살펴보면 다음과 같다. 견우와 직녀는 밤마다 은하수를 사이에 두고 마주 건너다보며 이야기하고 논다. 견우와 직녀는 은하수 강안에서 물을 한줌씩 쥐어 서로에게 던지며 놀다가 다시 뉘우치곤 한다. 견우와 직녀는 은하수 물에다 발을 담그고 반 비스듬히 누워서 서로 안 보는 체하며 노래를 부른다. 견우와 직녀는 갈대잎으로 배를 만들고 그 배에다 무슨 글을 써서 물에 띄우고는 이를 입김으로 불어 서로를 향해 보낸다. 앞에서와 같은 글을 받고 이들은 서로 무슨 내용인지 이해를 못하는 것처럼 잠자코 있다. 견우와 직녀는 놀다가 돌아갈 때에 서로 보고 웃기만 하고 아무 말도 하지 않는다.

다음으로 제4연의 내용을 살펴보기로 한다. 제4연은 칠월 칠석날 밤이 되어 서로 만난 그들이 사랑을 나누는 모습을 보여주고 있다. 여기서 견우와 직녀는 난초실로 주름을 접은 연꽃 상의를 입고 있다. 그들은 한 구슬에 일곱 빛깔이 나는 계수나무 열매의 노리개를 차고 있다. 그들은 키스의 술에 취할 것을 상상하고 먼저 자신의 열정에 취하여 이미 두 뺨이 반이나 붉어 있다. 이들은 오작교를 건너갈 때에 걸음을 검추고 윗옷의 뒷자락을 검사한다. 그리고 이들은 오작교를 건너서 포옹할 때에 웃음과 눈물이 뒤범벅이 되더니 마침내 서로 공경하는 얼굴을 보인다. 이런 것을 보면서 화자는 다시 한 번 알기 어려운 운명과 지키기 어려운 맹세에 대해 생각한다.

그런데 이처럼 견우와 직녀의 사랑을 상세히 관찰한 화자는 마지막 연인 제5연에서 그들의 사랑이 지닌 한계를 지적한다. 그 내용은 이들의 사랑이 '표현'이라는 것이다. '표현'의 사랑이란 '중생적 사랑'을 의미하는 것일 터이다. 그렇지 않다면 깨치지 못한 주관적 사랑을 뜻하는 것일 터이다. 이런 판단 위에서 화자는 진정한 사랑은 표현할 수가 없다는 말을 전한다. 온전히 진정한 사랑은 어떤 표현으로도 언어화, 기호화, 표상화되지 않는다는 것이다. 그러면서 그는 말을 이어간다. 진정한 사랑의 신성성은 표현에 있지 않고 비밀에 있는 것이라고 말이다. 화자의 이런 말 속에는 그 자신의 사랑은 표현이 아니라 비밀의 모습을 지녔다는 뜻이 내포되어 있다. 그리고 그와 같은 자신의 사랑은 비밀의 모습이기에 견우와 직녀는 물론 다른 사람들도 보기가 어려울 것이라는 뜻이 담겨 있다.

　화자는 말한다. 견우와 직녀의 사랑은 '표현'에 그치고 있기 때문에 만약 하늘나라에서 그들이 자신을 오라고 손짓을 해도 결코 가지 않겠다고 말이다. 화자는 견우와 직녀의 한계가 있는 사랑 앞에서 그들의 사랑을 넘어서는 참사랑의 뜻을 새겨본다. 그리고 자신의 사랑이 어디에 놓여 있는가를 점검하고 참사랑의 길에 충실할 것을 마음속 깊이 맹세하고 있는 것이다.

# 生의藝術

몰난결에쉬어지는 한숨은 봄바람이되야서 야윈얼골을비치는 거울에
이슬꼿을핌니다

나의周圍에는 和氣라고는 한숨의봄바람밧게는 아모것도업슴니다

하염업시흐르는 눈물은 水晶이되야서 째끗한슯음의聖境을 비침니다

나는 눈물의水晶이아니면 이세상에 寶物이라고는 하나도업슴니다


한숨의봄바람과 눈물의水晶은 써난님을긔루어하는 情의秋收임니다

저리고쓰린 슯음은 힘이되고 熱이되야서 어린羊과가튼 적은목숨을
사러움지기게함니다

님이주시는 한숨과눈물은 아름다은 生의藝術임니다

■■■

　위 시의 화자는 생의 최고 경지인 '생의 예술'을 사랑하는 님으로 인하여 쉬게 되는 한숨과 흘리게 되는 눈물에서 찾고 있다. 부연하자면 사랑의 님으로 인하여 다가오는 고통을 감내하고 승화시키는 것이야말로 자신의 생에서 가장 가치 있고 아름다운 일이라는 것이다.

　제1연에서 화자는 자신이 지금 얼마나 고통스러운 처지에 있으며 그 고통이 얼마나 소중한 것인가에 대해 말하고 있다. 첫 행을 보면 화자는 님으로 인하여 자신도 모르는 결에 쉬어지는 한숨이 어둠이 아니라 봄바람이 되어 (한숨으로 인해) 야위어진 자신의 얼굴을 비춰주는 거울 속에서 '이슬꽃'을 피우는 것을 본다. 한숨은 여기서 이슬꽃으로 전변되고 있다. 다시 제2행을 보면 화자는 자신의 주위에 있는 화기라곤 이 '한숨의 봄바람'밖에 아무것도 없다고 말한다. 그러나 앞서 말했듯이 '한숨의 봄바람'은 부정적인 것만이 아니다. 그것은 화자의 삶을 예술로 끌어올리는 가치 있는 고통이다. 다시 제3행을 보자. 여기서 화자는 한숨과 짝을 이루는 눈물에 대하여 언급하고 있다. 눈물은 하염없이 흐르고 있는데 그 눈물은 수정이 되어서 '깨끗한 슬픔의 聖鏡'을 비춘다는 것이다. 눈물이 수정이 되고, 그 수정이 성스러운 거울을 비춘다는 것은 눈물이 예술을 넘어 신성의 경지에까지 이른 모습임을 시사한다. 이렇듯 눈물의 참된 가치를 본 화자는 눈물이라는 수정이 아니면 자신에겐 이 세상에 어떤 보물도 없다고 고백한다. 님으로 인한 한숨과 눈물의 승화는 이처럼 제1연에서 예술성과 성스러움을 지닌 것으로 나타난다.

　제2연을 보면 화자는 이 한숨과 눈물의 가치와 아름다움을 한층 발전시킨다. 봄바람으로 표상된 한숨과 수정으로 표상된 눈물은 떠난 님을 '긔루어하는' 정을, 가을에 곡식을 수확하듯 추슨한 징표라는 것이다. 그리고 이 한숨과 눈물로 인한 슬픔이야말로 생의 힘의 원천이 되고 열기의 근원이 되어서 '어린 양'과 같이 보잘것없는 자신의 목숨을 살아 움직이게 만든다는 것이다. 그리고 보면 한숨도 그것이 깨친 자의 참다운 사랑에서 비롯된 것일 때, 그리고 눈물 또한 그와 같은 눈물일 때, 이들은 단순한 아픔을 넘어 생의 창조적이면서 굳건한 원천이 되는 것이다.

화자는 이런 사실을 한마디로 요약하여 위 시 제2연의 마지막 행에서 다음과 같이 역설하고 있다. "님이주시는 한숨과눈물은 아름다은 生의藝術임니다"라고 말이다. 사랑의 고통을 생의 예술로 등식화할 수 있는 이 안목은 사랑과 지혜와 인생을 한꺼번에 통찰하지 않으면 획득하기 어려운 것이다. 그런 점에서 위 시의 화자는 일반 사람들로는 따라가기 힘든 경지에서 생과 진리와 현실을 파악하고 있는 셈이다.

# 꼿싸옴

　　당신은 두견화를 심으실재에 꼿이픠거든 꼿싸옴하자고 나에게말하얏습니다

　　꼿은픠여서 시드러가는데 당신은 옛맹서를이즈시고 아니오심닛가


　　나는 한손에 붉은꼿수염을가지고 한손에 흰꼿수염을가지고 꼿싸옴을하야서 이기는것은 당신이라하고 지는것은 내가됨니다

　　그러나 정말로 당신을맛나서 꼿싸옴을하게되면 나는 붉은꼿수염을가지고 당신은 흰꼿수염을 가지게함니다

　　그러면 당신은 나에게 번번히지심니다

　　그것은 내가 이기기를 조아하는것이아니라 당신이 나에게 지기를 깃버하는 까닭임니다

　　번번히이긴나는 당신에게 우승의상을달나고 조르것슴니다

　　그러면 당신은 빙긋이우스며 나의쌤에 입마추것슴니다

　　꼿은픠여서 시드러가는대 당신은 옛맹서를이지시고 아니오심닛가

위 시의 화자는 님과 만나서 '꽃싸움' 놀이를 할 시간을 기다리고 있다. 첫 연 첫 행에 기술된 것처럼 님인 당신은 두견화를 심을 때에 꽃이 피거든 화자와 꽃싸움을 하기로 약속하였던 것이다. 그러나 두견화의 꽃은 피어서 어느새 시들어가고 있는데 님은 약속인 '옛 맹서'를 잊었는지 오지를 않는다. 위 시는 여기서 시작된다.

제1연을 거쳐 제2연으로 가면 화자는 상상 속에서 님과의 꽃싸움 놀이를 그려본다. 그런데 그 상상의 내용은 단순한 꽃싸움의 놀이 광경을 전달하는 것으로 그치지 않고 화자와 님 사이의 참다운 사랑이 어떤 것인지를 깨닫게 하는 데 더욱 큰 의미가 있다.

화자에 따르면 그는 자신의 한 손에 붉은 꽃수염을 가지고 다른 한 손에 흰 꽃수염을 가진 후 이 두 꽃수염으로 싸움을 하여서 이기는 꽃수염을 님인 당신이라 하고 지는 꽃수염을 자신이라 한다는 것이다. 홀로 양 손에 꽃수염을 나누어 들고 꽃싸움 놀이를 하며 님과의 사랑을 다지는 화자의 모습은 쓸쓸한 감동을 자아낸다.

그런데 화자는 또한 말하기를 실제로 님을 간나 꽃싸움을 하게 되면 자신은 붉은 꽃수염을 가지고, 님에게는 흰 꽃수염을 가지게 한다는 것이다. 그런데 흥미로운 것은 꽃싸움을 하기만 하면 님인 당신이 번번이 자신에게 진다는 것이다. 그러나 그것은 자신이 이기기를 좋아해서 그렇게 된 것이 아니라 님이 자신에게 지기를 기뻐했기 때문에 그렇게 된 것이라고 화자는 말한다. 여기서 님은 화자를 진정으로 사랑하는 자아초월적 존재이다. 그의 자발적인 욕망의 후퇴는 참사랑이 만들어낸 소망의 전진이다. 화자는 이런 님의 깊은 속뜻을 알고 있다. 님은 진 것이 아니라 이긴 것이고, 자신은 님의 그런 진실을 앎으로써 또한 이긴 자가 된 것임을 인지하고 있는 것이다.

이런 바탕 위에서 화자는 님인 당신에게 어린아이처럼 순진한 모습으로 우승의 상을 달라고 조른다. 님은 우승의 상을 달라는 이런 화자의 행동이 사랑스러워 빙긋이 웃으며 그의 뺨에 입을 맞추고, 이런 가운데 두 사람의 사랑은 더 이상 아름다울 수 없는 경지로 거듭난다.

하지만 이런 상상의 세계를 펼치고 있는 화자는 또 한편으로는 님이 오지 않는 현실을 자각할 수밖에 없다. 그 자각 속에서 화자는 대답 없는 물음을 던진다. "꽃은픠여서 시드러가는대 당신은 옛맹서를이지시고 아니오심닛가"라고 말이다.

위 시는 꽃싸움이라는 소재이자 모티프를 통하여 님이 부재하는 현실 속의 참사랑을 노래한 점이 이색적이다. 위 시의 소재와 모티프로 나타나는 '꽃싸움'은 특별히 시 읽는 재미를 더해주는 중요한 요인이 된다.

# 거문고탈째

　달아레에서 거문고를타기는 근심을이즐ㅅ가 함이러니 츰곡조가씃나기전에 눈물이압흘가려서 밤은 바다가되고 거문고줄은 무지개가됨니다

　거문고소리가 놉헛다가 가늘고 가늘다가 놉흘째에 당신은 거문고줄에서 그늬를쒭니다

　마즈막소리가 바람을싸러서 느투나무그늘로 사러질째에 당신은 나를 힘업시보면서 아득한눈을감슴니다

　아아 당신은 사러지는 거문고소리를 싸러서 아득한눈을감슴니다

■■■

위 시의 화자는 달 아래서 거문고를 타고 있다. 그 까닭은 거문고를 타고 있으면 님으로 인한 근심을 잊을 것만 같은 생각 때문이다. 그런데 실제로 거문고를 타보니 첫 곡조가 끝나기도 전에 눈물이 앞을 가려 밤은 바다처럼 끝이 없고 거문고 줄은 무지개처럼 환상으로 비치는 지경이 되고 말았다.

그래도 그는 눈물 속에서 거문고를 탄다. 그러한 거문고 소리가 높아졌다가 가늘어지고 가늘어지다 높아질 때 화자는 거문고 줄에서 님이 그네를 뛰는 것과 같은 느낌에 젖어든다. 그런 그의 거문고 소리는 끝 곡조를 향하여 간다. 화자는 그 거문고의 마지막 소리가 바람결을 따라 느티나무 그늘로 사라질 때, 님이 힘없이 자신을 바라보며 아득한 눈을 감는 것이 보였다고 말한다. 물론 이것은 환상이자 직감의 산물일 것이다. 그러나 환상도 직감도 힘이 있다. 그것은 만들어졌지만 어엿하게 작용하는 현실이기 때문이다. 그런데 님인 당신이 힘없이 화자를 바라보며 아득한 눈을 감았다는 것은 무슨 뜻일까. 님조차도 쉽게 극복되지 않는 현실 앞에서 얼마간 낙심을 하며 자신을 추스르기 위해 애를 썼다는 것으로 해석해볼 수 있을 것이다. 이육사의 시 「절정」에서도 화자는 절망의 끝 지점에서 눈을 감는다. 그 눈감음은 안쪽을 바라봄으로써 새로운 힘과 희망을 얻기 위한 것이다. 그럼에도 불구하고 위 시의 님이 '아득한 눈'을 감는 모습은 먼저 연민의 마음을 불러일으킨다. 그러나 그 눈감음이 패배가 아니라 새로운 시작으로의 전환점이자 첫 지점이라는 사실을 포착할 수 있을 때, 우리는 연민 이상으로 강한 신뢰감도 가지게 된다.

# 오서요

　오서요 당신은 오실째가되얏서요 어서오서요

　당신은 당신의오실째가 언제인지아심닛가 당시의오실째는 나의기다
리는째임니다

　당신은 나의쏫밧헤로오서요 나의쏫밧헤는 쏫들이픠여잇슴니다
　만일 당신을조처오는사람이 잇스면 당신은 쏫속으로드러가서 숨으십
시오
　나는 나븨가되야서 당신숨은쏫위에가서 안것슴니다
　그러면 조처오는사람이 당신을차질수는 업슴니다
　오서요 당신은 오실째가되얏슴니다 어서오서요

　당신은 나의품에로오서요 나의품에는 보드러은가슴이 잇슴니다
　만일 당신을조처오는사람이 잇스면 당신은 머리를숙여서 나의가슴에
대입시오
　나의가슴은 당신이만질째에는 물가티보드러웁지마는 당신의危險을
위하야는 黃金의칼도 되고 鋼鐵의방패도됨니다
　나의가슴은 말ㅅ굽에밟힌落花가 될지언정 당신의머리가 나의가슴에
서 쩌러질수는 업슴니다
　그러면 조처오는사람이 당신에게 손을대일스는 업슴니다

　오서요 당신은 오실째가되얏슴니다 어서오서요


　당신은 나의죽엄속으로오서요 죽엄은 당신을위하야의準備가 언제든
지 되야잇슴니다
　만일 당신을조처오는사람이 잇스면 당신은 나의죽엄의뒤에 서십시오
　죽엄은 虛無와萬能이 하나임니다
　죽엄의사랑은 無限인同時에 無窮임니다
　죽엄의압헤는 軍艦과砲臺가 씌끌이됨이다
　죽엄의압헤는 强者와弱者가 벗이됩니다
　그러면 조처오는사람이 당신을잡을수는 업슴니다
　오서요 당신은 오실째가되얏슴니다 어서오서요

　위 시의 각 연마다에서 반복되는 말은 "오서요 당신은 오실째가되얏슴니다(서요) 어서오서요"라는 말이다. 화자는 당신인 님을 향하여 이제 떠남의 시간을 끝내고 당신이 돌아올 때가 되었다고 간곡하면서도 단호하게 전한다.

　그런데 여기서 살펴볼 내용이 있다. 화자가 그토록 돌아오기를 애원하는 님은 정말 돌아오기 싫어서 돌아오지 않는 것일까. 화자는 물론 독자들도 그렇지 않음을 잘 안다. 그렇다면 무엇 때문일까. 가장 큰 이유는 돌아올 수 있는 상황이 되지 않기 때문이다. 그런데 이와 더불어 위 시를 흥미롭게 하는 것은 제1연의 제2행에서 보이는 바와 같이 화자는 돌아오지 않는 님의 마음보다 오히려 님을 기다리는 자신의 마음이 변할까봐 님이 돌아오기를 애원하고 있다는 것이다. 제1연 제2행의 "당신은 당신의오실째가 언제인지아심닛가 당시의오실째는 나의기다리는째임니다"라는 말에는 화자의 이런 걱정이 담겨 있다.

　화자는 당신인 님에게 돌아오라고 수도 없이 애원한다. 제2연과 제3연, 그리고 제4연이 모두 그런 내용을 담고 있다. 먼저 제2연을 보면 화자는 님을 향하여 꽃들이 피어 있는 자신의 꽃밭 속으로 돌아오라고 말한다. 그리고 당신이 오는 것을 방해하는 사람이 있으면 꽃 속으로 들어가 숨으라고 조언한다. 그렇게 된다면 자신은 나비의 몸이 되어 당신이 숨은 그 꽃 위에 가서 앉을 것이고, 쫓아오던 사람은 당신을 찾을 수는 없게 될 것이라고 말한다. 요컨대 화자는 당신인 님의 돌아옴을 완벽하게 보호하고 그를 꽃밭 같은 자신의 사랑 속으로 맞이하겠다는 것이다.

제3연을 보면 화자는 님을 향하여 부드러운 가슴이 있는 자신의 품으로 돌아오라고 말한다. 그리고 님을 쫓아오는 방해자가 있으면 머리를 숙여서 자신의 가슴 속에 몸을 묻으라고 말한다. 화자의 가슴은 완벽한 곳이어서 님이 만지면 물처럼 부드럽지만 님에게 위험이 닥치는 상황이 되면 황금의 칼과 같이 공격성을 띠고 강철의 방패와 같이 방어적이 된다는 것이다. 이와 더불어 화자는 자신의 가슴이 얼마나 완벽한지에 대해 설명을 덧붙이고 있다. 그것은 자신의 가슴이야말로 말굽에 밟힌 낙화처럼 으깨질 수는 있을지 몰라도 님의 머리를 결코 떨어지게 하지는 않을 것이라는 것이다. 여기서도 화자는 님을 위해 가장 좋은 마음의 자리를 마련하고 그의 돌아옴이 무사한 것이 되도록 필사적인 노력과 헌신을 기울일 것을 다짐한다.

제4연으로 가면 화자는 님을 향하여 자신의 '죽엄' 속으로 돌아오라고 말한다. 님을 위해서는 언제든지 '죽엄'이 마련되어 있다는 것이다. 여기엔 조금 설명이 덧붙여질 필요가 있다. 화자가 님을 위해 '죽엄'이 마련되었다고 하는 것은 님을 위해서는 목숨을 내놓는 죽음까지도 각오가 되어 있다는 것이다. 그만큼 님은 화자에게 자신의 죽음으로도 지키고 돌아오게 할 만한 가치가 있는 사랑의 존재이다. 화자는 님에게 자신은 죽음의 준비가 되어 있으니 누군가가 님의 돌아오는 길을 방해하면 자신의 죽음 뒤에 서라고 조언한다. 자신의 죽음 뒤에 서라는 것은 자신의 죽음을 님이 무사히 돌아올 수 있게 하는 보호처이자 은신처로 삼으라는 것이다.

여기서 죽음은 사랑의 최고 지점이다. 완벽한 무아가 되어 님의 도래를 마련하고 꿈꾸는 것이다. 그와 같은 죽음에 대해 화자는 여러 가지로 사유한다. 그 사유의 내용이 제4연의 제3행부터 등장하는데, 이 부분은 특별히 음미될 필요가 있다. 논의의 편의를 위해 해당 부분을 그대로 옮겨보기로 한다.

죽엄은 虛無와萬能이 하나임니다
죽엄의사랑은 無限인同時에 無窮임니다
죽엄의압헤는 軍艦과砲臺가 씩끌이됨이다
죽엄의압헤는 强者와弱者가 벗이됨니다

죽음에서 화자는 허무와 만능을 함께 본다. 허무도 힘이 세고, 만능도 힘이 세다. 죽음이란 허무의 길이든 만능의 길이든 자신의 현실적 한계를 최대치로 타파하는 일이다. 다시 죽음에서 화자는 사랑을 읽고, 죽음의 사랑이란 무한이자 무궁이라고 생각한다. 죽음의 사랑이란 그 능력과 공덕이 끝이 없다는 것이다. 또한 화자는 죽음의 공능을 말한다. 그것은 죽음 앞에서는 군함와 포대가 티끌이 되고, 강자와 약자가 벗이 된다는 것이다. 죽음이란 여기서 화합, 합일, 불이, 화해의 원천이 된다. 이와 같은 죽음을 화자는 님의 돌아옴을 위해 기꺼이 준비해놓고 있다. 그러니 그 누가 님이 돌아오는 것을 방해한다 하더라도 그 돌아옴은 결코 방해받을 수가 없을 것이라는 것이다.

이처럼 화자는 님을 맞이할 준비를 완벽하게 해놓고 있다. 그 준비의 바탕에는 사랑이 있고, 그 사랑은 꽃밭, 가슴, 죽음이 의미하는 바로 다양하게 나타난다. 이런 준비를 해두고서 화자는 님이 돌아오기를 간청한다. 님은 이제 돌아올 때가 되었다는 것이다. 그러나 문제는 님이 돌아올 수가 있느냐 하는 것이다. 그리고 더욱 중요한 것은 님이 돌아오지 못하더라도 님에 대한 화자의 사랑과 준비가 영속될 수 있느냐는 것이다. 실제로 화자의 님에 대한 사랑과 준비는 시간과 공간을 넘어설 수밖에 없다. 그것은 화자의 사랑과 준비가 보살심의 그것이기 때문이다. 지장보살의 원력처럼, 관세음보살의 사랑처럼 보살심은 진실만을 볼 뿐 한계를 두지 않는다.

# 快樂

님이어 당신은 나를 당신기신째처럼 잘잇는줄로 아심닛가

그러면 당신은 나를아신다고할수가 업슴니다


당신이 나를두고 멀니가신뒤로는 나는 깃붐이라고는 달도업는하늘에 외기럭이의 발자최만치도 업슴니다

거울을볼째에 절로오든우슴도 오지안슴니다

쏫나무를심으고 물주고붓도드든일도 아니함니다

고요한달그림자가 소리업시거러와서 엷은창에 소군거리는 소리도 듯기실슴니다

감을고 더운 여름하늘에 소낙비가지나간뒤에 산모롱이의 적은숩에서 나는 서늘한맛도 달지안슴니다

동무도업고 노르개도업슴니다


나는 당신가신뒤에 이세상에서 엇기어려은 快樂이 잇슴니다

그것은 다른것이아니라 잇다금 실컷우는것임니다

위 시의 화자는 님인 당신에게 하소연을 하고 고통을 말한다. 당신은 당신이 떠난 뒤에도 내가 아무 일 없이 잘 있는 줄 알지만 사실은 그게 아니라는 것이다. 만약 당신이 그렇게 알고 있다면 그것은 당신이 나를 모른다는 징표라는 것이다.

화자는 자신이 얼마나 고통스럽게 살고 있는지를 제2연을 통하여 생생하게, 그리고 자세하게 전하고 있다. 당신이 떠난 뒤에는 기쁨이라곤 캄캄한 하늘을 날아간 외기러기의 발자취만큼도 없다는 것, 저절로 나오던 웃음도 사라져버렸다는 것, 꽃나무를 심고 거기에 물을 주고 북을 돋우던 일도 하지 않게 되었다는 것, 고요한 달 그림자가 다가와서 방의 얇은 창에 대고 소곤거리는 소리도 듣기 싫다는 것, 가물고 더운 여름 하늘에 소낙비가 지나가고 산모퉁이의 작은 숲에서 나오던 서늘한 맛도 달지 않다는 것, 그리고 동무도 없고 노리개도 없어졌다는 것이 그것이다. 한마디로 화자는 삶의 의욕과 기쁨을 상실한 것이다.

그러나 그는 이와 같은 자신의 고통을 전하면서도 님의 떠남으로 인하여 자신에겐 세상에서 얻기 어려운 한 가지 '쾌락'이 생겼다고 말한다. 그것은 무엇인가. 제3연의 제2행에서 화자는 이를 가리켜 가끔씩 실컷 우는 것이라고 말한다. 가끔씩 실컷 우는 것이 어떻게 쾌락이 될 수 있을까. 말할 것도 없이 그것은 모순이고 온전한 쾌락일 수 없으나, 참다운 사랑을 저변에 두고 실컷 우는 울음은 자연스러움이고 '고통의 카타르시스'를 유발한다. '고통을 통한 쾌락', 이것은 사랑이 없으면 자학의 한 형태가 되기 쉽다. 그러나 참다운 사랑이 수반되었을 때 이는 정화를 통한 살림의 기능

을 할 수 있다. 말하자면 한 존재가 깊어지그 맑아지며 환해질 수 있는 것
이다. 위 시의 화자는 자신이 고통스럽게 눈물을 흘리고 있다고 님에게 하
소연하면서도 다른 한편 그 일의 진가를 함께 전하고 있다.

# 苦待

　당신은 나로하야금 날마다날마다 당신을기다리게함니다

　해가저무러 산그림자가 촌집을덥흘째에 나는 期約업는期待를가지고 마을숩밧게가서 기다리고잇슴니다

　소를몰고오는 아해들의 풀입피리는 제소리에 목마침니다

　먼나무로도러가는 새들은 저녁연긔에 헤염침니다

　숩들은 바람과의遊戱를 그치고 잠잠히섯슴니다 그것은 나에게同情하는 表象임니다

　시내를싸러구븨친 모래ㅅ길이 어둠의품에안겨서 잠들째에 나는 고요하고아득한 하늘에 긴한숨의 사러진자최를 남기고 게으른거름으로 도러옴니다


　당신은 나로하야금 날마다날마다 당신을기다리게함니다

　어둠의입이 黃昏의엷은빗을 삼킬째에 나는 시름업시 문밧게서서 당신을기다림니다

　다시오는 별들은 고흔눈으로 반가은表情을 빗내면서 머리를조아 다투어 인사함니다

　풀새이의 버레들은 이상한노래로 白晝의 모든生命의戰爭을 쉬게하는 平和의밤을 供養함니다

　네모진적은못의 蓮닙위에 발자최소리를내는 시럽슨바람이 나를嘲弄

할째에 나는 아득한 생각이 날카로은怨望으로 化합니다

　당신은 나로하야금 날마다날마다 당신을기다리게함니다
　一定한步調로거러가는 私情업는時間이 모든希望을 채칙질하야 밤과
한쎄 모러갈째에 나는 쓸쓸한잠자리에 누어서 당신을기다림니다
　가슴가온대의低氣壓은 人生의海岸에 暴風雨를지어서 三千世界는 流
失되얏슴니다
　벗을일코 견듸지못하는 가엽슨잔나비는 情의森林에서 저의숨에 窒息
되얏슴니다
　宇宙와人生의根本問題를 解決하는 大哲學은 눈물의三昧에 入定되얏
슴니다
　나의「기다림」은 나를찻다가 못찻고 저의自身까지 이러버렷슴니다

위 시의 제목은 '苦待'이다. 말 그대로 고통스러울 만큼 간절하게 기다리고 있다는 뜻이다. 위 시의 화자는 님인 당신이 돌아오기를 얼마만큼 고대하고 있는지를 각 연에 계속 나타나는 "당신은 나로하야금 날마다날마다 당신을기다리게함니다"라는 말의 반복 속에서 절절하게 보여주고 있다. 그렇다면 화자는 님인 당신을 어떻게 기다리고 있는 것일까.

제1연을 보면 화자는 해가 저물어 산 그림자가 시골 마을을 덮을 때 기약 없는 기대를 가지고 마을 숲 밖에 가서 님을 기다리고 있다. 그러는 동안 소를 몰고 돌아오는 아이들의 풀잎피리 소리는 제 소리에 취하여 목메이는 것이 들리고, 먼 곳의 나무로 돌아가는 새들이 저녁 연기 속에 헤엄쳐가는 것이 보이며, 바람과의 유희를 마친 숲들이 고요히 서 있는 게 보이고, 이들이 자신의 처지를 동정하는 게 느껴진다. 화자는 이렇게 긴 시간을 기약 없는 기대 속에서 습관처럼 기다린다. 그러나 그날도 님은 오지 않기에 화자는 집으로 돌아온다. 그가 집으로 돌아오는 장면을 묘사한 것은 매우 울림이 크다. 제1연의 마지막 행에서 보이는 바와 같이 그는 시내를 따라 굽이친 모랫길이 어둠의 품에 안겨서 잠들 때에, 고요하고 아득한 하늘에 긴 한숨의 자취를 남겨놓고 게으른 걸음으로 돌아오는 것이다.

제2연을 보면 화자는 계속해서 님을 기다린다. 저녁 어둠이 황혼의 엷은 빛을 삼킬 때 그는 시름 없이 문밖에 나가 서서 님을 기다리고 있는 것이다. 그러는 동안 화자의 눈엔 하늘의 별들이 고운 눈으로 반가운 표정을 지으면서 다투어 머리를 조아리고 인사를 하는 것 같고, 풀 사이의 풀벌레들이 그 노랫소리로 한낮의 생명들의 전쟁을 쉬게 하는 평화의 밤을 공양하는 듯하다. 그런가 하면 네모난 작은 연못의 연잎 위에 바람이 실없는 발자취 소리를 낼 때 그것이 자신을 조롱하는 것 같기도 하고, 그런 순간 아득한 생각이 님을 향한 원망으로 변하여 당혹스러운 심정에 빠지기도 한다.

제3연에서도 화자는 님을 기다린다. 어김없고 사정없는 시간이 모든 그의 희망을 밤과 함께 몰아가는 쓸쓸한 잠자리에 누워서 그는 님을 기다린다. 그때 그의 가슴속에 살아 있는 저기압 같은 우울과 부정의 세력은 그의 인생의 해안에 폭풍우 같은 위험을 몰고 와서 삶과 세계 전체를 유실시킨 형국이 되고, 멋을 잃고 견디지 못하는 가엾은 잔나비 같은 그의 나날은 정(情)의 삼림에 묻혀서 자신의 숨결에 질식되는 고통을 겪고 있다. 그뿐 아니다. 우주와 인생의 근본 문제를 해결하는 대철학조차 이 끝나지 않는 기다림의 현실 앞에서는 눈물의 삼매에 입정되는 형국이 되고 만다. 이렇듯 화자의 기다림은 너무 혹독하여 제3연의 마지막 행을 보면 "나의 「기다림」은 나를찾다가 못찾고 저의自身까지 이러버렷슴니다"라는 고백까지 나오게 된다. 기다림에 지쳐서 자신을 찾는 것은 물론 기다림 자체까지 잊어버렸다는 이 말은 화자의 기다림이 얼마나 고단하고 가누기 어려운 상태에까지 와 있는가를 보여준다.

위 시에서 이야기되고 있는 화자의 기다림은 이런 점에서 앞의 많은 시편들 속의 기다림과 구별된다. 기다림 앞에서 끝까지 크고 작은 희망의 끈을 놓지 않았던 이전 작품 속의 화자들과 달리 위 작품 속의 화자는 희망이 소진된 지친 모습을 보여주고 있는 것이다. 님이 오기를 고대하지만 그 님이 좀처럼 오지 않는 기나긴 시간과 역경 앞에서 화자는 일시적일지라도 어떤 한계 의식 같은 것을 느끼게 된 것이다. 그런 점에서 위 시는 주목을 요한다. 그리고 다음 시편의 내용을 기대하게 만든다.

# 사랑의싯판

네 네 가요 지금곳가요

에그 등ㅅ불을켜랴다가 초를 거꾸로소젓습니다 그려 저를 엇저나 저
사람들이 숭보것네

님이어 나는 이러케밧붐니다 님은 나를 게으르다고 꾸짓슴니다 에그
저것좀보아 「밧분 것이 게으른것이다」하시녀

내가 님의꾸지럼을듯기로 무엇이실컷슴닛가 다만 님의거문고줄이 緩
急을이를까 접허함니다


님이어 하늘도업는바다를 거처서 느름나무그늘을 지어버리는 것은
달빗이아니라 새는빗임니다

홰를탄 닭은 날개를움직임니다

마구에매인 말은 굽을침니다

네 네 가요 이제곳가요

위 시는 앞의 시 「苦待」에서 나타났던 화자의 절망적일 만큼 쓰디쓴 기다림의 마음에 화답을 하는 듯하다. 시 제목이 '사랑의 끝판'인 것처럼 위 시는 사랑의 최종지점을 말해주고 있다. 제1연과 제2연에 반복하여 나타나는 "네 네 가요 지금곳가요"라는 말에서 드러나듯이 위 시가 말하는 사랑의 최종지점은 긍정적이고 희망적이다. 참다운 대아적 사랑은 언젠가 소기의 성과를 거둔다는 사랑의 인과법을 담고 있는 듯하다.

위 시의 "네 네 가요 지금곳가요"에서 드러나는 바와 같은 님의 귀환은 시집 『님의 침묵』 속에서 처음으로 나타나는 것이면서, 『님의 침묵』 속의 첫 작품인 「님의 침묵」에서 떠난 님이 이 작품에 이르러 최종적으로 보낸 기별이기도 하다. 이 감격적이고 드라마틱한 만남의 실현 가능성 앞에서, 떠난 님과 님을 보낸 자는 모두 흥분하고 있다.

그런데 위 작품을 읽으면서 특별히 주의할 것이 있다. 그것은 위 작품의 화자와 님이 이전의 작품들에서의 그것과 다르다는 점이다. 구체적으로 위 시의 화자는 시집 『님의 침묵』 속의 다른 작품에서 떠난 님 혹은 당신으로 묘사되거나 불리었던 자이며, 위 시에서 님이라고 불리는 이는 역시 『님의 침묵』 속의 수많은 작품에서 나 혹은 화자로 등장했던 인물이다. 그러니까 위 시의 화자는 떠난 님이고, 이 화자가 님이라고 부르는 사람은 다른 작품들 속에서 떠난 님을 그리워하던 나 혹은 화자이다. 이와 같은 사실은 『님의 침묵』 속의 마지막 작품인 「사랑의 끗판」을 매우 독특하고 중요한 작품으로 읽게 만드는 한 가지 요인이 된다.

본래 떠난 님이었던 위 시의 화자는 제1연의 첫 행에서부터 "네 네 가요 지금곳가요"라고 말하며 그의 귀환을 알린다. 그리고 이어서, 지금 곧 갈 준비를 하느라고 등불을 켜려 하다가 너무나 서두르는 바람에 초를 그만 거꾸로 꽂았다고 말한다. 무척이나 생생하고 여실한 고백이자 표현이다. 그러면서 그는 실제로 이 광경을 누가 목격했다면 흉을 보았을 것이라고 민망해한다.

이어지는 그 다음의 행에서 떠난 님인 화자는, 자신은 님에게 빨리 가려 고 이렇게 바쁜 마음인데 님은 자신을 게으르다고 꾸짖으며 '바쁜 것이 오 히려 게으른 것'이라고 조롱하듯 아쉬워하니 몸둘 바를 모르겠다고 말한 다. 하지만 떠난 님인 화자는 님을 진정으로 사랑하는 사람답게 자신이 님 의 꾸지람을 듣는 것은 조금도 문제가 되지 않으며 다만 사랑하는 님의 거 문고 줄이 완급을 잃을까봐 걱정이 된다고 다시 말한다. 님의 거문고 줄 이 완급을 잃을까봐 걱정이 된다는 말은 글자 그대로 님의 거문고 타기가 조화를 잃을까봐 걱정이라는 뜻이며 그 속뜻을 새긴다면 님의 마음이 평 정심을 잃을까봐 걱정이라는 의미를 담고 있다. 위 시의 떠난 님인 화자는 이처럼 한시라도 빨리 돌아가려 하지만, 화자를 오래 기다려온 님에게는 어떤 빠름도 늦음처럼만 느껴진다.

위 시의 떠난 님인 화자는 날이 새면 바로 님에게로 떠나려고 바쁘게 준 비 중이다. 상상을 더하여 추측하자면, 삼경이 지나고 첫새벽이 되면 바로 떠나려 하는 것으로 보인다. 첫새벽의 떠남은 그날의 떠남 가운데 시간적 으로 가장 빠른 떠남이다.

위 시의 제2연엔 이런 새벽을 알리는 표현이 세 가지나 등장한다. 그 하 나는 "하늘도업는바다를 거처서 느름나무그늘을 지어버리는 것은 달빛이 아니라 새는빗"이라는 말이며, 그 둘은 홰를 탄 닭이 날개를 움직인다는 것이고, 그 셋은 마구에 매인 말이 굽을 친다는 것이다. 첫 번째 표현은 하늘과 바다가 구분되지 않을 만큼 캄캄한 밤과 나무 그늘을 진정으로 지워 버리는 것은 밤하늘의 달빛이 아니라 새로 밝아오는 새벽빛이라는 뜻이며, 두 번째 표현은 새벽닭이 울 만큼 날이 새고 있다는 뜻이고, 세 번째 표현은 말이 깨어날 만큼 날이 밝아오고 있다는 뜻이다.

요컨대 위의 세 가지 표현은 모두 날이 새는 첫새벽이 다가오고 있음을 알려주는 내용이다. 앞서 말했듯, 화자는 이 새벽이 오자마자 님에게로 떠나고자 하는 것이다. 여기서도 약간의 상상을 더한다면, 화자는 말을 타고 님에게로 떠나고자 하는 것으로 읽힌다. 이 점은 앞에서 다루었던 작품 「심은버들」에서 님이 말을 타고 떠났던 것을 생각하면 이해가 된다.

위 시에서 떠난 님인 화자는 이렇게 말을 타고 첫새벽이 되자마자 님에게로 떠나겠다고 반복하여 말한다. 위 시의 제2연 맨 마지막에 나오는 "네네 가요 지금곳가요"라는 말이 그것이다.

이렇게 하여 위 시는 떠난 님이 돌아오는 것으로 시집 『님의 침묵』을 끝맺게 한다. 그러나 위 시는 여기까지만 말할 뿐 돌아온 상황과 그 이후에 대해서는 말하지 않는다. 이것은 시적 긴장미를 더하는 데 크게 기여하고 있다. 그러면서 독자들로 하여금 드디어 님이 돌아온다는 안도감과 더불어 그 이후를 상상하게 만든다.

# 讀者에게

讀者여 나는 詩人으로 여러분의압헤 보이는것을 부끄러함니다

여러분이 나의詩를읽을째에 나를슯어하고 스스로슯어할줄을 암니다

나는 나의詩를 讀者의子孫에게까지 읽히고십흔 마음은 업슴니다

그째에는 나의詩를읽는것이 느진봄의꼿숩풀에 안저서 마른菊花를비
벼서 코에대히는것과 가틀는지 모르것슴니다


밤은얼마나되얏는지 모르것슴니다

雪嶽山의 무거은그림자는 엷어감니다

새벽종을 기다리면서 붓을던짐니다.

(乙丑八月二十九日밤 씃)

■■■

「讀者에게」라는 제목을 달고 있는 위의 글은 시집 『님의 침묵』 전체의 마무리 글이자 후기와 같은 성격을 띠고 있다. 주지하다시피 『님의 침묵』은 서문 격인 글 「군말」, 본문에 해당되는 88편의 시, 그리고 위의 마무리 글이자 후기라 할 수 있는 「독자에게」로 구성돼 있다. 이와 같은 구성 속에서 「군말」은 말할 것도 없거니와 「독자에게」 또한 한용운과 그의 시를 이해하는 데에 큰 도움을 준다.

위의 글을 보면 한용운은 자신이 독자들에게 시인으로 보이는 것을 '부끄러워한다'고 밝힌다. 왜 이런 말을 굳이 해야 했을까. 짐작건대 여기엔 두 가지 뜻이 담겨 있는 듯하다. 그 하나는 시집 『님의 침묵』이 근대적 의미의 직업적·전문적·예술가적 정체성 속에서 쓴 시집이 아니라 승려로서 불교적 수행과 교화의 일환으로 쓴 것이라는 점이다. 그리고 다른 하나는 외형상 근대시와 예술의 형태를 빌려 쓴 시집 『님의 침묵』이 그 시적·미학적 수준에서 그리 훌륭하지 못한 것 같다는 자기겸손의 표현이다.

시인은 이와 같은 자신의 시를 읽을 때 독자들이 시인을 생각하며 슬퍼할 것이고, 또 자기 자신들을 생각하며 슬퍼할 것이라고 말한다. 여기서 사용된 '슬퍼한다'는 말을 우리는 '안타까워한다'는 뜻으로 읽을 수 있다고 생각되거니와, 아무튼 이런 까닭에 그는 자신의 시집 『님의 침묵』을 당대인들에게는 몰라도 독자들의 자손에게까지 읽히고 싶은 마음은 없다고 말한다. 이것 역시 수많은 일반 시인이나 예술가들이 자신들의 작품이 시공을 초월하여 영속성과 무한성을 갖고 읽히기를 바라는 마음과 대비된다.

여기서 잠시 한용운의 위와 같은 말을 좀 더 잘 이해하기 위해 그가 장편소설『흑풍』을 쓰면서 내놓은 '작자의 말'을 잠시 읽어보기로 한다.

> 나는 소설 쓸 소질이 있는 사람도 아니오, 또 나는 소설가가 되고 싶어 애쓰는 사람도 아니올시다. 왜 그러면 소설을 쓰느냐고 반박하실지도 모르나 지금 이 자리에서 그 동기까지를 설명하려고는 않습니다. 하여튼 나의 이 소설에는 문장이 유창한 것도 아니오, 묘사가 훌륭한 것도 아니오, 또는 그 이외에라도 다른 무슨 특징이 있을 것도 아닙니다. 오직 나로서 평소부터 여러분께 대하여 한번 알리었으면 하던 그것을 알리게 된 데 지나지 않습니다. (…중략…) 변변치 못한 글을 드리는 것은 미안하오나 이 기회에 여러분과 친하게 되는 것은 한없이 즐거운 일입니다. 많은 결점과 단처를 모두 다 눌러 보시고 글 속에 숨은 나의 마음까지를 읽어 주신다면 그 이상의 다행이 없겠습니다.
>
> ―『조선일보』, 1935. 4. 8.

한용운은 위의 인용문에서 자신에게 작가로서의 소질이 있다는 것도, 작가가 되고 싶은 욕망이 있다는 것도 모두 부정한다. 그럼에도 불구하고 그가 소설『흑풍』을 왜 쓰는지 그 이유에 대해서는 말하지 않고 있기 때문에 그의 내심에 깃들여 있는 깊은 속뜻을 정혹히 포착하기는 어렵다. 그러나 위의 글에서 한용운이 그와 같은 말을 하고 있는 것은 시집『님의 침묵』의 「독자에게」에서 그가 '부끄러움'과 '슬픔'을 말한 것과 깊은 관련이 있다고 생각된다. 한 번 더 요약하면, 한용운은 근대적 의미의 전문가·예술가·직업인으로서의 시쓰기와 소설쓰기를 희강하지 않았으며 자신의 문학적 재능에 대해서도 지극히 겸손한 자세를 갖고 있었다는 것이다.

다시 「독자에게」로 돌아가서 보면 한용운은 자신의 시집『님의 침묵』에 대해 갖고 있는 이와 같은 생각을 매우 시적인 표현으로 다음과 같이 적어

놓고 있다. "그째에는 나의詩를읽는것이 느진봄의꽃숩풀에 안저서 마른菊花를비벼서 코에대히는것과 가틀는지 모르것슴니다"라고 말이다. 새로 다가온 봄의 한가운데서 지난 가을의 마른 국화를 코에 대는 것과 같이 자신의 시집은 역할과 수명을 다했을 것이라는 의미이다.

그러나 한용운이 『님의 침묵』을 출간한 1926년으로부터 약 90년 가까이 지난 오늘의 세상은 불교적 수행과 교화를 더욱 절실하게 필요로 할 만큼 소란해졌고, 필자는 불교적인 차원은 물론 예술적인 차원에서도 그의 시로부터 감동을 받으며 독자이자 시학자로서 그 시를 읽고 연구하고 있다. 이것은 좋은 일인가 그렇지 않은 것인가. 세상이 이전보다 더 소란하다는 것은 우울한 일이요, 한용운의 시보다 더 나은 시를 그다지 많이 산출하지 못한 우리 근·현대시의 현실 역시 안타까운 일이다.

한용운이 「독자에게」에서 그의 시집 『님의 침묵』에 대하여 보여준 태도는 세속적 욕망과 울타리를 넘어선 고승대덕의 그것이다. 무주(無住)와 방하착(放下着)의 정신 위에서 원력과 보살행의 삶을 살 뿐, 그 이상의 어떤 것도 바라지 않는 마음이다.

지금까지 살펴본 바와 같은 내용을 담고 있는 첫 단락에 이어, 「독자에게」의 두 번째 단락에서는 구체적인 시간과 공간 그리고 그 시간과 공간 속에서 시를 쓰고 있는 한용운 자신의 마음 상태를 보여주고 있다. 밤이 얼마나 되었는지 모르지만 설악산의 무거운 그림자가 엷어지고 있는 가운데 새벽종을 기다리며 붓을 놓는다는 말은, 그가 설악산 백담사의 새벽 예불을 알리는 범종 소리를 기다리며 「독자에게」를 쓰고 있고 새벽이 가까워오는 무렵까지 시간을 잊은 채 『님의 침묵』과 그 마무리에 정진하고 있음을 알려주는 내용이다. 불교 교리의 한 가지인 팔정도(八正道)를 빌려 말해본다면 정견(正見) 속에서 정념(正念)으로 정정진(正精進)을 행한 결과 나온 시집이 『님의 침묵』이다. 그런 점에서 이 시집은 수행서이고, 교화서이며, 근대적인 예술 너머를 가리키는 시집이다.

위 글 「독자에게」의 마지막 부분에는 이 글을 마친 연월일시가 적혀 있다. '乙丑년 八月 二十九日 밤'이 그것이다. 이것을 서기로 환산하면 연도는 1925년이 된다. 8월 29일은 음력과 양력 가운데 어느 것인지 알 수 없으나 그 두 가지 가능성을 다 열어놓는 것이 좋을 듯하다. 어쨌든 그는 1925년에 『님의 침묵』의 원고를 마무리하였고, 1926년에 회동서관에서 정식으로 시집을 출간한 것이다. 그런 점에서 1925년과 1926년은 우리 시사의 중요하고도 의미 깊은 시간이 된다.

중근기(中根機) 인류  97
중도(中道)  42, 128, 133
『중론(中論)』  43
중생적 불각(不覺)  83
중생제도(衆生濟度)  19, 64, 302
중중무진(重重無盡)  140, 237
지장보살(地藏菩薩)  135, 173, 470
지해(知解)  79, 129, 139
직심(直心)  197, 298, 420
직입(直入)  197
직지(直指)  197
직지인심(直指人心)  129
진공묘유(眞空妙有)  131, 138, 200
진속불이(眞俗不二)  275
진신(眞身)  216, 235, 323
진신사리(眞身舍利)  216
진심(眞心)  244, 298, 420
진여당체(眞如當體)  141
진여문(眞如門)  153
진여법성(眞如法性)  38, 89, 125~7, 130,
　　138, 141
진제(眞諦)  175, 274

차안(此岸)  189
착인(錯認)  235
참나  22
「처음에쓴」  108

『초승달』  415
초아(超我)  87
칠보전(七寶殿)  216

카르마(karma)  20, 29, 38, 95, 122, 427
칸트(Kant)  86, 158

타고르(Tagore)  414~7
탐진치(貪瞋癡)  149, 196
테레사 수녀(Mother Teresa of Calcutta)  231

파환향(破還鄕)  115, 116
팔불(八不)  43
팔정도(八正道)  21, 487
포월(包越)  30, 387
피안(彼岸)  189

하심(下心)  65, 281
하화중생(下化衆生)  21, 60, 86, 92
항심(恒心)  298
해탈락(解脫樂)  232

푸른사상 학술총서 18

# 한용운의 『님의 沈默』, 전편 다시 읽기

인쇄 · 2013년 6월 24일
발행 · 2013년 7월 1일

지은이 · 정효구
펴낸이 · 한봉숙
펴낸곳 · 푸른사상
주간 · 맹문재 | 편집 · 김재호 | 교정 · 김소영, 강하나

등록 · 1999년 7월 8일 제2-2876호
주소 · 서울특별시 중구 충무로 29(초동) 아시아미디어타워 502호
대표전화 · 02) 2268-8706(7) | 팩시밀리 · 02) 2268-8708
이메일 · prun21c@hanmail.net / prunsasang@naver.com
홈페이지 · http://www.prun21c.com

ⓒ 정효구, 2013

ISBN 978-89-5640-321-2  93810
값 35,000원

■■■ **저자 약력**

정효구 鄭孝九

1958년 출생. 충북대학교 사범대학 국어교육과를 졸업하고 서울대학교 대학원(국어국문학과)에서 석사학위와 박사학위를 받았다. 1985년『한국문학』신인상을 수상하며 문학평론 활동을 시작하였다.

『존재의 전환을 위하여』(청하, 1987)『시와 젊음』(문학과비평사, 1989)『현대시와 기호학』(느티나무, 1989)『광야의 시학』(열음사, 1991)『상상력의 모험 : 80년대 시인들』(민음사, 1992)『우주공동체와 문학의 길』(시와시학사, 1994)『20세기 한국시의 정신과 방법』(시와시학사, 1995)『백석』(편저, 문학세계사, 1996)『20세기 한국시와 비평정신』(새미, 1997)『몽상의 시학 : 90년대 시인들』(민음사, 1998)『한국현대시와 자연탐구』(새미, 1998)『시읽는 기쁨』(작가정신, 2001)『한국현대시와 문명의 전환』(국학자료원, 2002)『시읽는 기쁨 2』(작가정신, 2003)『재미한인문학연구』(2인 공저, 월인, 2003)『정진규의 시와 시론 연구』(푸른사상사, 2005)『시읽는 기쁨 3』(작가정신, 2006)『한국현대시와 평인(平人)의 사상』(푸른사상사, 2007)『마당 이야기』(작가정신, 2009)『맑은 행복을 위한 345장의 불교적 명상』(푸른사상사, 2010)『일심(一心)의 시학, 도심(道心)의 미학』(푸른사상사, 2011) 등의 저서가 있다.

현재, 충북대학교 인문대학 국어국문학과 교수로 재직하고 있다.